LA DANSE DES DIEUX

LES SEPT ÎLES

TOME CINQ

A.R. KNIGHT

1

LE BORD DE HARROW

Chaque jour, Eujo se réveillait en pensant n'avoir jamais eu aussi froid, puis le lendemain matin lui prouvait qu'elle avait tort. Leur quatuor, Eujo, Wax, sa sœur Bliss et la voleuse Torny, traversait l'île gelée de Whent de jour comme de nuit, grâce aux skars enroulés autour de son poignet et suspendus à un collier autour du cou de Wax. Les petites gemmes étaient aussi avec elle chaque matin, murmurant des absurdités teintées d'émotion dans son esprit, un bavardage qu'Eujo avait maintenant relégué au rang de bourdonnement de fond.

Bliss dormait à côté d'elle dans le lit délabré, tandis que Torny et Wax s'étalaient sur la paille éparpillée dans la chambre spartiate. Le bois et la pierre s'alliaient pour former l'auberge mal agencée où ils séjournaient depuis près d'une semaine maintenant, se préparant et récupérant à parts égales. La vente de leur traîneau volé, des bœufs épuisés et de l'équipement Najahn supplémentaire dont ils n'avaient pas besoin avait payé leur séjour et leurs repas, mais le temps passait, et bientôt ils devraient repartir.

Les rumeurs finiraient par se répandre, même si le Bord

de Harrow semblait être une ville où tout le monde avait des secrets à garder.

L'équipe du matin de l'auberge, avalant des soupes de gruau et de farine d'os à la lueur des torches, l'aube étant encore loin, accueillit la descente d'Eujo avec rien de plus que des regards furtifs et des hochements de tête silencieux. Vêtue d'épaisses fourrures, de cuirs chauds en dessous, la crasse du labeur brossée sur sa peau, Eujo ne ressemblait en rien à la reine qu'elle était, rien au Renouveau qu'elle avait été. Quand elle demanda son propre bol, le tavernier le lui présenta sans cérémonie, avec une petite tasse en pierre remplie de neige fraîchement fondue.

Sauver le monde, sauver ton île. Le fardeau d'une reine, ou du moins c'est ce qu'on avait dit à Eujo après que les Najahn aient lancé l'appel du Renouveau. Rassembler les skars de chaque île, monter sur le trône de l'Égide et repousser les démons jusqu'à devenir une coquille desséchée. Un honneur, et, pendant ces premières semaines, un honneur auquel Eujo avait adhéré. L'ultime destin pour une gamine des rues ayant eu assez de chance pour se retrouver au sommet : l'immortalité parmi les sauveurs.

Maintenant, elle était plus traquée que jamais. Les Najahn, pour des raisons qu'Eujo ignorait, avaient mis fin au Renouveau. Exigeant les skars et leur pouvoir pour eux-mêmes. Sa propre île, Kance, et son autre reine faisaient de même, tentant d'amasser les pierres comme rempart contre les créatures dangereuses. Contre, peut-être, des îles plus dangereuses et leurs armées.

Ce qui laissait Eujo à la dérive, ce qui la laissait à cuillerer du gruau dans sa bouche, la graisse chaude et les céréales coulant aussi facilement maintenant que dans son enfance. Réconfortant d'une manière fade. Comme voir son ancien taudis au pied des hautes tours de Kance, sachant qu'il existait toujours, les haillons et les ruines offrant à quelqu'un d'autre un petit répit face aux terreurs de la vie.

— Tu aimes manger seule ? demanda Wax, le Vis presque méconnaissable sous ses couches. Lui aussi avait son propre bol fumant, assis en face d'elle à la petite table en bois. Un feu brûlait — brûlait toujours, avec le froid si rude à l'extérieur — derrière eux, un âtre noirci guidant la chaleur.

— Je pensais que tu dormais.

— Tu n'es pas aussi discrète que tu le crois.

— Tout le monde est réveillé ?

Wax haussa les épaules, laissa échapper un léger sourire.

— Bliss et Torny n'étaient pas prêtes à se lever encore.

Pas de secret sur ce que cela signifiait, plus maintenant. Assez de dangers, assez de temps ensemble, avaient allumé un feu entre la sœur de Wax et la bandit. Bien qu'elles ne l'aient pas encore proclamé ouvertement, depuis leur fuite des Najahn à la Faille Dorée, Bliss et Torny étaient devenues encore plus inséparables qu'avant. Eujo et Wax avaient deviné ce qui avait poussé le couple à l'intimité, et le pari d'Eujo reposait sur les jours suivant la fuite, quand elle et Wax avaient été plongés dans un délire inconscient, l'effort volé par les skars pour effectuer leur évasion les ayant vidés presque entièrement.

Torny et Bliss avaient guidé le traîneau, avaient préparé leurs repas sur la toundra, monté les camps et les avaient fait avancer. Un stress partagé qui avait dû leur ouvrir le cœur.

— Tant mieux pour elles, dit Eujo, replongeant dans son gruau. Au moins nos Gardiens s'amusent.

Wax fit tourner sa cuillère dans un mouvement paresseux autour de la salle commune, qui se remplissait à mesure que d'autres clients et locaux du Bord de Harrow allaient et venaient, le début de la journée se rapprochant.

— Quoi, pas toi ? Dans cet endroit ?

— Il a son charme.

— Des attaques de démons quotidiennes, des chasseurs de trésors, des rumeurs folles, et tout le monde qui pense à te poignarder ? Wax rit, bas et doucement. Ça a définitivement quelque chose.

— Au moins, personne ne se soucie de nous. Eujo prit une profonde inspiration, inhala un peu de suie de l'âtre et toussa une fois, deux fois. Elle se secoua. Nous aurions dû recevoir la réponse maintenant, si Deux a jamais reçu notre message. Je dis qu'on y va. Nous sommes prêts.

— Prêts à faire quelque chose qu'aucun de nous n'a jamais essayé, tu veux dire ?

— La témérité n'est pas ton truc, Wax ?

— Bien sûr que si. Je suis partant. Courons sur la glace, voyons si on arrive de l'autre côté.

Eujo gloussa. Difficile de ne pas le faire, face au regard joyeux et étincelant de Wax. Le Vis avait un charme franc, et Eujo n'était pas assez bête pour ne pas voir, sentir ses effets progressifs. Ils étaient partis à l'aventure ensemble depuis près de deux mois maintenant, en compagnie presque constante, et malgré quelques frôlements avec la mort, quelques questions profondes sur leurs vies et leur but, elle et Wax s'étaient aidés mutuellement à en sortir. Elle ne doutait pas que ces questions subsistaient encore derrière le sourire de Wax, mais, si quelque chose avait changé, c'était que leur passage de célébrités à parias n'avait fait qu'enhardir le Vis.

Comme si gagner maintenant, obtenir tous ces skars et...

— Qu'allons-nous faire ? demanda Eujo, pas vraiment à

Wax et pas vraiment à elle-même. Une question aux dieux, mais une question à laquelle Wax décida de répondre quand même.

— Après les avoir tous récupérés, tu veux dire ?

Eujo hocha la tête.

— Facile. Alors que Wax prononçait ce mot, cependant, son sourire s'effaça pour laisser place à une ligne sérieuse. Une main monta vers son collier. Eujo, nous savons ce que ces skars peuvent faire. Les démons viennent des Ténèbres d'en Bas. Si nous ne pouvons pas remplacer l'Égide, alors je dis qu'on fait ce qu'elle ne peut pas : utiliser les skars pour arrêter ça, pour toujours.

Le Bord de Harrow se trouvait sur la côte est de Whent, à son extrémité la plus éloignée, au milieu d'un mélange inhospitalier de montagnes, de forêts et de falaises déchiquetées. La ville elle-même était perchée au-dessus de l'eau, un endroit où seuls de petits bateaux de pêche oseraient risquer les bancs de sable, les rochers cachés et, en hiver, la glace soudaine et acérée. Isolée, ce n'était pas la destination prévue par Eujo après leur fuite frénétique de la Faille Dorée. Un endroit que Bliss et Torny avaient choisi après avoir entendu des rumeurs dans les petites villes de la toundra, des mots suggérant que les Najahn les poursuivraient, que les ports plus importants et évidents au sud-est seraient remplis de chasseurs de primes.

Un bon endroit pour regarder le monde tourner.

Maintenant, Eujo détournait son regard des rumeurs, des petites maisons et des chasseurs qui s'en occupaient, vers une mer fracturée, dont la surface grise ondulait comme une chose vivante. En équilibre sur ses vagues ondoyantes se trouvaient les banquises, des taches blanches captant la lumière du soleil ici et là comme des balises. Certaines dominaient d'immenses étendues marines, presque des îles à part entière, tandis que d'autres se déplaçaient au gré du moindre courant, comme des insectes à la recherche de nourriture. Ils devraient toutes les utiliser, faire des sauts précis, planter leurs piques et leurs grappins juste pour éviter de glisser.

— Au moins ici, tu auras quelques secondes avant de mourir, dit Torny, la bandit semblant déborder avec le gros sac sur son dos. Elle et Wax transporteraient les rations d'urgence. Bliss jouait le rôle d'éclaireur et d'assistante.

Eujo tirerait le petit traîneau, le skar Kance lui chuchotant tout du long.

— Prêts ? demanda Wax, debout plus bas sur la plage, là où la glace se mêlait au sable sale. La journée n'est pas éternelle, et il est hors de question qu'on saute sur ces banquises dans le noir.

Trois jours sur les banquises. C'est ce qu'avaient dit les chasseurs de glace de Harrow's Edge. Une traversée directe jusqu'à la pointe la plus septentrionale de Tamas. Quelle distance ils devraient parcourir ensuite, et à travers quoi, Eujo l'ignorait. Les chasseurs d'ici s'en moquaient.

Tamas n'était pas leur genre d'endroit, sauf pour la bière qui dérivait vers le nord dans les douces houles estivales.

« Quand tu veux », signa Bliss, la sœur de Wax. Elle avait troqué un autre bâton usé et y avait fixé un pic pointu, lui donnant un solide piolet pour la glace. Elle s'était assurée que des pointes similaires garnissaient toutes leurs bottes, prêtes à s'agripper.

Une préparation qu'Eujo appréciait, une préparation dont elle avait appris l'existence au fur et à mesure. Pour une Reine, elle avait passé assez de temps dans les endroits les plus sombres et les plus sales. Mais les caniveaux ne vous apprenaient rien sur la nature sauvage, sur l'équipement nécessaire pour survivre une nuit sur une mer gelée.

Pourtant, si une quelconque peur la menaçait, Eujo la trouvait assez facile à ignorer : Wax attirait son attention, captivait tous leurs regards, et ceux de plus d'un spectateur de Harrow's Edge, se demandant ce que ces fous faisaient. Wax se pencha, mit sa main juste au-dessus du bord de l'océan clapotant. La mer frissonna, les ondulations se brisant contre le courant, avant que la surface ne devienne un treillis blanc, des motifs de flocons de neige s'étendant et disparaissant tour à tour alors que de la glace solide jaillissait de la plage vers les banquises. Un chemin clair où marcher, assez large pour le traîneau.

— L'entraînement, l'entraînement, dit Wax en se relevant. Qui dit qu'on ne peut pas apprendre à un skar ?

Bliss prit les paroles de son frère comme un signal et s'avança sur le pont de glace comme elle l'avait fait sur les autres ces derniers jours. Ils étaient venus ici pendant des heures, forgeant des ponts jusqu'à ce que Wax soit près de s'effondrer. Eujo fit de même maintenant alors que Bliss avançait, testant la glace avec son piolet. Le skar Kance de la Reine perçut son désir, les fourrures d'Eujo devenant presque sans poids, l'effet se propageant le long des sangles qui coulaient de ses épaules jusqu'au traîneau rempli de sacoches. Ce qui avait nécessité tout le groupe pour le guider jusqu'à la plage grinçait maintenant en s'élevant à un cheveu au-dessus du sable.

— Prête, dit Eujo, le skar Kance bourdonnant à son oreille.

Avec Torny prenant la dernière place dans la file, le quatuor s'engagea sur la glace, un voyage rendu possible grâce à des pierres magiques, les mêmes qui avaient sauvé les Sept Îles pendant si longtemps et qui pourraient le faire à nouveau.

Et pourtant, alors qu'Eujo marchait sur ces vagues, la glace craquant sous ses pieds, l'énergie du skar faiblit. Elle sentit ses premières gorgées, la puissance puisée non pas dans la force d'un dieu mort, mais dans la volonté même d'Eujo. Comme un exercice incessant, dévorant ses muscles, son esprit, tout son être pour maintenir le traîneau en l'air, son sac léger.

L'Égide mourut rapidement alors que les skars la sapaient. Alors que la marche crissante s'étirait devant Eujo, elle ne pouvait que se demander à quelle vitesse les pierres la videraient aussi.

2

L'ÎLE DE LA JUNGLE

Sa sueur la désignait comme une étrangère, tout comme sa peau peu touchée par le soleil. Annalyse observait le jour se lever depuis le centre de l'auberge, un plancher de bambou en éventail s'étendant à plusieurs mètres au-dessus du sol boueux de la forêt. Elle était à Kitaye depuis plusieurs jours maintenant, troquant son temps de réflexion contre ses maigres possessions. Du poisson, des fruits et du vin doux lui avaient acheté des heures, des regards suspicieux grignotant les minutes, et des idées soudaines s'attaquant aux secondes pour être aussitôt anéanties par un étrange désespoir.

Il y a quelques semaines à peine, Annalyse avait tout. Un laboratoire et des assistants meilleurs que n'importe où dans Les Sept Îles. Des ressources presque illimitées. Même des démons pour tester ses idées pouvaient être capturés et amenés sans difficulté, comme si ses caprices guidaient des dizaines de personnes. Au début, c'était grisant, une position importante, qu'elle avait transformée en une efficacité salvatrice pour le monde avec l'aide de Gladdring.

Tout cela, maintenant, disparu. Ce qu'elle avait pu

sauver était emballé dans une sacoche, après une baignade glaciale et une fuite secrète à bord d'un navire livrant du riz Rana et du matériel à Vis. Un voyage court et misérable, cachée sous le pont, et la voilà maintenant, invisible et totalement inutile.

Qu'est-ce que Quik lui avait dit déjà ? Fuir à Vis, recommencer son travail, et revenir plus forte que jamais ?

Annalyse, un café chaud réchauffé sur des braises entre les mains, visualisa le chasseur sans effort. Elle avait parlé à son image, murmurant des questions tard dans la nuit sur telle ou telle curiosité de Vis. Une distraction, dont elle devait se débarrasser.

Aujourd'hui était le grand jour. Elle avait fait ses bagages, s'était procuré de la nourriture supplémentaire et des chaussures adaptées pour randonner dans la jungle humide d'hiver. Même un couteau, assez grand pour repousser les prédateurs curieux, reposait sur la table devant elle, affûté et prêt. Le trek ne serait pas court, mais Annalyse avait une destination, donnée, encore une fois, par Quik.

Ils avaient échangé des histoires sur le sable, Quik étant maintenu dans sa prison sur les ordres stricts d'Ami. Annalyse parlait de Whent, des soldats de pierre, des écoles, de l'isolement imposé par les hivers rigoureux et les lois encore plus dures sur le fait de faire, eh bien, quoi que ce soit pour les autres îles sans en tirer profit en retour. Des gens robustes, les siens, et qui ne se souciaient guère du reste du monde.

Quik avait livré sa propre version : Vis, des tribus de la jungle resplendissantes dans leur propre lieu parfait, et aussi peu disposées à le quitter que les gens de Whent l'étaient à quitter leur toundra. Pourtant, les visiteurs n'étaient pas repoussés, ni renvoyés après avoir été dépouillés de leurs biens. Non, Quik avait dit qu'une personne pouvait venir à Vis si elle voulait s'échapper, recommencer, ou simplement disparaître.

Svarde l'avait fait. L'ancien Gardien. Quik avait parlé de la cabane du barbare, quelque part au sud-ouest. Au-delà d'un grand marécage. Un bâtiment solide, et maintenant l'espoir d'Annalyse. Elle pourrait s'y rendre, apporter ses outils, ses skars, et recommencer, sans craindre qu'un espion Najahn ne glisse une drogue dans sa boisson, un poignard dans son cœur.

Car Gladdring avait été un traître, et Fassle ne tolérait pas les traîtres.

Deux sacoches attachées ensemble sur son dos, une gourde à la taille avec le grand couteau de l'autre côté, et les skars cachés dans une poche le long de sa cuisse. Annalyse avait troqué ses vêtements Najahn, trop lourds ici, contre des tissages de Vis, les fils de plantes plus fins reposant légèrement sur sa peau tandis qu'elle marchait vers la bordure sud de la ville. Amples et rugueux comparés au vrai tissu, les vêtements de la jungle détournaient néanmoins les regards d'Annalyse lorsqu'elle se déplaçait, des coups d'œil désinvoltes confirmant qu'elle n'était probablement pas une commerçante à la recherche d'une affaire ou une voyageuse prête à se faire vendre quelque chose dont elle n'avait désespérément pas besoin.

Cette perception se maintint jusqu'à ce qu'Annalyse atteigne la frontière sud de Kitaye, où la route principale se divisait en plusieurs chemins, chacun annonçant sa desti-nation par son état d'entretien. À gauche et à l'ouest se trouvait la route la plus solide, le sol tassé par des pas constants, creusé çà et là par des roues de charrettes, et occupé par des allées et venues. Le chemin du milieu, une route droite vers le sud visant, d'après ce qu'Annalyse comprenait, le lac central de Vis et ses luxes environnants, montrait des signes d'entretien et suffisamment de passage pour marcher sans crainte.

Le troisième, à l'Est et s'incurvant vers le sud, donnait un avertissement avec des traces boueuses et un chasseur debout à côté, appuyé sur sa lance et observant Annalyse avec un léger intérêt. Il mâchait quelque feuille épicée. D'autres contournaient la scientifique, ignorant les cliquetis étranges provenant de ses sacoches lorsque les instruments métalliques s'entrechoquaient. Ils choisissaient leurs chemins, aucun ne prenant la route vers l'est.

— Pourquoi ? demanda Annalyse au chasseur alors que la foule s'éclaircissait. Il n'y a pas de villes par là ?

— Il y en avait, répondit le chasseur, lançant à Annalyse un regard qui disait que ses perspectives dans cette direction étaient, eh bien, sombres. Les démons les ont détruites, ou ont suffisamment effrayé les gens pour les ramener ici. Quand le Renouveau sera terminé, nous les reprendrons.

— Le Renouveau est terminé.

Cette nouvelle était arrivée rapidement. Les Najahn déclarant qu'il était temps de marcher directement sur les démons, une idée séduisante gâchée par leur insistance que toutes les îles devaient obéir aux ordres de Fassle, abandonner leurs skars et obéir aux soldats Najahn. Annalyse imaginait que Whent rirait de cette suggestion, tout comme les Vis l'avaient fait.

Comme ce chasseur le faisait maintenant.

— Notre Renouveau est toujours là-bas, répliqua le chasseur en souriant. Il rassemblera les skars et prendra le trône, peu importe ce que disent ces os faibles dans leurs tours.

— Les Najahn tiennent la Blessure, pourtant ?

— S'ils ne laissent pas passer notre Renouveau, alors

Kitaye marchera, et les Najahn verront ce que la jungle peut faire.

Confiant, celui-là. Mais après tout, ne l'étaient-ils pas tous ? Annalyse avait remarqué les villageois déplacés dans la ville, ceux qui vivaient maintenant dans des abris de fortune et des huttes hâtivement construites au sol tandis que les résidents de la ville gardaient leurs maisons dans les arbres. C'était la seule différence qu'elle avait trouvée, cependant : même ceux qui avaient perdu leur famille se comportaient avec une vitalité défiante, replongeant dans la jungle pour cueillir des fruits, chasser des proies ou fabriquer de nouveaux outils. Ils affrontaient les durs tournants de la vie et ne montraient aucun signe de faiblesse.

Peut-être que le chasseur avait raison, peut-être que les Najahn regretteraient de pousser Vis.

Pas qu'elle serait là pour le voir.

Elle fit un pas devant le chasseur, s'éloignant de l'intersection pour fouler le sol plus meuble. Elle s'apprêtait à en faire un autre, à s'engager dans la matinée et à poursuivre son voyage, quand la lance du chasseur se leva brusquement du sol pour lui barrer le chemin.

— Ce n'est pas la route pour toi, dit le chasseur. C'est dangereux.

— Moi aussi, je suis dangereuse.

Les yeux de l'homme pétillèrent, le même regard qu'Annalyse avait vu chez Quik, une évaluation amusée.

— Alors que cherches-tu, dangereuse ? Il n'y a que des démons, le marais et la mort par là-bas.

— Un nouveau départ, entre autres.

— Alors prends-le au bord du lac. Ou marche jusqu'aux montagnes de l'est, vers Mottilan, ces maudits pêcheurs. Tu peux y perdre tes années comme eux, à lancer des filets et à te plaindre de nous.

Annalyse ricana. — Un choix très attirant.

Le chasseur laissa son sourire s'estomper. — Mais un choix que tu n'as pas l'intention de faire.

— Je sais où je vais. Annalyse s'avança de nouveau, et cette fois le chasseur la laissa passer sa lance. — Je m'en sortirai.

Il ne dit rien tandis qu'elle passait, ne dit rien alors qu'elle vacillait sur ses premiers pas boueux, ses chaussures Vis plus légères que les bottes Whent qu'Annalyse avait portées toute sa vie. Ce n'est que lorsque la route commença à tourner, envahie par des épines sans nom et de hautes herbes, que le chasseur lança une dernière fois :

— Ne reste pas au sol la nuit, ma belle, si tu veux voir le matin.

Annalyse prit cet avertissement au sérieux à la fin du premier jour, après une randonnée somme toute agréable sous l'épais feuillage. Les insectes qui auraient pu être insupportables au cœur de la chaleur estivale ne la piquaient et ne la taquinaient qu'avec une curiosité nonchalante. Des animaux qu'Annalyse ne connaissait pas et qu'elle apercevait à peine l'observaient de derrière les arbres et les fougères. Aucun démon, ni aucune trace de leur présence, ne se manifesta. Elle était encore assez proche de Kitaye pour bénéficier de patrouilles régulières, supposa-t-elle.

Combien de temps cela durerait-il, nul ne le savait.

La peur ne s'insinua pas en elle à la tombée du soleil. À la place, l'aventure prit le relais, une confiance en elle-même et en ses capacités, dans les outils qu'Annalyse portait avec elle. Les skars, silencieux dans leur pochette, mais prêts à être saisis et déployés. Loin d'être sans défense, prête à affronter la nature sauvage. Annalyse, la première

Whent depuis qui sait combien de temps à s'attaquer à la puissante jungle de Vis.

Elle avait peut-être souri tout au long de son ascension du grand arbre, une escalade qu'Annalyse réussit après bien trop de tentatives, après avoir taillé des prises avec son couteau quand les branches ne semblaient pas suffisantes. Elle hissa une sacoche puis une autre, montant suffisamment haut pour s'assurer qu'une chute lui briserait quelques os, mais ne la tuerait probablement pas. Elle attacha les sacoches à l'arbre — Vis semblait fonctionner entièrement avec des cordes — puis s'installa en équilibre entre deux grosses branches, déballa un paquet de poisson fumé et y ajouta quelques tubercules glanés et un champignon trouvé.

De retour à Kitaye, une fois qu'elle eut décidé de son parcours, Annalyse avait passé son temps à apprendre tout ce qu'elle pouvait sur la jungle. Harcelant les chasseurs, les marchands et tous ceux qui passaient par l'auberge pour savoir comment survivre dans cet environnement verdoyant. Comme toujours, elle avait son petit carnet, pris à l'université Whent et gardé avec elle tout ce temps, maintenant rempli de griffonnages sur ce qu'il fallait manger, comment s'attacher aux branches la nuit pour ne pas tomber.

Comment survivre seule.

Dans l'obscurité, une obscurité totale avec si peu de lumière Sichi filtrant entre les feuilles, Annalyse prit un skar de sa pochette et écouta ses murmures. Un Rana, cette fois, qui détecta la rosée se formant avec la fraîcheur de la nuit. Avec un peu de concentration, Annalyse laissa le skar aspirer un peu d'humidité de l'air, la rassembler dans sa main, et offrir à la scientifique une gorgée fraîche et pure.

— Vous êtes mes amis maintenant, chuchota Annalyse à la pierre, se sentant un peu étrange en le faisant.

Elle devrait s'y habituer.

Elle devrait aussi s'habituer aux bruits. Les bruissements, les hurlements des créatures en mouvement. Certaines passaient juste en dessous d'elle, prouvant la justesse du conseil du chasseur. D'autres sifflaient au-dessus, se balançant ou volant. Un bruit étrange, mais pas si éloigné de la musique urbaine qu'Annalyse connaissait, et qui finit par la bercer jusqu'au sommeil.

Quand le matin arriva, quand Annalyse tressaillit pour se retrouver incapable de bouger à cause de ses propres cordes, la scientifique entreprit de se détacher. Elle s'assit, le dos douloureux après avoir dormi sur sa dure branche, se tourna pour atteindre sa gourde, et s'arrêta net. Ses sacoches, si soigneusement attachées à l'arbre, avaient disparu.

Sa branche fléchit, l'air bougea, et Annalyse regarda de nouveau devant elle. Là, en équilibre à l'extrémité de la branche, un pied devant l'autre, tenant une lance si emplumée et mortelle qu'elle semblait sortie d'un mythe, se tenait une chasseresse.

— Bienvenue dans ma jungle, Najahn, dit la femme. Raconte-moi ton histoire, et si elle est bonne, je ne te laisserai peut-être pas aux démons pour qu'ils te tuent.

3
LES CHASSEURS DE L'OBSCURITÉ

Le tournant était survenu il y a quelque temps, bien qu'Ami ne puisse dire précisément quand. Les jours avaient disparu, le temps n'étant plus mesuré qu'en épuisement, en provisions qui s'amenuisaient, renforcées par ce qu'elles pouvaient glaner, tuer dans l'obscurité. Elles voyageaient à la lueur des champignons et des mousses luminescentes, à la faible lumière que les cicatrices Vis sur le visage d'Ami pouvaient émettre lorsque leurs murmures s'élevaient dans l'esprit de la Gardienne. Les sols des cavernes avaient commencé identiques, mais à mesure que les semelles de leurs bottes s'usaient, Ami pouvait faire la différence entre les roches, entre les grains glissants, entre les sillons creusés par l'eau courante et ceux gravés par les griffes d'un démon.

Ami en était venue à apprécier les monstres et leurs distractions. Les démons venaient en grands et petits, le duo humain évitant les plus dangereux et s'en prenant aux moins menaçants. Sawi était une chasseuse assez compétente, capable de se faufiler autour d'un démon et soit de le bombarder de pierres, soit de le distraire pour une embuscade d'Ami. Le duo tendait des pièges, attirait les créatures vers des pointes fabriquées ou une frappe dissimulée dans l'ombre.

Ensuite, elles allumaient un feu vacillant, assez chaud pour cuire la viande de monstre qu'elles avaient trouvée. Dans ces moments-là, Ami apercevait le visage de Sawi derrière la viande, sale mais vibrant, les yeux toujours distants mais pas absents.

— Chez moi, disait Sawi quand Ami lui demandait à quoi elle pensait. Vis.

Au début, la réponse portait un certain espoir qu'elles finiraient par trouver l'île, que leurs capacités les mèneraient infailliblement vers le sud, vers l'île de la jungle. Un rêve insensé, nécessaire pour entreprendre une disparition dans les Profondeurs Obscures. Sinon, leurs chances auraient été meilleures en errant autour de Noctia, attendant le dégel du printemps et un navire secret. Au lieu de cela, cette illusion s'est effilochée en fragments, un soubresaut ici et là chaque fois que les tunnels semblaient s'orienter vers le sud, pour mourir au prochain descente, au prochain cul-de-sac.

— On va rester ici pour toujours, n'est-ce pas ? demanda Sawi plus tard, alors qu'elles traversaient un passage tortueux aux plafonds bas et à l'odeur fétide. On ne reverra jamais le soleil ?

— Commence à parler comme ça et c'est sûr que tu ne le reverras pas.

— Quoi, la vérité ?

— Tu vas te détraquer l'esprit.

Foti avait suffisamment d'histoires comme ça. Des mineurs perdus dans des tunnels trop profonds, retrouvés des jours ou des semaines plus tard, marmonnant à propos de l'obscurité. Les groupes plus intelligents tendaient maintenant des cordes derrière eux, une ligne facile à suivre pour retourner à la surface. Les moins chers, eh bien, ils comptaient sur une main-d'œuvre facile à remplacer pour les disparus.

Pas que quiconque remplacerait Ami, pas que quiconque le voudrait.

— Comment tu tiens le coup ? demanda Sawi, sa voix, comme celle d'Ami, asséchée.

L'eau qu'elles trouvaient provenait des ruisseaux souterrains, qu'elles buvaient après l'avoir fait bouillir sur leurs petits feux. Si elles en avaient l'occasion, de toute façon. Sinon, quelle importance avait la maladie quand on n'allait pas s'en sortir de toute façon ?

— La vengeance est un puissant moteur, répondit Ami.

— C'est tout ce que tu as, la vengeance ? Depuis que je t'ai rencontrée, c'est tout ce dont tu parles.

La vengeance contre le Cercle pour ce qu'ils avaient fait à Catya, l'Égide. La vengeance contre Gladdring pour avoir enfermé Ami dans sa tour. La vengeance contre Svarde pour l'avoir abandonnée et avoir renié son serment de Gardien pour aller se terrer dans une cabane pendant dix ans... Ami aurait pu continuer.

— C'est plus facile que de pardonner.

Sawi rit.

— C'est vraiment ce que tu crois, Ami ? Parce que je ne pense pas que tu sois restée à Noctia si longtemps parce que tu es en colère.

— Ah non ? Je t'en prie, Vis. Tu as la moitié de mon âge, tu n'as rien vu au-delà de tes lianes et de ces grottes sombres, mais tu veux me dire ce qui me fait avancer ?

— N'importe qui ayant été amoureux peut le voir chez quelqu'un d'autre.

Ami s'arrêta. Assez brusquement pour que Sawi heurte

sa sacoche, secouant leur équipement. — Qu'est-ce que tu dis, Sawi ? Choisis bien tes mots, ou je pourrais t'éventrer ici même.

La Vis rit à nouveau, le même rire qui avait eu une vraie vie dans la tour de Gladdring. Qui n'en avait plus dans l'obscurité.

— Je dis que tout le monde le sait, parla doucement Sawi maintenant, réalisant peut-être qu'elle s'était éloignée d'une simple fanfaronnade. Je dis que nous, Annalyse et moi en tout cas, te respectons pour ça. Pour être restée à ses côtés si longtemps.

— J'ai prêté serment.

— Alors peut-être que c'est ta raison, non ?

— Pourquoi ça t'intéresse, Vis ?

— Je... je ne sais pas. Je suis désolée d'avoir abordé le sujet.

— Ne sois pas désolée, et ne me questionne plus jamais. Ni ici, ni nulle part ailleurs.

Sawi ne répondit pas.

Elles continuèrent.

Les bruits survinrent après qu'elles se furent installées pour la nuit, un hululement sifflant rebondissant à travers les tunnels, chaque explosion suivie de rapides grattements. Ami et Sawi se redressèrent toutes deux de leurs sacs de couchage, chacune saisissant son arme. Ami avait son harpon, Sawi un grand couteau de pêcheur. Sans parler, elles se séparèrent de chaque côté de leur chambre étroite ; chaque journée de marche se terminait lorsqu'elles trouvaient un lieu de repos approprié, avec une seule entrée et sortie. Plus facile à défendre, plus facile à sécuriser.

Plus facile d'attirer une créature sans méfiance dans un piège.

Ami fit un signe de tête vers l'entrée, l'arche dentelée.

Sawi connaissait le signal, ne protesta pas, se glissant dans le tunnel au-delà. Ami se déplaça vers sa droite, se tournant pour presser son dos contre la pierre froide. Des lueurs violettes et bleues, peu profondes, se regroupaient autour de leurs sacs à dos tandis que les champignons et les mousses arrachés luttaient pour survivre. Ils s'éteindraient, seraient jetés, et de nouveaux seraient cueillis dans un jour ou deux. Un autre cycle ici-bas.

Ses gants, usés, laissaient passer le froid du harpon. Son contact fit s'animer les cicatrices Vis, toutes les deux, sur la plaque dorée d'Ami. Leurs murmures curieux filtrèrent, comme le contact fugace d'un rêve. Ami ne pouvait pas comprendre les mots, l'ancienne langue du dieu, mais elle connaissait assez bien leurs tons : quelle bêtise allait-elle encore faire ?

Le hululement retentit à nouveau, accompagné du grattement, et cette fois, le bruit avait une tonalité affamée. Les pas de Sawi, plus bruyants que nécessaire, résonnèrent en direction d'Ami. La Vis racla ses bottes sur la roche, passa son couteau le long de la pierre pour attirer davantage la créature. Sawi s'améliorait dans ce rôle, se révélant être un appât habile.

Ami ralentit sa respiration et tendit ses muscles. Le grattement et le hululement se rapprochèrent. Sans crier gare, Sawi se précipita à travers l'entrée, glissant légèrement sur la pierre et se ruant vers leurs sacs. La Vis roula, s'adossa aux sacoches et dégaina son couteau, les yeux écarquillés et la bouche ouverte, ajoutant une touche de terreur supplémentaire pour attirer pleinement la créature.

Et le monstre mordit à l'hameçon.

C'était une espèce qu'Ami n'avait jamais vue auparavant. Un corps peu profond comme un arc, courbé et écumant de griffes emplumées, la chose ressemblant à un oiseau hulula son triomphe en se précipitant sur Sawi, ces pointes beaucoup trop nombreuses tendues vers ce qui aurait dû être son dîner.

L'attaque s'arrêta net quand Ami frappa. Elle ne visa pas à blesser avec son coup, mais à tuer, portant une frappe directement à la taille du monstre, au bas de l'arche où les griffes de la chose changeaient de position pour devenir des serres. Le harpon transperça directement, les plumes du démon offrant une piètre défense contre un coup bien placé. Le monstre se redressa, son hululement se brisant de surprise, de colère et de douleur évidente. Sa tête, prolongeant l'arche en une ligne ininterrompue, se tourna vers Ami.

Juste à temps pour que Sawi intervienne avec le coup de grâce, juste sous la gueule bruyante du monstre.

Il n'émit plus aucun son.

L'espoir s'amenuisait, l'espoir jaillissait, l'espoir survivait aux lueurs les plus faibles. Sawi et Ami en trouvèrent un autre alors qu'elles nettoyaient la peau étrange du monstre, arrachant les plumes sales et noueuses. La créature semblait faite pour les cieux lumineux, pas pour les tunnels. Un malheureux hasard pour elle de se retrouver ici-bas. Mais une chance pour elles.

— C'est un carreau ? demanda Ami, plus pour elle-même que pour Sawi, en dégageant les plumes du dos de la créature.

Caché parmi leurs franges grises se trouvait effectivement une tige courte et étroite avec un empennage de corbeau. Elle s'était enfoncée dans le dos du démon et y était restée, soulevant une question intrigante.

— D'où vient-il ? demanda Sawi, se penchant sur la chose morte pour y regarder de plus près.

— Aucune chance que ce démon ait passé le filet de

l'Égide, dit Ami, faisant référence à la coquille protectrice que l'Égide projetait sur les îles avec ses skars. Un démon pouvait la traverser, et beaucoup le faisaient, mais ils en ressortaient brûlés, dure pénitence pour leurs efforts. Celui-ci semblait beaucoup trop indemne. Ce qui signifie que quelqu'un l'a abattu ici-bas. Ami examina l'empennage. Il est en bon état aussi. La blessure doit être récente.

— Qui serait ici-bas à tirer sur des démons au hasard ?

Ami se recula et secoua la tête. Elle cligna des yeux. Des rumeurs étaient venues du sud de Whent dans les semaines précédant l'effondrement de tout. Un seigneur de guerre et une armée, une expédition dans les profondeurs. Une expédition menée, en partie, par un ancien Gardien avec trop de bravade et pas assez de cervelle.

—J'ai une idée, dit Ami. Va voir s'il y a une piste.

Sawi n'eut pas besoin de plus d'explications. La Vis s'éclipsa tandis qu'Ami continuait le dépeçage. Le démon maigre ne fournirait pas beaucoup de repas, mais toute aide était la bienvenue. Son travail avança plus vite maintenant, son esprit s'évadant vers les possibilités, les skars Vis s'illuminant sur l'enthousiasme renouvelé d'Ami pour lui murmurer des frissons.

— C'est là, dit Sawi en revenant alors qu'Ami finissait d'enlever les dernières plumes. Merci à Vis, cette chose a tant de griffes. On peut suivre les rayures.

C'était incroyable ce qu'un peu de possibilité pouvait inspirer. Pour la première fois depuis trop longtemps, le duo avait un plan, et avec son feu, elles agirent rapidement, finissant de découper et de cuire le démon, mangèrent, et auraient commencé à partir immédiatement si le bon sens d'Ami n'avait pas pris le dessus. Elles avaient déjà marché pendant des heures, et le Sombre d'En-Bas restait mortel. Sawi, affirmant que les règles de la jungle étaient similaires, ne discuta pas. Les rayures étaient à la fois nombreuses et assez profondes pour ne pas disparaître rapidement.

Ami s'attendait à un sommeil agité, mais il vint rapidement, comme si repousser le désespoir rendait plus facile de se détendre. Pourtant, même alors qu'elle glissait vers des rêves de civilisation, une inquiétude lancinante persistait : le carreau était en bon état, et pourtant le démon vivait.

Qu'était-il donc arrivé au tireur ?

4

LE SEIGNEUR BANDIT

Quitter le quartier Najahn donnait toujours l'impression d'aveugler un millier d'yeux. Gladdring gardait son épais capuchon relevé, ses fourrures d'hiver volumineuses correspondant à la stature, sinon aux couleurs pourpre et noir des Najahn, de quelqu'un qui signifiait une bonne affaire. Troquer la finesse d'un Adepte contre des vêtements moins remarquables était une chose, sacrifier le respect pour un déguisement en était une autre.

Ni l'un ni l'autre des gardes, dans leur armure noire et luisante et leurs vouges pointées vers le ciel, ne lui jeta un regard. Un succès, bien que mineur. Après tout, les campagnes comme celle de Gladdring dépendaient de petites victoires.

Noctia brillait dans les profondeurs de l'hiver, ses nombreuses fenêtres de pierre saluant le midi d'un scintillement de lanterne. La neige s'entassait dans les coins, déblayée, parfois à mains nues, par ceux qui avaient besoin de pain, de soupe, de survie. Gladdring passa devant plusieurs d'entre eux qui s'acharnaient maintenant sur la glace avec des ciseaux de pierre. Les garçons recevraient leur dû pour leur labeur, assez pour rassasier leur estomac pour une nuit, assez d'huile ou de bois pour garder leurs foyers au chaud.

Du moins jusqu'à ce que demain arrive et exige tout recommencer.

Cette pensée attira le regard de Gladdring vers le ciel. Quelques nuages épars, un soleil rare. Pas de tempêtes à l'horizon. Malchance pour les nettoyeurs de rue, chance pour lui. Peut-être que le travail pourrait être accompli plus tôt. Peut-être...

Non, espérer que ce soit pour cette nuit même serait s'exposer à la déception. Une hâte excessive signifierait risquer...

Gladdring fronça les sourcils dans le vide, piétinant le long des manoirs qui escaladaient les falaises vers l'ouest, se dirigeant vers le sud. Des gardes privés et des groupes bien habillés se pressaient vers des déjeuners d'affaires ou de plaisir, bien que les repas d'hiver à Noctia manquent de la saveur cosmopolite de l'été. Les fruits et poissons de Vis et Kance, les pommes de terre de Whent qui avaient été stockées, suffiraient jusqu'au dégel. Son palais souffrait à cette pensée.

Non, la hâte. C'était la précipitation qui avait amené Gladdring ici en premier lieu. Trop d'attention portée au renversement du leader agaçant du Cercle et pas assez à consolider sa propre position. Les skars étaient des armes, Gladdring l'avait prouvé maintenant, mais les gardes à qui il avait confié la garde de ses secrets avaient décidé que leur loyauté envers le pourpre et noir primait sur leur loyauté envers lui. Un problème que Yarvick réglerait, parmi d'autres.

Si seulement Masayo vivait encore. Elle comprenait,

comme Gladdring, que le vrai pouvoir résidait dans le sauvetage des îles, pas dans leur maintien enchaîné.

Une statue de Demion, le premier Aegis, dominait la place que Gladdring traversait maintenant, comme pour confirmer sa propre déclaration. La cruauté et les poings de fer ne créaient pas de légendes. Les actes dignes d'être rappelés, si. Demion avait été la première à rassembler les skars, à mettre tout le monde derrière leur pouvoir. Gladdring ferait mieux qu'elle, il mobiliserait les skars et les Najahn ensemble pour anéantir les démons à leur source même.

Amusant comme cette idée directe venait d'un Gardien en particulier, un Foti perdu dans sa propre ambition. Gladdring était là ce jour-là quand Svarde avait hurlé sa proposition au Cercle, déclarant qu'une frappe dans les Ténèbres du Dessous était la seule option sûre pour sauver leurs vies. À ce moment-là, Gladdring avait trouvé sa direction, un but plus grand que simplement destituer Fassle, un objectif subtilement partagé par tous les Préceptes, comme ça avait été le cas depuis aussi longtemps que le Cercle existait.

La question, bien sûr, était de savoir qui prendrait le relais une fois le règne de Fassle terminé.

Des escaliers glacés menant à une plage au sud marquaient le chemin d'un pauvre homme, dont les résidents, creusés dans des cavernes à flanc de falaise, ne pouvaient se permettre de garder dégagé. Au lieu de cela, comme Gladdring le remarqua en passant devant plusieurs, les gens vivant ici enfonçaient des clous dans leurs bottes pour avoir de l'adhérence. Endommager les semelles pour sauver la peau. Gladdring lui-même revenait à d'anciennes habitudes, un équilibre parfait affiné dans une enfance sur Tamas où la capacité d'un homme à tenir une pose faisait autant sa vie que son habileté à l'épée.

Des regards se posaient sur lui maintenant, mais Gladdring ne ressentait pas les frissons qu'il aurait eus dans le quartier Najahn. C'étaient des regards curieux, fatigués. Des gens qui avaient trop peu d'incitation à bouger pour quelque chose qui ne promettait pas de nourriture ou un feu. De ceux-là, les flammes orange vacillantes, Gladdring en voyait beaucoup, les sentait aussi : non pas les luxes de bois brûlé du nord, mais des flammes terreuses et fumeuses alimentées par des mousses et des déchets.

La survie.

Gladdring ne pouvait jamais oublier ce qu'il fallait pour cela.

Les grottes au-delà du sable dur et gelé n'offraient guère plus que l'obscurité pour les premiers pas. Ce n'est qu'après avoir dépassé quelques obélisques noirs et déchiquetés, utilisant à nouveau des yeux de danseur pour garder le cap alors que la lumière du jour mourait au-delà des surplombs rocheux, que Gladdring aperçut la lueur d'une habitation. Ici aussi, il sentait des regards, avait détecté le changement dès que ses pieds avaient touché la plage.

Non, Gladdring lui-même ne l'avait pas fait. La pierre dans sa poche, sertie par Annalyse dans une bague à l'annulaire gauche. C'est ce qui permettait à Gladdring de connaître les impressions dirigées vers lui, et il ferait mieux de ne pas l'oublier, pas s'il voulait garder la tête froide.

Car c'était un endroit où l'on pouvait perdre ses mains si on perdait la tête.

Ce qui semblait être une grotte marine déchiquetée s'élargissait grâce à des efforts non naturels en une grande chambre, avec des plateformes en paille grimpant sur les côtés. Des ponts de corde s'entrecroisaient au-dessus du sol central, où brûlaient plusieurs feux, certains pour cuisiner, d'autres pour nettoyer, d'autres encore servant de réchauffeurs pour la variété humaine exposée.

— Vraiment, aucune des îles ne peut se comparer à ce que vous avez ici, Yarvick, dit Gladdring en s'approchant, n'attirant aucun regard des personnes à l'intérieur, sauf un. Ils savaient qui il était, avaient probablement su qu'il approchait depuis que Gladdring avait quitté le quartier Najahn dans son déguisement maladroit. Une collection de compétences qui-

— Cesse tes flatteries, coupa Yarvick, le seul qui s'était tourné vers lui. Le seigneur bandit avait l'apparence d'un mort-vivant, comme s'il s'était levé d'une tombe infestée de rats quelques instants auparavant, avec pour seule motivation une vengeance ironique. Cela fait un moment, Gladdring. Quand Fassle a eu vent de ton petit complot, je m'attendais à voir ta tête au bout d'une vouge. Dommage.

Yarvick sourit en terminant, exhibant des dents resplendissantes depuis longtemps dépourvues de leur blancheur naturelle. À la place, de l'or, des émeraudes et d'autres gemmes brillaient, taillées pour s'adapter et aiguisées en crocs étincelants. Un regard rapide pourrait supposer qu'il s'agissait d'une démonstration de force, une concession à la puissance. Gladdring savait mieux, il connaissait les murmures qui résonnaient dans l'esprit du bandit grâce à cet inhabituel travail dentaire.

— J'ai convaincu Fassle que ma mort serait plus ennuyeuse qu'autre chose. Gladdring s'arrêta au bord de la caverne. Avancer davantage sans invitation serait... imprudent, disaient les murmures. J'espère que ma survie prolongée peut s'avérer profitable pour vous.

— Elle l'est déjà. Yarvick se leva, une assiette de pierre avec du poisson à moitié mangé dans une main alors qu'il se dirigeait vers Gladdring. Dégingandé, avec apparemment plus de chair sur le poisson que sur les os de l'homme lui-même, Yarvick se déplaçait avec une démarche sinueuse, Gladdring ne sachant jamais dans quelle direction un pas mènerait l'homme avant qu'il n'arrive. Un des nombreux traits déconcertants de Yarvick. Mais j'aime ta façon de penser. Comment peux-tu m'aider, Gladdring ? Comment tes nouveaux atours d'Adepte aideront-ils les Doigts Agiles ?

— Fassle n'a aucune affection pour vous.

Une vérité connue d'eux deux, mais il valait mieux établir les faits.

— Fassle a besoin de moi, et moi de lui, rétorqua Yarvick.

— Mais il préférerait vous voir mort, vous et tous vos voleurs.

Le bandit ne fit que sourire davantage à ces mots. Qu'il essaie, scintillaient ces dents, et Gladdring devait admettre que toute tentative d'éradication serait probablement une entreprise futile, avec trop de couteaux dans trop de dos pour en valoir la peine.

— Il a annoncé un changement, poursuivit Gladdring, prenant le silence de Yarvick comme une invitation à continuer, les Najahn volent tous les skars, parce que je lui ai montré ce qu'ils peuvent faire.

— Nous savons.

— Alors vous devriez savoir aussi que ce ne sera pas long avant qu'il ne soit entouré des pierres du dieu, et une fois qu'il obtiendra ce pouvoir, nous ne pourrons plus l'arrêter. Assez de skars de Vis, et l'homme pourrait vivre pendant des siècles.

— Assez de skars de Vis, et toi ou moi le pourrions aussi.

— Mieux vaut nous que lui, dit Gladdring, gardant ses

mains dans ses poches. Les murmures suggéraient que Yarvick était réceptif à l'argument de Gladdring, un fait que Gladdring préférerait garder pour lui seul. Vous prospérez dans le secret et le pouvoir en coulisses. Je vous donnerais les deux.

— Tu as échoué, Gladdring.

— J'ai échoué vers le haut, Yarvick. Je suis plus proche de Fassle maintenant que jamais auparavant.

— Plus facile pour lui de surveiller tes pas.

Gladdring inclina la tête, reconnaissant la vérité. — Même ainsi, je suis ici parce qu'il y a une opportunité. Je ne peux pas manier le couteau, mais je peux amener Fassle là où vous pourrez le faire.

Gladdring hésita, Yarvick maintint son sourire étincelant.

Pas un non.

— Avant d'aller plus loin, j'ai besoin de votre parole. Votre parole contraignante.

— Quelle est la valeur de la parole d'un bandit, Gladdring ? La voix râpeuse de Yarvick résonna dans la caverne, et Gladdring réalisa que toutes les autres conversations s'étaient tues. Un traître vient demander une faveur à un voleur, qui peut faire confiance à qui ?

— Le profit et le pouvoir, Yarvick. Les seules monnaies dont vous et moi nous soucions. Une promesse sur celles-ci.

— Eh bien, dévoile ton secret, Gladdring, et nous verrons s'il te reste du pouvoir à échanger.

Le skar de Tamas au doigt de Gladdring vibra. Des mots dans une langue au-delà de la compréhension de Gladdring, mais remplis de tons qu'il connaissait bien. Il avait échoué dans sa première tentative de renverser Fassle, une rébellion précipitée alimentée par les skars, réprimée avec une autorité sinistre. Cela avait été trop ouvert, trop gentil.

En Yarvick, dans ses voleurs et leurs nombreux couteaux, leurs arbalètes, leurs poisons, Gladdring avait un outil différent, et un plan pour l'accompagner. Yarvick, tandis que Gladdring donnait les détails, gardait son sourire, ne dit rien lorsque Gladdring termina, sauf pour demander à partir.

Un message, d'une manière ou d'une autre, trouverait son chemin vers l'Adepte bientôt.

— D'ici là, lança Yarvick alors que Gladdring s'éloignait sur le sable glacé, reste en vie, Adepte. Tu es tellement plus amusant que ce Cercle que tu sers.

Rester en vie ? Pour une fois, le propre sourire de Gladdring égalait celui de Yarvick.

Il comptait bien le faire, et bien plus encore.

5
SAUTER DE BANQUISE EN BANQUISE

S auter de banquise en banquise devint vite familier, même avec l'aide des skars dans l'aventure. Eujo, ayant grandi dans les ruelles de Kance, avait passé plus de jours qu'elle ne voulait l'admettre à courir le long de lignes étroites, à bondir entre les bâtiments et les îles flottantes, et cette agilité se révéla précieuse alors que les heures, puis les deux premiers jours, passaient dans un tourbillon gris sur la glace. Les nuages et les vents coupants complétaient le tableau, les vagues écumantes faisant basculer les plus petites banquises tandis que le quatuor courait sur les surfaces glissantes de neige. Quand l'énergie faiblissait ou que la lumière diminuait, ils trouvaient le plus gros bloc de glace, y plantaient des piquets pour attacher d'épais sacs de couchage, et s'y blottissaient tous ensemble.

Ils perdirent leur tente dès la première nuit, arrachée par une bourrasque hurlante. Après cela, ils se serrèrent les uns contre les autres, renonçant aux feux impossibles pour la chaleur corporelle et les skars Foti.

Les ivrognes de Harrow's Edge avaient estimé qu'il

faudrait quatre ou cinq jours sur la glace pour atteindre la pointe de Tamas, et à mi-chemin du troisième jour, Bliss crut voir une tache à l'horizon lointain, une ligne visible à l'approche du crépuscule grâce à l'éclaircissement du ciel et à l'apaisement du vent. Une accalmie, comme si Tamas lui-même voulait leur souhaiter la bienvenue. Cette rapidité avait du sens avec les skars qui augmentaient leur vitesse, et Eujo s'autorisa un peu d'optimisme plutôt que la certitude absolue que leurs vies seraient perdues à jamais parmi la glace.

Alors, bien sûr, les choses tournèrent mal.

Le creusement de leur abri nocturne se déroula aussi rapidement que d'habitude, le quatuor se partageant les tâches de martelage, accélérées par l'espoir qu'ils étaient proches du salut. Eujo, le skar Foti saisissant l'occasion, fit griller du poisson salé dans l'unique casserole, elle-même depuis longtemps encroûtée de sel. Les pierres divines se nourrissaient de l'énergie épuisée d'Eujo, mais le poisson grésilla bientôt et, accompagné de restes de pommes de terre et de pain rassis, ils partagèrent un repas au coucher du soleil.

Torny raconta une autre histoire de ses larcins à la fois réussis et ratés, un vol amusant dans un manoir de Noctia et de ses propriétaires après une beuverie. Elle avait fui une patrouille malchanceuse de Najahn, entraînant les gardes jurant à travers un entrepôt portuaire après l'autre avant de leur échapper en s'accrochant sous un ponton, pour finale-ment perdre son butin quand un poisson curieux avait mordu la bourse pendue à ses hanches.

— C'est ça, la vie de voleur, dit Eujo quand Torny eut terminé son histoire, un soupir dramatique s'échappant de ses lèvres. Même quand tu penses avoir tout bien fait, ça tourne mal.

— Tu as déjà essayé quelque chose comme ça ? demanda Torny à Eujo, le venin qui avait marqué le début de leur relation s'étant dissipé avec leur lien scélérat.

— Je volais pour manger, pas pour en faire une carrière. Eujo sourit pour adoucir ses propos. Si j'avais eu la chance d'obtenir mieux que des poires moisies, je l'aurais fait. À Kance, ce n'est pas si facile.

Torny sembla peser ces mots, comme si elle hésitait à se vanter de ses propres prouesses, mais les mains de Bliss claquèrent pour attirer leur attention.

'À Vis, nous ne gardons pas d'objets de valeur pour nous-mêmes. Pas de voleurs.'

Wax toussa, — Eh bien, pas de bons en tout cas. Ceux qui essaient se retrouvent avec les pires boulots, donc personne ne s'y risque.

— Ça a l'air génial, dit Torny, mais attendez, je viens de me souvenir, vous vivez dans des arbres.

'Mieux que ça.'

— Qu'est-ce qui ne le serait pas, ajouta Eujo.

Alors que le repas touchait à sa fin, les étoiles apparurent, formant la couverture la plus claire qu'Eujo ait jamais vue recouvrant le ciel nocturne. Normalement, la lumière d'un feu, au moins, aurait masqué une partie de cette beauté, mais ici, enveloppés dans leurs épais vêtements, le vent d'hiver effleurant leurs nez, rien ne s'interposait entre Eujo et le scintillement au-dessus. Magnifique, à couper le souffle, et un peu effrayant.

— Tu crois que les dieux ont aussi créé tout ça ? demanda Wax.

Il était allongé à côté d'elle, Bliss à côté de lui, et Torny à l'extérieur, face à Eujo. Le subtil appariement était évident pour tous mais restait tacite, comme si reconnaître la façon dont Torny et Bliss restaient proches l'une de l'autre, leurs doux regards, leurs blagues signées, aurait ruiné un plaisir à peine naissant.

Quant à Wax, eh bien, Eujo ne savait pas trop quoi en penser.

— S'ils l'ont fait, alors qu'est-ce qui a mal tourné avec nous ? Le murmure d'Eujo s'éleva au-dessus du vent, des vagues léchant la glace.

Elle et Wax gardaient un skar Foti entre eux, l'autre étant passé à Bliss et Torny. La petite pierre contribuait au mélange, obligeant les deux Renewals à garder leurs mains dans sa poche pour puiser la chaleur du skar. Les doigts se touchaient, une sensation ignorée avec la survie en jeu, mais maintenant, avec leur succès apparemment assuré...

— Mal tourné ? demanda Wax, ramenant Eujo à ses propres mots.

— Ils se sont entretués ici. Pourquoi ? Qu'est-ce qui était différent à cet endroit ?

— Nous, probablement.

Eujo cligna des yeux, jetant un coup d'œil vers Wax pour le voir toujours scrutant les étoiles. — Sommes-nous si mauvais pour avoir poussé les dieux les uns contre les autres ?

— Ou trop parfaits. Peut-être qu'ils voulaient tous nous garder pour eux-mêmes. Ils n'ont pas pu partager, et maintenant regarde.

— Donc chacune de ces lumières est un monde brisé que les dieux ont laissé derrière eux ? Une expérience qui a mal tourné ?

Wax renifla un doux rire, — C'est mieux que l'alternative, non ?

— Qui est ?

— Que nous sommes les pires de tous, et que c'est pour ça qu'ils sont morts.

— Wax, te connaissant, c'est absolument le cas.

Il rit, elle sourit, et ils frissonnèrent sous les épaisses couvertures tandis que les étoiles scintillaient au-dessus d'eux.

Jusqu'à ce que la banquise bouge brusquement. Les yeux d'Eujo s'ouvrirent d'un coup alors que l'iceberg basculait sur le côté, mettant leurs piquets ciselés à l'épreuve. Wax, Bliss et Torny roulèrent dans leurs couvertures, glapissant et jurant à parts égales, pour s'écraser contre Eujo alors que sa vue passait du ciel nocturne à la mer écumante, qui n'était plus seulement agitée de vagues mais portait une indéniable présence étrangère.

Un démon.

Non, Eujo révisa son jugement une fraction de seconde plus tard, alors que la banquise basculait dans l'autre sens, atterrissant avec un craquement éclaboussant sur les vagues. Pas un démon. Plusieurs. Et ils abordaient.

Comme une masse gélatineuse, les formes grouillantes surgissaient autour des flancs de l'iceberg, grimpant sur bien trop de minuscules pattes. Dans la lumière argentée des étoiles — Sichi était introuvable malgré le ciel dégagé — les créatures, ressemblant à des masses sans yeux, attaquaient le quatuor de tous côtés. Les petites pattes grattaient la glace, produisant un crissement râpeux qui allait sûrement hanter les cauchemars d'Eujo à partir de ce jour.

Si, bien sûr, elle survivait.

— Skars ! cria Wax, un ordre évident qu'Eujo décida de ne pas relever, préférant plutôt atteindre son avant-bras et la pierre Kance qui l'attendait.

Ses murmures, légers et volages, furent les premiers qu'elle entendit, escortée vers les sommets Kance par sa Garde Royale bientôt traîtresse. Ils avaient choisi la pierre, sous le regard de Najahn, et lui avaient fait une révérence polie quand Eujo l'avait insérée dans le bracelet, le premier méli-mélo s'écoulant dans son esprit. Les mots du skar restaient du charabia pour l'instant, mais ses actions étaient faciles à comprendre alors qu'Eujo lui donnait un ordre paniqué.

Les créatures les plus proches, leurs formes grouillantes d'un violet terne, furent projetées au loin tandis qu'Eujo se levait. Elles roulèrent et se retournèrent, éclaboussant une mer qui les ramènerait sans doute bientôt. Néanmoins, du temps gagné était du temps utilisé, et Eujo attrapa son sac planté dans la glace et en tira la rapière qu'elle portait depuis son ascension royale.

La fine lame faisait une piètre arme pour exécuter de petites masses, mais le skar Kance continuait de jouer son rôle principal, changeant sa bourrasque d'un souffle violent à un tourbillon, faisant virevolter les créatures autour d'Eujo pour qu'elles flottent, impuissantes, dans les airs. Un simple embrochage, l'un après l'autre, la surprise s'estompant à chaque coup.

— Elles mordent ! cria à nouveau Wax, et Eujo se détourna de son dernier coup pour voir le Renouveau Vis agiter sa lame plus épaisse dans une danse maladroite, ses pieds se rapprochant du bord de l'iceberg, plus de créatures acariformes arrivant derrière lui.

La principale préoccupation du Vis semblait être la créature attaquant sa botte, enroulant son corps autour de ses orteils comme un tissu agrippant. Wax la frappa de son épée, raclant la carapace mais laissant le monstre s'agiter en dessous. Il jura et Eujo s'élança, embrochant l'insecte et l'arrachant. La chose rebondit sur plusieurs de ses congénères, les renvoyant dans l'eau.

Bliss, au moins, avait plus de succès : elle et Torny tourbillonnaient dans un étrange concert, la Vis balayant les créatures avec son gros bâton tandis que Torny poignardait celles qui s'approchaient trop près. Elles tenaient leur position, pour l'instant.

— Il faut qu'on bouge, dit Eujo, s'appuyant sur une autre rafale Kance pour avoir le temps d'enfiler son sac. Prenez vos affaires et partez !

— Et la literie ? demanda Wax, faisant passer la lame dans son autre main tout en attrapant sa propre sacoche. On ne peut pas...

— On peut et on va le faire. Maintenant.

Le masque de la Reine tomba, une habitude qu'elle avait vite cultivée une fois qu'on lui avait placé le diadème de diamant céleste sur la tête. Donner des ordres, s'attendre à ce qu'ils soient obéis, un calme de commandant s'empara d'Eujo alors qu'elle répétait l'ordre, guidant Wax vers leurs deux Gardiennes. Bliss et Torny ne remirent pas en question l'idée, se mettant rapidement en rang alors qu'elles sautaient sur un autre bloc de glace.

Les créatures les suivirent.

— Ici, dit Wax alors qu'ils se précipitaient le long d'une étroite ligne de glace, ses bords flous contre l'eau sombre. Laissez-moi passer en dernier.

Eujo, déjà essoufflée alors que le skar Kance aspirait son énergie, fut assez heureuse d'échanger sa place avec Wax, le frôlant sur la glace. Seulement pour s'arrêter devant le regard inquiet de Bliss envers son frère. Torny, plus loin, continuait de courir, comme elle le devait.

— Vas-y, dit Eujo. Il s'en sortira.

Bliss signa quelque chose qu'Eujo ne saisit pas, laissa Eujo la dépasser. Loyauté envers son frère et le Renouveau.

Admirable, mais inutile. Wax avait une idée, mieux valait le laisser...

L'éclair la fit trébucher, un soudain embrasement projetant Eujo en avant dans une chute à plat sur l'étroit doigt de glace. Elle dérapa, se retourna, vit Wax faire ce que le Renouveau semblait toujours faire : cracher du feu vers la glace derrière eux, les créatures poursuivantes s'enflammant comme autant de pétards dans l'obscurité, leurs formes roulant hors du bloc de glace dans la mer. Bliss tirait son frère, leurs silhouettes n'étant que des ombres contre la lumière du skar Foti.

Trop et pas assez. Eujo posa ses mains, commença à se relever, sentit la prise secourable de Torny sur son épaule, mais ce n'était pas le problème : Wax, son grand moment passé, s'effondra presque dans les bras de Bliss, sa sœur se tordant pour aider le Renouveau le long de la glace.

Ils n'avaient pas dormi longtemps, les skars ne s'étaient pas rechargés après une journée passée à courir sur la glace. Pire encore, les créatures n'en avaient pas fini non plus. La masse grouillante, leurs nombreuses pattes semblant travailler de concert alors qu'elles ondulaient comme un seul être dans les vagues sombres, contourna la flamme, encerclant le bloc de glace, coupant le quatuor de leur prochain saut.

— Encerclés, cracha Torny, dégainant à nouveau ses dagues. On se bat jusqu'à la mort, alors ?

— On ne va mourir nulle part, grogna Eujo, retournant le bracelet, engageant un murmure différent, plus glissant. Accrochez-vous.

— À quoi, c'est un iceberg ?

— Accrochez-vous à moi, alors.

Si Torny fit une autre remarque à ce sujet, Eujo ne l'entendit pas. À la place, elle dit au skar argenté quoi faire, et la pierre répondit, bondit à cette idée, vers l'horizon lointain qui captivait le regard d'Eujo.

Et le bloc de glace, entouré de créatures, commença à bouger.

6

L'EXIGENCE DU GUERRIER

Incroyable comme une lance sur la gorge fait ressortir la vérité. L'académie de Whent n'était pas très portée sur la torture ou les interrogatoires — sur l'île rocheuse du nord, ces choses étaient plutôt laissées aux Fosses et à leur populace affamée et en colère. À la place, Annalyse et ses amis posaient des questions, menaient des expériences, cherchaient la vérité par essais et erreurs. Un savoir acquis au fil des années, et que les Vis obtenaient maintenant en quelques instants sur une branche d'arbre.

— Alors c'est pour ça qu'ils veulent les skars, dit Deshiva, toutes deux assises dans une clairière douce après une nuit noyée de conversations, de légères menaces et de revirements faciles.

Annalyse avait donné aux chasseurs ce qu'ils voulaient et plus encore.

Que devait-elle à son ancien foyer, qui l'avait rejetée ?

— Il y a du pouvoir, acquiesça Annalyse, mais ce n'est pas la seule raison. Le contrôle aussi. Le Cercle a toujours peur de ce que les îles pourraient faire. Gladdring me l'a bien fait comprendre.

Elle avait révélé le jeu du Tenet, expliqué tout son plan : renverser Fassle, unir les îles avec les skars et travailler ensemble pour détruire les démons. Annalyse n'avait pas de réponse au scepticisme de Deshiva face à cette idée : les motifs de Gladdring lui avaient toujours paru sincères, à elle, la scientifique.

— Ça, au moins, tu l'as bien compris, répondit Deshiva. Du café frais, préparé sur le feu de camp, refroidissait dans de petites tasses en bois entre leurs mains. Des ombres se déplaçaient autour d'elles, les chasseurs de Deshiva maintenant un périmètre. Les Najahn ne s'intéressent qu'au contrôle.

Deshiva incarnait parfaitement l'image sauvage que les rumeurs Vis donnaient de l'île, arborant une tenue qu'Annalyse n'avait pas beaucoup vue durant son bref séjour à Kitaye. Des vêtements étroitement tissés s'enroulaient autour d'une peau tatouée, des sigiles qu'Annalyse aurait adoré étudier, interrompus par des holsters et des sangles pour un arc, des flèches, et plus d'astuces qu'Annalyse n'osait imaginer. Les cheveux de Deshiva étaient séparés en deux tresses serrées, attachées par un fin bandeau tressé assorti au bleu pur de l'océan d'été.

Dire qu'Annalyse se sentait un peu déplacée avec ses tresses fraîches, sa maigre sacoche — rendue après que les chasseurs l'eurent débarrassée de ses outils et trésors — et son absence totale d'armes mortelles serait un euphémisme.

Que Deshiva s'en moque complètement était tout aussi évident.

— Les skars de Vis nous appartiennent, dit ensuite Deshiva, sans y être invitée, faisant sursauter Annalyse au-dessus de son café. Nous avons laissé les Najahn les garder assez longtemps pour le Renouveau. Ils ne peuvent pas les avoir pour leurs propres désirs.

Annalyse cligna des yeux.

— Qu'est-ce que ça a à voir avec moi ?

— Tu vas nous aider.

— Aider ? Annalyse regarda à gauche et à droite, espérant qu'un chasseur serait là, prêt à détromper Deshiva de l'idée que cette femme de Whent, si loin de chez elle, pourrait être d'une quelconque aide. Je ne suis pas une combattante.

— Maintenant, c'est toi qui mens. Deshiva sourit. Tu as passé les dernières heures à me raconter en détail comment Gladdring t'a fait travailler avec les skars pour développer des armes, pour transformer l'armure en plus qu'un simple mur de métal. Tu feras la même chose pour nous.

Un autre clignement d'yeux. Un manque terne de surprise s'empara d'elle. Gladdring avait parlé de la même façon, bien que sans les menaces, quand il était venu pour la première fois à Whent, l'avait trouvée parmi les quelques skars dans les réserves de l'Académie et lui avait demandé si elle croyait que les pierres n'appartenaient qu'à l'Aegis. Cette conversation, sa démonstration de ce que les skars pouvaient faire, l'avait amenée ici, à un point d'inflexion qu'elle voyait à nouveau se dresser au-dessus des braises mourantes du feu de camp.

Plonger à nouveau dans la mêlée ? Se faire à nouveau utiliser par quelqu'un ?

Quik apparut furtivement. Leur conversation sur le quai, dans le port Najahn pendant qu'ils séchaient. S'échapper, survivre, et peut-être sauver le monde. De l'optimisme dans une situation désespérée ? Peut-être, mais n'était-ce pas pour cela qu'elle avait quitté son atelier chaleureux sur la falaise de Whent ?

La marche ne les ramena pas directement à Kitaye, les chasseurs déviant vers l'est du chemin principal, trouvant un passage à travers des arbres épais et des plantes dont Annalyse ignorait l'existence jusqu'à ce que le sol plat de la forêt, recouvert de feuilles, apparaisse devant son prochain pas. Deux jours passèrent en un éclair, Deshiva monopolisant les matins et les nuits entre les longues marches pour gratter l'esprit de la scientifique pour en savoir plus.

Annalyse, finalement, fit de même en retour. Elle fit montrer à Deshiva et aux chasseurs leurs méthodes, comment ils pistaient et combattaient, transformaient l'assaut d'un démon ou d'un hanoko en embuscade. Comment ils tenaient leurs armes, et où un skar pourrait trouver sa meilleure place. Les habitudes ont la vie dure, et Annalyse griffonna page après page sur son bloc de fusain, diagrammant des idées, les proposant à Deshiva, et quand ils arrivèrent au lac du sud, toutes les pensées de l'exil de Svarde sur la falaise étaient mortes d'une mort simple : enterrées par les possibilités.

Des maisons dans les arbres entouraient le lac, beaucoup commençant bas sur un tronc épais avant de s'étendre à travers les branches vers les arbres voisins. Des ponts de corde en toile d'araignée maintenaient les Vis hors du sol, donnant presque à Annalyse l'impression d'être de retour à Noctia, où les gens étaient toujours au-dessus et en dessous. Les frondes et les fougères remplaçaient les pierres et l'ardoise, le chant des oiseaux tropicaux correspondait aux cris des mouettes, bien que l'air manquât de la suie perpétuelle de Noctia, une odeur industrielle dont Annalyse ne regrettait pas le moins du monde l'absence.

— C'est pour toi, dit Deshiva, escortant personnellement Annalyse vers un arbre trapu et large près de l'extrémité est du lac. L'eau léchait une bordure verdoyante, une seule plage maintenue dégagée par des assistants Vis, et des poissons s'ébattaient, sautant, éclaboussant, et se faisant emporter par des rapaces joyeux. Un miracle naturel mis en pause quand Deshiva ouvrit la fine porte de bambou. Nous l'avons construit selon ce que tu as dit.

— Ce que j'ai dit ? Tu veux dire quand je t'ai parlé de ce que Gladdring m'avait donné ?

Annalyse posa la question, mais la réponse était évidente. Tout comme à Noctia, une dalle centrale, cette fois-ci une souche massive coupée et nettoyée, dominait l'espace. De plus petites tables l'entouraient, chacune portant un petit coffre. Une échelle de corde menait à un lit en mezzanine. Des fenêtres grillagées espacées parsemaient les sols et les murs en bois, laissant entrer bien plus de lumière qu'Annalyse n'en avait jamais eu dans la sinistre tour de Gladdring.

— C'est ce que tu avais, c'est ce dont tu as besoin, n'est-ce pas ? demanda Deshiva, son ton oscillant entre la frustration d'avoir manqué un détail et l'espoir du contraire. Il y a peu de temps. Les Najahn se fortifient déjà.

Annalyse ne fit pas un pas à l'intérieur. Pas encore. Si la promenade, si les discussions avaient rempli son carnet, tout cela n'avait été que théorie. Tout pour Gladdring avait été de la science, des tests pour une application pratique, mais pas encore une fabrication pour la guerre, pour la mort. Et cela aussi avait été pour une utilisation contre les démons.

— Je... commença Annalyse, avant de s'interrompre.

Deshiva saisit l'épaule d'Annalyse, la fit pivoter pour que la scientifique voie la chef des Vis. Le soleil descendait derrière elle, donnant aux encres de Deshiva une lueur ardente, ses yeux une intensité qui volait ce qui restait de la pensée d'Annalyse.

— Ce n'est pas un choix, Annalyse, dit Deshiva, martelant chaque syllabe. Une promesse et une menace. Tu vas le faire. Sans cela, les Najahn nous domineront. Ils prendront cette île et assujettiront tous ses habitants à leurs fins.

— Qui pourraient être nobles. Ils pourraient...

— Si le Cercle voulait notre coopération, ils la demanderaient. Ils ne l'ont pas demandée. Ils ne le feront pas. Tu le sais. Choisis ton camp.

Deshiva prononça ces mots comme si Annalyse avait le choix, mais les regards sombres, à la fois de Deshiva et de deux chasseurs qui attendaient, disaient le contraire.

— Avez-vous même des skars ? demanda Annalyse, et Deshiva esquissa enfin un léger sourire, hochant la tête en direction de la cabane dans l'arbre derrière la scientifique.

— Nous avons les tiens. Le sourire s'estompa en une moue. Tes skars et les premiers éléments pour eux sont à l'intérieur. Tu travailleras ce soir. Nous partirons demain.

— Partir ? Nous venons juste d'arriver ?

— Un court voyage, dit Deshiva. Un navire Najahn a accosté à Kitaye. Ils vont prendre les skars. Nous ne les laisserons pas faire.

—Je ne suis pas une combattante, je ne...

Un sourire narquois maintenant. Ce n'est pas vrai. Les démons, les Najahn. Si tu n'es pas encore une combattante, tu l'es maintenant. Mets-toi au travail, Annalyse. C'est ça. Ce pour quoi tu étais destinée.

Ces mots restèrent avec Annalyse alors qu'elle entrait dans l'atelier de la cabane, examinant l'espace. Les coffres contenaient ses pochettes, les skars qu'Annalyse avait elle-même transportés pour commencer. À peine assez pour équiper une armée, cependant, ou suffisant pour combattre les Najahn. Annalyse passa d'une pierre à l'autre, les ramassant, entendant leurs murmures. Ce qui avait été autrefois si merveilleux sonnait maintenant différemment, presque sinistre. Non pas un nouvel univers à explorer, mais un à exploiter.

Ses collègues auraient honte, seraient choqués ou déçus. Comme ils l'avaient été quand Annalyse avait annoncé pour la première fois qu'elle partait avec Gladdring. Son premier pas loin de la science vers quelque chose de pratique. Ce n'était que le suivant.

Ce pour quoi elle était destinée.

Les Vis étaient des pillards, furtifs et rapides. Rien à voir avec les Najahn, avec les immenses armées Whent de chez elle. Quelques skars, bien placés, pourraient tout changer. La scientifique regarda les lances, les tissages empilés à l'entrée de la cabane. Les premières choses avec lesquelles elle devait travailler, pour les transformer en quelque chose de spécial.

Elles ne feraient pas l'affaire.

Les chasseurs firent ce qu'elle demandait, courant dans le crépuscule. S'ils trouvaient ce qu'elle avait demandé, alors peut-être, peut-être, l'île longtemps abandonnée par le reste du monde aurait une chance.

Ou Deshiva, Annalyse et tous les chasseurs se retrouveraient empalés au bout d'une vouge.

7
LE ROI D'EN DESSOUS

Il n'avait pas fallu longtemps après le début de leur première étape sur la piste de sang du carreau pour que Sawi admette qu'elle n'était pas une chasseuse. Pas au sens formel des Vis, en tout cas. Pas une de ces dangereuses traqueuses qui avaient aidé à guider Ami, Svarde et Catya à travers les sentiers de la jungle jusqu'au Grand Sana dix ans plus tôt.

Au lieu de cela, elle était à peine une adulte, une de celles qu'on envoyait cueillir des fruits et regarder les jours passer sans menace.

— Tu aurais pu le mentionner plus tôt, dit Ami alors qu'elles se glissaient dans une étroite crevasse, une dérivation de leur tunnel mais toujours collante du sang bleuâtre et séchant du démon.

Ce n'était pas que le sang lui-même brillait de cette couleur, mais les mousses recouvrant les sacoches des deux voyageuses le peignaient ainsi. Le reflet du sang aidait, mais Ami trouvait que la forte odeur de fer était un meilleur guide alors qu'elles avançaient lentement et prudemment parmi les nombreux virages et détours des Ténèbres d'en Dessous.

— Tu l'aurais su si tu m'avais ne serait-ce qu'une fois posé des questions sur moi.

— J'ai arrêté de le faire quand mes amis n'arrêtaient pas de mourir.

Sawi, quelques prises en dessous d'Ami dans la faille descendante, s'arrêta et leva les yeux, son regard lançant un bon éclat alors qu'Ami hésitait.

— Arrête de jouer les martyrs. J'en ai assez de ton numéro, Ami. Désolée pour Catya, mais elle savait ce qu'elle faisait quand elle est devenue l'Égide. Des amis qui sont morts ? Qui ? Tu n'avais certainement pas l'air déprimée quand on travaillait avec Annalyse. Chaque matin, à aboyer des ordres, à exiger ceci et...

— Continue d'avancer. Continue de parler si tu veux, mais continue d'avancer.

Sawi prit en compte les deux points d'Ami. Elle continua de déblatérer, un flot de rage qui couvait manifestement depuis un certain temps. Qu'est-ce qui avait provoqué cette explosion maintenant ? La remarque désinvolte d'Ami, une phrase teintée de vérité qui sonnait simplement bien sur le moment ?

Ou la Vis était-elle en proie à plus de problèmes que sa compagne de voyage ?

Attirée loin de chez elle par Gladdring, fourrée dans une expérience puis une tentative de renversement. On lui avait dit d'ignorer une amie proche. Laissée à pourrir dans une cellule avec une mort certaine comme seule issue jusqu'à ce qu'Ami passe par hasard ?

Cela pourrait bien tordre l'état mental de quelqu'un jusqu'à le briser.

— J'y suis passée, dit Ami quand le flot de paroles de

Sawi s'amenuisa, lorsque les deux atteignirent le fond de la crevasse.

Une dernière chute, assez haute pour qu'Ami se réceptionne à quatre pattes, le harpon lui heurtant le dos. Éraflures et coupures la piquaient, la démangeaient, et furent ignorées. Le skar Vis enchâssé dans la plaque faciale d'Ami chuchotait. Elle le retirerait bientôt, le donnerait à Sawi à la fin de la marche pour remonter le moral de la Vis, et endurerait quelques heures douloureuses. Une pénitence, en quelque sorte.

Pour quoi ?

— Ouais, t'as été partout, marmonna Sawi, s'accroupissant devant Ami jusqu'à ce que la Vis localise la piste de sang. Tu as tout vu. On n'est que des redites pour toi.

— J'essaie de te dire que l'apitoiement sur soi-même ne sert à rien.

— Qui s'apitoie sur soi-même ? Je te dis qu'on va devoir travailler ensemble pour traquer cette chose, et tu parles d'apitoiement sur soi-même ?

Ami rit, une fois. Sawi avait raison. La Gardienne était descendue dans un autre terrier mental sans vraie raison.

— L'obscurité fait des choses étranges, finit par dire Ami alors qu'elles repartaient.

— Je te jure, Ami, si tu perds la tête ici-bas, ne t'attends pas à ce que je te porte jusqu'à la maison.

— Comme si tu pouvais la trouver, cueilleuse.

Sawi haussa les épaules, ombre bleu argenté au milieu de l'obscurité moussue qui les enveloppait. Elles continuèrent. D'autres heures s'écoulèrent. La conversation reprit et se maintint, baissant à des chuchotements si l'une d'elles entendait un autre bruit, mais les démons s'étaient faits silencieux. Soit ils écoutaient la paire patauger sur leur territoire, soit, comme celui que Sawi et

Ami avaient tué, ils partaient. Où et pourquoi, nul ne le savait.

Avec un peu de chance, le propriétaire du carreau en était la raison, et avec encore plus de chance, il serait amical, car Ami avait depuis longtemps décidé qu'elle et Sawi n'avaient ni chemin, ni plan, ni chance de s'en sortir seules.

— Ça s'arrête ici, dit Sawi, ralentissant pour s'arrêter, courbée, dans une petite chambre. Plusieurs tunnels s'interconnectaient, partant dans différentes directions. Il y a une marque où le carreau a frappé. Puis plus rien.

Le duo examina soigneusement la chambre, ne trouvant aucun autre indice. Ami était sur le point de déclarer l'endroit suffisamment bon pour une nuit de repos — les multiples entrées n'étaient pas idéales, mais les petits tunnels propageaient le bruit. Elles auraient un avertissement et des espaces confinés pour se défendre, ce qui était préférable face à un grand nombre. Pourtant, juste au moment où Ami laissait tomber son sac dans la poussière, Sawi siffla.

Doucement, bas et curieux.

— Regarde les éclaboussures, dit Sawi quand Ami demanda. Le carreau a frappé, il y a un jet en arrière de ce côté, la plupart. Celui qui a tiré le truc devait se tenir dans ce tunnel.

— Alors c'est par là qu'on va. Ami remit son sac sur l'épaule. Beau travail, Vis.

Sawi lança à Ami un regard sceptique de côté, — Merci, mais c'était plutôt évident.

— Pas pour un mineur Foti.

Sawi renifla, mais Ami jura avoir vu un petit sourire jouer sur ce visage. Sawi, elle aussi, entama la marche avec plus d'entrain qu'avant. Ami commença à rationaliser, à chercher une raison secondaire pour laquelle elle avait fait ce compliment à Sawi, puis s'arrêta. Elle secoua la tête dans la pénombre bleu-violette.

Parfois, un mot gentil pouvait simplement être cela. Ce n'était pas parce que Gladdring essayait de tout transformer en couches de manipulation qu'Ami devait faire de même.

Comme pour récompenser les efforts de Sawi, le tunnel choisi ne se ramifia pas pendant longtemps, s'enroulant plutôt dans une danse sinueuse sans choix. Il descendait — bien sûr qu'il descendait — mais le duo pouvait au moins croire qu'elles suivaient la bonne piste, continuant jusqu'à ce que leurs jambes se sentent lourdes comme du plomb, que leurs yeux soient à moitié fermés, et que Sawi commence à rebondir sur les murs tandis que ses pas déviaient.

Un endroit propice à une embuscade, et c'est ce qui arriva lorsque le tunnel s'élargit, se divisant en deux. À gauche, l'obscurité et des profondeurs supplémentaires. À droite, comme l'annonça le souffle retenu de Sawi, une arbalète et un regard curieux derrière celle-ci. Pas de lanternes, mais alors que la mousse du duo projetait sa lumière, Ami reconnut la tenue : un ensemble de fourrure et de cuir, bien que plus fin à mesure que le Monde d'en Bas s'installait dans une chaleur plus confortable que l'hiver glacial au-dessus.

— Whent, dit Ami, s'avançant à côté de Sawi en gardant les mains libres. Pas d'arme dégainée, pas de mise à mort décisive, du moins l'espérait-elle. Tu es bien loin de chez toi.

— Tout comme toi, Foti, répondit l'éclaireur, une voix de femme âgée émergeant de l'épais manteau. Je ne reconnais pas l'autre, ce qui signifie qu'elle doit être une Vis. Un duo étrange.

— Avec une histoire encore plus étrange. Ami laissa sa main gauche dériver vers celle de Sawi, la plaçant de manière à pouvoir attraper la Vis avant qu'elle ne fasse quelque chose de stupide. Pourtant, je parie que la vôtre égalerait la nôtre.

— C'est possible.

Un long silence. Les deux côtés s'évaluant mutuellement. Ami essaya d'imaginer ce qu'une expédition Whent pouvait bien faire si profondément. Trop profond pour l'exploitation minière, mais peut-être pas pour l'exploration. Un petit groupe dont les illusions de trésors cachés les avaient menés bien loin de leur route ? Ou bien-

— Nous sommes perdues et désespérées, bon sang, dit Sawi, brisant l'impasse. Nous essayions d'atteindre Vis par ces grottes maudites et nous avons besoin d'aide.

— Vers Vis ? Par les grottes ?

Sawi ayant brisé la glace, Ami ne tenta pas d'arrêter la Vis. Elle raconta tout, sauf leur condamnation comme traîtres par les Najahn. Au moins assez intelligente pour ça. Sans l'équipement ni la volonté de payer le prix élevé du voyage hivernal vers le sud, Sawi dit qu'elles avaient essayé d'être entreprenantes et s'étaient retrouvées condamnées à la place, et lorsque l'éclaireur souligna leurs armes, le fait qu'elles étaient toujours en vie, Ami saisit l'ouverture.

— Nous sommes de bonnes combattantes, des chasseuses, dit Ami. Et nous serions ravies de reporter notre voyage si vous avez besoin de nos compétences.

Cela attira un regard différent de Sawi, plus curieux qu'en colère. Un virage dans leurs plans initiaux, mais si Ami jugeait bien l'éclaireur, d'après l'outre d'eau bien remplie, la sacoche, la lanterne et l'équipement en parfait état, alors elle appartenait à un groupe Whent bien approvisionné. Des provisions dont Ami et Sawi pourraient avoir besoin.

Et, bien qu'elle ne le dirait jamais à voix haute, Ami était prête à en finir, du moins pour un temps, avec cette marche aveugle dans l'obscurité.

— Alors prêtez serment, dit l'éclaireur. Maintenant. Promettez que vous ne blesserez, ne volerez, ni n'entraverez nos efforts de quelque manière que ce soit. Faites-le, et gardez vos mains loin de vos armes, et vous pourrez venir avec moi.

— Entraver vos efforts ? demanda Sawi.

— Vous avez trouvé l'expédition de Jochi. Je m'appelle Olgata et, ici-bas, nous allons sauver Les Sept Îles.

Une déclaration comme celle-là méritait des explications, et Olgata en donna, bien que sur deux jours de voyage. L'éclaireur, après une lente fonte de la méfiance gagnée par des dîners et des histoires partagés, bien qu'Ami et Sawi continuent de taire leur statut de Najahn, révéla tout le plan de Jochi. Le seigneur de guerre avait construit un réseau au cours du dernier mois, implantant des avantpostes dans le Monde d'en Bas tout le long de la surface de Whent. Des éclaireurs recrutés dans toute l'île patrouillaient les tunnels voisins, repoussant les démons errants et cartographiant les chambres pour trouver des minerais, des bassins et des plantes utiles. Pendant ce temps, Jochi lui-même avait établi un camp près de la base de la Blessure, dans un endroit qu'ils appelaient maintenant Dreamhold — un nom basique, Olgata l'admettait, mais suffisamment clair dans son but pour attirer les aventuriers — où il cherchait un moyen de fermer les portes.

— Les portes ? demanda Ami.

— Là d'où arrivent les démons, répondit Olgata. Il y en

a sept, correspondant à nos îles, et c'est par elles que viennent tous les monstres. Notre problème, maintenant, est de savoir comment les détruire.

Les tunnels qu'ils traversaient devenaient plus lumineux à mesure qu'ils approchaient de Dreamhold, avec des lanternes suspendues et des signes, déjà, d'ingénieurs qui lissaient les bords les plus rugueux. L'air ne sentait plus la mousse, mais crépitait plutôt de cendres et d'industrie. Des mots, indistincts mais bien réels, flottaient entre les coups de marteau, les perceuses et les scies. Ami avait du mal à retenir un sourire sur son visage à moitié couvert. D'une manière ou d'une autre, elles allaient survivre. D'une manière ou d'une autre, elles allaient-

Le tunnel déboucha sur un autre plus large, un tube massif recouvert de production, avec des chariots roulants. Des gens, des soldats de Whent aux mineurs, en passant par les marchands qui les soutenaient tous, s'agitaient, et la plupart dans une seule direction. Ami s'arrêta, stupéfaite par le nombre.

— Comment ? demanda-t-elle à Olgata. Comment peut-il y avoir autant de monde si profondément ?

— L'hiver à Whent signifie normalement se cacher, attendre que le froid passe avec de l'ale et de l'ennui. Maintenant, notre île a des possibilités à la place. Une chance de faire quelque chose de nouveau, quelque chose d'incroyable. Olgata jeta un coup d'œil au duo, les examinant à nouveau, à la recherche de quelque chose qu'elle ne trouva pas. Une chance, aussi, de gloire, de ressources au-delà de ce que Noctia et les Najahn pourraient espérer égaler.

— Je croyais que c'était à propos des démons ? demanda Sawi.

— Les démons, et se débarrasser de l'oppression du

Cercle. C'est plus qu'une chance de sauver les îles, Vis. C'est le moyen de briser les chaînes qui les lient.

Quels que soient les sentiments d'Ami à propos de ces chaînes — les Najahn semblaient impossiblement distants ici-bas dans ce monde souterrain — elle les oublia peu après, alors qu'Olgata les conduisait à travers une autre chambre massive, celle-ci scellée d'un côté par des fortifications de fer étincelantes et pointues, et dans une étrange cité. Les maisons et les bâtiments semblaient oppressants, des murs plats et des fenêtres vides commençant tout juste à être habillés de réparations.

Sawi le remarqua en premier, l'expérience de la Vis empêchant tout cri de s'échapper de ses lèvres : beaucoup de ceux qui travaillaient avaient la peau tachetée, les yeux ternes, ou des membres manquants. Ils ne parlaient pas, n'avaient pas de sacoches avec de la nourriture ou de l'eau à proximité, et se déplaçaient avec un but indubitable. Pourtant, les gens de Whent ne leur accordaient pas un second regard, ou travaillaient aux côtés de ces étrangers chancelants.

— Que sont-ils ? demanda Ami, suivant la découverte de Sawi.

— Cette réponse, dit Olgata, attend là où nous allons.

Quant à savoir qui la donnerait, le tournant le plus improbable encore. Il était assis sur une étrange chaise de pierre au centre du plus grand temple de la ville, le seul, en haut des escaliers et derrière des murs lisses. Une lame gigantesque et dentelée reposait dans une main, sa pointe enfoncée dans les dalles propres à ses pieds. À proximité, comme s'ils l'attendaient, se tenaient deux autres personnes, observant Ami et Sawi s'approcher. L'une, une femme à l'aspect sauvage avec des yeux écarquillés et un sourire féroce, presque menaçant, et l'autre, si chargé de fourrures et avec une barbe si imposante qu'il ne pouvait être que Jochi et personne d'autre.

Pourtant, Ami concentra son attention sur l'homme assis sur cette chaise, celui qui n'avait aucun droit d'être en vie, dont le corps semblait plus gris et couvert de cicatrices que jamais, mais dans les yeux brillants et le sourire déterminé duquel persistait un véritable espoir.

— Ami, dit Svarde alors que le duo entrait dans la chambre. Es-tu prête ?

8

CE QUE DÉSIRENT LES REINES

Une visite aux chambres privées du Cercle n'était jamais chose aisée. Même maintenant, vêtu des habits dorés d'un Adepte, Gladdring descendait les marches tapissées lentement, le visage renfrogné. Le large couloir se rétrécissait dans sa descente au-delà de la pièce principale, où la vaste table ronde servait de lieu de réunion pour quiconque cherchait l'aide du plus grand pouvoir des îles. Des lanternes brûlaient, des portraits espacés sur les murs affichaient les visages austères des anciens chefs du Cercle. Leurs yeux ne semblaient pas suivre Gladdring, mais plutôt fixer un point dur au loin, comme si leurs luttes contre les démons et les îles hostiles se poursuivaient bien après que la vie les ait quittés.

Une perspective radieuse pour son propre avenir, mais après tout, personne en quête de vrai pouvoir n'était aveugle à ses conséquences.

Ou, du moins, lui ne l'était pas.

Fassle non plus, semblait-il.

L'homme attendait seul dans une pièce circulaire avec une table centrale et trois chaises, toutes somptueuses et immaculées dans leur cadre pourpre de Noctia. Fassle lui-même portait une simple robe noire, un collier d'argent disparaissant sous son col haut. Pas d'or, pas de médailles, pas de cérémonie. Une théière fumante trônait au centre de la table, deux tasses déjà servies. Aucun garde à proximité. Les seuls observateurs étaient un couple de portraits, Demion et son Gardien depuis longtemps perdu, dessinés d'après des ouï-dire, les huiles leur donnant une posture déterminée et courageuse face à leurs ennemis invisibles.

Si seulement Gladdring pouvait trouver le même courage. Au moins, avec les couteaux de Yarvick dans son dos, Gladdring n'aurait pas à s'inquiéter des armes.

— Trois fois, dit Fassle en guise de salutation, faisant un signe de tête vers la chaise en face de lui. Trois fois je vous ai convoqué dans ces chambres, et pourtant ce sera la première fois où, je l'espère, nous pourrons travailler ensemble.

Gladdring n'avait pas besoin qu'on lui rappelle les deux premières fois. La première, une simple série de menaces exposant la ruine imminente de Gladdring, suivie du retrait de son rang de Tenet et de son emprisonnement dans la prison la plus secrète et la plus désolée du Cercle. La seconde, lorsque Fassle avait décidé que les skars pouvaient être plus qu'une simple propagande, qu'ils pouvaient déclencher une révolution, avait consisté à tirer Gladdring des ordures pour lui offrir à la place un manteau d'Adepte. Le prix de la loyauté.

Un marché facile à accepter. Bien plus facile de renverser Fassle à ses côtés que dans une cellule profonde d'un donjon.

— J'ai été surpris de recevoir la convocation, dit Gladdring en s'asseyant. Je pensais que nous étions sur la bonne voie ?

— Tout grand plan rencontre des problèmes. Fassle leva sa tasse et but. Gladdring dut l'imiter, goûtant l'anis de Tamas, avec un peu de cannelle ajoutée pour le goût. Chaud et parfait pour l'hiver. Votre réputation en tant que Tenet du Commerce - et non en tant que traître - vous amène ici.

— Comment puis-je vous servir ?

Un froncement de sourcils. — Ne jouez pas au plus fin avec moi, Gladdring. Je sais que chaque mot sortant de votre bouche qui n'est pas une malédiction à mon égard vous cause une certaine douleur, alors laissez-moi en appeler à quelque chose qui, je l'espère, aura un certain écho en vous : la cause des Najahn.

— Quelle cause serait-ce ?

— Les skars, Gladdring. Les fichus skars. La clé pour conserver notre pouvoir.

— Et arrêter les démons.

— Oui, bien sûr, Fassle balaya les mots d'un geste, secouant la tête. Toutes les îles ne voient pas notre approche d'un bon œil. Pas de surprise. Les démons restent. Ils s'accrochent à toutes les armes qu'ils peuvent trouver.

— Comme ils le devraient.

— Non. Si votre petit spectacle prouve quelque chose, c'est que les skars ne peuvent pas être maniés par ceux qui ne savent pas ce qu'ils font. Déjà, l'avant-poste de Whent a signalé que des Renouvelés utilisaient les pierres pour détruire leurs bâtiments, ruiner le chemin vers les skars de l'île. Un seul imbécile. Pouvez-vous imaginer la même chose partout ?

— Je le peux. Un désastre.

Un hochement de tête vif. — Alors vous savez que nous ne pouvons pas laisser cela arriver. Nous devons contrôler les skars, et nous devons les amener ici. Foti, Rana et Tamas sont déjà à nous.

Gladdring se pencha en avant. — Foti ? Je pensais-

— Ils n'ont pas de dirigeants. Seulement des marchands et des mineurs. Nous avons écrasé leur misérable tentative et ils sont vite retournés à leurs forges. Une autre gorgée et un remous du thé, dont la chaleur semblait ramener Fassle dans l'instant présent. Whent est en réparation, mais la Faille Dorée reste nôtre pendant que les mangeurs de roche envoient tous leurs guerriers dans les Profondeurs Obscures.

— Un effort voué à l'échec, sans doute.

— Une chance pour nous. Le temps que certains, s'il en revient, retournent, nous contrôlerons chaque ville. Leurs pouvoirs restants veulent la sécurité, et je la leur ai offerte. Mais ce n'est pas pour cela que vous êtes ici.

— Oh ? Vous ne m'avez pas appelé juste pour vous plaindre ? Gladdring laissa un sourcil levé en suspens.

— Je vous ai appelé ici pour vous confier une tâche. Une tâche digne de vos compétences.

— Alors dites-moi.

Fassle renifla. Gladdring déplaça sa main droite, la glissa dans la poche de sa robe jusqu'au skar de Tamas qui s'y nichait. Les murmures de la pierre effleurèrent les pensées de Gladdring, atteignirent Fassle, et suggérèrent la vérité. Ce que le Cercle s'apprêtait à demander serait sincère, pas un piège.

— Vis et Kance sont les deux seules îles où subsiste encore un doute, dit Fassle. J'envoie plus de forces vers le Sud. Les voies maritimes restent libres de glace, donc nous écraserons ces habitants de la jungle s'ils protestent. Kance... c'est une autre affaire.

Ah. Envahir l'île céleste serait un désastre. Hormis Noctia, Kance était la seule île avec de vrais dirigeants, avec des capacités martiales dépassant les simples pillards et les seigneurs de guerre improvisés. Les deux Reines commandaient la loyauté et des troupes mortelles, suffisamment pour rendre une incursion Najahn à la fois sanglante et longue, sinon impossible.

— Ils ont retiré nos soldats de l'avant-poste, poursuivit Fassle, les ont dépouillés de leurs armes et les ont renvoyés chez eux. Nous n'avons plus aucune présence là-bas. Aucune.

— Kance ne veut pas échanger leurs skars ?

— Un échange ? Gladdring, je pensais que vous aviez compris. Il ne s'agit pas d'un échange. Nous prenons, car si nous ne le faisons pas, il n'y aura que le chaos. Vous devez en convaincre la Reine. Vous devez briser sa résistance. Offrez-lui tout, sauf les pierres. Changez son état d'esprit, et vous serez récompensé, non seulement par moi, mais par toutes ces îles que vous prétendez servir.

— Et si elle refuse de négocier ?

Fassle remplit à nouveau sa coupe, s'apprêtant à faire de même avec celle de Gladdring. — Ils ont deux Reines, n'est-ce pas ? Si celle qui vient ici ne joue pas son rôle, peut-être que l'autre le fera.

Quant à ce qui pourrait arriver à la Reine qui refuserait, Gladdring ne se faisait aucune illusion.

L'Adepte ignora la neige tandis qu'il attendait près des quais privés de Najahn. Calmes en hiver, la glace bloquant la plupart des îles, il se tenait maintenant au milieu d'une foule vêtue de pourpre et de noir. Certains armés de vouges et de chakrams tranchants, d'autres prêts avec rien de plus que des cordes et la volonté d'amarrer un navire. Et quel navire c'était.

La Reine Kance arriva sur un vaisseau qui semblait flotter sur les eaux grises, glissant sur les crêtes des vagues, ne descendant jamais dans les vallées tumultueuses, mais manœuvrant ses voiles avec une telle précision qu'il vint se placer le long du quai de roche noire sans jamais le toucher. Des ancres, teintées d'argent, tombèrent de chaque côté pour immobiliser l'embarcation à trois étages et ses cabines en pente. Les ouvriers s'affairèrent, les rampes descendirent, et la suite débarqua rapidement : une escouade complète de dix soldats de la Garde de la Reine Kance, leur armure scintillante incarnant la perfection du froid armé, deux fois plus de serviteurs portant des coffres, des équipements et des têtes voilées. Plusieurs conseillers suivirent, tous s'approchant de Gladdring avec des salutations et les recevant en retour.

Et enfin, bien sûr, la Reine elle-même. Un peu plus âgée que Gladdring et empreinte du comportement classique de Kance. Elle descendit la rampe portant d'épaisses bottes sous une cape tout aussi robuste, bordée de plumes argentées, comme si elle pouvait soudainement décider de s'envoler.

Après tout, avec un skar de Kance, une telle manœuvre n'était pas totalement impossible.

Un assistant najahn anonyme chuchota des conseils à l'oreille de Gladdring, allant des récoltes de Kance et des partenaires commerciaux notables de l'été aux aliments préférés de la Reine, ses habitudes quotidiennes, et son apparente passion pour les fleurs de lelune qui remplissaient le cratère de la Blessure. Gladdring ne retint que ce dernier point, le mettant de côté comme une destination potentielle pour la soirée.

La meilleure diplomatie se faisait en plein air et loin des oreilles indiscrètes.

La Reine avait ses propres sources, alors qu'elle marchait sur le quai sans un regard pour quiconque sauf Gladdring. Si elle était impressionnée par son apparat, rien ne le montrait sur son visage, voilé comme celui de ses divers subalternes par une capuche de soie bleu argenté. En dessous, alors qu'elle se plaçait face à Gladdring — ces bottes les mettaient presque à la même hauteur pour échanger des regards — Gladdring ne vit pas la tueuse que Fassle décrivait, mais plutôt quelqu'un de curieux, de captivant, et prêt à poser une question.

— Êtes-vous le toutou de Fassle, ou avez-vous votre propre esprit ? demanda la Reine, assez fort pour que l'assistant effacé aux côtés de Gladdring l'entende. Sa voix avait la clarté du cristal, chaque syllabe prononcée comme le coup d'une fléchette dans les épaisses planches ornant tant de tavernes de Noctia.

— Je fais ce que le Cercle désire, répondit Gladdring, sa langue habituellement mielleuse ne faisant pas le poids.

— Et c'est tout ce que Kance possède ?

— Si vous vouliez bien le donner. Gladdring sourit. La Reine ne lui rendit pas son sourire. Pas de place pour la plaisanterie ici, alors. Ses doigts frottèrent l'anneau, le skar, mais il repoussa les conseils qu'il offrait. Trop s'appuyer sur le skar émousserait ses propres instincts, et les pierres pouvaient être volées à tout moment. — Sinon, j'espère que nous pourrons trouver un moyen de préserver nos deux Îles, et toutes les autres, en sécurité.

Si les mots touchèrent la Reine, elle n'en montra rien. Au lieu de cela, elle sembla tracer une ligne autour et à travers Gladdring, le mesurant sous tous les angles. Gladdring avait fait la même chose de nombreuses fois auparavant, avec un partenaire sur la scène de Tamas avant une répétition, une représentation, une audition. Il la laissa faire, ne cachant rien.

— Fassle m'a invitée ici, commença la Reine, avec une lettre. Elle disait que les Najahn avaient besoin d'aide, que je devais les laisser prendre tous nos skars. Il a bourré ses lignes de mots inutiles sur l'unité, les démons et des absurdités.

— Mais vous êtes venue quand même.

Enfin, une fraction de sourire. — Je suis venue parce que le vrai pouvoir ne se cache pas dans son château ou derrière une porte close. Je suis venue pour dire à Fassle en face que l'ère de la suprématie najahn est révolue. Les îles ne sont pas les vôtres à revendiquer. Vous pouvez avoir votre commerce, mais vous n'obtiendrez rien d'autre de nous. Plus jamais.

Pour la première fois depuis bien trop longtemps, Gladdring sentit son cœur trembler. Un sourire se dessina sur ses lèvres tandis qu'il s'inclinait légèrement devant la Reine. Le monde était peut-être sous l'assaut, les Najahn détruisaient peut-être des traditions séculaires, et les conséquences pouvaient signifier la fin de tout, mais ceci, ceci allait être amusant.

9
ÉPINES

Des mains gantées s'agrippaient aux cordes, les uns aux autres, à tout ce qui se trouvait sur la glace pour éviter de tomber. Plonger dans l'océan sombre ne signifiait pas seulement être trempé, mais garantissait un essaim de démons, un engourdissement rapide et une mort lente sous les vagues.

Cette réalité sinistre bourdonnait à la périphérie de l'esprit d'Eujo tandis qu'elle laissait le skar de Kance courir avec son propre vent, poussant le floe de glace élancé qui portait leur quatuor désemparé à travers la mer agitée. Peu après son départ brusque, Torny s'effondra sur Eujo, clouant la Reine à la glace avec son propre corps et une prise désespérée de ciseau. Des jurons jaillissaient de la bouche de la bandit, ne faisant que s'intensifier alors que les démons semblables à des insectes continuaient à grimper sur les bords du floe.

Mais pas tant que ça : les vagues remplies de démons se brisaient tandis que le floe filait en avant, ces monstres répugnants qui n'étaient pas déjà en train de grimper étaient laissés derrière alors que le désir d'Eujo alimenté par le skar brisait leur radeau créé par les créatures. Derrière, selon les moments plus lucides de Torny, s'accrochaient Wax et Bliss, le frère et la sœur chevauchant l'arrière du floe après que la bombe Foti de Wax n'ait réussi qu'à illuminer le ciel.

Les skars, comme les dieux qui les avaient créés, étaient des amis capricieux.

Le skar argenté d'Eujo chantait, une mélodie s'élevant comme une nouvelle aube, bien que la nuit autour d'eux ne contienne que des étoiles. Fort et joyeux, Eujo se surprit à grimacer face au volume, le chant du skar s'accélérant en même temps que le floe. La glace s'inclina, menaçant de plonger son extrémité avant sous la surface pour ensuite en resurgir, un mouvement narré par les cris frénétiques de Torny à Wax et Bliss de rester à l'arrière du floe.

— Pas le bateau que j'aurais choisi, mais je m'en contenterai, grogna Torny près de l'oreille d'Eujo, changeant la prise de ciseau pour sa main gauche et dégainant un couteau. Devant, deux démons aux carapaces griffues se frayaient un chemin sur la glace. Tu ne peux pas ralentir cette course une seconde, Eujo ? Me donner le temps d'éliminer ces insectes ?

La Reine analysa les mots, voulut trouver une réponse, mais le skar la prit, une ruée folle siphonnant l'air d'Eujo. Ses lèvres s'affaissèrent, ses yeux se fermèrent presque, et Eujo sentit ses mains et ses pieds s'engourdir. Le mouvement semblait impossible, improbable, une folie face au chant continu du skar.

— Je suppose que c'est un non, marmonna Torny. Ne me blâme pas si tu te fais mordre alors.

Les démons se séparèrent, chacun glissant, se frayant un chemin vers Eujo de chaque côté de ses épaules. La Reine ne trouvait pas l'énergie de bouger : essayer lui semblait comme tenter de pousser seule un navire entier sur le rivage.

Panique.

Une peur frémissante la submergea, effaçant le chant du skar tandis que les démons approchaient. Elle ne pouvait rien faire, absolument rien pour se sauver. Toute sa vie, aussi loin qu'elle s'en souvienne, Eujo avait toujours pu, avait toujours compté sur ses compétences pour voler de la nourriture, échapper aux poursuites et, si nécessaire, transformer ces poursuivants en partenaires quand ils la rattrapaient. Maintenant, son sort dépendait d'une bandit, une voleuse capricieuse qui-

Torny bougea, grimpant et appuyant sur les épaules d'Eujo. Sa dague, un éclair sur la droite d'Eujo, transperça le premier démon. Un liquide jaune gicla, éclaboussant le floe, les mains d'Eujo, son visage, et elle ne pouvait rien y faire. D'un coup sec, Torny envoya le démon voler, se déplaçant pour s'attaquer à son partenaire.

Trop tard.

Eujo voulut crier, la mélodie du skar sursautant, envoyant la glace trancher vers la gauche. Une douleur lancinante irradiait de son poignet gauche, Eujo roulant les yeux dans cette direction pour voir Torny poignarder le second démon, le repoussant avec un autre juron, d'une manière ou d'une autre différent.

— Désolée, siffla Torny, bougeant à nouveau pour comprimer le rouge qui s'échappait de la manche du manteau d'Eujo, tachant son gant et la glace en dessous d'un rose vif. Ces bestioles bougent vite. C'est grave ?

Eujo n'essaya même pas de répondre. Avec l'élimination du démon, sa dernière concentration s'était dissipée, ses yeux roulant vers l'horizon et la ligne voilée de Tamas. Le skar chantait, et son chant, comme le vent tranchant à travers le palais parmi les îles célestes, l'emporta.

— Essaie, toi, alors, la voix de Torny pénétra à nouveau le monde assourdi d'Eujo, silencieux, sombre et humide. Ce n'est pas comme si j'étais une sorte d'hercule.

— Alors, écarte-toi.

Wax ? Il avait l'air vivant, au moins. Mieux qu'Eujo, qui semblait incapable d'ouvrir les yeux, de faire plus que respirer. Chacun de ses muscles frémissait d'épuisement, incapable de produire le moindre mouvement.

Le skar de Vis, maintenant, menait les murmures, tous les autres à peine audibles. Le grondement féroce de la pierre de la jungle disait à Eujo tout ce qu'elle avait besoin de savoir : où qu'ils soient, quelle que soit la façon dont ils avaient survécu, l'effort pour les y amener avait failli tuer la Reine.

Quelque chose tirait sur ses épaules. Eujo se sentit glisser, la terre ou le sable sous elle se déplaçant alors que quelqu'un — probablement Wax — traînait la Reine sur une pente. Les questions fusaient, Eujo trop fatiguée pour s'accrocher à une seule d'entre elles, céda plutôt à la frustration. Il était plus facile d'être en colère contre ce qu'elle ne pouvait pas faire que d'être rationnelle à ce sujet, surtout maintenant.

Quand elle ne pouvait même pas voir.

Le skar de Vis réagit, montant en un gargouillis curieux. Les yeux d'Eujo la démangeaient, une soudaine floraison, comme si une croûte était en train d'être nettoyée.

— Regarde-toi. Une longueur d'épée. Si fort.

Torny, encore.

— Au moins, elle est hors de la glace maintenant, répondit Wax.

Le silence, puis un rire de Torny : — Ta sœur a raison,

Wax. Si tu veux être l'Aegis, il faut que tu prennes du muscle. Comme ça, il y aura plus de toi à gaspiller, parce que là, je parie que tu ne seras plus que les os dans une semaine ou deux.

— Peut-être que je vous donnerai tous les skars une fois qu'on les aura, on verra si ça vous plaît.

— Bien sûr, et puis je les revendrai directement à Fassle pour sa stupide guerre.

La remarque de Torny ne fit pas mouche, le groupe retombant dans un silence plus gêné que la première fois. Eujo, sur le point d'ouvrir les yeux, pouvait deviner pourquoi : il est toujours difficile de rire d'un vrai désastre.

Tamas apparut en un clin d'œil, passant d'un noir absolu à une beauté époustouflante. Des oranges, des violets qui auraient coupé le souffle à Eujo si elle en avait eu à revendre. Le bas de son champ de vision n'était que plage, ses grains noirs contrastant vivement avec le sable blanc et brun qu'on voyait ailleurs. Plus haut, là où les petites dunes rencontraient Tamas proprement dit, la vie s'épanouissait : des feuilles ondoyantes pendaient de buissons noueux, des arbres trapus étaient parsemés de fleurs indigo épineuses, le tout teinté du baiser glacé de l'hiver. Des racines couraient sur le sol, assez hautes pour, Eujo le devinait, lui heurter le genou au moindre faux pas. Un humus épais se mêlait au sel de l'océan, une odeur si étrange qu'elle provoqua une toux, qu'Eujo transforma en un gémissement haletant.

— Hé, elle se réveille, dit Torny, se penchant pour fixer Eujo droit dans les yeux. La bandite, pour sa part, semblait à la fois usée et en forme, comme si elle avait survécu à une marche ardue. — On dirait qu'elle ne s'est pas tuée finalement. La bandite détourna le regard du visage d'Eujo, scrutant par-dessus le dos de la Reine, et fronça les sourcils. — Je sais qu'elle respirait, mais ce n'est pas parce que le corps fonctionne qu'il reste quelque chose là-haut.

— Je suis là, dit Eujo, les mots à peine plus qu'un murmure.

Torny soupira et claqua de la langue. — Dommage. On aurait pu obtenir un bon prix pour ces skars. On va devoir faire les choses à la dure.

La manière dure, telle qu'elle était, devrait attendre. Tandis qu'Eujo revenait à la vie, une émergence progressive aidée par l'engloutissement du peu qui restait de leurs réserves — Wax et Bliss avaient tous deux perdu leurs sacoches dans la fuite face au démon —, ils apprirent qu'atteindre Tamas n'était pas la même chose que, eh bien, atteindre Tamas. Leur point d'atterrissage, marqué par l'échouage craquant de la banquise sur le sable noir, semblait isolé, sans même une cheminée fumante pour marquer le ciel bleu et froid du matin. Aucun sentier ne se révéla à Bliss et Wax lorsque le duo Vis entreprit une première reconnaissance, revenant pour rapporter que les racines épaisses s'étendaient dans toutes les directions sauf une : une marche le long de la côte.

Cela leur donna une chance en début d'après-midi quand, avec l'aide de l'épaule de Wax, Eujo se força à mettre un pied devant l'autre dans une marche hésitante. La banquise n'avait même pas quitté leur champ de vision que leur promenade sur la plage commençait déjà à disparaître.

— La marée va nous couper la route, dit Wax.

Le Vis avait lancé à Eujo un regard inquiet après l'autre toute la matinée, mais il avait gardé son attention là où elle devait être : maintenir Eujo debout. Maintenant, ils s'arrêtèrent, Bliss grimpant le sable vers l'enchevêtrement grondant de racines et de plantes en secouant la tête.

« Ce sera pire que la neige là-dedans », signa Bliss. « Chaque pas est un piège. »

— Pourquoi nos amis magiques ici présents ne brûlent-ils pas tout ça ? demanda Torny. Ça dégagerait un chemin, enverrait un signal, et nous réchaufferait. Trois choses qui me feraient plaisir en ce moment.

— Je ne sais pas si l'un de nous a l'énergie pour ça, répondit Wax, les vagues léchant désormais leurs bottes à chaque éclaboussure. Attendre que ça passe et repartir à marée basse ?

« On mourra de faim avant longtemps. »

— Ou on deviendra cannibales, ajouta Torny, venant aider Wax à faire marcher Eujo sur la plage. Je parie que tu es assez coriace, Wax, mais je te donnerais bien un essai.

— Merci.

— Torny a raison, dit Eujo alors qu'ils rejoignaient Bliss, regardant les racines. Épaisses, brunes et omniprésentes. Nous sommes à court de nourriture et d'eau. N'importe quelle ville pourrait être à des jours d'ici. On ne peut pas attendre, et on ne peut pas lutter à travers ça. Alors qu'elle finissait ses mots, sa voix tomba presque à un murmure. On ne devrait pas avoir besoin de beaucoup.

Wax soupira, tâta sous son manteau pour le collier Najahn. Ses encoches, désormais plus remplies que vides, brillaient dans la faible lumière du soleil.

— Un peu, dit Wax. C'est tout. Pas d'explosions.

— Pas d'explosions, acquiesça Torny, comme si elle avait son mot à dire.

La bandite et Bliss aidèrent Eujo à s'éloigner, laissant Wax fixer les plantes, une main enroulée autour du collier, l'autre tendue comme s'il allait caresser gentiment les plantes. Au début, rien ne se passa, aucun son hormis les vagues et quelques cris d'oiseaux lointains qu'Eujo ne put identifier. Puis l'air se troubla, flou entre Wax et les racines les plus proches. Wax commença à respirer fort et les racines noircirent, de la fumée s'élevant avant que la première faible lueur orange n'éclate. Plusieurs autres suivirent rapidement, un petit feu s'allumant avant que Wax ne trébuche en arrière, tombant à genoux sur le rivage sombre.

— Eh bien, regardez ça, dit Torny, juste avant que le feu ne crachotât et ne s'éteignît. Oh.

« Elles sont vivantes et humides », signa Bliss, allant aux côtés de son frère. « Les brûler ne marchera pas. »

Eujo regarda à sa droite, espérant une chance et en trouvant une, bien que pas tout à fait comme elle s'y attendait. Quand l'océan emplit sa vue, le skar Rana sur son poignet émit une nouvelle note. Une possibilité, si seulement Eujo voulait nager. Le skar repousserait l'eau autour d'elle, propulserait Eujo partout où elle voudrait, une impulsion informe vaincue par l'épuisement d'Eujo et le fait qu'ils avaient deux personnes sans skar avec eux.

— Mais, marmonna Eujo, attirant un regard curieux de Torny, peut-être qu'on n'a pas besoin de nager.

— Tu as raison, on n'a pas besoin de nager, dit Torny. Pas question de retourner dans cette flotte, Aegis ou pas.

— Si j'ai raison, on n'aura pas à le faire.

Eujo fit un pas vers la marée montante, Torny comprenant l'idée et l'aidant à avancer. Le skar Rana saisit l'idée de la Reine et s'y jeta comme un chien sur son dîner. Au-delà, comme si quelqu'un avait passé une cuillère dans la vague entrante, l'eau se sépara, la vague montant autour d'Eujo et Torny mais sans les toucher. Une sorte de bulle, temporaire.

— On se relaie, dit Eujo, rattrapant Wax et Bliss. On repousse les vagues, on continue à marcher, aussi longtemps qu'on peut.

10
FRAPPE VITALE

Par des propriétés inconnues, un porteur pouvait ressentir le pouvoir d'un skar à travers un manche, un bracelet ou simplement en tenant la pierre. Annalyse n'avait trouvé aucun métal, bois ou autre matériau qui bloquerait les murmures du skar, tout en n'ayant trouvé aucun moyen de conduire les skars autrement que par le toucher. En d'autres termes, peu importe à quel point elle approchait sa main des skars Vis empilés devant elle dans la cabane dans les arbres, ils restaient silencieux.

Tout comme la petite collection disposée dans des boîtes autour de la pièce, autrefois prise et maintenant rendue par Deshiva, des armes pour les chasseurs partant au combat contre les Najahn le lendemain. On lui avait confié la tâche d'enchâsser toutes ces pierres dans des lances, des poignards et tout ce qu'Annalyse pourrait concevoir.

Comment les Vis géreraient les skars soudainement dans leurs esprits, leurs murmures les exhortant à faire ceci et cela, Annalyse n'en était pas sûre, alors elle prévoyait de jouer la carte de la prudence autant que possible.

Uniquement des skars Vis, pour l'instant. Enroulés dans des tresses, enchâssés dans des bracelets. Un coup de pouce pour maintenir les guerriers de Deshiva en vie sans provoquer de catastrophe sauvage. Un avantage qui pourrait permettre aux Vis de gagner la bataille sans carboniser la jungle, provoquer l'inondation d'un village par une rivière, ou simplement voler l'âme de tout le monde.

Les opales, toutes les trois, étaient séparées des autres skars. Annalyse les contemplait tandis que la nuit avançait, le skar Vis dans un simple collier l'aidant à rester éveillée. Parmi tous les tests qu'elle avait effectués avec Ami, Sawi et Quik, elle avait tenu les skars Noctia à l'écart. Réservés pour plus tard, un plus tard qu'Annalyse ne voulait jamais vraiment voir arriver, un plan auquel Ami avait adhéré.

Le pouvoir sur la mort était trop chargé, trop effrayant, trop étrange pour prendre des risques avant d'avoir maîtrisé les autres pierres.

— Et je ne vais certainement pas vous donner à eux, marmonna Annalyse aux pierres noires.

Elle gardait sa voix basse, compte tenu des deux chasseurs gardant la porte de la cabane. Le bambou constituant l'abri n'était pas exactement insonorisé — le bruit de la multitude du lac continuait de résonner, musique, cris de joie, rires et chansons retentissant en forte opposition à la préparation méthodique de la guerre qui se déroulait ici. Annalyse s'attendait à ce que ces gardes rapportent tout ce qu'ils entendaient et voyaient à Deshiva, qui sauterait probablement sur l'occasion de lancer tout ce que ces skars noirs pouvaient infliger comme mort aux Najahn.

Les Najahn qui, Annalyse devait se le rappeler, étaient principalement composés des pauvres et des désespérés de l'Île. Recrutés et poussés dans des rôles, endurcis à la fois par des promesses et la sécurité qui venait de repas chauds et de lits douillets. Des armes et l'entraînement pour les manier. Pas mauvais, juste des intérêts opposés.

C'est pourquoi Annalyse avait également glissé des skars dans des bandages pour les poignets et les épaules. Elle présenterait le plan à Deshiva : quiconque recevrait une grave blessure pourrait en porter un jusqu'à l'arrivée des secours. Garder les Najahn en vie, et peut-être que les Vis ne se retrouveraient pas écrasés dans une guerre brutale. Peut-être qu'Annalyse n'aurait pas de cauchemars qui l'attendaient chaque fois qu'elle s'installait pour dormir.

Ses yeux dérivèrent vers le lit, une natte de feuilles étalée sur la droite. Une légère concession à la réalité : Annalyse devrait dormir à un moment donné, et, malgré les meilleurs efforts du skar Vis, la marche de la journée et les heures qu'elle avait passées ici l'avaient épuisée. Un effondrement semblait inévitable. Elle avait déjà préparé une douzaine de tresses, une fois et demie autant de bandeaux. Plus du double de skars Vis attendaient encore, mais les gens de Deshiva pourraient rapidement copier les efforts d'Annalyse.

La scientifique méritait un repos.

La piqûre la réveilla. Vive, dans son épaule. Annalyse cligna des yeux dans l'obscurité, le skar Vis toujours sur sa poitrine s'élevant dans une fureur crachotante, un charabia plein d'efforts. Elle tourna la tête à gauche, cligna à nouveau des yeux. Elle avait éteint les lanternes avant de se coucher — il semblait imprudent de laisser un feu allumé, sans surveillance, dans une cabane dans les arbres — donc la seule lumière qui entrait provenait de la lueur rose de Sichi et de torches lointaines, de petits rayons dansant à travers de minuscules interstices dans les lattes de bambou. Suffisant, juste assez, pour qu'Annalyse voie la fléchette plantée dans son épaule, l'empennage noir et violet visible.

Une arme Noctia.

Cette réalisation, ainsi que la brûlure qui se propageait, firent se redresser Annalyse et jeter la couverture de mousse. Ses yeux parcoururent l'espace, ne virent rien dans les ombres. Jusqu'à ce qu'une forme atterrisse, encapuchonnée et silencieuse, accroupie devant elle. Une main plongea à l'intérieur des robes, le visage de la personne méconnaissable sous la capuche.

Annalyse ouvrit la bouche, essaya de crier, et ne fit que balbutier à la place. Sa gorge se contracta, croassa alors que le poison de la fléchette s'infiltrait davantage. L'assassin — qui d'autre cela pouvait-il être, la Troisième Main de Masayo suivant les ordres de Fassle — sortit un fin couteau, l'orienta vers la scientifique. Un seul coup suffirait. Le tueur donna un coup de lame, et Annalyse lança son bras en travers, interceptant le coup, attrapant le couteau dans sa main.

La douleur la brûla, la paume droite d'Annalyse flambant alors que les premières gouttes de sang coulaient, mais le couteau passa à côté de son cou et se planta dans le bois derrière sa tête. L'assassin lâcha le manche, replongea la main dans sa robe avec un juron étouffé.

Annalyse ne le fit pas. Le skar Vis rugit, le poison mijota, et elle tira le couteau, même s'il s'enfonçait plus profondément. Son coup de revers manquait de technique, était désespéré, et il entailla le visage ombragé de l'assassin. Un jet chaud indiqua à Annalyse qu'elle avait touché, et l'assassin trébucha en arrière, abandonnant la tentative de sortir une seconde arme pour se rattraper à la table centrale de la cabane, celle qui portait tous ces skars.

Aucun son hormis les craquements les plus légers alors que les chaussures souples de l'assassin tapotaient sur le bois. Rien pour attirer ces gardes.

Si Ami avait appris une chose à Annalyse durant toutes ces sessions d'entraînement, c'était de ne jamais relâcher la pression. De pousser jusqu'à ce que vous trouviez le succès ou échouiez suffisamment fort pour soit mourir, soit n'avoir d'autre option que de changer. Annalyse s'accrocha maintenant au feu de la Gardienne alors qu'elle se levait du lit, laissa sa prise sur le couteau glisser jusqu'au manche, humide de son propre sang. Elle remarqua, non sans une certaine satisfaction, que la pointe de la lame portait du rouge qui n'était pas le sien.

Une fois de plus, Annalyse essaya de trouver sa voix, une fois de plus elle ne réussit qu'à émettre un croassement, un léger râle.

— Vous devriez déjà être morte, grogna l'assassin, se poussant de la table centrale dans une charge rapide.

Annalyse fit volte-face avec son couteau pour parer l'attaque, mais sa main fut bloquée par le bras gauche de l'assassin dans une simple parade. Une nouvelle douleur lancinante éclata dans le ventre d'Annalyse lorsque l'autre main de l'assassin la frappa, la projetant au sol, le dos plaqué contre son propre lit. L'assassin enchaîna, immobilisant le bras armé d'Annalyse au sol et levant sa main droite pour lui saisir la gorge. Le cuir najahn tendu s'enfonça, coupant le souffle de la scientifique.

Annalyse ne pouvait en aucun cas lutter contre une telle force, ni surpasser en habileté un tueur de la Troisième Main.

Pas seule.

Annalyse agita sa main droite, un simple mouvement — tout ce qu'elle pouvait faire avec le tueur la clouant au sol — qui envoya le couteau volé glisser sur le plancher de la cabane, le métal claquant contre les lattes. L'assassin tourna brusquement la tête pour le suivre du regard, maintenant sa prise sur la gorge d'Annalyse.

Et les gardes de Deshiva prouvèrent leur valeur.

La porte en bois s'ouvrit à la volée, les cordes grinçant et une question fusant de la bouche du premier garde, qui mourut en un cri de guerre muet lorsque le garde découvrit la scène, croisant le regard d'Annalyse.

L'assassin jura à nouveau, sa prise devenant d'acier, comme s'il décidait qu'un étranglement silencieux n'était plus assez rapide. Annalyse, tous ses nerfs en feu, le skar Vis continuant son sifflement frustré, se cabra. Elle leva les genoux, agita son bras gauche pour repousser le visage de l'assassin, et parvint à desserrer la prise juste une seconde.

Suffisamment longtemps pour que la lance arrive.

L'assassin bondit en arrière alors que le chasseur Vis frappait entre eux et Annalyse, la lance empennée traçant une ligne rose entre les deux. De sous sa robe — Annalyse ne parvenait toujours pas à bien voir qui se cachait sous cette capuche — l'assassin tira une épée courte, s'en servant pour dévier la charge du second garde. Le tueur sauta sur la table centrale, éparpillant les skars sur le sol.

Pendant un instant, les quatre semblèrent figés dans le temps, Annalyse au sol, essayant de reprendre son souffle, les deux gardes visant leurs prochains coups sur l'assassin juste au-dessus d'eux. Une danse figée qui reprit vie lorsque l'assassin se rua sur le second garde, lançant un skar piégé vers la tête du garde. Le chasseur bougea l'épaule, dévia la pierre, et manqua d'embrocher l'assassin alors que le tueur bondissait, se précipitant vers la porte.

Avec un autre cri, auquel répondirent maintenant les renforts qui arrivaient, le premier garde s'élança à la poursuite du tueur. Le second se tourna vers Annalyse, l'inquiétude se mêlant à la frustration sur le visage de la chasseresse.

— Vous êtes en vie ? demanda la chasseresse.

Annalyse hocha la tête, le poison commençant à se dissiper, une fraîcheur suivant la propagation acide. Le skar Vis faisait son travail.

— Noctia, dit Annalyse, les mots lui coûtant un effort.

L'épuisement suivit dans leur sillage, soudain et déroutant. Comment Annalyse pouvait-elle être prête à s'effondrer si rapidement après un combat pour sa vie, sa main saignant encore sur le bois à côté d'elle ?

La seule réponse semblait être les mots qui défilaient dans son esprit, le skar Vis remplissant Annalyse presque à ras bord de son charabia inintelligible. Travaillant à la maintenir en vie, et en même temps... la vidant de ses forces ?

La chasseresse parlait à nouveau, réalisa Annalyse, un lent clignement d'yeux ramenant son attention sur la garde tandis que le Vis enveloppait la coupure sur sa main. Déjà, une autre paire de chasseurs était entrée dans la cabane, allumant les lanternes et fouillant l'endroit à la recherche d'autres tueurs cachés. Ils trouvèrent rapidement le point d'entrée, une fine entaille dans le chaume au-dessus. D'autres cris résonnaient à l'extérieur, la poursuite continuait.

— Ils vont l'attraper, dit la chasseresse, que ce soit un homme ou une femme. Peu importe. Ce sont nos jungles, pas les leurs.

Annalyse aurait aimé le croire, aurait aimé mettre sa foi dans les Vis, mais la Troisième Main n'envoyait pas des novices pour des missions comme celle-ci. Gladdring les mentionnait assez souvent comme une autre arme dans son arsenal du Précepte Commercial, prêts et capables de mettre un terme fatal, ou la menace d'un terme fatal, à quiconque se dressait sur le chemin de Noctia. L'homme n'avait pas peur du groupe de Masayo, mais il les respectait, un fait qui rendait Annalyse encore plus nerveuse.

Que les Najahn se soucient suffisamment d'elle pour envoyer l'un de leurs assassins à sa poursuite ?

— Vous êtes en vie, la voix de Deshiva, qui ne semblait en aucun cas fatiguée, brisa la brume soporifique d'Annalyse. La garde avait hissé la scientifique dans son lit à un moment donné, remontant la couverture. — Je n'ai pas besoin de demander pourquoi, ni comment ce poison ne vous a pas tuée.

Deshiva se pencha au-dessus d'elle, tapota le collier qu'Annalyse portait toujours et le skar qu'il contenait.

— Vous le garderez en permanence. Et nous en fabriquerons pour mes chasseurs. Deshiva balaya la cabane du regard, un regard impassible, comme si elle jugeait l'attaque uniquement sur les faits. — Noctia ne veut pas vous laisser partir, ce qui signifie que vous êtes encore plus précieuse que nous le pensions. Votre garde sera doublée. L'un d'eux restera ici avec vous en permanence. Deshiva se retourna vers Annalyse, se pencha et remonta sa couverture. — Nous n'avons pas encore trouvé l'assassin, mais nous continuons à chercher. Elle s'agenouilla maintenant, ses mots tombant en un murmure. — Nous avons ramassé les skars, mais il en manque. Les pierres noires. Que peuvent-elles faire ?

Annalyse ne dit rien, le sommeil l'emportant, mais pas avant que la pique glacée de la peur ne lui promette les propres cauchemars de la mort.

11

DOMPTER LES MORTS

Qu'est-ce que c'est ? demanda Ami alors qu'elle et Svarde, accroupis, scrutaient à travers un étroit trou donnant sur un abysse brillant.

Sept cercles tournoyaient dans le bassin profond en contrebas, une fosse aussi large qu'une petite ville et bordée de roches en pente. L'eau ondulait et écumait à sa surface, signe qu'aucune paix n'attendait sous la surface. Chaque cercle avait sa propre couleur, la teinte correspondant à un skar particulier. Comme Svarde l'avait dit lors de leur promenade, il n'était pas difficile de faire le lien entre ces disques tournoyants et les îles et les dieux qui les avaient créées. Plus difficile, cependant, était de comprendre pourquoi ils existaient ici, profondément enfouis sous les rivages escarpés de Noctia.

— Nous n'avons que des idées, pas de réponses, dit Svarde et Ami réprima son tressaillement cette fois. La voix de son vieil ami avait perdu son timbre, sonnant maintenant rauque et creuse, comme si sa vie en avait été arrachée. Ce qui, supposa Ami, était le cas. Le Roi Mort et Demion avec lui n'ont jamais découvert ce qu'ils étaient, seulement que les démons en proviennent. Portes, portails, choisis ton mot, mais ils s'ouvrent sur des endroits au-delà de notre monde.

— Ou de l'autre côté.

Leur tunnel, une petite branche menant à la chambre du champ de bataille, où les sbires morts de Jochi et Svarde continuaient à construire et à renforcer les fortifications, avait été agrandi par les ingénieurs Whent. De petites lanternes globulaires scintillaient tous les quelques pas, renforcées par des touffes de mousse violet-bleu plantées. L'objectif final, atteint juste un jour avant l'arrivée d'Ami et Sawi, avait été d'avoir un œil sur les démons, sur ce que l'ennemi prévoyait.

Et ce qu'ils prévoyaient, c'était l'invasion.

Les monstres d'obsidienne brûlants lançaient leurs constructions depuis le bassin apparemment toutes les minutes, des machines marmonnantes petites et grandes grimpant sur la pierre, parfois poussées, d'autres fois rongeant le sol pour trouver une falaise ou une nouvelle plateforme construite pour s'y reposer. Des ouvrages métalliques quadrillaient maintenant l'espace au-dessus des eaux noires, travaillés en continu par les démons flamboyants. Des bâtiments inconnus et étranges, certains n'étant que des structures squelettiques marquant des activités tandis que d'autres devenaient des bulbes clos, parsemaient les parois rocheuses grises de l'immense chambre.

Jochi avait fait occuper la grille par laquelle Ami regardait maintenant à toute heure, des espions observant, apprenant, se demandant ce que les démons pourraient faire. Ce qu'ils avaient appris avait été transmis par Svarde à Ami pendant leur marche jusqu'ici, une liste définissant les activités des démons au jour le jour, allant de leurs habitudes de sommeil — les démons semblaient se refroidir, leur peau brûlante se réduisant à un orange doux alors qu'ils restaient immobiles pendant des heures — à ce que les monstres faisaient pour s'amuser : se lançant des pierres brûlantes les uns aux autres pour que leur cible frappe le rocher brûlant avec une batte de métal, le missile enflammé se propulsant au-dessus du bassin sombre pour atterrir dans une fumée grésillante. Puis le suivant s'avançait, un concours pour voir jusqu'où leurs explosions pouvaient aller.

— Même si ces portes s'ouvraient de l'autre côté de l'océan, cela ne répondrait pas à la question de savoir pourquoi maintenant, pourquoi tout court, dit Svarde. La grande lame dentelée qui ne quittait jamais son côté tinta contre le sol de pierre tandis que Svarde bougeait, posant un regard curieux sur Ami, un regard qu'elle se força à soutenir, le visage gris de l'homme étant aussi troublant que sa voix. Les démons attaquent plus fréquemment maintenant, en plus grand nombre et avec plus de désespoir. Même ces créatures brûlantes en amènent plus qu'elles ne peuvent gérer, plus rapidement. Regarde.

Les démons avaient des familles, bien que la seule dynamique qu'Ami puisse discerner résidait dans la taille : des versions plus petites et étincelantes se précipitaient autour des bords du bassin en groupes. La parentalité semblait être partagée entre les monstres adultes qui travaillaient, avec une supervision tournante, un fait nécessaire étant donné que les autres portails n'avaient pas cessé.

Même alors qu'Ami observait les cinq enfants — à peine petits, tous de la taille d'Ami, leurs quatre bras, deux jambes et têtes de pierre sombre scintillante aussi extraterrestres que jamais — le bassin écuma près de leur terrain rocheux dégagé. Le jeu, qui consistait à donner des coups de pied dans un minerai façonné en une balle grossière, s'arrêta aux premières éclaboussures. Un démon adulte descendit de son perchoir d'observation, dégainant son fléau tandis que le groupe plus petit grimpait les escaliers métalliques, des étincelles suivant chacun de leurs pas.

Deux autres démons familiers, des créatures de couleur chair, avec des dents et des griffes, s'avancèrent lourdement sur le rocher et grognèrent contre le grand marcheur de feu en face. Il n'y eut aucune négociation, aucune discussion sur un objectif commun d'invasion des îles. Le démon d'obsidienne fit tournoyer son fléau, la chaîne et le fer sifflant dans l'air pour frapper le premier chien et l'envoyer voler en arrière par-dessus le bassin, éclaboussant en son centre profond.

— Il se noiera avant d'atteindre le rivage, marmonna Svarde. Voyons si l'autre peut faire mieux.

Pendant qu'il parlait, les deux éclaireurs que Jochi avait postés à la grille se chuchotaient des paris. Ami fronça les sourcils, elle ne s'opposait pas aux paris, mais un de ces petits démons contre un marcheur de feu adulte ?

Le chien n'entendit pas les doutes d'Ami, aboyant plutôt une tempête sifflante et pleine de salive en chargeant le marcheur de feu. Le grand démon tira son fléau en arrière, balayant le retour le long du sol pour attraper les pieds du démon chargeant.

Trop lent.

Un bond, toutes griffes dehors, les dents grandes ouvertes, semblait destiné à frapper le marcheur de feu alors que le fléau glissait inoffensivement en dessous. Destiné, mais refusé.

Une pierre, brûlante, frappa le démon bondissant d'en haut, percutant l'épaule avant gauche de la créature et la faisant tournoyer sur le côté. L'attaquant heurta le marcheur de feu avec son côté droit nu, provoquant un rebond sauvage sur le sol, le démon fumant au contact de la peau du marcheur de feu. Le choc ne dura qu'un instant avant que le marcheur de feu ne s'abatte avec ses trois autres bras, un triple coup enfonçant son ennemi dans le sol, l'un des nombreux qui-

Ami détourna le regard, vers le fond du tunnel. Elle avait vu assez de mort.

— Peut-on rentrer ? demanda-t-elle à Svarde, qui attendit la fin des coups, observant chacun d'entre eux.

— J'essaie, répondit Svarde alors qu'ils empruntaient l'étroit tunnel vers leur refuge. J'essaie à chaque fois de trouver une connexion. Le Roi Mort n'y est jamais parvenu, mais je pense que c'est possible. J'ai essayé avec les marcheurs de feu qui sont morts, mais leurs corps se transforment en cendres. Ils brûlent tous les autres.

Une autre histoire s'ajoutait à toutes les autres dans le court laps de temps depuis l'arrivée d'Ami. La Lame de Tombe, comme Svarde avait fini par appeler l'épée. Comment les skars de Noctia se mêlaient à la dague forgée par Vis il y a si longtemps pour lier son porteur aux corps perdus autour d'eux. Au début, la connexion venait par instinct, une sensation spasmodique comme un rêve persistant, l'impression d'être quelque part d'*autre* que soi-même.

— Comme comprendre les skars, répondit Ami. Ils ont tous leur propre langage, et une fois qu'on l'apprend, ou du moins suffisamment, ils se donnent à vous.

— Et prennent.

Ami acquiesça. Si Svarde avait des histoires à raconter, Ami et Sawi en avaient aussi. Les pierres divines et leurs pouvoirs semblaient être à l'origine de presque tout ce qui déformait leurs vies, et accepter que les skars incrustés sur

son visage n'étaient pas des outils, mais des amis dangereux et capricieux, avait plus de sens. Tout comme les dieux
eux-mêmes avaient manifestement été imparfaits, leurs
créations l'étaient aussi.

— Mais si je peux percer, alors nous aurons une chance,
dit Svarde. Nous pourrons repousser les marcheurs de feu et
faire ce que le Roi Mort n'a jamais pu faire : fortifier et
contenir les bassins, tous les démons.

— Pour toujours ?

— Jusqu'à ce que nous trouvions un moyen de fermer
les portes de Noctia.

— Donc on reste là pendant que tu joues avec ton épée,
c'est ce que je comprends ? demanda Ami.

— Même Jochi n'a pas de meilleure idée. Les marcheurs
de feu ont trop de constructions. Toute remontée du tunnel
se terminerait en massacre. Ils ne sont pas stupides non
plus. Ils ont tâté ce que nous avons construit, perdu leurs
démons dans le processus. Ils ne réessaieront pas avant
d'être prêts à nous briser.

— Donc c'est une course, alors. Toi contre eux, avec
nous pris au milieu.

Svarde sourit. — Une fois de plus, tu as besoin de moi.

— Nan, rétorqua Ami. Catya et moi pourrions toujours
trouver un autre moyen.

— Elle n'est pas là cette fois.

— Mais Sawi l'est.

Svarde ne suivit pas Ami jusqu'à la maison simple qui
leur servait de quartiers. Située en face de la cathédrale
creuse et lugubre de Svarde et de son trône, le bloc sévère
du bâtiment s'élevait sur plusieurs étages, effleurant le
plafond de la caverne avec son toit. La construction grossière, avec des dalles semblant avoir été arrachées par d'interminables coups de corps ne connaissant pas de limite à

leur endurance, faisait ressembler le bâtiment à un puzzle d'enfant compressé : touchez-le assez fort au bon endroit et tout pourrait s'écrouler, frappez-le au mauvais endroit et il pourrait résister à un coup de marteau géant.

Les nuances de gris et de noir dominaient, entrecoupées ici et là par des lanternes Whent et la mousse omniprésente. La fumée et la cendre s'infiltraient partout, supplantant les saveurs naturelles de terre de la caverne par l'odeur des champignons cuisinés, des viandes de démons et de tout ce que les éclaireurs Whent parvenaient à dénicher dans l'obscurité.

Sawi avait de la soupe maintenant, versée dans un bol en terre et portée à sa bouche avec une pierre concave. La Vis, lorsqu'Ami franchit l'entrée sans porte, semblait regarder dans le vide en mangeant. Pas dans le silence — les artisans Whent et leurs assistants morts travaillaient trop dur et trop constamment pour que les grottes soient jamais libres de sons de tintement, de craquement et de claquement — mais dans une paix relative.

Pas du contentement, non. Ami décelait le stress dans la mâchoire serrée de Sawi, dans sa façon de s'asseoir rigidement sur le banc de pierre, la table de dalle basse devant elle. Les cheveux et la peau de Sawi accumulaient la saleté tout comme ceux d'Ami, mais la Vis ne s'était pas rendue à l'un des points d'eau proches, où des ruisseaux et de petites mares offraient la possibilité de se nettoyer. Sawi ne s'était pas non plus aventurée près d'un feu de cuisine Whent pour parler de, eh bien, n'importe quoi avec les guerriers et les travailleurs partageant leur espace.

Ami avait trouvé la force robuste de Jochi comme un changement rafraîchissant par rapport à la population politique de Noctia. Tout le monde ici semblait plus concerné par l'écrasement des démons et la recherche de leur prochaine chope de bière que par qui pourrait poignarder Fassle dans le dos. Mieux encore, les skars Vis signifiaient que s'enivrer n'avait pas de conséquences difficiles le lendemain matin.

— J'ai un travail pour toi, dit Ami, annonçant son entrée et attirant un regard lent.

— Je ne veux pas de travail, dit Sawi, un peu de soupe coulant de ses lèvres. Je veux rentrer chez moi.

Un petit rire, — Vis, si tu penses que c'est une option, alors tu as déjà oublié notre errance.

— Tu n'as pas besoin de venir avec moi.

— Si tu veux mourir, Sawi, alors vas-y. Mais ne le fais pas inutilement.

Sawi tressaillit. Cette réaction brusque la fit se concentrer, et quand Ami s'assit en face de la chasseuse de la jungle, cueilleuse, peu importe comment Sawi voulait s'appeler, la jeune femme ne semblait plus tout à fait aussi perdue.

La colère était toujours le remède au désespoir.

— Que veux-tu, Ami ?

— Je veux ton esprit et ton ambition, répondit Ami, se penchant en avant, joignant ses mains au-dessus de la table. Exactement comme Gladdring le faisait quand il voulait manipuler quelqu'un. Svarde a un plan à combustion lente. Je veux l'accélérer.

— Comment ?

— J'ai besoin que tu nous trouves des démons.

12

UNE NOTE À LA FIN

La requête arriva deux jours plus tard, après le festin de bienvenue de la Reine Kance et sa première rencontre avec Fassle. Gladdring resta à l'écoute et obtint l'information par les canaux habituels : des gardes à la langue bien pendue ayant trop bu, qui à leur tour avaient entendu les résultats des murmures furieux de la Reine ou de Fassle. Un refus, pas d'alliance, pas d'accès facile aux skars Kance et à leurs pouvoirs de manipulation du vent. Les plans pour des arbalètes capables de lancer des carreaux renforcés par la force d'une tempête furent anéantis avant même de pouvoir commencer.

Une tragédie.

Gladdring réfléchit aux rapports livrés dans sa chambre chaque matin, le dû d'un Adepte. Ils décrivaient une force Najahn en mouvement à travers les îles, consolidant son emprise sur Foti, Rana, Tamas et Whent tout en luttant avec Kance et Vis. Tout cela correspondait à leur réputation : Rana se souciait davantage des raids et de la boisson que de sa propre gouvernance, Foti voulait forger et parier, Tamas était plus obsédée par la scène que par la stratégie, et Whent... eh bien, la plupart de Whent semblait avoir disparu, engloutie dans les Ténèbres d'en Bas depuis des semaines maintenant sans aucun signe de retour. Fassle salivait déjà à l'idée de faire migrer les citoyens les plus misérables de Noctia vers le Nord, les reléguant dans les villages et les fermes désertés et appelant cela un cadeau. Une expansion loyale.

Et, pour une fois, Gladdring ne trouvait pas grand-chose à redire à l'argument de l'homme : les terres précieuses devaient être utilisées, et si Whent envoyait son peuple au massacre des démons, pourquoi ne pas sortir les miséreux de la pauvreté ?

Cependant, une meilleure opportunité dans leur jeu de pouvoir politique se présenta ce même matin : une invitation de la Reine Kance à l'emmener à la Blessure, une dernière visite avant son départ pour chez elle le lendemain.

Pourquoi Gladdring et pas Fassle ? La lettre suggérait que la Reine voulait quelqu'un avec une langue plus intéressante et des objectifs moins flagrants. Elle avait déjà refusé le chef du Cercle, mieux valait parler de fleurs, de démons et de l'avenir des îles avec quelqu'un de moins avide.

Si seulement elle connaissait Gladdring.

Néanmoins, il revêtit ses robes dorées noir-violet, cette fois par-dessus une confortable chemise en laine pour le garder au chaud face à l'emprise persistante de l'hiver. La couverture neigeuse de Noctia avait maintenant atteint le stade du déluge, où les larges rues devenaient des voies uniques alors que les congères submergeaient la capacité de l'île à se débarrasser des épais flocons. Des blocs de glace encombraient le port, un damier blanc et gris visible depuis la fenêtre de la tour de Gladdring. Des bateaux-béliers, leurs proues renforcées par des brise-glaces forgés à Foti, dégageaient des voies pour le commerce essentiel, allant et venant comme des insectes frénétiques. La fumée s'élevait en spirale dans le ciel gris de milliers de cheminées, leurs odeurs âcres montrant que Noctia passait aux mousses, au charbon extrait des falaises, et à tout ce qui pouvait suffire pour se chauffer.

Le quartier Najahn n'était pas à l'abri du changement, et Gladdring rejoignit les foules toussotantes en traversant les places en route vers le sentier de la falaise. Érudits et soldats se bousculaient, le cliquetis des armures et des bottes se mêlant aux conversations désinvoltes, une énergie excitée toujours présente depuis l'annonce de Fassle. Un monde enfin en guerre contre son opposition monstrueuse exigeait de l'enthousiasme, et si cette guerre nécessitait une certaine subjugation des îles mineures, eh bien, ce n'était qu'un petit prix à payer.

Les héros devaient continuer.

La Reine l'attendait, se tenant si seule que Gladdring ne la reconnut pas au début. La robe bleu argenté et le port royal auraient dû le trahir, mais contre les pierres enneigées et sans l'armure étincelante habituelle de ses gardes, Gladdring passa tout droit, ne s'arrêtant que lorsqu'elle parla.

— Pas aussi vif ce matin que d'habitude, Gladdring ? commença la Reine, le ton hautain accompagnant comme toujours ses paroles.

Avait-elle jamais prononcé une phrase avec amour ?

Gladdring n'aurait pas parié là-dessus.

— La distraction est constante ces jours-ci, dit Gladdring, pivotant aussi bien que sa corpulence le lui permettait et s'inclinant. Mon esprit est toujours ailleurs.

— Alors ramenez-le ici. Je n'ai pas demandé votre compagnie pour m'ennuyer.

— Je ferai de mon mieux, votre majesté.

La Reine, la tête enveloppée d'une fraise indigo le long de sa robe argentée, adressa à Gladdring un hochement de tête glacial, puis jeta un coup d'œil vers le sentier.

— Je suis venue ici une fois. Quand l'Égide a été installée. Ma mère était encore Reine.

— Et vous étiez... ?

— Horrifiée. La Reine commença à marcher, menant d'un pas assuré, confiante malgré le sol dur et les cailloux givrés. Je n'avais jamais vu un homme si flétri. Il a failli mourir à l'instant où il a quitté cet affreux trône.

— Moins d'un an pour la plupart, quand leur temps est terminé, reconnut Gladdring. Un terrible honneur.

— Un honneur facile à laisser à quelqu'un d'autre.

Une chose audacieuse à dire à voix haute, peu importe la réalité ou la banalité du sentiment, ou que Gladdring soit d'accord avec elle. La Reine ne laissa pas ces mots s'attarder, se lançant plutôt dans un récit des deux derniers jours, de la façon dont Fassle l'avait harcelée, lui présentant une offre après l'autre pour une capitulation de Kance.

— Sûrement pas ses mots, dit Gladdring.

— Sûrement son intention, répliqua la Reine.

Être fêtée et rendre la pareille était, bien sûr, un refrain familier pour la Reine Kance, et elle repoussa les avances du Cercle avec la froide logique qu'elle avait affichée tout au long de son règne : les Najahn ne pouvaient pas se passer du commerce de Kance, et s'ils voulaient les skars de l'Île du Ciel, ils pouvaient les acheter à un prix approprié. Il n'y aurait pas de reddition, pas de nouvel avant-poste Najahn.

— Les autres offres sont alors arrivées, dit la Reine alors qu'ils approchaient du poste de garde à l'extérieur du tunnel de la Blessure. Des navires et des épées, de la nourriture et des médicaments venus de toutes les îles, livrés sur nos rivages par le pourpre et le noir.

— Vous n'avez pas été convaincue ?

— Fassle semble penser que je ne peux pas conclure mes propres accords. Lui, vous, et cette île ne sont pas le centre de tout.

Le skar de Gladdring, la topaze nichée dans la bague à sa main, trembla à ces mots. Un murmure flotta dans son esprit, suggérant que la certitude de la Reine vacillait à ce moment-là. Certes, Noctia se trouvait littéralement au centre des Sept Îles, mais Gladdring supposait que le skar avait quelque chose de plus profond à l'esprit. La Reine s'inquiétait peut-être que Fassle puisse affamer son peuple.

Il poursuivit cette réflexion tandis que la Reine continuait d'énumérer ses nombreux partenariats avec d'autres dirigeants des Îles. Elle était venue ici pour dire non à Fassle en face, quelque chose qui aurait pu être fait par lettre, ou même via l'ambassadeur que chaque île envoyait à celle-ci. Non, elle était venue en personne parce que le refus ne devait pas être si brutal. Un refus nuancé, destiné à ouvrir autant de portes qu'il en fermait.

— Il ne vous écoute pas ? demanda Gladdring, interrompant ce qui était devenu une tirade presque gênante, les paroles enflammées de la Reine répandant leur vapeur dans la fraîcheur matinale.

— Fassle n'écoute que lui-même. Vous le savez bien.

Gladdring laissa un léger sourire effleurer son visage, accompagné d'un hochement de tête à peine perceptible. De la solidarité, commençant à préparer le terrain pour ce qui allait suivre, pour ce que Yarvick avait transmis la veille. Ses voleurs, écoutant à tous les coins de rue, lisant chaque missive, avaient découvert le véritable plan de Fassle, et maintenant Gladdring avait cette même révélation dans la poche opposée à son skar, attendant le bon moment.

Fassle mourrait d'un coup de couteau dans le dos comme bien d'autres hommes, mais accéder à sa position et assurer la sécurité des îles nécessiterait des alliés. Peu auraient plus d'influence que la Reine de Kance. Avec son soutien, les autres Tenets se rangeraient, et la position de Gladdring serait assurée.

— J'ai dit, restez ici, lança sèchement la Reine alors qu'ils atteignaient le poste avancé. Vous rêvassez encore.

— Vous ne pouvez pas vous attendre à ce que j'écoute tout cela sans réfléchir à ce que cela signifie.

— Ce que cela signifie ? Je vous l'ai dit. Fassle n'arrête pas de parler. J'ai hâte de quitter cette île misérable et ses jeux stupides.

— Restez encore un peu et vous pourriez découvrir que ses jeux ne sont pas si stupides que ça.

Les gardes en poste saluèrent d'un signe de tête le duo alors que Gladdring et la Reine passaient sous l'arche de pierre, entrant dans un tunnel bordé de chaque côté de bustes de dirigeants du Cercle et d'Aegis des années passées. La lumière des torches — pas de lanternes ici, selon la tradition — remplaçait la lumière du jour, le plafond ombragé se refermant autour d'eux, les deux baissant la voix jusqu'au murmure sous les yeux de pierre sans vie.

— Ne me dites pas que vous prévoyez une autre fête, Gladdring. C'est de mauvais goût, alors que tant de gens souffrent, lâcha la Reine dans un soupir.

— Une fête, non. Mais votre présence sera néanmoins requise.

— Dites-m'en plus.

Gladdring ralentit sa marche, les gardant dans le

tunnel, seuls. La Reine adapta son pas traînant, son visage toujours aussi impassible. Une lecture impossible sans le skar dans sa poche qui détectait la curiosité.

Alors il la satisfit. Demanda un partenaire pour un plan fatal. Une requête audacieuse que Gladdring n'aurait peut-être jamais faite sans cette nuit où Fassle avait brisé ses premiers mouvements, laissant Gladdring à un souffle de la mort. Une fois qu'on avait presque donné ce dernier baiser d'adieu, inviter le destin pour une autre danse venait, sinon facilement, du moins sans les sueurs, les tremblements, les doutes d'une autre vie qui l'avaient visité la première fois.

Le jeu se déroula bien au début, le skar Tamas encourageant Gladdring à continuer. La Reine était captivée, disait-il, et ses yeux restaient effectivement fixés sur les siens, buvant chaque mot. Il trouva sa confiance, déclara qu'une fois Fassle écarté, ses alliés placeraient Gladdring au sommet, avec son aide, et ensemble ils pourraient—

Une douleur aiguë arrêta Gladdring au milieu de sa phrase. Pas une fléchette, un coup de poignard, mais le skar, avertissant Gladdring que la situation avait changé. L'expression de la Reine restait la même, passant maintenant à un froncement de sourcils alors que Gladdring se taisait, mais elle n'était plus une partenaire consentante. Au contraire, le skar parlait de tristesse, de déception et de peur.

— Ai-je dit quelque chose de mal ? demanda Gladdring, arborant son meilleur sourire funèbre, à la fois insinuant et triste.

— Mal ? Le froncement de sourcils de la Reine s'accentua, des rides perplexes se formant sur un front par ailleurs parfait. Un reniflement, puis, alors qu'elle répondait à sa propre question. Bien sûr. Un skar. Personne d'autre ne pourrait me lire, et vous non plus, sans ces maudites gemmes. Elle inclina la tête. Lequel est-ce ? Quel dieu d'île vous donne l'esprit d'un autre à lire ?

— Ma question d'abord.

La Reine leva une seule main, un seul doigt. Le gant blanc qui l'enveloppait donna un éclat doré contre les torches, un signal, et Gladdring ne fut pas surpris lorsque les ouvertures du tunnel de chaque côté trouvèrent de nouvelles ombres.

— Ne le prenez pas personnellement, Gladdring, dit la Reine alors que les ombres, des Najahns pourpre et noir, avançaient. Fassle a promis qu'il laisserait mon île tranquille si je pouvais prouver votre loyauté, d'une manière ou d'une autre.

Un geste vain, prouvé par la note dans sa poche. La Reine s'accrochait à un espoir alors qu'il n'y en avait aucun à saisir.

— Fassle ne tiendra pas parole. Il ne le fait jamais, sauf si c'est dans son intérêt.

— Pour mon île et mon peuple, je dois essayer.

Les gardes approchaient. Plus qu'un instant. Le skar Tamas continuait de murmurer ses avertissements, et ses possibilités. La Reine ne s'était pas encore fermée à lui : le skar raclait sa tristesse, et Gladdring s'en servit. Il tomba en avant, comme s'il glissait sur les décombres, contre la Reine. Elle haleta, essaya de se séparer, et y parvint lorsque les gardes qui se précipitaient arrachèrent Gladdring d'elle. Les guerriers rudes et prêts prononcèrent alors et là la sentence du traître pour Gladdring, la Reine appuyant leurs accusations, déclarant qu'elle avait un témoignage prêt.

Mais alors que les soldats emmenaient Gladdring vers ce qui serait une cellule froide et solitaire, il vit la Reine plonger la main dans ses propres poches pour trouver la lettre, et l'espoir de Gladdring.

13
LE PREMIER ACTE

Elle n'avait vraiment marché qu'une seule fois dans sa vie : quand Eujo s'était rendue pour la première fois à Vis, débarquant du *Storm's Edge* pour poser le pied sur les rivages de Mottilan, sous ces falaises imposantes et ces regards suspicieux. Après leur arrivée sans échanges commerciaux qui n'avait suscité guère plus que du mépris — Wax préciserait plus tard que toute la ville était encore amère de son ascension au statut de Renouveau —, Eujo, ses gardes et plusieurs porteurs embauchés portant leurs sacs avaient alors gravi les cols de la montagne jusqu'au Grand Sana.

C'était la seule fois où ses pieds avaient eu des ampoules, où ses jambes s'étaient alourdies de fatigue, et où chaque respiration était devenue un halètement saccadé après la précédente. Et pourtant, même alors, ces sensations étaient éphémères, sachant que le repos était proche, qu'elle avait des provisions en abondance et qu'il n'y avait rien à craindre.

La marche le long de la côte de Tamas n'offrait aucun de ces conforts pour soulager le poids écrasant porté par Eujo, et plus légèrement par les autres. Le sable mou était à la fois hypnotisant et pénible, les grains se dérobant sous son poids et entravant ses pas, un défi d'autant plus difficile à relever avec le skar Rana qui sapait ses forces. Quand Eujo échangeait avec Wax, un changement déclenché lorsque l'un ou l'autre trébuchait inévitablement, ses épaules s'allégeaient, ses pieds bondissaient d'un pas à l'autre, et ces respirations lourdes devenaient d'agréables bouffées d'air marin.

Au début.

À la fin de la journée, ses jambes fatiguées trouvaient peu de répit, même lorsque les skars étaient silencieux. Au moment où Bliss et Torny allumaient un petit feu avec les racines et les branches givrées qu'elles avaient pu couper, que Wax pouvait alimenter avec un skar, Eujo ne désirait rien de plus que dormir. Ou manger. Ou prendre un bain.

Mille petits luxes que la côte de Tamas leur interdisait.

Bliss et Torny acceptèrent de se partager la garde, offrant à leurs Renouveau une nuit ininterrompue, et Eujo en profita, marchant aussi loin qu'elle le put sur la plage avant de s'allonger, l'aube creuse de l'hiver ramenant avec elle des douleurs oubliées dans des rêves bienheureux.

De quoi avaient parlé ces rêves ?

Eujo ne s'en souvenait pas, mais s'ils ressemblaient à ce qu'ils virent dans l'après-midi de leur deuxième jour, elle n'aurait pas été surprise.

Torny reconnut les miroitements au loin vers le Sud, leurs arcs bondissant au-dessus des buissons brillants et de leurs feuilles aux teintes cramoisies. Des flèches aussi, bien qu'avec des pointes aux angles étranges et des couleurs plus étranges encore, jaunes et bleues mêlées à des touches écarlates, perçaient le ciel nuageux. Des doutes, des questions, des espoirs les accompagnèrent après cela, l'énergie affaiblie se ravivant à la vue du salut.

La plage leur accorda une bonne fortune en courant jusqu'au bord des flèches, une fin sans cérémonie de la nature sauvage marquée par une clairière taillée, des voix, des chants, de la musique et des odeurs si riches qu'elles firent grogner l'estomac d'Eujo. Ils se tinrent la main, tous les quatre, chacun aidant l'autre à progresser sur le sable sombre jusqu'aux premiers corps, les guetteurs, les silhouettes étranges dans des tenues trop exotiques pour qu'Eujo puisse les reconnaître.

— Tu n'es jamais allée à Tamas ? murmura Torny alors qu'ils approchaient de la demi-douzaine de formes regroupées autour d'une jetée océanique, parsemée de lances de pêche, de filets et de cannes. C'est toujours comme ça ?

— Seulement la côte sud, répondit Eujo. Là-bas, ce n'est pas si différent de Noctia. Meilleure bière, plus d'eau, gens plus amicaux. C'est tout.

Amicaux ou non, la lumière du jour baignait les figures éclectiques d'une lueur mystique. Malgré le froid, lorsqu'Eujo et les autres s'approchèrent, le groupe se tourna vers eux et révéla des tenues ondoyantes, des bandes de tissu entrelacées les unes aux autres en soie éclatante, en lin ondulé, le transparent rencontrant l'opaque, le tout menant à des chaussures extravagantes ou élancées, qui semblaient toutes flotter sur le sable.

— De nouveaux amis ? vint le premier accueil, de la plus grande silhouette au centre du groupe, dont le costume jaune et rouge cerise flottait autour de lui comme le voile d'une méduse. Du Nord ? Cela fait un moment !

L'homme conclut son accueil par une profonde révérence, accompagnée d'un ample mouvement du bras, et les autres imitèrent le geste, tout en glissant latéralement sur le sable. Un mouvement distrayant mêlé à leurs couleurs, et si rapide qu'Eujo ne remarqua pas ce qu'ils avaient fait jusqu'à ce que Bliss fasse clignoter ses doigts.

"Nous sommes encerclés."

Torny réagit la première, les mains plongeant dans les plis de son manteau pour trouver ce qu'Eujo soupçonnait être des poignées de dagues. Eujo elle-même aurait pu saisir sa rapière, l'épée pendant le long de sa cuisse, mais plaça plutôt sa main gauche sur le bracelet à son poignet droit. Inutile d'invoquer les skars — ils étaient toujours là, toujours murmurants — mais couvrir les pierres pourrait garder leur secret un moment de plus, préserver l'effet de surprise. Wax, avec son collier, imita sa sœur dans une évaluation les mains libres.

Le Vis allait parler dans un instant, faire quelque introduction éculée. Mieux valait ne pas laisser cela se produire.

— Nous avons traversé les banquises entre Tamas et Whent, commença Eujo, faisant un demi-pas devant Torny, Wax et Bliss. Établissant le leadership. En chemin, des démons nous ont attaqués, alors nous manquons de provisions, sommes fatigués et avons besoin de nourriture.

— Une histoire éprouvante, j'en suis sûr, répondit l'homme, se redressant pour tirer un petit cor d'argent de quelque endroit caché sur sa personne. Il le porta à ses lèvres, souffla plusieurs notes claires et fortes, avant de baisser l'instrument pour révéler un sourire de showman, du genre qu'Eujo avait vu bien trop souvent à la cour du Palais Céleste. Mais nous sommes un refuge pour les nécessiteux, et souvent une absolution pour ceux-ci. Réjouissez-vous d'avoir trouvé notre petit coin des îles, car ici vous pourriez trouver tout ce dont vous aurez jamais besoin.

— Vous faites ce discours à tous ceux qui viennent ici ? intervint Torny avant qu'Eujo ne puisse trouver une réponse plus diplomatique. Nous demandons juste un peu de soupe, pas que vous sauviez nos âmes.

— Parfois les deux peuvent aller de pair, si vous trouvez le bon endroit. Le sourire de l'homme ne faiblit pas. Un éclat dans ses yeux cerclés de maquillage noir capta le soleil couchant et scintilla. Et vous avez très certainement trouvé le bon endroit, mes amis.

Il se retourna à ses propres mots et fit signe vers le haut de la plage, où ces flèches et tourbillons miroitants attendaient.

— Venez, suivez-moi, et vous trouverez ce dont vous avez besoin et bien plus encore.

— Attendez, dit Eujo alors que l'homme faisait son premier pas. Trop de suspicion, trop de faux pas avaient rendu une marche à l'aveugle, même ici, même avec chaque fibre de son être qui voulait s'allonger et dévorer le dîner, un choix impossible. Quel est cet endroit, et que faisiez-vous ?

— Nous répétions, bien sûr, répondit l'homme, et des tintements résonnèrent tandis que le reste du groupe hochait la tête, applaudissait ou faisait un simple saut, divers bijoux capturant son et lumière. Que faire d'autre ici à la fin de la journée ? L'océan, après tout, est le public le plus respectueux.

— Ce type a perdu la tête, marmonna Torny.

— Quant à l'Animas, c'est l'endroit où Tamas trouve son but. Le rituel des rituels, la scène où l'artiste rencontre son créateur et son sens.

— Je vote pour qu'on continue à marcher, poursuivit Torny, l'homme n'entendant pas ou ne se souciant pas de ce qu'elle disait. Il continua à remonter la plage, faisant signe des deux bras, tandis que ses amis restaient où ils étaient, formant un cercle peu profond autour du quatuor.

— On dirait qu'on a le choix, dit Wax, regardant les visages brillants, bien trop calmes et bien trop heureux autour d'eux. Soit on suit ce type, soit on trouve un moyen de passer entre ces gens.

— Trouver un moyen d'aller où ? dit l'une, une femme mince qui se tenait presque dans les vagues de l'océan.

— Il n'y a nulle part ailleurs où aller, à moins que vous n'empruntiez la route principale, continua un second, et Eujo ferma les yeux, prenant une profonde inspiration alors que l'évidence continuait son chemin.

Par phrases alternées, comme, en effet, les quelques représentations de Tamas qu'Eujo avait vues sur Kance, les acteurs relayèrent le dilemme du quatuor : la plage se trans-formerait en rochers dans quelques heures de marche, tandis que le seul moyen de traverser les plantes et les buis-sons grognants était juste ici. Et, bien sûr, s'ils choisissaient d'entrer dans l'Animas, ils y trouveraient chaleur, possibi-lité, bonheur.

— Nos gorges tranchées et nos skars volés, plus proba-blement, dit Torny alors qu'ils suivaient les empreintes du premier homme sur la plage. Noctia a sa part d'araignées qui tendent des pièges, mais je les préfère à ces fous.

— Un choix que nous n'avons pas, dit Eujo, et elle apprécia le hochement de tête approbateur de Wax. Nous sommes affamés, perdus et sans amis. Nous acceptons leur repas offert, un lit, et nous essayons de reprendre notre route le matin.

À ce plan, la bandite, enfin, n'avait rien à ajouter.

L'Animas se déployait un peu comme les tenues de ses acteurs : si Eujo vit d'abord les flèches, leurs sommets effilés s'élevant haut, alors chaque pas sur la plage révélait à la fois plus et moins. Le bon sens dictait comment les maisons devraient être construites, mais l'Animas rejetait cette directive, envoyant plutôt ses bâtiments, encadrés par ces mêmes racines trouvées partout ailleurs et séparés par de la toile rigide, dans des formes délirantes. Les structures squelettiques s'élevaient haut, saillaient à des angles, leur échafaudage de racines peint de toutes les couleurs, souvent un mélange de plusieurs, mais toujours avec du blanc les reliant. La peau entre les os. Des échelles s'accrochaient à divers côtés, des marches grandes et petites occupées par des acteurs allant et venant, parfois d'autres travailleurs, leurs sourires tout aussi larges, transportant des décors, des accessoires et des gens d'un endroit à l'autre.

Des tentes et des chariots, des carrioles et des feux de cuisine occupaient l'espace entre les bâtiments de toile de l'Animas, montrant une vie plus compréhensible : celle de la nourriture, du commerce, de la survie au milieu des Îles. La conversation voyageait comme dans n'importe quelle autre ville, bien que ses tons ici différaient, portant souvent la saveur de lignes mémorisées, de discours prononcés ou de réparties spirituelles offertes sous les applaudissements.

Dans l'ensemble, comme Torny, Eujo se sentait de plus en plus mal à l'aise et devait réprimer son inquiétude avec une logique froide : ce n'est pas parce qu'un endroit est différent qu'il est mortel.

Daklin, leur guide et le même homme qui les avait accueillis sur la plage, conduisit les Renewals et leurs Gardiens à une large tente remplie de tables bordées de bancs. En passant à travers les larges rabats qui claquaient, Eujo trouva la source de ces scintillements : des tubes de verre sculpté, serpentant depuis de petits trous dans le sol pour s'élever dans la tente et au-delà, dans l'Animas proprement dit.

— Qu'est-ce que c'est ? demanda Torny, épargnant

encore une fois à la Reine d'ouvrir la bouche. Une sorte de décoration ?

La population de la tente, plus de trois fois leur nombre partageant le même dîner précoce qu'Eujo voulait à cet instant précis, arrêta toutes ses conversations et se tourna, écoutant Daklin donner une explication rapide et fière : Tamas, une île sablonneuse, offrait du verre en abondance, et en creusant un peu sous sa surface tremblante, on pouvait trouver des gaz et les allumer, envoyant de la chaleur dans tout l'Animas pour les garder au chaud quand les feux seuls ne suffisaient pas.

— Voyez-vous de grands arbres ici à brûler ? demanda Daklin, tournant sur lui-même pour englober la tente du regard, les têtes secouant à sa vue. Du charbon de Noctia, pour que nous puissions nous réchauffer dans sa saleté ? Encore une fois, les têtes se secouèrent, et Eujo se retrouva parmi eux, à son grand agacement. Pourtant, l'homme avait une façon de parler, de vous prendre dans son tour qui vous poussait dans son domaine, à jouer son jeu. Nous n'avons pas non plus de fourrures comme Whent, de lave comme Foti. Notre dieu nous a donné le gaz et le verre, et c'est suffisant pour nous.

Tamas donnait apparemment aussi assez de nourriture à l'Animas, avec du poisson et des tubercules en abondance, cuisinés dans un bouillon fumant et livrés à leur table dans des bols en céramique, chacun peint d'une série de figures. Quand Wax demanda, Daklin dit que les bols représentaient des scènes de l'une de leurs pièces.

— Parce que c'est ce que nous faisons ici à l'Animas, continua Daklin, ce sourire s'élargissant toujours même si son chapeau extravagant s'enfonçait sur sa tête penchée, nous divertissons, nous éclairons et nous apportons aux gens le bonheur qu'ils méritent.

— Super, dit Torny, la soupe disparaissant rapidement avec ses cuillerées rapides, bonne chance avec tout ça. Désolée, on ne va pas rester, cependant. Des choses à faire, des îles à sauver et tout ça.

L'homme hocha la tête, semblant presque triste. — Votre quête peut attendre jusqu'au matin. Ce soir, au moins, assistez à un spectacle. Voyez ce que vous avez trouvé. Encore ce scintillement, cette étincelle. Vous pourriez même décider que vous aimeriez rester.

14
PREMIERS FEUX

Seule, marcher à travers la jungle de Vis avait été une expérience relaxante, presque transcendante. La musique, même en hiver, des oiseaux, des insectes et de la brise effaçait l'effort du voyage et le remplaçait par un émerveillement nourrissant. Annalyse aurait pu marcher sous ces ramures pendant des mois, des années, une vie entière dans le bonheur.

Courir avec les chasseurs de Deshiva à l'aube, après un sommeil trop court, n'avait que peu en commun avec cette randonnée, même si les arbres restaient les mêmes. Même avec un skar de Vis contre sa poitrine, le même qui l'avait maintenue en vie face au poison de l'assassin, maintenant Annalyse énergique, le sprint épuisait son esprit, volait l'enchantement. En partie à cause des lances, des plumes, des visages fermés qui filaient entre les branches autour d'elle.

En partie parce qu'ils couraient vers la guerre.

Les îles existaient dans un équilibre fragile les unes avec les autres, chacune si représentative du dieu qui l'avait créée qu'elles dépendaient les unes des autres. Une guerre ouverte bloquait le commerce, condamnait trop de gens à la misère, alors à part les raids de Rana et les escarmouches occasionnelles de bandits fougueux ou d'âmes brisées, Annalyse n'entendait pas parler de guerre. Maintenant, elle en faisait partie.

La course dura la majeure partie de la matinée, les menant à l'est du lac vers l'avant-poste Najahn. Même de loin, le Grand Sana s'élevait au-dessus de l'horizon, aperçu entre les feuilles alors qu'Annalyse courait à travers les arbres, toujours consciente que Deshiva et sa lance sprintaient sur ses talons.

La chasseuse en tête ne parlait pas beaucoup, sauf quand elle s'était présentée à la maison dans les arbres d'Annalyse le matin, exigeant les armures incrustées et la participation d'Annalyse. Ce n'avait pas été une question. Juste un ordre, et un que la scientifique avait suivi sans protester.

Gladdring lui avait au moins appris cela : pas la peine de se faire des ennemis quand il n'y a pas d'options.

Elle faillit heurter le chasseur devant elle, s'arrêtant brusquement à travers une épaisse fougère juste avant son dos tatoué. Des lignes orange et violettes, formant des fruits, des animaux et des sigles qu'Annalyse ne connaissait pas, constituaient la dernière barrière avant les champs défrichés des Najahn. Sa main tendue, paume vers elle, servait d'arrêt, dont Annalyse n'avait pas besoin.

— Tu t'es bien débrouillée, dit Deshiva, arrivant derrière Annalyse, aussi silencieuse que le reste de sa troupe. La plupart des Vis auraient du mal sur une telle course. (Deshiva, le visage également marqué, les cheveux tirés serrés sur sa tête, fit un signe vers la pierre.) D'un autre côté, la plupart des Vis courent seuls.

— C'est leur problème, pas le mien.

Un léger sourire. — Bien. Tu auras besoin de cet esprit aujourd'hui. (Deshiva fit un signe de tête devant elle.) Es-tu prête ?

— Pour quoi ? Je ne suis pas une combattante.

— Aujourd'hui, tu observes. Tu apprends. Tu utilises ce que tu vois pour nous rendre meilleurs demain.

— Que dois-je observer ?

Deshiva jeta un coup d'œil à sa droite et à sa gauche, se penchant pour voir autour d'Annalyse. Le chasseur à la droite de la scientifique bougea, bandant un arc étroit. La taille de l'arme indiquait qu'elle n'était pas conçue pour tirer à longue portée, mais après tout, tirer loin dans une jungle dense n'était probablement pas nécessaire. Le carquois fin suggérait aussi que les Vis rarement-

— Étudie-nous plus tard, interrompit Deshiva. J'ai besoin que tes yeux soient sur les Najahn. Dis-moi si tu vois quelque chose d'étrange. Sinon, apprends.

Deshiva porta ses doigts à ses lèvres et souffla. Pas un sifflement humain direct, mais un bruit aigu et court, comme un oiseau saluant le soleil. Trop faible pour porter loin, mais il n'en avait pas besoin : le signal de Deshiva trouva des relais alentour, toute la jungle semblant s'éveiller avec les pépiements.

Au-delà, dans les champs, les animaux, cochons et vaches importés d'autres îles, dressèrent l'oreille. Les poulets Tamas, leurs plumes brunes frémissantes, tournaient en rond dans leurs enclos étroits. Des piles de bois, soigneusement empilées en rangées, attendaient les immolations de l'heure du repas. Quatre ou cinq Najahn vaquaient à leurs occupations sur la scène, s'occupant du travail quotidien sans vraiment regarder vers les abords.

Un ordre abondant.

Des cibles faciles.

Les flèches volèrent, le bourdonnement des cordes d'arc annonçant les lignes brûlantes alors qu'elles décrivaient des arcs dans les airs et atterrissaient sur ces piles de bois, sur les hangars de chaume. Pas beaucoup — Annalyse aurait rejeté l'assaut si le désir avait été de faire des victimes Najahn. Seules quelques flèches semblaient s'accrocher au bois humidifié par la pluie hivernale.

Mais les tirs attirèrent l'attention, et au hochement de tête sinistre de Deshiva, c'était le but.

Les Najahn essaimèrent comme des abeilles paresseuses, le genre qu'Annalyse voyait autrefois flâner autour des fleurs de la toundra de Whent en automne. Des cris maladroits, de l'étonnement et des trébuchements depuis les bâtiments centraux de l'avant-poste. Des armures cliquetaient tandis que les soldats Najahn se précipitaient pour les enfiler. Quelqu'un trouva un cor et sonna une salve de trois coups. Deshiva signala une seconde volée, et maintenant trois piles de bois brûlaient, et avec ces étincelles, la chasseuse entama la prochaine phase.

À un second sifflement, sept chasseurs Vis, vêtus de tissages sombres, s'élancèrent de la lisière de la jungle vers les enclos des animaux. Tous tirèrent de longs couteaux, leurs extrémités recourbées montrant l'intention originale de découper la viande. Cette fois, alors que les Najahn formaient leurs lignes, les premiers saisissant des vouges, trouvant des arbalètes et les carreaux nécessaires, les Vis utilisèrent ces couteaux pour trancher les liens qui maintenaient les portes des enclos fermées. Les chasseurs crièrent, poussèrent des cris stridents et tailladèrent, effrayant les animaux hors de leurs enclos dans une fuite frénétique. À mesure que chacun se vidait, les chasseurs poursuivaient leurs proies émancipées, les guidant vers la jungle, la route, loin des Najahn.

— Amusée ? demanda Deshiva alors que les guerriers en armure donnaient enfin une certaine poursuite, tirant des coups infructueux sur les chasseurs, envoyant des soldats lourds en défense bien trop tardive.

— Je n'ai jamais vu un combat comme celui-ci.

Quand les seigneurs de guerre de Whent décidaient de se battre pour un territoire, leurs batailles étaient des affrontements frontaux et ivres. Des masses se rencontraient dans les plaines et se battaient jusqu'à ce qu'un côté abandonne, que de nouveaux tonneaux soient percés, et que les perdants soient acceptés dans leur nouveau groupe sans rancune. Un seigneur de guerre finirait par engloutir la majeure partie de l'île, comme l'avait fait Jochi, jusqu'à ce que, vieux et fragile, leur petit empire s'effrite.

— Avec Vis de notre côté, personne ne mourra aujourd'-hui, dit Deshiva. Nous pouvons persuader les Najahn qu'ils n'ont aucune emprise ici, et ils partiront en paix.

— Si tu crois ça-

Le regard soudain acerbe de Deshiva coupa court aux mots. — Ne laissez pas votre cynisme assassiner l'espoir.

— J'appellerais plutôt cela du réalisme.

— Alors vous devez changer votre réalité.

Annalyse secoua la tête, observant les Najahn ralentir et arrêter leur poursuite maladroite. Près de trente soldats armés et en armure se trouvaient maintenant dans le champ, un capitaine au visage étroit les mettant en formation à grands cris. Deshiva émit un autre sifflement bas, répété à travers les arbres, et les forces Vis s'enfoncèrent plus profondément dans la jungle, de plusieurs pas. Anna-lyse ne trébucha que deux fois, un exploit.

— Nous fuyons ? dit Annalyse, rattrapant Deshiva et s'accroupissant à côté de la chasseuse. Les insectes se lièrent d'amitié avec ses cheveux, les fougères lui chatouillèrent les bras. Une épine s'accrocha à sa chaussure. La jungle n'était pas très spacieuse. Déjà ?

— Il sera difficile de prouver qu'il s'agissait de plus que de simples voleurs, dit Deshiva, s'ils n'attrapent pas le reste d'entre nous. Cependant, s'ils poussent plus loin, nous les surprendrons.

— Simple.

Encore ce regard réprobateur, — Êtes-vous si peu versée dans l'art du combat ?

Avant qu'Annalyse ne puisse répondre par l'évidence, Deshiva plissa les yeux vers les Najahn, puis jura. Les soldats, plus difficiles à voir à cette profondeur, mais toujours reconnaissables, avaient fait demi-tour. Ils marchaient de nouveau derrière leurs palissades. Abandonnant leurs champs et leurs créatures. Annalyse aurait acclamé : une victoire sans perte, sans une seule blessure ?

Deshiva, cependant, avait l'air d'avoir avalé un citron.

— La pire des réponses, dit Deshiva alors que l'après-midi s'étirait, Annalyse et plusieurs autres chefs la rejoignant autour du feu de camp dans une clairière.

Les Vis s'étaient retirés dans un campement de fortune à trente minutes de l'avant-poste Najahn. Des groupes de chasseurs continuaient de rassembler le bétail libéré, avec l'intention de ramener les animaux au lac où leur ancien destin pourrait être restauré. Ceux qu'ils ne pourraient pas conduire seraient laissés à leur sort, probablement destinés à devenir de la nourriture pour hanokos.

— Pourquoi ? Annalyse agita sa cuillère en bois vers le camp convivial. Personne de blessé ? Objectif atteint ?

— La victoire la plus facile, avec le moins d'avantages.

Nous n'avons pas testé vos skars pour savoir s'ils fonctionneront. Nous n'avons pas vraiment puni les Najahn. Et maintenant, ils vont se cacher derrière leurs murs jusqu'à l'arrivée des renforts, trop nombreux pour que nous puissions les combattre tous ensemble.

— Vous n'en savez rien.

— Dit la scientifique, mais Deshiva hocha la tête en parlant. Vous avez raison, cependant. Je ne sais pas ce que les Najahn pourraient faire, ce qui pourrait arriver. Je ne peux pas contrôler leurs actions, tout comme vous ne pouvez pas savoir quand un hanoko pourrait bondir. Au lieu de cela, nous devons nous concentrer sur ce que nous pouvons contrôler.

— C'est-à-dire ?

— Vos skars.

Annalyse porta instinctivement la main à son collier. Elle en avait maintenant quatre, une pierre Vis, Foti, Rana et Tamas. Leurs murmures bouillonnaient. Celle de Tamas donnait une idée de l'humeur de Deshiva, mais son ambition pensive était évidente même sans les émotions chuchotées.

— Quoi à leur sujet ? Nous aurons besoin que quelqu'un se batte pour voir comment ils s'en sortent. Annalyse esquissa un sourire en coin, remarquant un cercle se former où les chasseurs semblaient lutter les uns contre les autres. Qui sait, peut-être aurons-nous de la chance là-bas.

— Pas les skars Vis. Les autres. Deshiva se pencha, ramassa un bâton par terre et le planta dans le feu de camp, vide maintenant que le dîner était terminé. Les Najahn se cachent derrière leurs murs de bois. Vos skars Foti peuvent les briser.

— Ou détruire celui qui essaie.

Un autre regard perçant, et cette fois Annalyse écouta le

skar Tamas, trouvant dans la sévérité de Deshiva une lassitude tendue, quelqu'un qui avait été sous pression pendant longtemps et qui n'était plus lié, désormais, par la timidité. Deshiva pousserait et pousserait jusqu'à ce qu'elle apporte la victoire à son île.

— Vos gens pourraient mourir. Mourront. Et même s'ils réussissent, que ferez-vous ensuite ? Retourner en courant dans les arbres comme nous l'avons fait aujourd'hui ? Les Najahn prépareront le trou.

— Mais ils auront peur. Ils sauront que nous pouvons faire des choses qu'ils ne peuvent pas.

— Nous ? Vous voulez dire vos chasseurs ? Pour l'instant, les skars sont encore majoritairement un secret, Deshiva. Pendant des centaines d'années, seuls quelques-uns ont essayé de les utiliser pour autre chose que l'Égide. Vous ouvrez cette porte ici, les Najahn réagiront. Ils ont plus de skars que vous, et de plus mortels.

— La scientifique cherche encore à me conseiller en matière de guerre, répliqua Deshiva. Son bâton prit feu et elle le retira, une torche dans l'obscurité. Les Najahn nous contrôlent par l'ordre, mais n'avez-vous pas remarqué ? Les démons ont cessé de venir en grand nombre. C'est comme si l'Égide avait été restaurée, mais aucun nouveau Renouvellement n'a gagné la Blessure. Il n'y a plus de raison d'avoir peur, plus de raison de laisser les Najahn avoir leur emprise. S'ils veulent prendre nos ressources les plus précieuses, ils devront se battre pour elles.

— Même si cela signifie laisser les îles retourner à l'état sauvage ?

Deshiva sourit, — À moins que ces pierres ne soient plus puissantes que vous ne l'ayez laissé entendre, Annalyse, une simple lance tuera quelqu'un avec un skar aussi bien que vous et moi. La justice se fera comme elle s'est toujours faite, par la force de ceux qui la délivrent. Elle jeta le bâton dans le feu. J'ai déjà envoyé des coureurs pour rassembler le reste de vos skars. J'aurai des volontaires d'ici demain matin. Demain soir, nous mettrons la peur de Vis dans leurs cœurs noirs.

15
MYSTÈRE

Vivant à Noctia, parmi les Najahn, Ami pouvait choisir quand se préoccuper des démons. Voir Catya à la Blessure ramenait les monstres et leur danger mortel au premier plan, mais cette tension s'estompait à son retour vers la nourriture, les feux et la culture d'une ville confortablement défendue. Descendre dans les Profondeurs Obscures avec Sawi avait changé la donne, mettant Ami en état d'alerte constant, et la découverte de la ville emplie de morts de Svarde et de la bande de guerriers de Jochi n'avait pas inversé la situation. Les objectifs n'étaient plus de vagues expériences, une loyauté oblique envers un Aegis déjà entouré de protecteurs.

Ici, l'objectif était clair : trouver un moyen de détruire les marcheurs de feu, puis fermer les portes. Arrêter les démons, sauver les îles.

Elle répétait ce mantra à Sawi tandis qu'elles parcouraient les tunnels vers le Sud, suivant Olgata jusqu'aux abords contrôlés. Les ingénieurs et soldats de Jochi, une bande grognonne et buveuse d'ale, revendiquaient néanmoins le territoire avec enthousiasme, creusant des points de contrôle et tuant tout monstre errant dans les parages. Ces démons, jusqu'à présent, ne pourraient pas aider Svarde à se lier à leurs corps, étant donné qu'ils avaient été découpés et ajoutés au prochain repas de l'armée.

— Il y a quelques semaines, j'aurais trouvé ça dégoûtant, dit Sawi alors qu'elles passaient devant le dernier, faisant leurs premiers pas sans Olgata à leurs côtés. Mais mes yeux se sont ouverts, on dirait.

— Certains sont même savoureux.

Ami se lécha les lèvres, un geste perdu étant donné le regard fixe de Sawi et la faible lumière de leurs mousses rassemblées.

Sa langue captura également le goût métallique, celui du masque doré et de la brûlure en dessous, guérie en une croûte rugueuse par son skar Vis. Elle réprima une grimace. Inutile de s'attarder sur quelque chose qu'elle ne pouvait ni contrôler, ni changer. Sans les skars et la réflexion rapide d'Annalyse, elle serait morte. Une carrière à combattre les démons et les voleurs avait déjà assuré à Ami suffisamment de dégâts pour transformer toute beauté en un sombre tableau de possibilités perdues.

Sawi s'arrêta, et Ami s'arracha à ses pensées.

— Quoi ? chuchota Ami, baissant la voix alors que Sawi tenait un couteau de chasse à la main. Elle avait aussi une lance accrochée dans son dos, mais ce tunnel était trop étroit pour qu'une arme longue soit un choix judicieux.

— Tu n'as pas entendu ça ? Écoute.

Un grattement. Un raclement. Pas grand, mais se dirigeant vers elles. Ami tapota l'épaule de Sawi, fit un signe de tête vers le couteau. La Vis lui rendit le geste et Ami recula de plusieurs pas, soulevant un peu de poussière de la caverne et tenant la torche basse. Sawi retira ses mousses et les lança de l'autre côté du tunnel, se cachant dans l'ombre.

Un risque : le démon pouvait être capable de voir dans l'obscurité totale, mais même dans ce cas, Ami pourrait charger avec sa nouvelle lame Whent et offrir une attaque surprise.

De plus, après tout ce temps, elles étaient toutes deux à l'aise pour tuer dans la pénombre.

Le bruit de pattes s'approcha, accélérant. Ami sourit. Un prédateur sentant de la nourriture. Que fallait-il pour traverser ces portes, nager depuis le bassin et grimper dans ces tunnels ?

Sûrement pas une tâche facile, et en quête d'une récompense. Le genre qui allait faire tuer ce démon.

Sawi frappa sans un bruit. Ami ne sut qu'elle avait attaqué que parce que la créature annonça sa blessure par un jappement gargouillant, comme un oiseau frappé en plein cri. Ami s'élança en avant, torche dans la main gauche et lame Whent dans la droite, pour découvrir que ses efforts étaient inutiles. Sawi avait embroché le démon sur son couteau, un coup suffisant, étant donné que le monstre dépassait à peine la longueur de sa lame. Néanmoins, le démon affirmait ses origines surnaturelles, avec une peau tourbillonnante semblant faite de vers roses qui se tortillaient. La masse frissonnait sur le couteau de Sawi, tenue à bout de bras par la chasseuse fronçant les sourcils.

— Un charmant spécimen, dit Ami, plissant le nez avec un sourire mauvais. Les dieux ont vraiment une imagination affreuse.

— Les dieux ?

— Bien sûr, les dieux. Qui d'autre aurait pu créer ces choses ?

— Je... Sawi frissonna. Je suppose que je n'y avais pas pensé. Les démons, les dieux.

— Tu pensais que ces monstres apparaissaient simplement de l'éther, prêts à nous dévorer ? Ami s'agenouilla, examina de plus près le démon dont la peau se figeait dans une mort froide. Le sang de la créature, d'un bleu pâle, s'écoulait en une flaque à ses pieds. Au moins, il avait du sang. Certains démons... Bien que, si tu veux être fantaisiste, tu pourrais dire que les démons viennent d'autres dieux cherchant à contrarier les nôtres.

— Est-ce que ça importe ? Sawi posa le couteau et sa prise, remit la mousse jetée sur sa sacoche. D'une façon ou d'une autre, nous devons toujours les arrêter. Ça ne change rien à la façon dont ils ont été créés.

— Cette façon de voir est moins amusante.

— Tu es bizarre, Ami.

— Qu'est-ce qui t'a mise sur la voie ? Le masque ? Ami se redressa, regarda fixement le tunnel. Mais tu as peut-être une bonne idée là-dedans.

— Waouh, un compliment ? De ta part ?

— Je le regrette déjà. Ami partit dans le tunnel, pas en direction du camp de Jochi.

— Ce n'est pas le mauvais chemin ?

— Ça dépend de ce que tu veux.

Sawi siffla, un bruit indiquant à Ami qu'elle avait fait quelque chose de bien, et la Gardienne continua d'avancer. Quand la Vis la rattrapa, le couteau et son démon tenus derrière elle tout comme la torche qu'Ami portait toujours, la Gardienne révéla leur nouvelle destination : la grande chambre et les portes à l'intérieur.

La Vis posait des questions, comme elle aimait le faire, mais cette fois Ami ne la fit pas taire avec une certitude sinistre. Au contraire, comme Ami l'avait souvent fait avec Svarde et Catya lors de leur voyage de Renouveau, la Gardienne intégra les questions de Sawi dans ses propres plans, approfondissant les détails et renforçant sa confiance. Sawi elle-même devenait de plus en plus perplexe, mais cela n'avait pas d'importance : Ami verrait les portails de près, ferait ce que ni Svarde, ni le Roi Mort maintenant sous l'emprise de Svarde, ni les éclaireurs de Jochi n'avaient fait. Et quand elle verrait ces lumières tourbillonnantes claires et nettes, Ami trouverait comment les éteindre.

— L'espoir aveugle n'est pas ton habitude, marmonna Sawi lorsqu'Ami balaya sa dernière question. Tu risques de nous faire prendre en embuscade, couper ou perdre.

— Tu préférerais placer ta foi en Svarde levant une armée de monstres morts pour combattre d'autres démons, pour toujours et à jamais ?

— Je veux dire, c'est un début ?

Le tunnel tournait et virait encore un moment, avec des bifurcations et de petites chambres qui se séparaient ici et là, bien que le bon passage fût toujours évident : les pieds, les griffes et qui sait quoi d'autre des démons avaient usé le chemin menant à la chambre, et Ami virait dans cette direction sans s'arrêter.

Même si elle accomplissait un miracle et fermait les portails maintenant, le retour serait long, et leurs jambes étaient déjà lourdes. Mieux valait faire vite, retourner au camp de Svarde pour boire de l'horrible bière Whent et manger plus de soupe à la farine d'os et aux champignons.

Encore une grimace. Après être remontée à la surface, Ami ne mangerait plus jamais de soupe.

La chambre apparut sans cérémonie. Le tunnel, sombre et constant, s'arrêta sans préambule, projetant Ami et Sawi sur une large falaise de roche grise. Des pierres, identiques à celles du côté de Jochi, étaient éparpillées dans des tailles allant du caillou au rocher. Beaucoup portaient des rayures, des taches de sang et de choses pires. Des os. Un cimetière naturel mais sans terre pour l'enterrement.

L'eau noire léchait les bords en contrebas, une descente décente mais plus proche que le point d'observation qu'elles avaient utilisé pour espionner les marcheurs de feu la veille. Ce rappel poussa les yeux d'Ami vers le haut, à travers la grande chambre : une lueur s'élevait de ce qui aurait été l'horizon à la surface, étirant ses maigres lignes à travers les murs et le plafond dans leur direction. Trop loin pour voir quelqu'un distinctement, trop loin pour tirer, pour patrouiller.

— Au moins, nous sommes seules, dit Sawi, en tirant sa lance et en la tenant sans grande confiance.

Ami avait mieux formé la Vis que cela. Peut-être une autre leçon à leur retour. Pas de relâchement maintenant, pas ici.

Encore une fois, cependant, Sawi avait raison : sans démon sur les falaises, il était temps d'inspecter les portails.

Les lumières tourbillonnantes semblaient les mêmes de ce côté-ci, comme si leur taille et leur forme restaient inchangées quelle que soit la façon dont Ami les regardait. En descendant, Ami nota leurs couleurs, leurs points scintillants tournoyant, filant, traversant l'eau. Les guetteurs de Jochi disaient qu'ils ne changeaient jamais, même quand les démons émergeaient.

De belles constantes, et une pour chaque dieu.

L'orange-rouge de Foti brûlait sur le côté gauche de la chambre, apparemment équidistant des deux extrémités moins profondes de la chambre, celles que les démons avaient tendance à préférer. Pourquoi, alors, les marcheurs de feu se dirigeaient-ils toujours vers Dreamhold ? Pourquoi la plupart des démons choisissaient-ils ce côté ?

Ami jeta un coup d'œil en arrière vers le chemin qu'elles avaient emprunté, ne vit aucun indice près de l'entrée de leur petit tunnel. L'étroit passage pourrait dissuader les plus grands monstres, bien que le Roi Mort insistât sur le fait que les plus grands passages se trouvaient sous les eaux. Même ainsi, quelque chose devait les attirer—

— La Blessure, dit Sawi, suivant les yeux d'Ami à travers la chambre. La Blessure est derrière nous. Peut-être que c'est pour ça qu'il y a moins de démons de ce côté.

— En quoi cela importerait-il ?

— Tu as dit que tout cela concernait les dieux, non ? Toutes nos histoires disent que les monstres sont venus quand Vis et Noctia se sont battus, quand il l'a poignardée. Si c'est vrai, alors c'est peut-être ce qui a créé ces portails et causé tout ça.

— Peut-être, Sawi, devrais-tu écrire ces idées. Tu es très observatrice, pour quelqu'un destiné à cueillir des fruits toute la journée.

Sawi lança un regard noir, Ami rit et se dirigea vers le bord de l'eau. Elle se pencha, passa ses doigts dans les ondulations. Froide, mais par ailleurs semblable à tous les autres étangs, lacs ou rivières dans lesquels Ami avait mis le pied. Pas salée, cependant. Pas comme l'océan. Au moins Ami ne mourrait pas si elle en buvait une gorgée, au moins les éclaireurs de Jochi pourraient venir ici, recueillir plus d'eau à faire bouillir pour l'armée.

Ses doigts, non plus, ne brûlaient pas. Ne ressortaient pas couverts d'une quelconque bave de monstre ni ne devenaient tachetés par un quelconque parasite.

Ami y plongea tout son bras, trempant sa chemise de lin. Elle le retira, l'observa en tenant la torche près.

— Quelque chose ? demanda Sawi.

— Comme un bain propre, bien que frisquet.

Quand l'eau traita son bras comme elle avait traité la main d'Ami, elle commença à enlever le reste de ses vêtements, ne gardant que le strict minimum. Ami tendit la torche à Sawi, qui demanda ce qu'Ami pensait faire, et soupira seulement à la réponse d'Ami.

Mais la Vis n'arrêta pas la Gardienne tandis qu'Ami, la lame dans sa main droite, plongeait dans les eaux et donnait des coups de pied vers le bas, vers ces lumières tourbillonnantes et les seules réponses qui importaient.

16

JUGEMENT ET RÉCOMPENSE

Fassle n'aurait pas pu rêver d'une meilleure nuit pour tuer. Les nuages masquaient la lueur rose de Sichi, la neige fouettante rendait les pierres glissantes et gardait les gens à l'intérieur. Le hurlement du vent se mêlait au bruit des vagues pour couvrir d'éventuels cris malheureux.

Si les dieux étaient vivants, Gladdring aurait pu considérer ce temps comme un signe qu'ils s'étaient retournés contre lui.

En effet, il ne portait guère plus qu'une tunique en lambeaux, son corps meurtri et contusionné s'engourdissant rapidement tandis que ses assassins le traînaient à travers d'étroits passages entre les tours, le long d'escaliers négligés, glissant, saignant, trébuchant, vers une falaise particulière. Une falaise que Gladdring connaissait bien, pour l'avoir lui-même utilisée à cette fin plus d'une fois.

Parmi les Préceptes, certains conseils circulaient, comme où et quand il était le plus facile de se débarrasser d'un érudit gênant, d'un soldat importun, ou d'un marchand dont l'estime de soi avait trop grandi. Dans de meilleures circonstances, Gladdring aurait pu rire, souligner la coïncidence aux meurtriers muets qui le conduisaient. Au lieu de cela, il garda la bouche fermée et l'esprit ouvert.

Fassle était venu le voir rapidement après que ses gardes eurent jeté Gladdring dans la cellule de la tour, dépouillant l'Adepte — bien qu'il eût peut-être déjà perdu ce titre — de ses robes, de ses ornements royaux et des quelques skars dissimulés dans ses poches. La tunique les avait remplacés, et dans sa terne banalité, Gladdring ne put rassembler l'énergie nécessaire pour lancer à Fassle le regard noir qu'il méritait.

— Tu m'espionnes déjà ? demanda d'abord Gladdring, refusant à Fassle l'initiative du dialogue.

Le chef Najahn se tenait au-delà des barreaux et transforma ce qu'il s'apprêtait à dire en un soupir sans mot. Contrairement à Gladdring, l'homme gardait ses vêtements d'apparat, comme s'il était sur le point de proclamer quelque grande vision à une foule assemblée plutôt que de rôder dans une tour de prison délabrée. Et pas la belle, réservée à ces âmes chanceuses que les Najahn rançonneraient contre un accord ou un autre avec leurs îles d'origine.

— Je n'ai jamais cessé, dit Fassle, sa voix s'installant comme des os de belette parmi les lanternes, les rires et les cris des gardes et des prisonniers. Laisserais-tu un animal dangereux errer librement dans ta maison ?

— S'il ne mordait que mes ennemis, je le ferais.

Fassle rit.

— Gladdring, tu es mon seul véritable ennemi.

— Il y a plus de couteaux à ton cou qu'au mien, certains encore plus mortels.

— Ceux-là seront tous déracinés à leur tour. Fassle plongea la main dans ses robes et en sortit un anneau, un anneau familier. J'en apprends davantage chaque jour. Utile pour débusquer les véritables intentions, tant pour moi que pour les quelques personnes en qui j'ai vraiment confiance.

Gladdring ne pouvait détacher son regard du skar. Il connaissait les crêtes de la pierre, comment l'extrémité pointue lui entaillerait le doigt s'il la saisissait mal. Depuis des années, depuis le dernier Renouveau, ils avaient partagé chaque instant. Un vol facile au poste avancé Tamas où il avait été stationné, ces gens accros à la bière, les siens, si faciles à tromper parce qu'ils ne se souciaient pas de... se soucier.

Ils pourraient s'en soucier si les forces violettes et noires de Fassle imposaient leur ordre sur chaque théâtre Tamas.

— Les skars ne te disent pas tout, dit Gladdring, voyant que Fassle attendait qu'il parle. Laissant une porte ouverte pour que Gladdring épargne sa propre vie, ou simplement pêchant plus d'informations ? Cela avait-il de l'importance ? Ils ne te diront pas pourquoi nous voulons te voir partir.

— Alors c'est une bonne chose que je sois ici. Je préférerais de loin que tu me le dises. Un sourire étincelant. Gladdring repéra des restes de dîner, des morceaux de poisson, entre les dents de l'homme. Est-ce simplement le pouvoir qui te pousse à ces gestes terribles ? Ou quelque chose de plus grandiose ? Des illusions sur le sauvetage des îles ?

— C'est ton odeur insupportable.

Fassle, prenant une inspiration pour se lancer dans d'autres divagations dont Gladdring ne se souciait pas d'entendre, s'arrêta dans un mélange de déglutition et de grognement. Puis vint le regard noir, que Gladdring rencontra avec une fatigue résignée, se retirant pour se reposer sur le mince banc au fond de la cellule. Ils n'avaient pas pris la peine de le recouvrir d'un drap. Cela signifiait que Gladdring ne resterait pas longtemps ici.

Maintenant, si Gladdring devinait correctement, il venait de choisir comment il quitterait cet endroit.

— C'est tout ? demanda Fassle, les lèvres serrées. Après tout ça, après que je t'ai donné une dernière chance d'absolution, tu offres une plaisanterie ?

— Ce n'est pas une plaisanterie. Tu es pourri, Fassle. Je ne peux pas respirer quand je suis près de toi.

Le rouge monta à ces joues blêmes. Un homme flétri par sa propre vanité, corrompu par d'interminables flagorneurs et l'absence de défi. Fassle ne pouvait pas faire face. Il avait eu de la chance d'arriver jusque-là. Gladdring aurait adoré plonger lui-même le poignard dans le cœur de l'homme et ouvrir la voie à un monde meilleur.

Maintenant, quelqu'un d'autre devrait s'en charger.

— Tu ne respireras plus du tout dans quelques heures, siffla Fassle, crachant un peu pour faire bonne mesure. Tu aurais pu être tellement mieux, Gladdring. Au lieu de cela, tu mourras en sachant que je récolterai les fruits de tout ton travail. Les Najahn contrôleront enfin toutes les îles, et tu ne verras rien de tout cela.

Fassle afficha un dernier rictus en se retournant, mais malgré toute sa bravade, ses mains crispées sur ses robes donnèrent à Gladdring le vrai sourire. Fassle avait peut-être des milliers d'hommes prêts à mener sa guerre, à occuper ses forteresses et à écraser ses ennemis, mais Gladdring avait néanmoins percé les défenses de l'homme.

Cette sensation agréable ne faisait pas grand-chose contre le froid. En atteignant la falaise, Gladdring réalisa qu'il avait perdu toute sensation dans ses bras et ses jambes. Ses dents claquaient comme une machine folle, des spasmes parcourant chacun de ses muscles. Ses yeux lui faisaient mal, brûlés par la neige et le vent. La chute et la fin rapide qui l'accompagnerait semblaient presque en valoir la peine.

— Marche jusqu'au bout et saute, dit la voix atone de l'un des tueurs. Gladdring regarda, tournant lentement la tête, pour voir qu'ils avaient tous deux dégainé leurs lames Foti. Tu as une chance de garder ta dignité, sinon on t'éventre et on te pousse.

Une chance de faire passer cela pour son propre choix. L'homme ne le disait pas explicitement, mais Gladdring savait ce qui se passerait si, quand son corps serait retrouvé près du port. Fassle publierait un avis le matin, déclarerait Gladdring disparu, et quand son cadavre noyé dériverait, ce serait une tragédie sans aucun trouble.

Moins de douleur aussi, pour lui. À la fin, pourquoi Gladdring voudrait-il sentir une épée lui transpercer la peau ?

Il fit un pas sur le rocher en saillie, à peine plus large que Gladdring lui-même. La glace courait le long de la pierre. La neige s'accumulait le long de ces mêmes lignes, se déplaçant tandis que Gladdring posait ses pieds, le vent faisant tourbillonner les flocons.

— Plus vite.

Avait-il temporisé ? Gladdring n'en était pas sûr. Devant lui, il ne voyait que des tourbillons de neige et l'obscurité. Le froid transperçait son monde. Son cœur tonnant prit le dessus, et une fois de plus, Gladdring souhaita entendre les murmures de son skar. Son ami, avec lui jusqu'à la fin.

Deux pas tremblants de plus et Gladdring atteignit le bord. Il regarda en bas, vit les plus faibles tourbillons là où les vagues frappaient les pierres de Noctia. Il tendit la main, prit une dernière respiration glacée.

— Arrête-toi là, dit le bourreau. Retourne-toi. Doucement, pour ne pas glisser sur tes orteils gelés.

Cette étrange demande perça l'âme engourdie de Gladdring et il réussit à effectuer une lente rotation, en traînant
ses semelles sur le rocher. Au final, les deux tueurs se
tenaient face à Gladdring, mais sans arbalètes ni lames
dégainées. Les lumières derrière eux donnaient à leurs
silhouettes une apparence patiente, attendant, ne précipitant pas l'action.

— Allez, crache le morceau, dit le même interlocuteur.
Yarvick veut savoir comment tu vas rembourser tes dettes.

Gladdring aurait ri, aurait pleuré si l'idée des larmes, de
respirer plus d'air glacé, n'avait pas suscité trop d'horreur
pour être envisagée. Au lieu de cela, il resta bouche bée,
trouva une question et la posa.

— Quelles dettes ?

— Celles que tu accumules en ce moment même en
restant debout, grâce à sa bienveillance.

— Alors Yarvick sait ce que je ferais. Ce que j'ai l'intention de...

— Les intentions, c'est bien beau, mais ça ne fait pas
brûler les feux. Ça ne nous procure pas non plus d'autres
skars. Le tueur fit un pas vers Gladdring, ses mains plongeant dans les plis de sa cape. Yarvick demande plus qu'une
promesse, Gladdring. Une promesse achetée avec ta vie.

— Dis-moi ce que c'est, alors. Gladdring détestait le
claquement de ses dents, les tremblements de ses jambes.
Je paierai. Je n'ai pas le choix.

— Pas suffisant. L'homme était maintenant au niveau
de la poitrine de Gladdring, et son haleine puait le vieux
poisson et la bière rance. À partir de ce soir, tu lui appar-
tiens. Ce qu'il demande, tu le fais. Ce qu'il veut, tu l'obtiens.
Et quand le moment viendra de donner ce que tu ne peux

pas imaginer maintenant, tu le feras, à cause de cette nuit. Es-tu d'accord ?

— Quel choix ai-je ?

— Dis-le. Promets-le sur ton fichu skar.

— Un skar que je n'ai pas.

Les mots étaient à peine un murmure. Le vent claqua. Cependant, de la chaleur vint de la main gauche de Gladdring, où la paume gantée de son tueur se retira, laissant deux pierres délicates. Une topaze, scintillante, familière, et dépouillée de sa bague. À côté, une pierre argentée étincelante.

— Promets.

Gladdring ne pouvait détacher ses yeux de la paire de skars, mais il prononça le mot. Donna au tueur ce qu'il voulait. Le mot avait à peine quitté ses lèvres que le tueur donna à Gladdring une forte poussée, ses pieds engourdis glissant sur la pierre dure. Gladdring tomba en arrière, le vent s'accrochant à sa chemise, la falaise défilant soudainement.

Pourtant, Gladdring ne ressentait aucune terreur. Son vieil ami était revenu, et avec de la compagnie.

17

LE CAMP DE THÉÂTRE

Le théâtre surpassait la représentation. Des bancs recouverts de mousses douces noires et bleues, des lanternes sphériques allumées avec de longues perches suspendues aux chevrons, des musiciens bravant la fraîcheur du soir pour jouer si bien qu'Eujo se croyait de retour à la cour de Kance avec ses nombreux, bien trop nombreux luxes. Tout cela pour un public clairsemé, à peine une section sur trois occupée, et la plupart n'offrant guère plus que des applaudissements polis.

Torny rejoignit Eujo dans son désintérêt pour ce qui se passait sur scène, préférant observer ce qui les entourait, comme un prisonnier évaluant une évasion. Car c'est ce qu'elles étaient, des prisonnières, et aucune d'entre elles ne le voyait autrement.

Leur dîner rapide s'était terminé lorsque Daklin était revenu, encore plus apprêté qu'avant, la peau luisante de poudres assorties à une tenue plus faite de fanfreluches qu'autre chose. Il avait offert une révérence et un geste, annonçant que le dernier spectacle des Animas de la soirée allait commencer dans quelques instants. Cette expérience apparemment extraordinaire n'avait attiré aucune attention des autres personnes dans la tente du repas, qui s'étaient toutes contentées de jeter des regards curieux aux nouveaux venus sans rien offrir d'autre. Pas de présentations, juste des regards inquisiteurs détournés dès qu'Eujo les croisait.

Daklin avait balayé l'excuse de fatigue de Torny, disant qu'elles n'auraient qu'à s'asseoir. Et si elles s'endormaient, eh bien, ce serait un jugement suffisant sur le divertissement. Tout cela déclaré avec un sourire cachant une volonté de fer, assez dure pour qu'Eujo passe outre la réplique de Torny et les mette en mouvement. Ni Wax ni Bliss ne se soucièrent de protester, leur innocence internationale leur donnant une chance bénie de profiter de la soirée.

— Nous aurons une fenêtre après le dernier acte, signala Torny, assise à la droite d'Eujo. La Reine de Kance avait l'allée, des marches en bois tressé descendant vers la scène. Wax et Bliss étaient assis de l'autre côté de Torny, tour à tour fascinés et déconcertés par le méli-mélo qui se déroulait devant eux. Ils seront trop occupés à se congratuler pour nous remarquer.

— Et aller où ? répondit Eujo, ses doigts claquant dans le langage des signes Vis adopté. S'enfuir dans la nuit ?

— Nous ne voulons pas être ici. Ce n'est pas bon.

La façon dont Torny se mordait la lèvre suggérait que la bandit n'était pas totalement novice en matière de pièges de Tamas. L'île avait sa réputation de jouet mou, produisant de la bière et de bonnes conversations, mais rien de dangereux. Ce que trop peu se donnaient la peine de demander, ce qu'Eujo avait appris peu après son accession à la royauté, c'était pourquoi personne, ni Whent, ni Rana, ni Kance, ni même les Najahn, n'avait essayé de s'emparer de l'île pour leurs propres fins.

La vérité trouble était que les gens qui allaient à Tamas avec de mauvaises intentions, ou qui s'attiraient la colère de son peuple, ne revenaient généralement pas. Du moins, pas comme eux-mêmes.

— Ils ne feront pas de mal aux Renewals, dit Eujo, reportant son attention sur la scène pour évaluer le temps alors que des applaudissements épars éclataient pour quelques saluts.

On en était au troisième acte, si Eujo avait bien compris. La pièce était une farce sur l'erreur d'identité, mais les acteurs n'étaient pas dans leur meilleur jour, forçant leurs répliques et ratant leurs marques sur scène. Les costumes portaient la production, tous des versions emplumées et filigrées d'armures Najahn. Quelqu'un avait dû passer d'innombrables heures à plumer, teindre et enfiler les plumes, et l'effet des formes scintillantes et aviaires dansant et débattant autour de la scène aurait dû être envoûtant.

Mais la présence constante de Daklin gâchait les choses.

Leur chaperon quittait rarement le banc deux rangées derrière elles. Son regard souriant obligeait Eujo et Torny à se contenter du langage des doigts, et même cela était fait en cachant leurs gestes avec leurs corps, bloquant tout espionnage par en bas.

— Tu dis ça comme si nous étions encore des Renewals. C'est fini, tu te souviens ? Nous ne sommes plus que des vagabonds à la recherche de pierres maintenant. Torny grimaça alors que le troisième acte commençait et qu'un acteur trébuchait sur ses ridicules jambières en plumes. Nous ne sommes rien, et nous n'avons rien.

— Nous avons les skars.

— Ah oui ? Tu vas demander à Wax de brûler cet endroit aussi ?

Eujo détourna la tête pour gagner du temps. Torny

aimait se faire des films, s'envelopper dans un manteau de malheur pour justifier un acte stupide et irréfléchi. Du moins, c'est ce qu'Eujo voyait, et ce qu'elle devait empêcher maintenant.

Elle se leva, se détourna du banc et monta les marches jusqu'à la rangée de Daklin. Les yeux de ses amis suivirent Eujo, mais elle les ignora et fit un signe de tête à côté de Daklin. Leur guide fronça brièvement les sourcils mais se décala, laissant Eujo s'asseoir avec une élégance raffinée. Les manières d'une Reine ne s'oubliaient pas facilement, malgré leur voyage qui privilégiait souvent une posture de paysanne.

— Pourquoi nous gardez-vous ici ? demanda Eujo, glissant le chuchotement entre les répliques de ce qui semblait être un discours désespérément dramatique sur la Blessure, les démons et le destin sur scène. Que sommes-nous pour vous ?

Daklin ne se tourna pas pour la regarder, ne dit rien alors que le discours s'éteignait dans une fin angoissée. Un amour perdu, un espoir mort. Eujo ne pouvait prétendre y prêter attention.

— Vous êtes une opportunité, chuchota Daklin en retour. Pas seulement pour nous, mais pour vous-mêmes.

— Une opportunité pour quoi ?

— Vous cherchez nos skars, n'est-ce pas ?

— C'est ce que font les Renewals, Daklin.

— Alors c'est votre test. Travaillez avec moi, et je vous accorderai vos âmes.

Le mot, comme un éclair, comme la sensation d'une brise raide, déclencha un souvenir. Ce que les diplomates de Tamas ne cessaient d'offrir en échange de diamants célestes, d'herbes et de minéraux nécessaires à leurs vins, leurs interminables productions théâtrales. Une monnaie d'élite, preuve que vous compreniez les valeurs de Tamas. Obtenez une âme, et vous pourriez obtenir le meilleur du meilleur. Des portes s'ouvriraient, des scènes seraient éclairées, et, peut-être, un skar pourrait être obtenu.

L'inclinaison du sourire de Daklin, ses yeux et sa peau trop lisse parlaient d'un marché dangereux. Un homme habitué à obtenir ce qu'il voulait tout en faisant croire aux autres qu'ils obtenaient ce qu'ils voulaient. Eujo, de retour à Kance, aurait jeté l'homme dehors, l'aurait fait surveiller. Ici, avec leur but détruit par les Najahn, leurs possessions maigres, et leurs connaissances encore plus réduites, Eujo ne voyait qu'une seule issue.

— De quoi avez-vous besoin ?

Les répliques fusaient, lancées à Eujo pour qu'elle les répète avec le même rythme et le même ton. Elle et sa partenaire, une femme trapue se faisant appeler Bayan, se tenaient au milieu des racines noueuses et des arbres rabougris au-delà de l'Animus. Elles répétaient, comme l'appelait Bayan. Les trois autres faisaient de même : échangeant leurs répliques, apprenant leurs places et essayant de faire quelque chose qu'ils n'avaient jamais fait auparavant.

Au moins, Eujo et Torny pouvaient un peu s'appuyer sur leur passé de bandits : la subterfuge n'était qu'une autre sorte de scène.

Pour l'instant, Eujo portait les mêmes robes qu'elle avait emportées de Whent, bien que Bayan ait promis qu'un costume arriverait. Dans deux jours, ils commenceraient les répétitions complètes. Dans quatre jours, un spectacle d'essai. Dans six jours, la première représentation en direct devant un public averti.

Daklin avait détaillé le programme ce matin-là lors d'un réveil presque à l'aube, le thé et le pain pratiquement jetés au quatuor dans leur tente peu profonde. Après une nuit passée sur du foin caillé avec ses vêtements pour couvertures, Eujo avait profité de la marche avec Bayan jusqu'à leur lieu de répétition enraciné pour détendre ses muscles endoloris et s'éclaircir l'esprit pour ce qui allait devenir une succession de répliques embarrassantes.

— Je ne suis pas très douée pour la farce, dit Eujo après que Bayan eut fini une critique cinglante. Ce n'est pas mon truc.

— Oh, je suis désolée, on va leur demander d'écrire une autre pièce rien que pour vous, qui soit votre truc. Bayan parlait par saccades brèves, comme un oiseau qui pousserait quelques notes avant de claquer son bec. Recommencez. Rentrez dans le personnage.

Une musicienne qui a cassé sa dernière corde de luth et part à la recherche d'autres, ce qui déclenche une quête bizarre où elle s'associe à trois autres amateurs de musique mal assortis, tous des artistes solo qui finissent par réaliser qu'ensemble, ils peuvent former un groupe et être plus grands que chacun d'eux séparément. Bayan avait lu le synopsis à Eujo pendant leur marche, et même dans la brume matinale, Eujo avait senti quelque chose mourir en elle à cette description.

Les meilleures pièces de Tamas étaient une merveille, un départ des îles et de leur existence souvent misérable. Ça ? C'*était* cette existence misérable, simplement mise en scène. Néanmoins, si cela permettait à Eujo et Wax de gagner les âmes pour obtenir le skar, elle persévérerait.

La Reine Kance relut les répliques. Puis encore. Finalement, à la quatrième reprise, Bayan, avec un soupir et un haussement d'épaules, les déclara suffisamment bonnes.

— Combien encore ? demanda Eujo, en tendant la main vers l'outre d'eau et en essayant de ne pas frissonner. Une journée froide et claire.

— Ce n'était que la première scène, répondit Bayan, en feuilletant le parchemin raide, une autre production de Tamas. Ce papier, si rare et utile, était gaspillé pour ce... Eujo réprima une grimace. Encore cinq dans le premier acte. Soyez prête.

Ensuite vinrent les pas. Des mouvements à travers leur bosquet tortueux, Bayan aboyant à Eujo de se tenir ici, de bouger là, d'ajouter un peu de désinvolture au mouvement. Une artiste mécontente ne bougeait pas comme une reine, une voleuse. Le public devait y croire.

— Je n'y crois pas moi-même, dit Eujo, les skars sur son bracelet captant sa frustration et murmurant à son oreille, suggérant quelque chose de dangereux. Ce n'est pas moi.

Bayan s'adoucit, laissant le script pendre à son côté et tendant une main vers l'épaule d'Eujo, que la Reine évita d'un pas en arrière et d'un regard noir. Si le vent ne se refroidissait pas, il en donnait certainement l'impression.

— Vous êtes ici, par hasard ou par destin, commença Bayan, son ton sec persistant. Vous pouvez partir à tout moment. Daklin ne mettra pas sur scène quelqu'un qui ne veut pas essayer. On se fiche que vous sachiez jouer. On veut que vous soyez prête à faire l'effort.

— Tout ça pendant que des gens meurent à travers les îles ? Pendant que les démons font rage ? Vous voulez que nous, Wax et moi, on danse ?

La nuit dernière, dans l'Animas, Eujo avait accepté la dure réalité, avait acquiescé à l'offre absurde de Daklin. Mais en réduisant la distance entre ces mots et les actions qu'ils exigeaient, Eujo trouvait sa patience insuffisante, poussée à bout par une nourriture frugale et l'épuisement.

Elle n'avait pas quitté Kance pour des jeux.

— Si vous ne pouvez pas trouver de joie là-dedans, alors pourquoi se donner la peine de combattre les démons ?

— Je trouve de la joie dans un bon vin et un feu chaleureux.

— Alors pensez à ça quand vous serez sur scène, et vous trouverez peut-être votre âme. Sinon, je dirai à Daklin de vous renvoyer. Peut-être qu'une autre troupe vous donnera une meilleure chance.

Insensible au sort de milliers de personnes. Typique d'un Tamas. Eujo rassembla un peu de salive — le skar de Rana ne se faisant que trop heureux de tirer de l'eau de l'air — et cracha sur le côté. Elle le suivit d'une malédiction Kance.

— Montrez-moi les pas à nouveau, lança Eujo. Et faites-le lentement cette fois.

18

LE POUVOIR DÉCHAÎNÉ

Des cauchemars éveillés. Une chose qu'Annalyse n'avait jamais expérimentée jusqu'à ce qu'elle passe les heures suivant le raid de Deshiva allongée dans un camp de fortune. Des cordes attachaient la scientifique à une épaisse branche bien au-dessus du sol, des cordes qui ne faisaient rien pour améliorer son confort niché entre les feuilles et les insectes. D'autres Vis, ceux qui avaient passé la nuit à courir comme Annalyse l'avait fait, semblaient trouver rapidement le sommeil parmi les fougères et l'écorce, la lumière du soleil éparpillée en ombres dansantes.

Ces ombres engendraient les horreurs qui maintenaient Annalyse tendue, ses yeux oscillant entre fermés et ouverts tandis que des sons étrangers ajoutaient leurs propres surprises. Un hululement pouvait provoquer un regard vers une branche qui bruissait, une pénombre derrière ces feuilles où quelqu'un pourrait se cacher. Annalyse gardait une main agrippée au skar Vis porté en collier, ses murmures apaisants s'occupant de la litanie de piqûres d'insectes qui la couvrait.

Trop tard, Deshiva avait proposé des huiles pour repousser les piqûres, prétendant après coup qu'elle n'avait pas réalisé qu'Annalyse ne savait pas comment se protéger sur l'île.

Une fugitive n'avait pas le temps d'étudier.

Le coureur est arrivé sur des lianes en début d'après-midi, une sacoche passée sur l'épaule contenant les skars laissés derrière lors de l'expédition. Quelques-uns de chaque île, à l'exception des pierres Vis déjà incorporées et des pierres Noctia manquantes. Annalyse prit la sacoche et repoussa une nouvelle demande de Deshiva de donner une leçon à ses propres guerriers sur les pierres murmurantes.

— Je ne vais pas être responsable de leur mort, répliqua Annalyse.

Au lieu de cela, elle sirotait plus de café Vis, l'amertume la maintenant éveillée autour d'un feu au sol de la forêt. Ses mains passaient d'un skar Foti à l'autre, captant leurs tons et les comparant. Les skars n'étaient pas tous identiques, leurs personnalités se manifestant par des élans empressés ou des soupirs discrets. Issus du même dieu, Annalyse n'était pas sûre de la raison de ces différences entre les skars, reléguant cela à de futures recherches.

En supposant qu'elle vive assez longtemps pour cela.

Lorsque Deshiva apporta un repas du soir, de la mangue fraîche et de la viande encore plus fraîche d'une quelconque bête de la jungle qu'Annalyse ne connaissait pas, la chasseuse confirma que les Najahn n'avaient pas quitté leur prison de palissade auto-imposée.

— Ils attendent derrière ces lances que nous venions, dit Deshiva. Il est temps de leur donner une raison de sortir.

— Cela ne fait qu'un seul jour, Deshiva. Ne pouvons-nous pas attendre un peu plus longtemps ?

Si Annalyse avait posé une question à laquelle Deshiva

ne s'attendait pas, la scientifique ne l'avait pas encore vu. Au lieu de cela, la chasseuse, portant un tissu plus sombre, sa lance dépourvue de plumes, gardait son regard patient, sa posture solide. Une négociation où un côté ne céderait pas.

— Les Najahn n'essaient pas de décider, dit Deshiva. Ils attendent des renforts. Une fois qu'ils arriveront de la Cité Annulaire, avec leurs armures, leurs vouges et leurs chakrams, nous perdrons toute chance. Je ne pose pas une question, Annalyse. Je fais une demande.

Gladdring avait fait de même après avoir attiré Annalyse à Noctia. Des demandes polies s'étaient transformées en suggestions puis en directives, beaucoup données sur le même ton que Deshiva venait d'utiliser : présentées comme un choix, en réalité un ordre.

— Je vais le faire, mais je n'ai jamais rien fait de tel auparavant.

Deshiva hocha la tête pour elle-même. — C'est pourquoi je viens avec vous.

Le risque explosif avec les skars Foti mit Annalyse et Deshiva seules sur la mission nocturne. Une fois de plus, Annalyse se retrouva à la lisière de la jungle, regardant à travers des enclos vides et des hangars à moitié brûlés vers l'avant-poste Najahn. Sichi brillait clairement, le doux rose recouvrant tout. D'autres chasseurs grimpaient aux arbres autour d'elles, s'installant avec des arcs, des fléchettes et des lances impatientes au cas où les Najahn décideraient de faire quelque chose d'irréfléchi.

Annalyse ne se demandait pas si une quelconque riposte pourrait la sauver. Elle se concentrait sur peu de choses en dehors du skar Foti dans sa main gauche, le plus raisonnable du lot qui poussait encore la scientifique en avant. Destruction, feu et fureur résonnaient avec ses pensées.

Deshiva tapota le coude d'Annalyse. Le signal. La chasseuse commença en premier, accroupie et rampant avec sa lance dans sa main gauche, sa main droite écartant les fougères en avançant. Annalyse suivit, le tissu sombre et frais collant étroitement, tout pour minimiser les formes et les ombres. Des chaussures spéciales, que Deshiva prétendait appartenir aux Lira des Vis — qui qu'ils soient — épousaient les pieds d'Annalyse, lui permettant de rebondir sur le sol feuillu avec à peine plus qu'un bruissement.

Se faufiler rétrécissait les choses. Les pensées de Noctia, Whent, les skars et ses recherches disparurent tandis que la scientifique se concentrait pour poser ses pieds dans les traces de Deshiva. La chasseuse se déplaçait comme un animal, chaque foulée menant à la suivante, s'inclinant d'un côté ou de l'autre pour rester parmi les herbes les plus hautes, pour se faufiler derrière les poteaux de clôture ou dans l'ombre d'un hangar. Quand Sichi les frappa de plein fouet, Deshiva accéléra, forçant Annalyse à faire de même.

Ses orteils heurtèrent un enchevêtrement, une mauvaise herbe forçant Annalyse à trébucher. Sa main droite se tendit, prête à la rattraper, mais la lance de Deshiva se glissa sur son chemin à la place. Annalyse heurta sa poitrine contre la hampe, leva les yeux pour voir Deshiva déjà en train de la tirer, dans l'ombre de l'enclos suivant. Le regard de la chasseuse ne portait pas de jugement, mais une acceptation calme.

Il y aurait des erreurs. Elles ne seraient pas fatales.

La dernière course jusqu'à la palissade était une course claire, un chemin de terre offrant quelques rares pierres et rien d'autre. Les lueurs des lanternes s'élevaient au-dessus du mur de bois de si près. Annalyse ne pouvait pas distinguer de garde depuis l'endroit où elles étaient assises, cachées derrière une cabane de stockage remplie de fourrage pour l'hiver. Le toit de chaume avait été roussi la veille, son odeur de brûlé se mêlant à l'air vif. Une conversation, trop étouffée pour être comprise, flottait dans la brise.

— Ils ne nous ont pas vues, dit Deshiva, les mots à peine un murmure. Il est temps.

Le skar Foti entendit aussi bien qu'Annalyse et répondit par un rugissement, exigeant que la scientifique laisse le pouvoir du dieu du feu s'écouler. Annalyse ferma les yeux, repoussa, à peu près de la même manière qu'elle résisterait à un mal d'estomac, une mauvaise crampe. Après un long moment, le skar s'apaisa, se réduisant à une simple colère bouillonnante.

— Ça va ? demanda Deshiva, et Annalyse hocha la tête. Prête ?

Un autre hochement de tête. Cette fois, le cœur d'Annalyse s'emballa, son battement dépassant le skar en vitesse et en intensité.

Lorsque Deshiva quitta sa cachette, la scientifique la suivit immédiatement. Elles avancèrent furtivement sur la terre, deux points sombres en mouvement. Annalyse s'attendait à un cri, mais rien ne vint. Un aveuglement présomptueux, de ne pas avoir posté de garde le lendemain d'une attaque ?

Les Najahn étaient-ils si confiants en eux-mêmes ?

Le skar Foti lança une pointe à ce sujet, une avec laquelle Annalyse était d'accord. La Cité des Anneaux paierait pour son arrogance. Avec un peu de chance, cependant, pas en vies perdues. Jamais ça. Jamais la mort.

Deshiva atteignit la porte en premier, tournant le dos au mur et plantant la base de sa lance dans le sol. Annalyse vint se placer à côté d'elle, restant face à ces solides rondins liés par des cordes et du métal. Une porte qui avait dû tenir pendant des années et des années. La sienne, maintenant, à détruire.

Le skar la suppliait de lui donner sa chance.

— Ce sera rapide, murmura Annalyse. Recule.

Deshiva fit un pas en arrière, pivota et inclina sa lance, prête à embrocher toute charge soudaine. Annalyse tendit sa main droite, pressant sa paume à plat contre le bois. Le skar grogna, aboyant presque son charabia. La scientifique inspira profondément. Tout s'était passé si vite. Si silencieusement. Sans résistance.

Maintenant, le monde allait savoir ce qu'un skar pouvait faire en guerre.

Annalyse guida le skar, parla à la pierre en impressions, en visions imaginées, et en désirs directs, exactement comme elle, Ami et Sawi l'avaient fait tous ces jours sous la tour de Gladdring. Le skar Foti ne demanda pas de clarification, ne répondit pas, sauf pour se déchaîner.

Comme une mauvaise bouffée de chaleur, Annalyse se sentit chaude de la tête aux pieds, la sensation nageant jusqu'à ses doigts et se déversant dans le bois. Dans le rose, le rondin sombre grésilla, un orange se répandant à mesure que les premières parties extérieures captaient l'énergie du skar. Annalyse voulait qu'il brûle un trou, enflamme la porte, et dans les premières secondes, avec la première léchée, le skar semblait faire exactement cela.

Mais un avant-goût ne fait pas un repas, et le skar bondit.

La première léchée explosa vers l'extérieur, un anneau flamboyant après l'autre pulsant de la main d'Annalyse et volant par-dessus la porte. Des ondulations embrasées, qui suscitèrent des cris de l'intérieur alors qu'elles franchissaient le sommet de la porte et continuaient leur chemin, laissant des flammes dans leur sillage. Annalyse voulait retirer sa main, mais le skar la pressait contre le bois, exigeant qu'elle maintienne la connexion, que le skar ferait ce qu'elle voulait, si seulement Annalyse pouvait tout lui donner en retour.

Quel choix avait-elle ?

— Annalyse ? La voix de Deshiva, forte, par-dessus les cris.

La scientifique sentit une main sur son épaule. Sentit le skar surmonter sa dernière résistance.

La porte éclata. Explosa vers l'intérieur, ces ondulations se resserrant jusqu'à devenir une ruée solide, bouillonnante et brûlant la barrière en une vague brûlante. Annalyse ferma les yeux face à cette nova, les rouvrit pour voir des ombres enflammées. Quatre soldats Najahn, ces pauvres âmes curieuses, coururent, trébuchèrent, tombèrent alors que le métal recouvrant leurs corps s'embrasait, fondait, bûchers verts et bleus. D'autres, moins proches, reçurent simplement des éclats brûlants sur le visage, les bras, les jambes. Les herbes sèches de l'hiver et les tentes à proximité s'enflammèrent, complétant le chaos.

La main de Deshiva tira Annalyse en arrière, éloignant la scientifique du feu. La prise de Deshiva ne fit que se resserrer alors qu'Annalyse essayait de garder son équilibre, tentait de trouver une pensée, des mots au-delà de la pulsion de pouvoir du skar Foti.

La pierre en voulait plus. Le skar, comme si Annalyse sprintait, soulevait quelque chose de beaucoup trop lourd, la vidait et envoyait de l'énergie à travers la pierre, à travers ses doigts et ses pieds, le feu maintenant sans direction, des jets de flammes jaillissant dans la nuit. Deshiva, un halo derrière les yeux d'Annalyse voilés de flammes, lâcha prise, secouant sa propre main pour en détacher des morceaux brûlants.

Annalyse voulait crier, essaya, mais découvrit que sa gorge et sa voix étaient aussi absentes que le reste d'elle-même. Sans la main de Deshiva, la scientifique tomba au sol, l'impact projetant des étincelles dans toutes les directions. L'odeur de cheveux brûlés, les cris d'agonie, et l'ombre de Deshiva, tout fut submergé par la fureur du skar.

Elle tendit la main, dirigea le peu de pouvoir du skar qu'elle pouvait dans sa main droite et la tendit vers Deshiva. L'ombre dansante de la chasseuse bondit, sautant et esquivant les flammes, une ligne noire se tordant dans les mains de Deshiva.

Aide-moi.

Les mots, si Annalyse les prononça du tout, disparurent dans le crépitement du skar. Ce qui ne disparut pas, ce qui resta stable jusqu'à la fin, ce fut la ligne noire de Deshiva, claquant vers elle.

19
L'AUTRE CÔTÉ

Nager était plus facile avec des skars de Rana. Ami le savait avant même de mettre un pied dans l'eau fraîche — pas froide, tout le Sombre En-Dessous semblait avoir une certaine chaleur constante à cette profondeur — et Ami le savait encore après avoir immergé sa tête, son visage doré et son corps meurtri dans le vaste bassin calme.

Sur Foti, seuls les marins se donnaient la peine de considérer l'eau comme un endroit où être. Partout ailleurs, on avait plus de chances de plonger dans de la lave ou dans un ruisseau si bouillonnant qu'on en ressortirait cuit à point. Ami n'avait pas appris autrement jusqu'à ce qu'ils atteignent Rana, quand Catya, qui avait grandi à Smythe et barbotait parmi les rochers, avait déclaré qu'elle ne perdrait pas une Gardienne à cause du courant d'une rivière. Ils avaient passé le long voyage en radeau vers le nord à se tremper dans les eaux estivales chaque soir, apprenant les mouvements, les coups de pied et la retenue de souffle qui amenaient maintenant Ami vers les particules tour-billonnantes.

Sous l'eau, les sept groupes s'étendaient. Leurs tailles semblaient toutes similaires, les particules oscillant en orbites folles autour d'objets centraux qu'Ami ne pouvait pas voir. Elles s'étalaient dans toute la chambre, gardant leurs distances, comme si elles avaient été placées à leurs points précis par une sorte de gardien.

Noctia, la déesse ?

La déesse morte, se rappela Ami en continuant à donner des coups de pied, plongeant plus profondément vers l'éblouissement le plus proche d'elle. Des particules bleu sarcelle dansaient, leur couleur rappelant l'équipement des pillards de Rana, se démarquant dans l'eau sombre. Pas de champignons, pas de mousse luminescente en dessous.

Ses poumons lancèrent leur premier élancement. Un avertissement, rien de plus.

La première particule s'approcha tandis qu'Ami continuait à donner des coups de pied. La Gardienne donna un coup avec sa lame de Whent, visant à poignarder la lumière, et la particule évita le coup, glissant en dessous comme un petit insecte pourrait esquiver un coup maladroit. Intelligente, alors, ou instinctive ?

L'un ou l'autre signifiait vivante, ou du moins plus que la lueur d'une torche ou l'étincelle d'un feu ; les choses les plus proches qu'Ami pouvait comparer à ces lumières tourbillonnantes.

Elle continua.

Les particules entourèrent Ami rapidement. Elles glissaient autour de la Gardienne, traversant son champ de vision, au-dessus et en dessous de son corps, sans s'arrêter le moins du monde dans leurs cercles rapides. Ami en poignarda une à nouveau, puis une autre, essayant de voir si elle pouvait les attraper, mais son expérience ne faisait pas le poids face à leur aisance fluide.

Jusqu'à ce qu'elle s'attaque à la plus profonde, la plus proche du centre autour duquel les lumières tournaient. Ami manqua la particule — ses poumons lui faisaient à nouveau mal, une tension plus forte cette fois — mais la lame mordit dans autre chose. Les lumières bleu sarcelle donnaient à Ami une vision, l'eau du bassin étant assez claire pour permettre à la Gardienne de garder les yeux ouverts, et elle vit la pointe de l'épée disparaître dans un pli.

Non, pas un pli : de la peau.

Ami tira. Elle trouva l'épée coincée, son coup ne faisant que l'entraîner encore plus profondément. De si près, Ami s'attendait à voir un corps, à voir, peut-être, une étrange créature crachant des démons attendant sous les eaux, prête à invoquer d'autres horreurs. Au lieu de cela, rien d'autre que de la pénombre n'atteignit ses yeux. La cible de l'arme gardait son invisibilité.

Mais elle ne pouvait pas se cacher de son toucher.

Passant la lame dans sa main gauche, Ami tendit la main vers le point percé. Elle sentit une surface nervurée et filetée. Pas la peau rocheuse d'un ferrite, mais pas loin de celle d'un lézard moins en fusion. Elle sentit aussi ses doigts s'enfoncer, comme dans un vieux fruit. Presque sans effort, sa main disparut dans les écailles, s'enfonçant avec peu de pression.

Ses poumons lui faisaient mal maintenant. Elle devrait remonter bientôt si —

La peau s'ouvrit, se détachant autour du poignet d'Ami comme une fleur s'épanouissant. L'épée se libéra de sa prise, tournoyant au loin alors que les eaux sombres disparaissaient devant elle. Ce qui était noir et flou se transforma en un instant en un gris brumeux, les formes se dessinant du mieux qu'elles pouvaient à travers un voile aqueux en choses qu'Ami reconnaissait : des collines, parsemées d'arbres à l'aspect étrange. Un ciel nuageux. Une plaine boueuse s'étendant devant elle.

Et elle était sous attaque.

Le ciel n'était pas seulement nuageux, il se fendait et se brisait sous les coups de foudre. Les éclairs pleuvaient sur le sol et jaillissaient entre les nuages. Ces arbres étranges avaient l'air si différents parce qu'ils étaient presque pliés en deux par un vent violent. Les quelques rochers qu'Ami pouvait voir, lisses et imposants, tremblaient et se fendaient, la terre secouée. De la fumée au loin suggérait un incendie, même si une eau d'un bleu clair déferlait sur la boue. Un monde en ruine, un monde en guerre contre lui-même.

Des taches obscurcissaient sa vision. Le souffle d'Ami s'épuisait. Elle essaya de retirer sa main, la trouva coincée. Ami croisa sa main gauche, saisit sa droite, tira. Cette fois, sa main bougea, cette fois, alors qu'une douleur lui déchirait le crâne, alors que ses poumons réclamaient de l'air immédiatement, sa main se libéra, des filaments de ce monde maudit la suivant. Les fils se répandirent dans l'eau noire, se dissipant autour des particules.

Ami donna un coup de pied, le trouva difficile, ses yeux toujours attirés par la folie au-delà du rideau liquide. Elle vit une nouvelle ombre se frayer un chemin, s'étalant sur la vue. Des yeux jaunes, enchâssés dans un crâne profond, croisèrent ceux d'Ami.

Dans un élan, comme un ami plongeant, Ami sentit l'eau la bousculer sur le côté. Elle se noyait, ses coups de pied étaient faibles, son cœur battait la chamade, ses poumons hurlaient, et elle n'était plus seule.

Le bord caillouteux de la piscine entailla la peau d'Ami. De glorieuses éraflures et du gravier, rien de tout cela n'était associé à la douleur de la toux et du halètement qui

encerclait ses poumons. Elle ouvrit les yeux en papillonnant, chassant l'obscurité pour voir non pas son sauveur
attendu — Sawi — mais une chose rampante et claquante.
Des griffes palmées, larges, tachetées de pâle et de blanc,
grimpaient rapidement sur les galets. Ami se sentit bouger
avec la créature, réalisant alors que le démon avait sa jambe
gauche prise dans une bouche en forme de croissant.

Une jambe, réalisa Ami, qui ne saignait pas, qui n'était
pas cassée.

— Ami !

L'appel, à la fois soulagé et bien trop tardif, venait de
Sawi, qui se relevait à peine plus haut sur les pierres.

— Qu'est-ce que c'est ?

Ami essaya de répondre, une malédiction crachée qui
aurait montré à Sawi à quel point la Gardienne appréciait
d'avoir été laissée se noyer — que tout ceci soit une conséquence des propres actions d'Ami était trop facile à ignorer — et finit par cracher plus d'eau. Sa tête heurta un galet
plus gros dans sa remontée de la pente de la chambre, un
éclair fulgurant interrompu par des murmures familiers.

Les Vis skars, refusant d'abandonner.

Elle non plus.

Ami tira sur sa jambe pincée. La sentit bouger à l'intérieur de la gueule du monstre. Le démon arrêta sa course,
ses six pattes palmées se figeant, déployant des serres plus
longues et plus acérées pour s'assurer une prise. Ces yeux
jaunes se tournèrent vers Ami, révélant un visage entièrement écailleux, bien qu'avec des touffes de poils ocre aux
articulations. La Gardienne ne vit pas de malveillance dans
ce regard, seulement de la curiosité mêlée de peur, les restes
de panique s'estompant lentement.

Au-delà du visage du démon, Ami aperçut Sawi qui
bougeait, ramassant une pierre pointue et la soulevant pour

frapper. Un geste bienvenu, sauf que le fichu démon ne semblait pas vouloir tuer Ami pour le moment, et un coup de pierre pourrait changer son humeur.

— Arrête ! gargouilla Ami, le calme de la piscine aidant les mots mouillés à porter. Sawi hésita, son froncement de sourcils n'étant guère plus qu'une ligne floue alors que les yeux d'Ami continuaient de se remettre de leur quasi-mort. Il ne me fait pas de mal.

Elle tira cependant à nouveau sur cette jambe. Assez fort pour tirer un peu plus la tête du démon vers elle.

— Lâche-moi, dit Ami, essayant de mettre toute la force que son être crachotant pouvait rassembler, tout en essayant, essayant si fort, de ne pas sembler menaçante. S'il te plaît.

Le démon frissonna, un haussement d'épaules faisant gicler l'eau de sa forme écailleuse. Les yeux menaçants clignèrent, et ce faisant, Ami vit qu'ils se divisaient par le milieu, se séparant en huit pupilles, chacune orientée dans une direction différente. Maintenant, elles se concentraient toutes sur la Gardienne, sa forme meurtrie nue sur les pierres, saignante, emmêlée.

Peut-être trouva-t-il de la pitié, peut-être décida-t-il qu'Ami n'était pas la nourriture dont il avait besoin, peut-être voulait-il seulement partir et traîner un humain avec lui n'était pas une bonne idée, mais le démon trouva sa raison et ouvrit son énorme bouche bulbeuse.

Ami récupéra sa jambe d'un coup sec, se fit frapper par une griffe palmée l'instant d'après, le démon se précipitant au-delà d'elle, au-delà de Sawi, et, cognant son large corps contre le côté du tunnel, disparut.

Expliquer ce qu'elle avait vu était la partie facile. Répondre à ce que cela signifiait fut plus difficile, mais Ami et Sawi eurent le temps pendant la longue et lente marche dans le tunnel vers Dreamhold. Elles avaient suffisamment de bandages, suffisamment de nourriture pour ramener Ami à un certain confort pendant que les Vis skars faisaient le reste. Ces petites pierres miraculeuses volaient l'énergie d'Ami, forçant Sawi à laisser à nouveau la Gardienne s'appuyer sur ses épaules pendant qu'elles voyageaient.

— Est-ce que ça devient une habitude ? demanda Sawi lorsqu'Ami tomba contre elle pour la première fois, une question brisant le silence qui était tombé après le récit d'Ami.

— Profite simplement d'être utile.

— Je vais le faire. J'en profiterais plus si tu n'étais pas tout le temps une connasse.

— Tu veux que je sois heureuse, trouve une réponse à ce que je viens de voir.

— On dirait un rêve pour moi. Tu étais près de te noyer, tu as commencé à imaginer...

Ami jura, coupant Sawi. — Non. Ce démon ne venait pas d'un rêve. Je n'ai jamais vu un endroit comme ça non plus, et j'ai été sur toutes les îles. C'était ailleurs, et c'était en danger.

— Vis connaît parfois de mauvaises tempêtes. Comme ce que tu as décrit.

— Non. Pas comme ça. Pas des tremblements de terre, des inondations, des éclairs, tout en même temps. Sawi, c'était l'anéantissement. L'apocalypse.

Sawi rit, un rire désespéré et confus qu'Ami se surprit à imiter.

— Ami, je ne sais pas, dit Sawi alors que le rire mourait, ses échos s'éloignant devant et derrière elles. Je ne sais plus ce qui se passe. Tout ce que je peux faire, tout ce que je fais, c'est essayer de survivre, et peut-être aussi garder mes amis en vie.

Pour l'instant, cela pourrait suffire. Ami, cependant, rejouait ce qu'elle avait vu, encore et encore au fil des heures profondes. Le démon qui était passé avait eu peur, avait attrapé Ami dans ce qui aurait pu être de la pure panique, et, étant donné ce qu'Ami avait vu, le monstre avait toutes les raisons de se sentir ainsi.

Détruisez le foyer de quelqu'un, et il fuira par tous les moyens possibles.

20

NOUER LES FICELLES

Les ombres repêchèrent Gladdring, trempé, détrempé, et sûrement mort sans le skar de Rana. Son vieux topaze de Tamas était là aussi, écrasé dans sa paume, une étreinte engourdie et la seule chose dont Gladdring était sûr. La seule chose sur laquelle il se concentrait tandis que les rames frappaient la mer, gardant la fine embarcation assez près des rochers pour échapper aux regards indiscrets.

Pas qu'il y en aurait par une nuit aussi froide et désolée que celle-ci.

Gladdring n'essaya pas de parler et les ombres, il en compta trois, ne le firent pas changer d'avis. Elles ne parlaient pas non plus entre elles, silencieux coursiers pour les damnés. Leur route mena Gladdring au nord, autour du quartier Najahn et loin de la Cité aux Anneaux, loin de tout regard observateur.

Les ombres, cependant, offrirent à Gladdring une petite flasque, le liquide fort à l'intérieur apportant un feu bienvenu à ses lèvres tremblantes. Une autre dette que Yarvick ajouterait à la liste, qu'il réclamerait.

Bien que ce que Gladdring pourrait offrir maintenant semblait être une question ouverte.

Yarvick, cependant, le saurait. Cette pensée n'apporta aucun réconfort à Gladdring.

Finalement, après une longue et glaciale traversée, le bateau glissa dans un étroit passage entre les falaises. Suffisamment accidenté pour avoir des origines naturelles, le passage portait néanmoins les signes de la touche de Yarvick : des saillies où des espions pouvaient monter la garde, des cages et des boîtes flottant juste hors de vue de l'extérieur, attendant d'être récupérées et emportées. Des tâches accomplies, des prix gagnés et des accords conclus.

En somme, pas si différent de ceux de Gladdring, et avec à peu près les mêmes risques.

Pourtant, les deux professions avaient une autre chose en commun : l'audace était la clé du succès.

Gladdring passa les dernières minutes dans le bateau à essorer ses robes, à lisser ses cheveux emmêlés, et à rassembler le peu de confiance qu'il pouvait, une flèche normalement solide ébranlée lorsque les ombres l'aidèrent – à la lueur d'à peine une bougie – à monter sur un mince ponton. Les rochers s'élevaient tout autour d'eux, la grotte lavée par les vagues frappant la pierre.

— Marchez, dit une ombre. Gladdring essaya de discerner quelques détails, quelques traits dans l'obscurité, mais le trio semblait toujours échapper à la lumière, inclinant leurs têtes de manière à ne laisser que leurs yeux brillants.

Où marcher, au moins, était clair : le ponton cédait la place à une étroite ligne longeant la paroi rocheuse. Humide et traître, Gladdring prenait chaque pas lentement, s'équilibrant d'une main sur la pierre. L'obscurité s'épaissit. Entendant les rames claquer derrière lui, Gladdring risqua un coup d'œil et vit le bateau s'éloigner, les trois ombres à bord.

Seul avec un seul endroit où aller.

Yarvick avait certainement le sens de la mise en scène.

Réfléchir au seigneur bandit et à ses Doigts Agiles tint compagnie à Gladdring pendant la marche glaciale. Yarvick avait simplement toujours été là, une présence planant sur la Cité aux Anneaux depuis que Gladdring était arrivé par un jour doux dans une jeunesse floue. Ils s'étaient rencontrés par accident, Gladdring accompagnant en tant que jeune érudit prometteur son prédécesseur au Précepte du Commerce. Son ancien maître avait prévu d'engager les Doigts Agiles pour dérober un rare vin de Tamas de la dernière livraison. Ce mouvement affaiblirait suffisamment un marchand de Tamas pour le forcer à se conformer aux exigences du Précepte.

Gladdring avait observé son mentor négocier un prix avec une loque imbibée de bière dans un coin de taverne, chaque instant plus surréaliste que le précédent, jusqu'à ce que le Précepte tente trop fort d'exiger un échange moins cher. Une pointe s'enfonça dans le ventre de Gladdring quand le Précepte eut fini, le halètement de Gladdring signalant le changement de statut. Lorsque Yarvick s'approcha nonchalamment du bar un instant plus tard, ses bandits tenaient Gladdring et le Précepte sous contrôle mortel.

Le Précepte accepta alors le prix de Yarvick, espérant sans doute que Gladdring oublierait la sueur, la peur, le bégaiement de ce moment. Gladdring n'oublia jamais, pourtant il s'était retrouvé, maintenant, dans la même situation que son ancien maître.

À quel point Yarvick serait-il miséricordieux ?

Glissant, jurant et montrant clairement à tout observateur que Gladdring appartenait à des salles chaudes et confortables, l'ancien Précepte atteignit la fin de la ligne pour trouver une paroi rocheuse festonnée. L'eau coulait en dessous, jaillissant de quelque source profonde pour rencontrer les vagues de l'océan. Gladdring regarda, mais la lueur rose étouffée ne donnait aucun indice.

Était-ce donc le piège ? Une blague cruelle destinée à laisser Gladdring ici, abandonné, seulement pour pourrir ? L'idée en engendra mille autres, des scénarios où la ruse de Yarvick pourrait soutenir un Gladdring échappé, manipuler Fassle pour lui faire croire que son adversaire vivait, complotait encore contre lui, et dans un futur imprévisible pousser Fassle à la folie...

— Tu as l'air aussi mort que n'importe qui que j'ai jamais vu, lança la voix rauque de Yarvick, tout alcool frelaté et whisky, venant de derrière.

Gladdring se retourna lentement, gardant son équilibre et s'adossant au rocher. Là, debout sur la ligne qu'il venait de parcourir, se tenait Yarvick. Le chef des bandits avait une meilleure tenue pour une nuit glaciale que Gladdring, et semblait sec, presque enfoui dans le grand manteau de fourrure Whent et les bottes en cuir. Yarvick tenait une torche joyeuse dans une main, l'autre enfouie dans la poche du manteau. Là où Gladdring devait surveiller ses pieds, Yarvick se tenait comme s'il était sur des pavés solides et secs.

S'il vivait, Gladdring se promit d'essayer de se familiariser à nouveau avec quelques prouesses physiques. Tout cela était une trop grande faiblesse pour la laisser perdurer.

— Tout fait partie du plan, fanfaronna Gladdring, se redressant de toute sa hauteur.

— Quel plan ?

— Celui que j'invente au fur et à mesure.

Yarvick laissa échapper un rire moqueur. — C'est évident. Vous êtes tombé trop bas pour que ce soit intentionnel. Surtout pour un amateur de luxe comme vous.

— Je préfère penser que j'ai bon goût.

— Comment avez-vous trouvé le goût de la mer, alors ? Vous êtes libre d'en boire davantage.

Le skar de Tamas murmura. Gladdring était d'accord. Ils étaient maintenant dans le jeu, lui et Yarvick. La danse délicate des mots.

— Vous m'avez sauvé. Pourquoi ?

Mieux valait poser le décor. S'accorder sur les faits, pour que ces mêmes vérités puissent être échangées.

— J'essaie de comprendre cela moi-même. Yarvick fit un pas en avant, la torche oscillant avec son mouvement. Les ombres de l'eau se tordaient autour d'eux. — Je pensais avoir conclu un marché avec quelqu'un d'utile. Un marché que je ne pense plus que vous puissiez honorer maintenant.

— Pour le moment.

De près, la barbe grise et noire de Yarvick, tachetée et éparse, jaillissait comme les pattes d'une araignée de son menton décharné. La peau autour de ses yeux et de son visage manquait de souplesse, tendue et décolorée. Gladdring aurait cru l'homme presque mort. La raison pour laquelle il ne l'était pas, selon certains, y compris Gladdring, résidait dans l'œil gauche de Yarvick : une pierre noire, un skar de Noctia.

La Déesse de la Mort pouvait se montrer généreuse.

— Alors dites-moi comment vous voyez la fin de ce moment, dit Yarvick, et je vous dirai si je suis d'accord.

Du talent. Gladdring et Yarvick avaient tous deux survécu en en ayant, et en sachant si les autres en avaient aussi. Le seigneur bandit ne ferait pas tout cela pour rien, et maintenant Yarvick jouait à un jeu particulier. Il pouvait simplement ordonner à Gladdring de faire ce qu'il voulait, lui arracher une promesse de dette de vie ici sur le bord fracturé, mais Yarvick voulait plus.

Le skar de Tamas frémit, chaud. Un accord, et avec lui un bond vers la seule chose que Yarvick pourrait vouloir mais ne pas encore avoir.

— Une marionnette, dit Gladdring, ne détestant pas ces mots autant qu'il l'aurait cru. — Vous voulez une marionnette pour diriger le Najahn. Et vous voulez que cette marionnette soit moi.

Yarvick répondit par un léger sourire, un bref hochement de tête. Toujours silencieux. Gladdring avait commencé sur la bonne voie, pouvait-il continuer ?

— Fassle a refusé vos offres et il continue d'attraper vos voleurs, dit Gladdring avec mesure, équilibrant chaque affirmation avec les indices du skar de Tamas, avec les minces allusions de Yarvick. L'ancien Tenet parcourait les espoirs de Yarvick, ses plans ignobles et ses rêves plus sombres, tous possibles avec un allié contrôlant le Cercle. — Et quand ce sera fait, quand chaque Tenet, les Adeptes, les conseillers seront à vous, que se passera-t-il alors ?

Yarvick garda son sourire blafard. — À vous de vous le demander, à moi de le savoir, marionnette. Vous connaissez les conditions. Vous les avez énoncées vous-même. Les acceptez-vous ?

— Y a-t-il une alternative ?

Yarvick fit un geste de la main vers l'eau. — Vous avez nagé dans ces vagues une fois. Vous pouvez le refaire.

Pas de bateau de sauvetage cette fois.

— Alors vous aurez votre marionnette. Gladdring s'inclina, bas. — Que faisons-nous en premier ?

— Votre rébellion, bien sûr. Il est temps de vous nettoyer et de vous préparer à semer le chaos. Yarvick rit, sèchement. — Les îles ont besoin de sang neuf à leur tête. Aujourd'hui, nous éliminons l'ancien.

Sur ce point, au moins, la marionnette était d'accord.

21

VOLEURS ENSEMBLE

C'était une vérité acceptée par trois des quatre : jouer la comédie était une torture à infliger à leurs pires ennemis. Seul Wax n'était pas d'accord, affalé à la table alors que la soirée après leur troisième jour de répétition s'étirait. Ils avaient assisté à une autre représentation d'essai, celle-ci ouverte au public, et avaient grimacé en voyant un autre groupe similaire au leur bafouiller leurs répliques, se débattre sur scène et transformer une tragédie en farce. Cela avait inspiré Wax à déclarer que lui et ses amis pouvaient faire mieux.

Eujo n'en était pas si sûre.

Trois jours passés à se torturer avec le script, à marmonner et crier ses répliques tour à tour, à se faire dire de chuchoter ceci, d'adoucir cela, de ne pas agiter les mains du tout ou comme si elle essayait d'attirer l'attention d'un navire qui passait. Toute l'expérience qu'elle avait acquise en dissimulant ses émotions à la cour de Kance s'était évanouie parmi les racines et les regards durs de son professeur.

Certaines personnes vivaient pour la scène. Eujo préférait les places bon marché.

— Oh, ce n'est pas si terrible, dit Wax. Tu dois juste te détendre, c'est tout. Entrer dans le rôle. Être qui le script dit que tu es. Ne le prends pas trop au sérieux.

"Dit l'homme qui n'a jamais été sérieux de sa vie", signa Bliss, déjà deux chopes dans l'excellente bière de Tamas. "Tu sais ce qu'ils me font faire ? De la comédie. Je suis censé tomber ou pointer du doigt les gens et faire semblant de rire."

— Quoi, tu préférerais faire un discours ?

Bliss lui lança le regard noir qu'il méritait.

— Au moins, tu n'as pas à essayer ces stupides accents, dit Torny. Elle faisait tourner un couteau sur la table, la pointe de la lame creusant un petit trou en tournoyant. Je n'ai jamais parlé comme une Rana et je ne vais pas commencer maintenant.

L'affirmation défiant de la voleuse semblait remise en question par la médley vocale autour d'eux, les diverses troupes prenant leur dîner parmi les tables. La plupart récitaient des répliques ou les critiquaient. Des rubans avaient été accrochés partout, apportant un air festif pour les invités assistant aux spectacles. Il y en aurait un nouveau chaque jour, culminant avec la performance d'Eujo, Wax et leurs Gardiens.

Des prospectus dispersés annonçaient un rare événement de double Renouveau. Que les photos d'Eujo et Wax sur le papier tanné semblaient peu leur ressembler ne semblait pas préoccuper Daklin, qui ne se souciait que du fait qu'enfin, l'art aurait un large public.

— Passons ce spectacle, obtenons nos laissez-passer, et nous n'aurons plus jamais à le refaire, dit Eujo. Elle avait à peine touché à sa propre bière, la chope froide la narguant avec la promesse d'une soirée amusante et d'un lendemain misérable. Lire des répliques avec la gueule de bois figurait parmi les pires réalités. Si j'y arrive, vous le pouvez aussi.

— Tu es le Renouveau. C'est ton travail. Je ne vois pas où il est écrit que les Gardiens doivent participer à ces absurdités.

Wax sourit d'un air suffisant, — Un bon Gardien soutient son Renouveau en toutes choses.

Torny agita sa propre chope, comme si elle allait en asperger Wax. — Cette Gardienne pourrait reconsidérer son serment.

— Trop tard pour ça. Wax laissa son sourire s'évanouir. Vu que les Najahn et les tueurs de Kance d'Eujo veulent nos tripes, je ne pense pas que ce serait une bonne idée de se séparer de toute façon.

— Tu crois qu'ils nous tueront sur scène ?

Eujo et Wax avaient tous deux protesté contre les prospectus, la publicité, que Daklin avait rejetés sans un instant de débat. Le public serait contrôlé pour les arbalètes et, de plus, interrompre une représentation était un crime grave à Tamas. Tous les meurtres et agressions attendraient la fin du spectacle, quand le quatuor, âmes reçues, ne ferait plus partie du groupe d'Animas. Guère réconfortant, mais Daklin refusa à nouveau de céder.

Les menaces sur leurs vies n'étaient pas son problème, tant que le spectacle continuait.

— Daklin nous a assuré que non, dit Eujo.

— Ah ouais, croyons l'acteur. Torny fit à nouveau tourner le couteau. À quoi bon obtenir ces âmes si nous sommes kidnappés et tués juste après ?

— Ne pas obtenir ces âmes signifie que nous sommes coincés, répondit Wax. C'est un mauvais marché, je sais, mais nous nous en sommes sortis avant. Nous pouvons le refaire.

— Mais ils sauront où nous allons cette fois. Ils nous suivront jusqu'au skar de Tamas. Puis jusqu'à Kance. Nous ne pouvons pas leur échapper éternellement.

Wax plongea la main dans sa tunique à froufrous — les tenues qu'ils portaient étaient toutes des choses flamboyantes et absurdes recouvrant des sous-vêtements de laine chaude — et ajusta son collier skar. Les jaunes, oranges et rouges vifs sur le lacet, les manches surdimensionnées les identifiaient comme acteurs d'Animas et étaient, selon Daklin, une exigence pendant que les spectacles publics se déroulaient.

— Nous le pourrions, avec ça, dit le Vis.

— Les skars ne donnent que pour un temps, dit Eujo, réfléchissant en parlant. Torny a raison. Si nous attendons, nous sommes coincés. Si, par contre, nous partons maintenant, nous pourrions prendre de l'avance.

Torny acquiesça, — Ils viendront dans quelques jours, s'attendant à une représentation, mais nous pourrions être loin d'ici là.

"Mais nous n'aurions pas les âmes ?"

Eujo capta le regard brillant de Torny, le léger sourire de la voleuse.

— Ce qui peut être donné peut être volé.

Wax et Bliss ne protestèrent pas beaucoup à l'idée, surtout quand Torny l'adoucit, disant qu'elle et Eujo ne feraient que jeter un coup d'œil. Si les âmes, quoi qu'elles soient, ne pouvaient pas être subtilisées, alors elles trouveraient un autre moyen.

Quitter discrètement la tente de restauration amena la paire de voleuses dans la nuit fraîche de Tamas. Loin d'être silencieuse ou sombre, avec des lanternes scintillantes suspendues à des poteaux éclairant les musiciens qui s'exerçaient, les acteurs qui répétaient, ou les spectateurs qui prenaient tout cela avec de la bière et des boissons plus fortes dans les mains ou des pipes. Une lueur brumeuse se répandait sur les racines envahissantes et les arbres trapus. Des feuilles tardives cherchaient un foyer dans la brise.

— Une idée d'où se trouve Daklin ? demanda Torny alors qu'ils flânaient vers le plus grand théâtre, une cible facile située au centre de l'Animas. Ou devrions-nous simplement commencer à demander ?

— Peu importe où il se trouve, répondit Eujo en hochant la tête vers le grand théâtre. C'est là qu'ils garderont les choses les plus importantes qu'ils possèdent.

— Dans le théâtre ?

— C'est un aussi bon endroit que n'importe quel autre pour commencer.

Cette supposition n'était pas aussi aléatoire qu'Eujo le laissait entendre. D'une part, les grands théâtres avaient des pièces, des couloirs, des niveaux invisibles depuis la scène et les sièges. Plein d'endroits pour stocker des choses. Deuxièmement, si les quartiers d'habitation où Eujo et les autres avaient été entreposés étaient une indication, le roulement était fréquent et la sécurité laxiste.

Ni elle ni Wax n'avaient retiré les skars depuis leur arrivée, et Eujo ne laisserait certainement pas le bracelet ailleurs que sur son poignet jusqu'à ce qu'ils quittent cet endroit étrange loin derrière eux.

Le théâtre principal de l'Animas s'élevait de la terre comme un rêve fabuleux, ses nombreuses arches d'entrée espacées par de la pierre sculptée envoyée de Whent et rapiécée avec un épais mortier. Des fresques animées couvraient les blocs, certaines peintes par-dessus de manière à combiner de nouvelles scènes avec les anciennes, des danseurs vifs se faufilant à travers des ombres figées, des costumes d'animaux gambadant avec des rois et des reines délavés. Pendant la journée, avec toute l'action, l'art disparaissait. Maintenant, avec la lumière des lanternes et peu d'autre chose aux alentours, Eujo ralentit et l'observa.

— Pas mal, dit Torny, à côté d'elle.

— C'est magnifique.

— Tu aimes ce genre de choses ? renifla la bandit. Je n'ai jamais eu le temps pour ça.

— Un luxe que j'ai appris à apprécier. Eujo se sentit attirée par une femme éplorée assise sur le côté, regardant un sol invisible, vêtue d'un vêtement blanc cassé. Elle tendit la main et passa un doigt sur le visage solennel. Quand on est enfermé dans un rôle toute la journée, on commence à chercher la vérité là où on peut la trouver.

— Et la vérité, c'est cette dame triste ?

— Je pense qu'elle essaie de savoir quoi faire.

Un autre reniflement. — Tu essaies de me dire que tu es confuse, Eujo ? Parce que je pensais qu'on avait un plan assez clair ici.

Eujo recula. Elle fit un signe de tête vers l'arche la plus proche, un grand 3 en faux or plâtré au milieu. — C'est le cas. Obtenir ce skar, obtenir la pierre Kance de Wax, puis marcher droit vers Noctia et se faire arrêter. Exécuter. Peu importe.

— Eh bien, quand tu le dis comme ça, peut-être qu'on devrait réévaluer. Torny sortit son couteau, le lança et le rattrapa. Je parie que Yarvick nous prendrait tous, puisque j'ai le journal. On pourrait tous être des voleurs alors.

— Je ne retournerai jamais à ça.

Elles marchèrent sous l'arche, un court tunnel se séparant sur les côtés pour entourer le bâtiment. En allant à gauche, les lanternes étaient plus sporadiques sous un théâtre qui n'attendait pas de promeneurs, les deux jetèrent un coup d'œil aux affiches accrochées. Des noms qu'elles n'avaient jamais entendus dominaient dans un style tape-à-l'œil. Comme l'art à l'extérieur, les crédits avaient un air d'immortalité inutile.

— Ah, donc tu vas retourner vers la Reine qui veut te tuer alors ? lança Torny après quelques secondes de silence, la bandit attendant peut-être qu'Eujo donne une meilleure réponse qu'elle n'avait tout simplement pas. Ou es-tu bloquée sur ton idée originale, pourrir dans une cellule de Najahn jusqu'à ce que quelqu'un décide de te pendre ?

— On trouvera un autre moyen.

— L'espoir est un mauvais plan, Eujo.

— Mieux que de prévoir d'échouer.

Torny tressaillit, redevint silencieuse. Eujo avait-elle porté un coup personnel avec cette dernière phrase ?

De toute façon, peu importait. Elles avaient atteint la fin du tunnel, une porte marquée du sigle souriant de l'Animas indiquant que les coulisses se trouvaient au-delà. Torny testa la simple poignée, trouva la porte bloquée. Probablement barrée.

— Un autre moyen ? demanda la voleuse.

Plus elles se faufilaient autour du théâtre, plus il était probable que quelqu'un les attrape. Eujo s'avança vers la porte, donna plusieurs coups secs, et faillit tomber à la renverse : à chaque contact, le skar de Whent bondissait dans son esprit, un cri exigeant qu'Eujo le libère.

— Ça va ? proposa Torny. Je ne pense pas que quelqu'un réponde.

— Alors c'est sûr d'entrer.

— Je ne suis pas sûre que je-

Torny s'arrêta alors qu'Eujo posait sa paume à plat

contre la porte. Les skars étaient dangereux, mais si elle pouvait manipuler celui-ci de la bonne manière...

La porte trembla, d'abord un frémissement qui se réduisit à un bourdonnement serré et craquant juste près de la poignée. Torny sentit la chaleur du skar se précipiter à travers ses doigts dans le bois de la porte, tracer une ligne jusqu'au verrou qui maintenait le portail verrouillé, et avec un claquement sec, qui résonna plus qu'Eujo ne l'aurait voulu dans le couloir de pierre derrière elles, le verrou se brisa. Avec un gémissement, la porte grinça vers elles.

— Ça, c'est un bon tour, dit Torny, en ouvrant davantage la porte et en jetant un coup d'œil à l'intérieur. Ç'aurait été vraiment nul si tu avais fait s'effondrer l'endroit sur nous.

Eujo, respirant difficilement, comme si elle avait sprinté, retrouva sa voix, — Il m'a écoutée. Juste assez.

— Ça doit faire du bien d'avoir quelqu'un qui t'écoute. Torny poussa la porte. On a de la chance, je pense que tu as raison.

Au début, Eujo ne vit pas ce que Torny voulait dire. La zone des coulisses s'étendait devant elles, encombrée de décors et de costumes suspendus. Des bibelots et des faux-semblants étaient empilés ici et là, un système mystérieux, ou aucun du tout, utilisé pour guider leur placement. Eujo suivit la bandit dans la pièce, Torny marchant avec détermination, et après trois pas prudents, Eujo vit où la bandit se dirigeait : une autre porte, celle-ci cachée, avec un panneau violet et or poussiéreux et criard déclarant qu'elle était interdite d'accès. Une véritable serrure à clé, moisissant du noir au vert, surmontait le bouton.

Eujo n'eut même pas le temps de suggérer à nouveau le skar avant que Torny ne sorte ses outils, travaillant sur la serrure avec une fine lime en métal et un partenaire plus épais.

— Fais juste le guet, marmonna Torny alors qu'Eujo regardait par-dessus son épaule. Ce n'est rien qui vaille la peine de s'exciter.

— Quoi ?

— La serrure. Elle est bon marché. Le même genre est utilisé partout à Noctia aussi. Et je peux deviner pourquoi.

Avant qu'Eujo ne puisse faire élaborer Torny, la porte cliqua. Au-delà, ce n'était pas tant une pièce qu'un placard, seulement avec un seul coffre, laissé ouvert, sur le sol. À l'intérieur se trouvaient empilées des tablettes noires, chacune avec un masque de théâtre souriant ciselé, puis rempli de teinture dorée.

Les âmes. Que pouvaient-elles être d'autre ?

Pour la première fois depuis qu'elles avaient bu jusqu'à l'ivresse sur le traîneau de Whent, la bandit et la Reine partagèrent un sourire honnête, une victoire malhonnête.

22

FORGÉ PAR LE FEU

De la terre brûlait sa bouche. Des grains irritaient ses dents. C'était la première et unique sensation qu'Annalyse ressentit en se réveillant brusquement, la douleur laissant progressivement place au reste de son corps. Ses bras et ses jambes étaient là, allongés sur le sol avec sa poitrine et sa tête. Face contre terre. Une chute brutale, à en juger par l'humidité âcre qui maculait son front, se mêlant au sable sur ses lèvres.

Les murmures dans son esprit.

Les skars étaient frénétiques. Vis, comme toujours, s'agitait en débitant des absurdités, ses blessures la démangeant tandis que le Dieu de la Vie envoyait son essence pour les soigner. Foti, toujours dans la main gauche d'Annalyse, fulminait, cherchant des cibles et frustré par la terre noire devant eux. Le rubis murmurait aussi sa satisfaction entre les agitations, pour une tâche plus qu'accomplie. Ce dont il s'agissait, Annalyse n'avait pas besoin de s'en souvenir.

Les sons, ceux qui n'étaient pas chuchotés dans son esprit, racontaient suffisamment bien cette histoire.

Des crépitements, des craquements et des cris racontaient l'histoire d'un fort en flammes. Des sifflements, du genre tout frais comme des flèches et du bois passant près de son oreille, indiquaient qu'un combat était toujours en cours. Le choc des métaux le confirmait, tout comme Najahn qui aboyait ses ordres à ses troupes sur le champ de bataille. Vivre à Noctia avait suffisamment familiarisé Annalyse avec ces exercices pour qu'elle reconnaisse les commandements courts et secs.

Les dirigeants en armure des Sept Îles ne s'en sortaient pas très bien.

D'une poussée, Annalyse releva la tête, ses cheveux déchirés et emmêlés tombant devant ses yeux alors qu'elle jetait son premier vrai regard vers le haut de la douce colline. Il y avait eu une porte autrefois, maintenant ce n'était plus qu'une ruine carbonisée, une porte pendait par un fil éclaté, l'autre n'était plus que cendres neigeuses sur le sol. À travers l'ouverture et au-dessus, des flèches volaient en éclats épars, leurs petites formes captant le rose de Sichi par instants. Leurs cibles se trouvaient au-delà, cachées dans la fumée. Annalyse observa pendant une longue seconde, mais n'entendit aucun cliquetis d'arbalète, aucun tir de riposte.

Soit les Najahn étaient déjà morts, soit ils ne considéraient pas les flèches Vis comme une menace.

Annalyse repoussa les stratégies, les théories. Elle n'était plus une actrice dans ce combat. Les ordres de Deshiva avaient été de faire sauter la porte et de courir, avaient été-

La scientifique se retourna, la raison de son baiser à la terre jaillissant à travers une brume d'épuisement. Là, à peine à un pas ou deux en bas de la colline, gisait la chef des Vis. La cause n'était pas difficile à identifier, car un anneau brûlant marquait l'endroit, une ligne noire calcinée menant directement d'Annalyse à la chasseuse. La longue lance de Deshiva, dont le manche avait dû projeter Annalyse au sol, gisait en morceaux, tous sauf la pointe de pierre qui frémissait encore.

— Non, toussa Annalyse, se précipitant aux côtés de Deshiva. Elle planta ses paumes dans l'herbe chaude, écartant des bâtons fumants. Le skar Vis protesta.

Et Deshiva vivait. Les yeux de la chasseuse étaient fermés, mais sa poitrine se soulevait et s'abaissait. Sa bouche ouverte respirait quand Annalyse y posa sa main. Un petit miracle, qu'Annalyse pouvait attribuer au skar Vis sur le bracelet de Deshiva.

Elles étaient donc toutes les deux vivantes, pour le moment. Annalyse ralentit sa propre respiration, laissa la panique s'estomper. Les flèches n'étaient pas pour elle. Les ordres des Najahn, qui se faisaient plus rapides maintenant, plus forts, n'étaient pas pour elle. Les tactiques de champ de bataille, un sujet obligatoire pour quiconque gravissait l'échelle académique de Whent - les raids de Rana et les seigneurs de guerre factieux exigeaient de telles choses - disaient qu'elle et Deshiva, déjà considérées comme des victimes, seraient ignorées jusqu'à l'issue du combat.

Ce qui, si les Najahn triomphaient, signifierait des choses sombres pour elles deux.

Annalyse examina Deshiva, puis regarda en bas de la longue colline et ses enclos désordonnés, les hangars brûlés, jusqu'à la ligne de la jungle. Des ombres s'agitaient. Des chasseurs Vis s'arrêtaient pour tendre leurs arcs et lancer des flèches par-dessus la palissade en feu. Ils ne pouvaient certainement pas voir de cible Najahn, les flèches ayant plus de chances d'atterrir dans la terre, alors pourquoi...

La deuxième partie du plan. Couvrir la retraite, si nécessaire. Deshiva ne l'avait pas dit à Annalyse, mais le mouvement avait du sens. Ne pas chercher à tuer, mais garder les Najahn en retrait. Les effrayer, les ralentir jusqu'à ce que Deshiva et Annalyse puissent rentrer chez elles.

Tactiques de champ de bataille.

Deshiva siffla. Ses yeux toujours fermés. Son corps trop lourd pour qu'Annalyse puisse le traîner. Pas sans aide.

Annalyse leva la tête, agita un bras. Contre la lumière du feu, elle apparaîtrait comme une tache noire, mais les chasseurs Vis avaient l'œil vif. Avec un peu de chance, ils comprendraient.

— On va avoir de l'aide, dit Annalyse à Deshiva. Qui sait si les mots pénétreraient, mais peut-être. Même si ce n'était pas le cas, le simple fait de parler, sa voix éraillée déchirant les mots, aidait la scientifique à garder sa place. Concentrée sur le plan. Les Najahn ne sortent pas. On va s'en sortir, Deshiva.

La chasseuse ne bougea pas.

Les voix des Najahn s'élevèrent à nouveau. Un seul mot répété. Sa signification n'était pas un mystère.

Annalyse se pencha, glissa ses bras contre le côté de Deshiva. Elle essaya d'ignorer la chaleur qui irradiait de la peau de la chasseuse, l'armure carbonisée, et poussa. Deshiva, avec son équipement et ses muscles ciselés, ne bougea pas d'un pouce. Une deuxième tentative ne donna pas de résultat différent, si ce n'est qu'Annalyse maudit une vie largement menée dans des confins académiques. Quelques années dans les jungles Vis, et elle aurait peut-être pu-

Là !

Annalyse leva à nouveau la main alors qu'une ombre, un chasseur, se précipitait vers elles. Bien à portée de tir et se déplaçant rapidement dans leur direction. À elles deux,

Annalyse pensait qu'elles pourraient au moins traîner... attendez. L'ombre ralentit, commença à retirer un arc de son dos. Annalyse fronça les sourcils, agita le bras.

— Pas le temps pour ça ! essaya de crier la scientifique, un son rauque qui n'avait peut-être pas porté plus loin que les oreilles de Deshiva.

Eh bien, s'ils n'allaient pas l'aider, Annalyse devrait le faire elle-même. Tendant la main vers son collier, Annalyse détacha le skar de Vis, le laissant tomber de ses mains tremblantes. Des douleurs, des picotements et une gorge très, très sèche assaillirent ses nerfs, lui coupant le souffle. Ils s'atténuèrent un instant, les murmures du skar de Vis s'illuminant, lorsqu'Annalyse ramassa la pierre turquoise sur la terre, pour revenir quand Annalyse pressa la gemme dans la main gauche brûlée de Deshiva.

Leurs recherches sur Noctia avaient été parfaitement claires sur ce point : les skars s'amplifieraient mutuellement, et deux pierres de Vis ensemble pourraient faire bien plus qu'une seule.

Une flèche siffla au-dessus de l'épaule d'Annalyse, assez près pour faire bouger ses cheveux brûlés. Le son la fit tressaillir, celui qui suivit la fit bouger.

Un claquement métallique aigu, si proche qu'il semblait être juste au-dessus d'elles. Annalyse tenta de plonger et tomba sur le côté, une autre brise effleurant sa peau alors que la pointe recourbée d'une vouge frappait l'endroit où elle se trouvait. La maniant, une armure noire et violette portant des flocons de cendres blanches d'un feu, le visage caché derrière une visière métallique, se tenait un soldat najahn. Derrière lui, d'autres s'éventaillaient, se séparant en unités de trois hommes dans des courses désordonnées dans l'herbe.

Si le Najahn était intéressé par une reddition, le soldat

n'en dit pas un mot. Il ne fit que retirer la vouge, cette fois pour un embrochage libre. Annalyse n'avait ni bouclier, ni arme.

Du moins, pas une que le Najahn pouvait voir.

Le skar de Foti rugit et Annalyse le libéra, la main droite qu'elle avait tendue comme une protection inutile servant de conduit. L'air entre la scientifique et le soldat miroita avant de se libérer dans un éblouissement étincelant. La chaleur la frappa, s'abattit sur le soldat, jetant l'embrocheur de côté et envoyant le Najahn trébucher en arrière.

Mais aucune flamme brûlante ne suivit, aucun inferno dévastateur, même si Annalyse le voulait. Le skar semblait haleter, comme pour respirer, et dans sa lutte Annalyse sentit sa propre exhaustion. Elle avait été brûlée, blessée, épuisée, et avait dépensé son énergie en laissant le skar de Foti brûler tout un avant-poste. Tout effort supplémentaire nécessiterait un long repos, de la nourriture et du temps.

Elle n'avait rien de tout cela.

Le Najahn retrouva son équilibre. Il leva la vouge, mais ne s'approcha pas.

— Faites un pas de plus et vous mourrez dans cette armure, dit Annalyse, le râle se perdant à nouveau dans le vent. Vous savez ce qui arrive au métal quand il devient chaud ?

— Vous savez ce qui arrive à un corps quand une vouge le frappe de plein fouet ? répondit le soldat, le casque déformant les mots, révélant à Annalyse qu'à l'intérieur de l'armure attendait une femme, fatiguée et effrayée qui plus est. Je l'ai vu. Vos amis le voient en ce moment. La pointe courbée forme un crochet. Et quand je tire, vous venez avec. Elle ajusta la vouge dans une prise à deux mains. Rendez-vous, ou vous mourrez comme les autres.

Annalyse n'avait pas remarqué, n'avait pas pu se

concentrer au-delà de l'instant présent, mais la menace du Najahn, comme un rideau qu'on tire, fit entrer le reste de la bataille, la bataille qui n'était pas censée être livrée. Des cris résonnaient encore, mais leur ton avait changé. Moins l'agonie des brûlés, plus les cris brefs et aigus des vies qui s'éteignent. Au signe de tête du Najahn, Annalyse regarda en arrière, vit les ombres affrontant les soldats.

Les Vis avaient des lances et des flèches, des armes capables d'abattre la plupart des ennemis, la plupart des démons. Les Najahn qui marchaient contre eux avaient la masse, le métal, et s'étaient entraînés pour la guerre. Des chakrams, ces disques tranchants, glissèrent de leurs dos et furent lancés dans la nuit, tranchant sur le chemin des chasseurs fuyants ou chargeant. Même les lancers ratés accrochaient des bords et basculaient, roulant sur les mauvais chemins. Tout Vis passant les disques se retrouvait face à des vouges aussi longues que leurs lances, et des trios de Najahn travaillant à l'unisson pour diviser, piéger et détruire.

Annalyse n'eut pas besoin de plus de quelques secondes pour voir la direction que prendrait la bande de Deshiva si le combat continuait. N'eut pas besoin de plus de quelques secondes pour connaître la fin rapide à laquelle elle ferait face si elle faisait autre chose que se rendre.

— Posez le skar, ordonna le Najahn quand Annalyse se retourna, les épaules affaissées. Je suppose qu'il y en a d'autres dans cette bourse ?

Annalyse hocha la tête. Derrière elle, Deshiva murmura à nouveau, un gémissement douloureux.

— Alors ils achèteront votre vie. La sienne aussi. Le Najahn tapota le sol à ses pieds avec la vouge. Jetez les skars ici.

— Vous me tuerez quand je le ferai.

Gladdring avait appris au moins cela à Annalyse : ne jamais abandonner son seul avantage.

— Ce n'est pas une négociation. Le Najahn fit un pas de plus, déplaça la vouge sur sa poitrine. Les cris au-delà continuaient. Des sifflets, enfin, appelèrent à la retraite. Faites-le, ou vous mourrez et je les prendrai de toute façon.

Annalyse jeta un coup d'œil à Deshiva, les yeux de la chasseuse fermement clos, la bouche en une grimace féroce. Aucune aide ne viendrait. Elle tendit la main vers la bourse. Dans la mort, elle et Deshiva ne sauveraient personne.

Dans la vie, dans la vie il y avait toujours une chance.

23
PARLER À TRAVERS LES MONDES

Le cadavre du démon n'avait pas bougé. Il n'avait pas remué depuis qu'Ami se tenait là, sirotant un thé aux champignons fade — tous les thés ici-bas étaient fades. Elle observait Svarde faire les cent pas autour de son trône de pierre dans la grande salle du temple. La lumière filtrait d'en haut, si lointaine, s'infiltrant à travers la Blessure jusqu'à cet endroit. Parfois, Ami levait les yeux vers cette minuscule ouverture et se demandait combien de temps il lui faudrait, en plaçant une main après l'autre, pour remonter jusqu'à Catya. Un jour, deux, trois ?

Et jusqu'où Ami arriverait-elle avant qu'un chakram ou un carreau d'arbalète ne la fasse chuter ?

— Toujours aucune connexion, grommela Svarde. Ce n'est pas totalement invisible. Comme mon pied, mon doigt est endormi. Il est là mais ne répond pas.

— Essaie plus fort, suggéra Ami.

Svarde grogna.

— Ce n'est pas quelque chose qu'on « essaie plus fort ». Soit ça marche, soit ça ne marche pas. Je dis à ces os dehors de bouger et ils le font.

— Peut-être que tu ne parles pas sa langue.

— Ah bon ? Tu veux bien m'apprendre à parler à un rat mort comme celui-ci, alors ?

— Ça, tu dois l'apprendre tout seul.

Ami fit tournoyer son thé. Elle souffla sur la vapeur. Mieux valait, au moins, avoir la boisson chaude. Cela la rendait plus fluide pour que le thé puisse nettoyer sa gorge de la poussière et de la saleté omniprésentes ici-bas. Le reste de son corps n'était pas si sale, au moins : les ruisseaux et les sources souterraines offraient des options pratiques pour se baigner et se rafraîchir. L'armée de Jochi ne se souciait même pas des latrines, une bénédiction qui maintenait la puanteur de l'armée à un niveau supportable.

Dans l'ensemble, Ami devait admettre que le Whent menait bien sa campagne. Les lignes de ravitaillement de Jochi fonctionnaient régulièrement, avec de la bière fraîche, de la nourriture et de l'équipement acheminés chaque jour depuis la surface. Les avant-postes s'agrandissaient, se fortifiaient et projetaient de s'étendre davantage en villes souterraines à chaque heure qui passait. À en croire Jochi, des messagers avaient déjà été envoyés sur chaque île pour vanter une vie bon marché et une protection en échange de travail. La glace de l'hiver ralentirait toute migration, mais Ami pensait que plus d'un miséreux accepterait l'offre de Jochi.

Dans quelques générations, les Ténèbres d'en-bas pourraient bien n'être qu'une autre terre à parcourir comme toutes les autres, avec des villes, des auberges et une industrie s'activant sans relâche. Si, bien sûr, les démons ne détruisaient pas tout.

— Regarde-nous, Ami, dit Svarde en retournant à son trône et s'y asseyant. Aux yeux d'Ami, le siège manquait de tout confort avec son assise dure, son dossier rigide et ses bords tranchants. Svarde, cependant, n'avait pas demandé de changement. — En toute logique, nous devrions être morts tous les deux. Je suis une chose fanée dépendante de cette maudite épée, et toi, tu as la moitié d'un visage, exilée de partout. Ce n'est pas comme ça que je nous imaginais finir.

— Si tu avais prédit ça, Svarde, j'aurais bu beaucoup plus de bière.

— On en a eu assez comme ça.

C'était vrai. Cette première année avec Catya sur le trône avait été un brouillard d'ivresse. Certes, les îles célébraient une nouvelle Égide comme il se devait, mais Ami et Svarde avaient poussé les choses à un autre niveau, profitant de leur célébrité et de leur totale absence de responsabilités avec une fête après l'autre. À l'époque, Ami surfait sur les éloges, se réveillait dans une centaine de lits différents et ne se souvenait que de peu d'entre eux. Svarde faisait de même, les deux trébuchant souvent dans le même café najahn en désordre, évitant le regard de l'autre en gémissant pendant un petit-déjeuner, une journée à éviter ce que Catya signifiait vraiment pour l'un ou l'autre.

— C'est elle qui l'a eu le plus dur, dit Ami.

— Depuis le début, acquiesça Svarde. Elle prétendait toujours être si stoïque, mais on pouvait le voir. Chaque fois qu'on lui rendait visite, on pouvait dire qu'elle détestait être coincée sur cette chaise.

— C'était pire après ton départ.

Svarde ne répondit pas à cela, n'obligea pas Ami à décrire comment Catya s'était retirée de plus en plus au fil des ans. Comment elle avait commencé à endurer les divertissements au lieu d'en profiter. Plus d'une fois, les gardes najahn avaient dû tirer Catya en arrière de la Blessure, d'un pas au-dessus du bord. Ami recevait un message lui disant de venir vite, et le temps qu'elle arrive, Catya était à nouveau placide, ramenée à la raison par les meilleures drogues de Noctia : la bière et diverses plantes qui plongeaient l'Égide dans un bonheur engourdissant.

— Quand je l'ai vue pour la dernière fois, elle semblait être elle-même, dit Svarde. Dans son esprit, du moins.

— Parce qu'elle a abandonné il y a deux ans, répondit Ami. Elle m'a dit que toute chance d'une vie normale, d'une mort normale, était partie. Qu'elle voulait tout ressentir maintenant jusqu'à la fin.

— Elle est forte.

— Non. Elle est faible, tout comme toi et moi, comme tout le monde. Ami vida son thé, fit mine de jeter la tasse jusqu'à ce qu'elle se souvienne qu'il n'y en avait pas un nombre infini ici-bas. — Catya n'a pas pu faire l'effort de changer sa vie et elle va donc mourir sur cette chaise. Nous n'avons pas pu la sauver non plus, et le reste des îles n'essaie même pas.

Svarde dévisagea Ami.

— Tu es plus sinistre que d'habitude aujourd'hui.

— J'ai une raison de ne pas l'être ? Je ne sais pas si tu as regardé autour, Svarde, mais nous sommes coincés sous terre, entourés d'un tas de démons et de cadavres...

— Tu oublies Jochi.

— Le seigneur de guerre ? Même s'il trouve un moyen de fermer ces portes, il prendra juste le contrôle. Il pavera la voie pour son empire.

— Mon empire ?

Le seigneur de guerre Whent, flanqué des gardes du corps omniprésents de l'homme dans leurs cuirs imposants et leurs barbes apparemment interminables, se tenait à l'entrée du temple. Le seigneur de guerre avait les mains jointes, un sourire patient. Aucun des gardes ne partageait son expression, donnant un meilleur indice de l'humeur réelle de l'homme.

— Une préoccupation pour un autre moment, dit Svarde, sachant qu'il ne fallait pas lancer un regard d'avertissement à Ami.

Elle pouvait être gentille. Pendant une minute ou deux.

— Parfait, car j'ai une préoccupation pour maintenant. Jochi entra dans la pièce et fit un signe de tête à Ami. — Nos amis continuent de se fortifier, mais ils ont subi un revers. Un grand démon est apparu. Une chose que je suis heureux que nous n'ayons pas eu à affronter, et qui a causé suffisamment de dégâts pour que je pense que nous avons une ouverture. Ses mains jointes se séparèrent, s'ouvrant paumes vers Svarde. — Avec vos corps et mes soldats, une offensive puissante maintenant pourrait suffire à repousser les démons brûlants. Peut-être même à les détruire.

— Les repousser où ? demanda Ami. Dans l'eau ?

— Chez eux. Ces portails.

La tempête tourbillonnante, la terre tremblante, les mers agitées. Un monde qui s'effondre.

— Sait-on s'ils peuvent y retourner ? Ami ne s'attendait pas à une réponse et n'en reçut aucune, seulement un froncement de sourcils de Jochi et un léger sourire de Svarde. Le barbare avait trouvé une nouvelle patience dans sa curieuse vie-mort, qu'Ami pourrait examiner plus tard. — Sait-on pourquoi ils viennent ici en premier lieu ?

Face à la confusion persistante de Jochi, Ami relata ce qu'elle avait vu. La conclusion évidente, que les démons fuyaient un foyer détruit, fut accueillie par un haussement d'épaules du seigneur de guerre Whent.

— Ce qui compte, c'est qu'ils sont ici, et qu'ils nous combattent, dit Jochi. Nous devons les détruire.

— Ou, suggéra Svarde.

— Ou quoi, négocier ? Jochi rit. Essayer de les convaincre de faire la paix ?

— Le Roi Mort dit qu'ils sont ici depuis des siècles, se battant tout ce temps. Ces démons ne sont pas des animaux. Ils sont peut-être aussi épuisés que nous. Si nous pouvons trouver un moyen de dépasser ça, si nous pouvons...

— Les accueillir chez nous ? Des monstres brûlants ? Jochi se composa un visage impassible, regardant à la fois Ami et Svarde en parlant. — Même si, même s'ils trouvaient un moyen de s'entendre, comment pourraient-ils vivre parmi nous ? Où iraient-ils ? Quelle île leur céderait des terres ?

Ami renifla. — Foti les accueillerait. Je parie que cette chaleur pourrait grandement contribuer à maintenir les forges chaudes.

— Ce ne serait pas sans défis, mais nous sauverions des vies, ajouta Svarde.

— Un barbare et une Gardienne, suggérant la paix ? Jochi parla, puis s'arrêta. — J'attends que vous me disiez que c'est une blague, mais vous ne le faites pas. Un profond soupir. — Nous ne pouvons pas nous permettre de nous battre ici en bas. Si vous voulez essayer de parler à ces maudites créatures, alors faites-le. Je ne vous en empêcherai pas. Mais quand elles décideront de vous faire rôtir à la broche, je ne vous sauverai pas non plus.

Ami passa la marche dans le tunnel en direction des démons, avec Svarde et le Roi Mort marchant à ses côtés, se demandant pourquoi elle avait fait cette chose stupide d'échanger sa lame contre sa bouche. À part l'épée de Svarde, ils n'avaient même pas d'armes. Ils n'avaient pas non plus de plan, si ce n'est d'essayer.

Quand elle l'avait dit à Sawi, la Vis avait ri tout comme

Jochi, souhaitant bonne chance à Ami. Sawi avait dit qu'elle passait plus de temps avec les éclaireurs, essayant de trouver le meilleur chemin pour retourner vers son île jungle à travers les tunnels. Ami voulait traiter Sawi de lâche quand la Vis avait parlé, mais à la place elle lui avait dit de le faire, de s'en sortir tant qu'elle le pouvait encore.

La fin du tunnel, son large débouché se profilait comme un soleil levant. Du métal carbonisé d'une composition qu'Ami ne connaissait pas pendait autour des bords, foré dans la roche pour former une grille, des supports pour le plafond et des plaques pour le sol. Plus facile, peut-être, de déplacer ces constructions. Pas de lanternes, pas de torches à part celle que portait le Roi Mort. Inutile pour les démons brûlants. La chaleur montait, Ami était déjà trempée de sueur, bien qu'elle remarquât que ni Svarde ni le Roi Mort ne transpiraient.

L'avantage de la mort.

— Laissez-moi mener, dit Svarde alors qu'il ne restait que quelques pas. Ils me connaissent. Ils me respecteront.

— Ou ils vous tueront à vue. Ami posa une main sur le bras gauche de Svarde. — C'est moi qui devrais y aller en premier. Ils ne m'ont jamais vue auparavant. Je suis neutre.

— Tu es la seule d'entre nous qui peut mourir.

— Ça veut dire que j'ai quelque chose à perdre.

Le froncement de sourcils de Svarde indiquait qu'il n'achetait pas cet argument, mais Ami n'attendit pas. Avançant plus vite, évitant de toucher le métal brûlant de tous côtés, Ami alla jusqu'au bord du tunnel. Elle regarda dehors et se protégea les yeux.

Alors que l'éblouissement intense s'estompait, les nouvelles de Jochi sur la dévastation s'avérèrent en deçà de la réalité. Les étranges maisons de fer que les démons avaient construites le long des rives de la chambre gisaient en ruines, les barres tordues ou carrément brisées. Les constructions monstrueuses avaient abandonné le tunnel, pointant leurs balistes et leurs tourelles crachant du feu vers la piscine, vers la plus grande menace. Des corps froids, blanc cendre, gisaient en tas tandis que d'autres démons taillaient les côtés de gravier, essayant de creuser des trous dans un sol trop dur pour cela. D'autres encore se blottissaient autour de forges improvisées, chauffant et façonnant du nouveau métal pour remplacer l'ancien endommagé.

Une pulsation frénétique soulignait le mouvement flou de chaleur.

Pourtant, l'un d'eux se tenait debout alors qu'Ami approchait, un démon plus grand se dressait sur la falaise en saillie, tenant un fléau dans l'un de ses quatre bras. Une cotte de mailles endommagée couvrait sa poitrine et ses jambes. Rien ne couronnait son crâne d'obsidienne, la forme triangulaire semblant flotter sur une flamme sans fin. Le monstre leva le fléau comme pour frapper, puis dut remarquer les bras tendus et vides d'Ami, l'absence d'une armée la suivant.

Au lieu de cela, la créature fit face à Ami carrément, bien qu'elle fît presque deux fois sa taille. La pierre noire commença à crépiter, et Ami réalisa qu'elle n'avait aucune idée de ce qu'elle allait dire.

24

BIÈRES ET ALLIANCES

Les prisons de Najahn présentaient plusieurs avantages clés par rapport à la cachette des bandits de Yarvick : la chaleur et un lit convenable en premier lieu, l'hygiène en troisième position cruciale. Alors que Gladdring supposait que les Doigts Agiles utilisaient l'océan comme leurs toilettes personnelles, comme tout le monde sur chaque île, les options de douche et de lessive semblaient inexistantes. L'odeur qui imprégnait le réseau de grottes à l'extrémité sud de la ville dominait la perception épuisée de Gladdring à son arrivée, guidé d'abord par Yarvick puis, après que le seigneur bandit eut disparu, par plusieurs subalternes à travers des ruelles latérales, d'autres grottes et des entrepôts avec des trappes pour finalement atterrir ici.

— Dormez, dit le voleur maigre qui déposa Gladdring sur de la paille humide bien loin des feux qui couvaient dans la grotte. Vous n'en aurez pas beaucoup.

Les rêves vinrent plus vite que Gladdring ne l'aurait imaginé, dus, supposa-t-il plus tard, aux longues et terribles aventures de la nuit et à l'étrange calme de la grotte des bandits. Ce dernier mystère se résolut de lui-même avec un réveil brutal, quelque part vers le milieu de la matinée. Gladdring et ses robes en lambeaux roulèrent de la paille avec un secouement hagard pour découvrir toutes les alcôves vides abritant des voleurs endormis.

Bien sûr, une industrie qui se pratiquait mieux dans l'obscurité aurait les premières heures du matin comme ses moments les plus actifs.

Pas Gladdring, cependant. Bien que Yarvick lui-même ne lui ait pas confié de mission ni laissé filtrer d'indices quant à son objectif ultime, des laquais prirent la place du seigneur et chargèrent Gladdring d'un simple début à sa nouvelle vie de marionnette : s'asseoir, boire et réclamer des dettes.

Le Tenet se retrouva guidé vers un vieux restaurant favori bien à l'intérieur des quartiers huppés de la Cité Circulaire. Perché sur les falaises et narguant le froid hivernal avec des rues bien déneigées, des drapeaux vifs aux emblèmes des maisons, et le cliquetis constant des livraisons faisant leur tournée, le tourbillon du changement depuis le camp sordide de Yarvick, et à seulement quelques heures d'un plongeon dans les mers glacées, plongea Gladdring dans un miasme surréaliste et confus.

Si quelqu'un lui avait dit, maintenant, que c'était le véritable rêve, Gladdring n'aurait pas discuté.

Au lieu de cela, le restaurant honora son apparition et sa demande, utilement soumise en son nom par le garde du corps bandit assigné par Yarvick, une femme usée par le temps avec la langue acérée d'une Rana, de prendre possession d'une salle arrière normalement réservée aux petites fêtes spéciales. La plupart des restaurants de Noctia à ce niveau de richesse disposaient d'espaces similaires où les secrets pouvaient être partagés, l'intimité protégée.

Jamais auparavant Gladdring n'en avait utilisé un pour saper la force même qui gouvernait la ville.

Pourtant, avec un café frais et une omelette fumante devant lui, Gladdring se retrouva à énumérer qui lui devait quoi et combien au garde du corps, qui demandait ici et là une répétition, mais n'écrivait rien par ailleurs. Quand il eut fini, le bandit laissa échapper un léger sourire.

— Je pense que ça devrait suffire pour une journée, dit-elle. Je vais vous chercher un autre café.

Il n'en avait pris qu'une gorgée, et s'apprêtait à demander ce qu'elle entendait par « une journée », quand le bandit quitta la pièce. La porte de sortie n'avait pas de serrure, mais Gladdring n'essaya pas de se lever. La chaise avait un bon coussin, et Yarvick avait commandé de nouvelles robes, un rasage frais pour l'ancien Tenet qui faisait se sentir Gladdring un peu comme son ancien lui. Le skar Tamas — celui de Rana avait disparu quand Gladdring s'était réveillé — ajoutait sa propre chaleur, ses murmures prêts.

Le jeu, comme le dit le bandit à son retour quelques minutes plus tard, bien après que Gladdring eut fini l'omelette et entamé sa deuxième tasse de café, était simple : Gladdring réclamerait ces dettes, et quand chaque personne se plierait à son ordre, Gladdring proposerait un plan simple : quand Fassle tomberait, leurs tours, leurs entreprises, leurs familles jureraient allégeance à lui.

— C'est trop effronté pour fonctionner, dit Gladdring quand le bandit eut fini. Personne ne parle aussi ouvertement de trahison.

— Vous si, maintenant.

Gladdring plissa les yeux vers le bandit, essayant de décider si elle était trop inexpérimentée dans les voies de la politique du pouvoir, ou si elle avait une autre raison de croire que Gladdring pourrait s'en tirer en déclarant la fin du Cercle. Le skar Tamas ne murmurait que de la confiance de sa part, suggérant la seconde option.

— Yarvick croit que ce sera si facile ? demanda Gladdring.

— Pas une croyance. Un fait. Le temps de Fassle touche rapidement à sa fin. Vous vous assurerez d'être prêt à prendre sa place.

— Si Yarvick pouvait renverser Fassle si facilement, pourquoi attendre jusqu'à maintenant ?

De nouveau le sourire du bandit, — Ce n'est pas à moi de le dire. À vous de l'apprendre, je suppose, si vous ne gâchez pas tout.

Gâcher aurait été difficile. L'absence précédente du bandit devait avoir servi à envoyer des coureurs à travers la ville, rassemblant les débiteurs de Gladdring comme les Najahn trouvaient des soldats potentiels. Chacun d'entre eux, des capitaines d'industrie aux savants Najahn, en passant par les ambassadeurs et les amiraux, se retrouva face à Gladdring. La plupart regardaient Gladdring comme s'il était un fantôme revenu à la vie, un mystère clarifié lorsque l'un d'eux mentionna que Fassle lui-même avait proclamé la malheureuse disparition de Gladdring.

Gladdring traita la surprise comme il se devait : un outil.

Le choc et la manipulation subtile, gracieuseté du skar Tamas, transformèrent les sceptiques en subordonnés dociles, chacun acceptant l'ordre de Gladdring avec un mélange de doute et de soulagement. Si Gladdring s'interrogeait sur le soutien de Fassle parmi les Najahn, les réunions du jour confirmèrent que le chef du Cercle outrepassait ses limites. La plupart des Najahn venaient d'îles au-delà de Noctia, et entendre leur supposé leader déclarer une occupation effective de leurs foyers endommagea des loyautés jadis intactes.

Fassle pensait peut-être que rassembler tous les skars et mettre fin aux Renouvellements aiderait à endiguer la marée des démons, mais ce geste semblait plutôt éroder le soutien des Najahn. Plus d'un avait confié qu'il serait déjà parti si ce n'était l'hiver, si les îles n'avaient aucun autre moyen de vaincre les grandes attaques de démons.

Tout au long de chaque réunion, Gladdring remarqua aussi que la bandite l'observait. Elle ne bougeait jamais, ne souriait pas, ne toussait pas, n'offrait aucun commentaire. Elle se contentait d'ouvrir la porte pour laisser sortir une forme intimidée et escorter la suivante à l'intérieur.

Yarvick ne faisait pas entièrement confiance à sa marionnette.

Gladdring non plus.

À la fin de la journée, atteinte avec plus de café que Gladdring n'osait l'imaginer, la tête de l'ancien Tenet pulsait d'une douleur aiguë, sa gorge était sèche à force de parler, et il avait commencé à faire les cent pas autour de la table pour redonner vie à ses muscles engourdis. Lorsque la bandite annonça la fin du défilé, Gladdring ne put que hocher la tête, marmonnant une question sur la suite.

— C'est à vous de décider, dit la bandite. Vous vous êtes bien débrouillé aujourd'hui, d'après ce que Yarvick m'a dit de surveiller. Comme vous avez bien fait, vous avez droit à une récompense.

Gladdring lui lança un regard sceptique.

— Une récompense ?

— Choisissez un endroit. Celui-ci convient, mais je parie que vous en avez assez vu de la nourriture d'ici pour la journée. Une taverne. On y va. Les boissons sont pour moi jusqu'à ce que vous soyez éméché, puis on retourne aux grottes. On recommence demain jusqu'à ce que votre liste soit terminée.

— C'est mon destin ?

La bandite croisa les bras.

— Ce n'est guère un destin dont on puisse se plaindre. Assis ici, à manger, boire, bavarder toute la journée. Vous menez une vie de luxe.

— Avec un couteau sous la gorge.

— En quoi sommes-nous différents ? Je fais un faux pas et c'est une cellule Najahn ou la griffe d'un démon. Faites votre choix. Si je dois vous surveiller, je préfère le faire avec une pinte à la main.

Tout résident de la Cité Ceinte dressait sa propre liste d'établissements selon son code moral. On pouvait ne fréquenter que les endroits les plus propres, ceux qui cachaient la crasse à l'arrière et offraient une béatitude éclatante et chic dans laquelle se plonger. Le milieu de gamme, restaurants et pubs qui soignaient leur cuisine, était dominé par ceux qui commençaient tout juste à gravir l'échelle sociale et voulaient le prouver à eux-mêmes, leurs partenaires, leurs parents.

Gladdring préférait le bas de l'échelle, les endroits qui ne cachaient rien et ne facturaient qu'un peu plus. Son escorte bandite jeta quelques bijoux sur le comptoir et ils eurent de l'ale, sombre et fraîche, devant eux en un instant. Le *Repos de l'Ancre*, malgré son nom, n'était pas proche du port. Il accueillait plutôt les marins qui avaient abandonné le métier pour le bureau mais ne voulaient pas perdre l'esprit. Des ancres littérales étaient suspendues partout, servant de supports pour les tables, les lanternes et les sièges. Tout ce qui était proposé venait d'importations, et toutes les boissons de Tamas.

La bandite n'utilisa pas l'alcool comme prétexte pour

parler. Elle repoussa les tentatives de conversation de Gladdring, le laissant écouter un musicien solitaire égrener des airs de navigation mélancoliques par-dessus des conversations murmurées. Plus calme que d'habitude.

La proclamation de Fassle, ou simplement le ralentissement saisonnier ?

Dans tous les cas, Gladdring laissa la bandite leur servir des tournées. Elle vida chaque chope, voulant égaler Gladdring, qui devait faire trois fois sa taille. Un jeu audacieux, qui finit par amener Gladdring, et non la bandite, à conduire le duo dehors.

Près de minuit, un ciel clair laissait Sichi noyer la ville de rose. Gladdring laissa le froid dissiper le brouillard de l'alcool, la bandite s'appuyant sur son épaule, marmonnant quelque chose sur le fait que Yarvick serait tellement contrarié qu'ils soient tous deux restés dehors si tard.

— Ne vous inquiétez pas, il ne s'en souciera pas, dit Gladdring, puis il dirigea la bandite vers un tonneau à proximité. Il tourna la voleuse pour que sa tête puisse reposer sur un autre, les fûts vides empilés attendant qu'un navire les ramène chez eux. — Je reviens tout de suite. Je dois m'occuper de moi avant qu'on marche.

La bandite aurait pu répondre, mais ses mots se perdirent alors que sa tête s'enfouissait contre son bras. Le skar Tamas murmura sa confirmation graisseuse que la voleuse ne simulait pas. Heureusement, car lorsque Gladdring tourna dans la ruelle longeant le *Repos de l'Ancre*, deux personnes l'attendaient.

— Vous avez reçu mon message, déclara platement Gladdring à la Reine de Kance aux yeux clairs. À côté d'elle, l'air tout aussi confus, se tenait un chasseur de Vis costaud, un homme que Gladdring n'avait jamais rencontré jusqu'à ce moment précis. — Comme je suis toujours en vie, je suppose que vous êtes d'accord ?

La Reine jeta un coup d'œil au Vis.

— Il me dit que vous l'avez retenu captif dans une cage. Que vous avez fait des expériences sur lui.

— J'aurais tué la Reine ce soir, dit le Vis, ignorant les commentaires de la Reine, pour ce qu'elle a essayé de faire à mon frère et à nos amis. Je l'aurais fait, sauf que votre avertissement promettait quelque chose de plus important. Alors parlez, et sauvez sa vie.

Le froncement de sourcils du Vis correspondait à la dureté de son regard. Gladdring les arrosa tous deux d'un sourire.

— Ces expériences sauveront les îles. C'est plus important que votre vengeance inutile. Annalyse a parlé en bien de vous, et j'espère qu'elle avait raison. Gladdring fit un signe de tête au Vis, puis se tourna vers la Reine. — Vos querelles royales sont tout aussi insignifiantes face à ce que nous pouvons faire ensemble. Rappelez vos chiens, s'ils chassent encore. Il joignit les mains devant lui. — Fassle va tomber. Nous devons nous assurer que je prenne sa place. L'alternative, je vous l'assure, est bien, bien pire.

Quand ni l'un ni l'autre ne fit un geste pour fuir, appeler les gardes, ou éventrer Gladdring comme un poisson, la révolution commença vraiment.

25
SORTIE CÔTÉ JARDIN

La victoire engendrait l'élan. S'échappant des Animas avec les âmes en main, dans un campement plus tardif mais plus animé, Torny et Eujo gardèrent leur succès caché derrière des répliques soigneusement préparées. Les deux échangeaient des absurdités, débitant des traits d'esprit mémorisés chaque fois que quelqu'un s'approchait. Une précaution inutile ? Peut-être, mais ni la voleuse actuelle ni l'ancienne ne voulaient prendre de risques.

Pas maintenant, pas avec l'évasion si proche.

La position élevée de Sichi signifiait que minuit approchait, l'ambiance passant de la frivolité aux frasques d'ivrognes, alors que les participants venus de loin et les acteurs soulagés se tournaient vers les bières, les herbes et les uns les autres pour savourer une journée bien remplie. Des chansons improvisées accompagnaient leur marche, des acclamations et des bavardages joyeux résonnaient entre les groupes habillés de costumes ou de manteaux épais et fleuris. Toute la scène dégageait une telle atmosphère de joie qu'Eujo doutait presque de leurs raisons de fuir.

Si Eujo restait, elle pourrait boire quelques chopines et peut-être partager un peu de cette même euphorie.

Si Eujo restait, elle trouverait une dague entre ses côtes ou une goutte empoisonnée dans sa boisson.

Il était donc facile d'ignorer ces idiots bienheureux.

De retour à leur tente de casernement, Eujo et Torny passèrent le rabat pour trouver l'endroit presque vide. Les tables du dîner étaient nettoyées et abandonnées, aucun des lits de camp étroits n'était occupé. Une nuit pour soi n'était apparemment pas une option, sauf pour Wax et Bliss. Les frère et sœur ne remarquèrent même pas leur arrivée au début, Wax plongé dans une scène décousue, son personnage se vantant de quelque exploit incroyable. Eujo le reconnut : elle devait entrer dans une minute, prête à remettre le personnage de Wax à sa place.

Autant jouer le jeu.

— Je vois que tu es prêt à partir, dit Eujo, à la fois directe et sans la force qu'elle y mettrait normalement. Garder les plans secrets devait être la priorité ici.

« Vous avez récupéré les âmes ? » signa rapidement Bliss alors que Wax interrompait son discours. L'espoir dans les yeux de la fille Vis montrait qu'elle ne partageait pas la passion de son frère pour la scène. « Dites-moi que oui. Son accent est terrible. »

— Hé, protesta Wax, passant à un sifflement quand Torny ouvrit son propre manteau, révélant les quatre tablettes fourrées à l'intérieur. Joli travail.

— Je te l'avais dit, je suis douée pour ça, dit Torny, se dirigeant vers son lit de camp et le sac appuyé contre. Allons-y. Il y a une fête assez importante dehors, ils ne remarqueront même pas notre départ.

Le rappel de leur objectif poussa le quatuor à agir rapidement. Wax et Bliss n'étaient pas restés inactifs pendant qu'Eujo et Torny étaient parties dérober les laissez-passer : ils avaient rempli des gourdes, glissé discrètement des encas dans les sacs. Des vêtements de rechange, provenant de leurs costumes, remplissaient l'espace restant. La vue de ces absurdités à froufrous fit naître chez la Reine de Kance le désir de ses meilleurs habits d'aventurière, qui l'attendaient pour la plupart sur le Storm's Edge, où que Deux ait emmené le navire ces jours-ci.

Reviendrait-il à Kance, abandonnerait-il la partie si Eujo ne pouvait pas lui faire parvenir un message rapidement ?

Une autre inquiétude à mettre de côté. Elle ne pouvait rien y faire maintenant.

Ils partirent quelques minutes plus tard, Wax ouvrant la marche hors de la tente. Avec les sacs sur leurs épaules, le groupe n'avait pas l'air prêt pour la fête, et les regards se posèrent vite sur eux. Des regards curieux mirent rapidement à mal leur plan, démolissant l'idée qu'ils pourraient s'éclipser inaperçus en quelques secondes. Même une charrette de marchand qui passait, tirée par deux poneys Tamas à la fourrure épaisse, ralentit tandis que son conducteur leur lançait un long regard.

— Eh bien, c'était stupide, dit Torny, alors que Wax se dirigeait vers le bord sud de l'immense camp. Daklin va nous tomber dessus avant même qu'on ait dépassé cette tente.

Une exagération, mais pas de beaucoup. Il était temps de faire quelque chose de différent, une idée inspirée par ces poneys au trot.

— Lâchez les sacs, dit Eujo. Maintenant.

— Mais... commença Wax, seulement pour qu'Eujo répète l'ordre en sifflant. D'accord.

Quatre sacs heurtèrent le sol, Torny forçant un rire dans l'air.

— Je t'avais dit qu'ils seraient trop lourds à porter sur scène, Wax. Espèce d'idiot.

Levant les bras au ciel et secouant la tête, Torny se tourna vers Eujo, les doigts s'agitant. « Dis-moi que tu as une meilleure idée. »

— Je pense qu'il est temps de célébrer cette mauvaise idée avec un meilleur verre, dit Eujo, tandis que ses mains disaient autre chose. « On fait diversion. Toi et Bliss, trouvez une charrette. »

La tête de Torny s'inclina pendant que Wax partait chercher des chopines. Des tonneaux de bière et des piles de gobelets étaient partout, garantissant que peu importe où l'on posait le pied, l'ivresse était à portée de main. Pendant qu'il y allait, Torny, Eujo et Bliss élaborèrent rapidement un plan en claquant des doigts, un plan qu'Eujo détestait, même si c'était sa propre idée.

Ces gens voulaient un spectacle, autant leur en donner un.

Wax revint avec quatre chopes pleines pour ne trouver qu'Eujo debout près des sacs. Malgré ce début étrange, l'absence d'action réelle avait ennuyé le public improvisé, qui était retourné à ses groupes, ses répétitions, ses chants et toutes les choses qu'on peut faire quand on n'essaie pas de s'échapper désespérément.

— Alors, c'est quoi le plan maintenant ? dit Wax. On boit ça ? On fait les idiots ?

— Ce serait trop facile pour toi.

— Aïe.

Eujo se contenta de lui sourire.

— Non, voici le vrai plan. On commence notre scène.

Comme à la répétition, mais en mieux. Joue comme si tu le pensais vraiment.

— Comme si je le pensais vraiment ? Je ne fais jamais semblant, Eujo. Jamais.

Wax prit la première chopine, en avala le contenu. Il offrit la seconde à Eujo, qui fit de même.

— Tu connais la scène. Prête ?

La bière prit un goût différent, épicé par l'anticipation, l'urgence, la crainte de faire quelque chose qu'elle n'avait jamais imaginé et la conviction, la certitude pure et simple, qu'elle le ferait bien. Eujo était une Reine de Kance. Elle s'était élevée des caniveaux à la salle du trône et irait encore plus loin. Elle sauverait les îles, elle...

— Donne-moi l'autre, dit Eujo, saisissant la troisième et la vidant. Wax rit, vida la quatrième et essuya quelques éclaboussures sur son menton. D'accord, maintenant je suis prête.

Malgré sa déclaration, peu de regards errants se posèrent sur le duo et leurs besaces. Les instruments continuaient de rivaliser avec les conversations, les chants et les cris joyeux dans la fraîcheur nocturne. C'était suffisant pour faire se demander à Eujo si elle et Wax avaient même besoin d'attirer l'attention. Peut-être pourraient-ils s'éclipser avec une charrette sans avoir besoin de...

— Ah ah ! s'exclama Wax en reculant d'Eujo, les yeux écarquillés, la bouche ouverte et les bras agités faisant tout pour anéantir les rêves de discrétion d'Eujo. Je vous ai enfin trouvée seule. Il mima un regard circulaire, mettant sa main au-dessus de ses yeux. Aucun serviteur dans les parages, aucune oreille indiscrète qui nous guette ?

Eujo chercha sa réplique. Se rappeler le lieu, l'intrigue, le but. Quelques curieux se tournèrent vers eux, et leurs regards la poussèrent droit vers les mots.

— Pas cette fois, dit Eujo. Ils ont été induits en erreur. Ils pensent que je me prépare pour le mariage.

— Ah, toujours aussi rusée.

— Si seulement vous l'étiez autant.

Wax pencha la tête, porta une main à son menton. Le Vis s'engageait vraiment, mettant toute son énergie dans ses gestes. Eujo combattit un rougissement et afficha plutôt un froncement de sourcils de fer.

— Que voulez-vous dire ? N'est-ce pas ce que vous vouliez ? demanda Wax. C'est le moment, où nous décidons du complot pour nous mettre au pouvoir !

— Nous ? Oh, mon cher, je crois que l'espoir vous est encore monté à la tête. Eujo commença à marcher lentement autour de Wax, secouant la tête vers le public grandissant. Les regards qui lui revenaient étaient pour la plupart confus, ce qui n'était pas surprenant étant donné qu'ils avaient commencé au milieu de la pièce. J'aurai le pouvoir, et vous aurez le plaisir d'être à mon service.

Wax afficha un air grognon pendant un instant, puis haussa les épaules et sourit. — Il y a pire comme sort ! Alors, comment devrions-nous procéder ? Du poison ? Un coup sur la tête ? Un coup de couteau entre les côtes ?

— Tout cela est trop évident.

Eujo regarda à nouveau vers leur public. Elle roula des yeux. Gagna quelques rires. Elle essaya de voir au-delà, de trouver où Torny et Bliss arriveraient avec la charrette pour la sauver de cette absurdité et vit une forme dérivant à l'arrière. Quelqu'un cria, mais leur public n'y prêta pas beaucoup attention.

— Au lieu de cela, dit Eujo en posant une main sur l'épaule de Wax et le faisant pivoter pour lui faire face, je pense que nous devrions opter pour un accident. Une petite poussée par une petite fenêtre.

— Quelle fenêtre ? Et quand ?

Afficher un sourire avide de pouvoir ne demanda pas beaucoup d'effort. Cela, au moins, Eujo l'avait fait à profusion dans la salle du trône de Kance, l'une des premières leçons données après son ascension. Toujours faire croire aux commerçants, aux visiteurs des autres îles, que vous feriez n'importe quoi pour obtenir, pour garder votre position et ses avantages. Néanmoins, leurs répliques toucheraient bientôt à leur fin.

— Avez-vous déjà porté une robe ? demanda Eujo, provoquant plus de rires.

— Une robe ? Je-

— Parce que j'en ai justement une, et je pense que vous serez superbe en blanc.

Wax laissa tomber sa mâchoire. La foule gloussa. Eujo laissa son sourire maniaque glisser au son doux des sabots approchants sur la terre. Des roues de charrette. Elle risqua un coup d'œil, vit exactement ce qu'elle espérait. Il était temps de conclure avec un peu d'improvisation.

— Maintenant, il est temps de rentrer. Nous avons tous les deux des tenues à enfiler, dit Eujo.

Encore quelques secondes. La charrette, deux poneys, et les deux Gardiens qui la conduisaient, arrivaient rapidement. Eujo devait retenir la foule, les empêcher de se mettre sur le chemin de la charrette, de s'interroger.

— Tout va bien se passer, dit Eujo, puis elle se pencha et donna soudainement un baiser à un Wax déconcerté.

Le geste vint par instinct, et il gagna plus de rires, couvrant l'approche de la charrette tandis que Torny et Bliss arrivaient en trombe. Certains jurèrent quand la charrette les poussa de côté, quelques autres posèrent des questions tandis que Torny et Bliss sautaient, attrapaient les sacs et les jetaient à l'arrière de la charrette, mais ces éléments se brouillèrent face au baiser. Face à la réponse de Wax, le Vis ne reculant pas, tenant le moment. Comme son personnage le devait, comme la scène l'exigeait.

— Allons-y ! lança Torny, séparant Eujo et Wax. S'ils vous voient, vous êtes tous les deux morts !

Une réplique. Sa réplique. La pièce. Eujo, le rougissement plus difficile à combattre cette fois, pivota sur le talon de sa botte usée et plongea dans la charrette. Wax grimpa après elle, et Bliss fit claquer les rênes. La foule applaudit, quelques dizaines de mains, rapidement submergées par des appels plus furieux. Alors que la charrette avançait, un marchand débraillé, plus en tenue de nuit qu'autre chose, se fraya un chemin, bousculant les fêtards costumés et ivres. L'homme pointa du doigt, appela à l'aide. La charrette continua sa route.

Eujo fit un signe de la main. Wax rit.

— Incroyable, dit Wax alors que Bliss accélérait, se dirigeant vers la lisière du camp. Je ne savais pas que tu avais ça en toi, Eujo.

— Je suis la meilleure actrice que tu verras jamais, Wax. J'ai juste besoin de quelques bières d'abord.

Cette fois, ils rirent tous les deux, la lumière rose de Sichi se déversant d'en haut tandis que la charrette roulait. À l'avant, Torny indiquait les dangers, Bliss dirigeait, et le froid semblait bien lointain. Ils avaient les âmes de Tamas, ils avaient échappé à la pièce et aux assassins qui l'accompagnaient. Maintenant, tout ce dont ils avaient besoin était le skar, et ensuite... L'euphorie d'Eujo mourut rapidement. Wax s'était installé dans les besaces, souriant toujours. Il mit même un doigt sur ses lèvres, jeta un coup d'œil à Eujo, leva un sourcil.

Le Vis n'avait pas de skar de Kance. Mais il n'en avait pas besoin. Elle en avait un. Eujo pouvait être le prochain Aegis.

Elle ne pouvait pas rentrer chez elle. Pas maintenant, pas encore.

26

CE QUE LE SANG APPORTE

Les Fosses de Whent avaient leur odeur bien particulière : un mélange de sang, de sueur et de bière qui créait une puanteur que seule la même bière qui l'avait engendrée pouvait vaincre. Annalyse avait déjà enduré ce cocktail olfactif une fois, lors d'un voyage que son père voulait rendre annuel. Une sorte de vacances. Ce projet avait pris fin lorsqu'Annalyse s'était un peu trop intéressée aux armes, aux combats et aux démons.

Les corps devant elle et les Najahn autour d'elle dégageaient une odeur similaire, mais Annalyse n'éprouvait que dégoût, défaite et épuisement. La fascination n'avait plus sa place dans un monde devenu soudainement brutal.

On l'avait assise, les mains liées, sur un tronc d'arbre pour qu'elle regarde. Le spectacle, la sinistre besogne, se déroulait par à-coups, tandis que des groupes de deux ou trois Najahn, la plupart ne portant plus leur armure encombrante, traînaient un corps après l'autre jusqu'au grand feu de joie. Un décompte, un lancer, et un autre Vis disparaissait dans les flammes.

Annalyse n'avait même pas pris la peine de commencer à compter.

D'après ce qu'elle avait compris, dans les heures sombres qui avaient suivi la fin de la bataille et le début du nettoyage, les chasseurs de Vis avaient perdu leur cohésion à la chute de Deshiva. Certains avaient tenté d'attaquer les Najahn, d'autres s'étaient enfuis, et d'autres encore n'avaient rien fait, attendant un signal qui n'était jamais venu. Les arbalètes et les chakrams avaient fait un massacre brutal parmi les chasseurs qui quittaient les arbres pour mieux voir ou tirer.

Les Najahn ne s'embarrassaient pas de prisonniers, du moins pas que Annalyse ait vu.

À l'exception d'elle et de Deshiva, celles qui pouvaient être utiles. Celles qui avaient supplié pour leur vie en offrant un peu de connaissances. Enfin, Annalyse l'avait fait, en tout cas. Deshiva s'était contentée de fulminer, de maudire et de cracher pendant que les Najahn la poussaient dans une pièce de fortune et verrouillaient la porte.

La scientifique, elle, pouvait utiliser les skars. Cela la rendait précieuse.

Veritrus, le commandant Najahn qui portait les noms formels absurdes que la haute société de Noctia aimait à donner à ses enfants comme des manteaux royaux, s'assit sur le tronc à côté d'Annalyse. Il y avait à peine de la place pour deux, et l'homme la bouscula, faisant tinter les menottes métalliques qui lui liaient les mains devant elle. Il lui tendit une simple tasse en pierre.

— De l'eau, rien d'autre, dit Veritrus. Sa voix étroite et sévère avait toute la force de la logique et aucune compassion. Buvez.

Elle s'exécuta. Deshiva avait choisi la défiance et voyez où cela l'avait menée.

— Reviendront-ils ? demanda Veritrus.

— Je vous ai déjà dit tout ce que je sais.

Dans une certaine mesure, en tout cas. Qu'elle pouvait utiliser les skars, oui. Que Deshiva et les Vis l'avaient pratiquement forcée à les aider. Qu'Annalyse, une Whent, n'avait aucune loyauté envers les Vis et serait heureuse de travailler avec les Najahn à la place. Cela lui avait valu le tronc d'arbre, l'eau et zéro coup.

Elle n'était pas non plus sur le bûcher.

— C'est ce que vous dites, répliqua Veritrus, mais la subterfuge n'est pas votre fort, Annalyse. Vos yeux se détournent quand vous approchez du mensonge. Vos mains tremblent. Vous mettez plus d'efforts dans votre voix quand vous parlez, comme si en essayant, vous pouviez peut-être forcer la vérité. Détendez-vous et parlez. Vous êtes en sécurité ici.

— Quelle chose à dire. Annalyse fit un signe de tête vers le bûcher. Je pensais que les Najahn étaient au-dessus de la brutalité.

— Et je pensais que les îles l'étaient aussi, pourtant nous voilà. Attaqués par des démons chaque jour, et maintenant par des chasseurs de Vis la nuit. Nous protégeons ces gens et ils lèvent la main contre nous. Pourquoi ?

— Demandez au Cercle.

Veritrus hocha la tête. Ils fixèrent tous deux les flammes. Deux Najahn jetèrent un autre corps par-dessus. Personne n'acclama. Personne ne chanta. Rien à voir avec une victoire de Whent.

— La décision de Fassle nous oppose aux démons dans une guerre directe, dit Veritrus. Pas aux Vis. Pas à ces chasseurs de la jungle. Ils auraient pu écouter, et vivre.

Annalyse aurait pu répliquer, mais elle s'en empêcha. Quand Quik l'avait aidée à monter sur le bateau pour Vis, il lui avait conseillé de se faire discrète. De passer inaperçue tout en poursuivant ses recherches. De percer les mystères des skars dans la cabane abandonnée de Svarde. Elle pouvait toujours le faire, maintenant. Se tenir à l'écart de cette guerre désordonnée et utiliser ses talents comme elle le souhaitait.

Le problème, c'est qu'elle aurait besoin de récupérer ses skars pour cela.

— C'est à Deshiva que vous devriez parler, dit Annalyse. Si vous voulez changer leurs esprits, vous aurez besoin de son aide.

— Celle qui m'a craché au visage ? Veritrus sourit, mince et petit. Peu habitué à le faire. Ça ne semble pas probable.

— Ce n'est pas mon problème.

Un regard perçant. Ce sourire mourut rapidement. — C'est absolument votre problème, mordeuse de roche. Elle est venue avec vous, et même si vous étiez une otage comme vous le prétendez, vous avez détruit ma porte et brûlé la moitié de mon avant-poste. Vous avez une dette.

— Vous avez pris mes skars. Rendez-les-moi, je vous montrerai comment utiliser les vôtres en paiement.

— C'est à moi de décider ce qui satisfait la dette. Veritrus se pencha et lui prit la tasse d'eau des mains. Vous pouvez commencer ce soir. Nous avons des blessés, et vous allez leur apprendre à se soigner avec les skars Vis. Faites cela, et nous verrons comment vous pourrez nous rembourser vos actions par la suite.

Veritrus ne laissa pas le choix à Annalyse. Alors qu'il finissait de parler, l'homme leva une main et deux poignes fermes s'abattirent sur les épaules d'Annalyse. Les ordres suivirent, sévères, directs et sans appel.

Au moins, là où on l'emmenait, Annalyse ne pouvait plus voir ni sentir le bûcher.

Le petit-déjeuner arriva tard, fut frugal, et Annalyse le mangea dehors. Une matinée fraîche et nuageuse, brumeuse de ce qui aurait été de la neige chez elle. Néanmoins, les fruits et la viande fraîche de quelque gibier de la jungle l'aidèrent à chasser les mauvais souvenirs de la nuit précédente. Elle avait passé plusieurs heures à aller d'un Najahn blessé à l'autre, les aidant à saisir les skars, à accepter les murmures des Vis. Aucun n'était mort.

Pas un seul Vis n'avait reçu la même clémence.

Au moins les chaînes avaient disparu. Apparemment, Veritrus ne pensait pas qu'Annalyse risquait de s'enfuir ou de poignarder l'un de ses soldats, une évaluation qu'Annalyse partageait. Manger et boire sans le poids des menottes était une expérience magique. La torture avait été brève, mais suffisamment longue.

— Nous avons eu un visiteur, annonça Veritrus. Il avait troqué son armure contre des robes propres, son visage n'était plus couvert de la crasse d'une journée et de la poussière d'une bataille. Il se tenait debout tandis qu'Annalyse était assise, l'étudiant les mains le long du corps. Un visiteur qui vous aurait déjà tuée si je ne l'avais pas interdit.

La liste des ennemis d'Annalyse était courte. Personne sur Whent ne se souciait assez d'elle pour vouloir sa mort, malgré quelques jalousies possibles envers son génie inventif. Personne sur Vis ne la connaissait, à l'exception de Deshiva, toujours enfermée. Ce qui ne laissait que Noctia, et en particulier, un assassin voleur de skars.

— Où sont-ils ? demanda Annalyse. Ils ont quelques-uns de mes skars que j'aimerais récupérer.

Veritrus éclata d'un rire, sincère à en croire Annalyse. — Tu veux leur parler ? Vraiment ? Soit tu es plus courageuse que je ne le pensais, soit tout aussi inconsciente.

— Je suis déterminée.

— Plutôt insensée, oui. Veritrus tapota sa cuisse gauche de la main, faisant bouger sa robe. Sais-tu pourquoi mes soldats se sont battus au lieu de fuir, après que tu as détruit notre porte ?

— Parce qu'il est difficile de courir avec toute cette armure ?

Un soupir. — Parce que nous croyons, Annalyse. Nous croyons en la cause Najahn. En notre devoir de défendre les îles. Même si les Vis nous envoient tous les hommes, femmes et enfants de leurs cités de la jungle, nous resterons et nous défendrons, parce que nous avons raison. Sa main se leva, pointant vers elle. La personne qui a demandé à t'ôter la vie dit que tu ne crois pas cela.

— On peut perdre une guerre de plus d'une façon, Veritrus.

Le capitaine hocha la tête, compréhensif. — Alors aide-moi encore. Convaincs Deshiva de nous assister, de faire la paix.

— Que peux-tu offrir ?

— Des vies.

L'assassin se tortilla. Il cracha à la fois une malédiction et un jet de salive sur les bottes de Veritrus. Dépouillé de sa capuche et de ses robes de la Troisième Main, l'homme mince semblait moins menaçant qu'un pickpocket de rue. Annalyse ne regarda pas tandis que deux soldats le mainte-naient fermement, Deshiva elle-même brandissant sa vieille lance. D'une seule poussée, l'acte fut accompli. Le sang pour le sang, et Veritrus prompt à livrer le tueur dans ses propres rangs.

— Tenez, dit Veritrus, se tournant vers Annalyse, sans la

moindre expression sur le visage. Ce sont les vôtres, je suppose ?

Trois pierres noires. Les skars de Noctia. Chauds et murmurant leurs étranges poèmes sans sens quand ils atterrirent dans les mains d'Annalyse. Des voleurs de mort, comme Ami les avait appelés. Des imparfaits, d'après ce qu'Annalyse avait vu : les animaux qu'ils avaient testés, infligés d'une blessure mortelle avec les skars attachés, semblaient divorcés de leurs instincts, errant dans un monde qu'ils n'habitaient plus.

— Tu ne les prends pas ? demanda Annalyse.

— Il y a certaines pierres que je compte utiliser. Celles de Vis, en premier lieu. La Déesse de la Mort n'a pas sa place parmi mes soldats.

— Mais ils ont du pouvoir-

Veritrus referma la main d'Annalyse sur les pierres. — Comme tu l'as dit, il y a plus d'une façon de perdre une guerre. Il regarda Deshiva. Satisfaite ?

— À peine. La chasseuse s'avança vers Veritrus, planta sa lance ensanglantée dans le sol. Mais je n'ai pas besoin de plus de corps. Pas de morts. Allez-y.

— Pas très patiente, n'est-ce pas ?

— Quand je chasse quelque chose, je prends tout le temps qu'il me faut. Quand je chasse les Najahn de mon île, je veux que ce soit fait rapidement.

— Comme vous voudrez. Veritrus regarda Annalyse. J'espère que tu comprends que les termes doivent être respectés. Sinon, Fassle ne sera pas content, et tout le monde sur ton île mourra, un par un, jusqu'à ce que vous vous rendiez.

Annalyse s'attendait à ce que Deshiva offre une réplique, une menace courageuse, mais la maîtresse de chasse se contenta de froncer les sourcils. Un aveu de vérité, et peut-être, de la volonté de Deshiva d'honorer le pacte qu'elles avaient conclu ce matin-là.

Tout aussi vrai, évident d'abord pour Veritrus et plus tard pour Annalyse et Deshiva, était que les Najahn n'avaient nulle part où rester. Le brasier du skar de Foti avait décimé les réserves de grain, les casernes et les murs de l'avant-poste, rendant la colonie une cible facile pour les démons et les assauts des Vis. Croyance en la mission Najahn ou non, les soldats devaient partir ou se retrouver à rejoindre les corps dans les fosses.

Veritrus avait su tout cela et avait quand même insisté pour obtenir des concessions, qu'il avait gagnées sous la menace d'une vouge.

Les skars de Vis afflueraient vers les Najahn, et Annalyse s'en assurerait. En retour, Veritrus garantirait sa recherche et sa sécurité face à la Troisième Main. La paix, l'indépendance et une chance de sauver les îles, le tout en un seul accord.

Si parfait, mais tandis qu'Annalyse regardait la colonne Najahn marcher vers le nord, avec les appels sifflés de Deshiva à ses chasseurs pour qu'ils nettoient le butin restant, la paix était loin de son esprit. Les skars de Noctia et leurs murmures affamés, qui devenaient plus forts à chaque heure qui passait, repoussaient cet espoir au loin.

27
LE MARCHÉ DE L'ESPOIR

Que dit-on à un démon brûlant?

Techniquement, Ami gardait la bouche fermée. Techniquement, elle laissait les démons parler d'eux-mêmes, en pointant derrière le monstre et son fléau vers le désastre qui s'étendait derrière lui, les ruines fragiles éparpillées dans la chambre rocheuse. Les esprits endommagés, détruits et abattus semblaient évidents, si évidents qu'Ami ne comprenait pas comment elle avait pu les manquer plus tôt en espionnant depuis la grotte de Jochi.

Ces bêtes brûlantes pouvaient être dangereuses, certes, mais d'ici, elles n'avaient pas l'air de maraudeurs.

Son vis-à-vis, à plusieurs longs pas de distance et brûlant presque le souffle d'Ami par sa proximité, ne suivit pas le geste d'Ami. Ou du moins, il ne se retourna pas. En avaient-ils besoin pour voir? Pour entendre? Ces choses fonctionnaient-elles même selon les concepts qu'Ami envisageait, les idées de fuite, de guerre, d'invasion d'un nouveau foyer?

— Laisse-lui une chance, lança une voix derrière elle,

celle d'une femme qu'Ami ne connaissait pas bien et qui lui semblait un peu perdue. Maena, la capitaine Rana. Ils te comprendront. Observe les éclairs.

Comme si le conseil de Maena s'était avéré être une clé perdue, le triangle d'obsidienne coiffant le corps brûlant du démon s'illumina. Une ligne bleue crépitante ondula le long des bords, claquant vers le centre au hasard, jusqu'à ce qu'une secousse s'accroche. La flamme indigo forma un cercle aussi grand que la main d'Ami. Sur le côté opposé du triangle, une brûlure orange s'alluma, bondit, et forma un cercle similaire. Les deux formes restèrent proches l'une de l'autre pendant une seconde brûlante avant que celle orange ne vacille, le cercle se fracturant sur lui-même. Des étincelles jaillirent. Au moment même où la forme semblait disparaître en un seul jet de feu, une autre ligne surgit, serpentant dans l'obsidienne sombre plusieurs fois avant de trouver le cercle bleu.

Ami avait appris des jeux de bar plus difficiles à déchiffrer que ça. Elle hocha la tête. Toucha sa tête. Et ensuite quoi ? Son cœur ? Les démons sauraient-ils même ce que cela signifiait ?

Les ferrites. Pense à eux. Quand Svarde avait trouvé Kivi pour la première fois, le lézard de roche était aussi jeune et sauvage que n'importe quelle créature non apprivoisée. Le barbare, avec l'aide d'Ami alors qu'ils voyageaient d'île en île avec Catya, avait enseigné avec patience, avec les mains et des tons encourageants jusqu'à ce que Kivi comprenne.

Alors Ami s'agenouilla, toucha la pierre sale à ses pieds. Elle ramassa un peu de terre et la tendit vers le démon. Certes, si le monstre essayait de la toucher, Ami rôtirait, mais s'il comprenait...

Pendant un moment, seul le cercle indigo resta sur l'obsidienne tandis que le démon la regardait.

— Nous pouvons partager, dit Ami. Ensemble.

Le démon l'observa encore un long moment. Le feu indigo s'estompa. Il se pencha sur un genou massif, frotta son bras droit du milieu contre la falaise rocheuse, projetant des étincelles. Il tendit la poussière calcinée vers Ami.

L'obsidienne lança un seul éclair, doré, brillant.

— Pour une présentation, c'était magnifique, dit Jochi de retour dans le temple du Refuge des Rêves.

Le seigneur de guerre faisait les cent pas tandis que Svarde était assis sur le trône massif. Le Roi Mort se tenait sur le côté dans son armure, ne montrant aucun signe d'offense face à l'usurpation de Svarde. Ami, les bras et le visage enduits de lotions rafraîchissantes préparées par les médecins Whent, s'appuyait contre le mur près de l'entrée. Pendant que Jochi et Svarde sondaient la conversation d'Ami avec le démon à la recherche d'indices, la Gardienne plaquée or s'émerveillait de l'instant. Maena était assise sur le sol, aiguisant un couteau grossier pris sur un vieux cadavre.

Elle avait eu une vraie conversation avec un démon. Une courte, certes, interrompue après l'éclair par la réalisation d'Ami que ses vêtements commençaient à grésiller. Elle s'était excusée, le groupe battant en retraite. Aucune arme dégainée, aucun coup tiré. Une porte entrouverte.

— Ami, je sais que nous l'avons déjà dit, mais tu t'es bien débrouillée, dit Svarde, son ton formel faisant tressaillir Ami.

Elle le préférait en tant que guerrier téméraire plutôt qu'en roi, mais le destin aimait jouer des tours.

— Je n'ai pas besoin de compliments. Je préférerais un plan.

— Oh, c'est évident, répliqua Jochi, le sourire barbu de l'homme faisant tout son possible pour qu'Ami doute des mots qui allaient suivre. Nous envoyons une délégation à Noctia. Nous expliquons ce qui se passe. Pendant ce temps, nous gardons ces démons ici. Nous les aidons à installer leur camp là où ils sont.

— Autour de la piscine ? demanda Svarde.

— Là où ils feront le massacre, ajouta Maena, terminant par un tintement aigu alors qu'elle passait le couteau sur une pierre à aiguiser. N'est-ce pas, Jochi ?

— La Rana a raison, aussi réticent que je sois à donner du crédit à une rate des rivières, dit Jochi. Les démons sont notre nouvel Aegis. Ils tiendront le mur contre tous les nouveaux monstres parce qu'ils y seront obligés. Nous fournirons bien sûr toutes les provisions dont ils auront besoin. Des armes, ce genre de choses, mais sinon, nous obtenons le meilleur résultat : des ennemis tuant des ennemis.

— Ce ne sont pas nos ennemis, dit Ami.

Maena éclata de rire.

— Tu n'as pas vu ce qu'ils ont fait à cette ville Whent. Ils en ont brûlé la moitié. Ils ont failli tuer Svarde et moi. Ils ne sont pas venus en paix, Foti. Ils sont venus pour prendre.

— Parce que leur propre monde est en train de mourir !

Maena bondit sur ses pieds, pointant le couteau vers Ami.

— Le nôtre aussi, si tu n'as pas remarqué ? Des monstres partout. Les îles à la gorge les unes des autres, tout ça parce que les démons n'arrêtent pas d'arriver. Jochi a raison. C'est la solution. Faisons-les se battre entre eux jusqu'à ce que leurs foyers s'effondrent. Problème résolu.

— Cruel.

Jochi secoua la tête une fois.

— Ami, je suis déçu. J'aurais pensé que tu connaîtrais la vraie cruauté. Nous pourrions repousser ces démons vers l'eau. Nous leur donnons une chance.

Ami plissa les yeux vers l'homme, des visions de décapitations rapides traversant son esprit, puis regarda Svarde.

— Qu'en penses-tu, Svarde ? Tu crois que forcer ces démons à se battre pour nous est la bonne décision ?

Svarde se tourna vers Jochi et Maena, l'un après l'autre, et leur fit signe de sortir du temple. — Laissez-nous une minute. Il y a des choses à dire que vous n'avez pas besoin d'entendre.

Le fait que le seigneur de guerre et le capitaine Rana n'aient pas contesté l'ordre de Svarde en disait plus long sur le pouvoir du barbare que tout ce qu'Ami avait vu jusqu'à présent. Apparemment, repousser la mort et avoir des cadavres brisés par la bataille à vos ordres pouvait vous mener loin dans la vie.

Assez loin pour oublier d'où l'on venait.

— Que veux-tu leur offrir en retour, Ami ? demanda Svarde. De la bière ? Un lopin de terre sur Whent ?

— Il y a plein de grottes ici qui ne sont pas...

— Ils commenceront par ce qu'on leur donnera, puis prendront le reste. Tu as vu leurs machines. Meilleures que tout ce que nous avons. Ils font presque deux fois notre taille, peuvent nous brûler à mort sans nous toucher. Si on les libère dans notre monde, on méritera ce qui nous arrivera.

— Alors tu les condamneras à la place ?

Svarde joignit ses mains, la lame noire scintillante interrompant ses doigts entrelacés. — Qu'est-ce qui a changé, Ami ? Il y a à peine deux jours, tu voulais me trouver un démon mort à contrôler pour qu'on puisse chasser ces monstres. Et maintenant ?

— Parce que j'ai vu ce dont ils fuient, Svarde. Ce n'est pas un choix pour eux. C'est du désespoir, ils fuient quelque chose de plus terrible que tout ce qu'on a jamais vu.

— Et ?

Maudit soit Svarde pour la connaître si bien.

— On a déjà fait ça à Catya ! Ami s'avança droit vers Svarde. On l'a sacrifiée pour le bien de ces îles pourries. Est-ce que ça t'a semblé juste ? Est-ce que ça valait le coup, de la mettre sur ce trône et de la regarder dépérir ?

Svarde, lui-même assez flétri maintenant, soutint le regard d'Ami sans rien laisser paraître. Les yeux de l'homme, si riches de bataille, de désir et de bravade durant les années où elle l'avait connu, ne révélaient aucun indice, aucune vie. Le piège de l'Infini.

— Je te le redemande, Ami. Que crois-tu qu'il va se passer ?

— Je me fiche de ce qui va se passer, Svarde. Ce qui m'importe, c'est qu'on ait essayé, qu'on ait essayé de compenser tous les mauvais choix, toutes les morts, par quelque chose de mieux.

— Et que feras-tu si Jochi refuse ?

— Je tuerai ce salaud, et le suivant, et encore le suivant jusqu'à ce qu'on ait un Whent qui comprenne.

Svarde, au moins, rit à cela. — Tu le ferais, n'est-ce pas ?

Ami esquissa un sourire en coin, croisa les bras et recula d'un pas. — La violence a toujours été notre réponse, Svarde. Pour une fois, j'essaie la paix.

Un autre long regard. Ce que Svarde cherchait dans ce regard, Ami n'en était pas sûre. S'il voulait l'ancienne Ami, l'épéiste fougueuse et arrogante prête à l'aventure, Svarde ne la trouverait pas. Le temps de celle-là était passé. Quant à savoir qui l'avait remplacée, Ami n'en était pas si sûre elle-même.

— D'accord. Svarde prononça ces mots comme pour se convaincre lui-même. Demande aux démons de choisir un ambassadeur. Un seul. En attendant, on va mettre les ingénieurs de Whent au travail sur quelque chose que le monstre pourra porter.

— Porter ?

— Si on va amener un démon aux gens, Ami, il ne peut pas ressembler à un démon. Svarde ricana. J'imagine mal Fassle le prendre bien si ses robes flottantes prennent feu après qu'il ait dit bonjour.

— Et si Jochi dit non ? Ami renvoya à Svarde sa propre question. Ou Maena ?

— Comme tu l'as dit, on peut juste continuer à tuer les mangeurs de roche jusqu'à ce qu'on en trouve un qui dise oui. Le sourire rapide de Svarde s'effaça. Quant à Maena, elle est trop occupée à gérer ses propres problèmes. Aujourd'hui elle est contre, demain elle pourrait être ta plus grande alliée. Ne t'inquiète pas pour elle.

Deux victoires en une journée. Ami devrait tempérer son ego. La meilleure façon qu'elle connaissait pour cela était de trouver de la bière, en grande quantité, et de s'y adonner jusqu'à ce que la gueule de bois du lendemain matin la ramène à la raison. Elle descendit les marches de pierre du temple, se dirigeant vers la seule taverne ressuscitée de Dreamhold, mais s'arrêta en bas, un visage familier l'attendant.

—J'ai entendu parler de votre conversation, dit Sawi, la Vis semblant rafraîchie. Bon coup, de se faire des amis parmi les marcheurs de feu.

— Les marcheurs de feu ?

— Il faut bien les appeler autrement que démons, non ? S'ils vont traîner dans le coin ?

— Ce n'est pas encore sûr. Ami se dirigea vers la taverne et Sawi lui emboîta le pas. Il y a beaucoup de gens à convaincre.

— Je suis sûre que tu peux t'en charger. Ton visage doré est plutôt intimidant.

Ami renifla et jeta un regard en coin à Sawi. — Pourquoi es-tu si joyeuse ? Tu as dormi toute la journée ?

— Presque. Ça fait des merveilles.

— Je te crois sur parole. Pourtant, Ami n'était pas tout à fait convaincue. Un regard plus long confirma la forme robuste de Sawi. De nouveaux vêtements, des bottes. Une ceinture avec des emplacements pour une lame, un couteau et plusieurs pochettes. Une tenue faite pour un voyage. J'aime bien ta nouvelle tenue.

— Merci. J'espère que ça ne te dérange pas, j'ai échangé ton harpon contre la plupart de ces trucs.

— Je serais en colère si ce truc n'était pas un tueur de démons pourri. La taverne se dressait devant elles, des cris joyeux s'en échappant. Des chopes s'entrechoquant. Le doux parfum de malt de la bière dans l'air. Pourquoi, cependant ?

— Parce que je pars demain, Ami. Je rentre chez moi.

Sawi expliqua le reste au fil de plusieurs tournées. Des éclaireurs de Whent étaient allés assez loin pour évaluer une bonne route souterraine jusqu'à Vis. Jochi avait donné l'autorisation à plusieurs de faire le voyage, et Sawi se joindrait à eux. Elle était partie depuis trop longtemps, elle avait besoin du soleil, des vignes, du vin de pêche.

— La bière de Whent n'est pas assez bonne pour toi ? plaisanta Ami.

— Elle convient à l'obscurité, je suppose, répondit Sawi, leur table pour deux étant nichée dans un coin reculé, sous une lanterne allumée. Les murs d'ardoise, lissés par le travail des morts, donnaient à l'endroit une ambiance de gaieté lugubre. J'en ai assez eu, cependant.

— Moi aussi, Sawi. Moi aussi.

28

NOURRITURE DE CAUCHEMAR

Porter une personne ivre était bien plus facile avec la force de la satisfaction. Les derniers jours avaient été difficiles et éprouvants pour Gladdring, mais la roue semblait enfin tourner. Il y a tant d'expressions et de dictons sur l'attente du changement de la chance, et voilà que son moment était arrivé.

Dommage qu'il doive le partager avec du vomi sur sa robe. Un pas chancelant alors que Gladdring quittait les quartiers les plus luxueux de Noctia pour ses meilleurs quartiers avait fait que la femme dans ses bras expulse une bonne partie de sa bière, un événement qui n'avait fait que le faire rire. C'était d'autant mieux pour éloigner les gardes Najahn qui patrouillaient dans les rues : quel Précepte autoriserait une telle souillure ?

Non pas que les patrouilles Najahn soient nombreuses, la nuit s'approchant maintenant du petit matin. Alors que Gladdring marchait sur les pavés balayés, le côté descendant rainuré pour briser la pente, la ville était suspendue dans cet intervalle précaire entre les heures sociales sobres et les bagarres de bar belligérantes. Des flocons joyeux tourbillonnaient. Une brise marine constante menaçait d'emporter la chaleur restante des bières de Gladdring. Le bois brûlé et le charbon des mines de Foti lui piquaient le nez. La ville adoptive de Gladdring racontait son histoire à travers ses sens.

Une histoire qu'il pourrait écouter éternellement, une histoire qui s'estompait alors que Gladdring atteignait les escaliers en lacets menant à la plage sud déserte.

Les lanternes vacillantes ici étaient plus espacées, certaines clignotant alors que leur huile s'épuisait. Noctia ne se souciait pas tant d'éclairer le chemin des plus pauvres, qui s'entassaient dans les recoins creusés le long des marches glissantes. Les conversations, bien que rares, avaient une lueur différente, celle du désespoir. Le stress, la faim, la peur.

Et, parsemées dans les réponses qui parvenaient à Gladdring entre le fracas des vagues en contrebas, une once d'espoir.

Le skar Tamas le percevait, distrayant Gladdring. Il avait déposé la femme quelques pâtés de maisons plus tôt, la poussant maintenant alors qu'elle marmonnait des inepties. Les chuchotements du skar étouffaient ses divagations, lui transmettant plutôt, comme une feuille chatouillant son oreille, ces bribes d'espoir. Gladdring jeta un coup d'œil une ou deux fois en passant devant les grottes, rencontrant chaque fois des yeux méfiants, des couvertures râpées jetées sur des formes endormies.

Une surveillance, réalisa-t-il. Ils montaient la garde ici, dans la plus grande ville des îles.

Cette idée troublante resta avec lui alors que Gladdring et son fardeau atteignaient le sable. Tellement préoccupé qu'ils étaient tous par les démons, les skars, par leurs grandes ambitions, que Gladdring avait manqué tous ceux qui étaient si loin en dessous. Pas comme des cas de charité, non - cette voie mènerait à la faiblesse, aux trahisons, à la distraction - mais comme des outils. Des leviers à déployer pour sa propre position qui, à leur tour, élèveraient la leur.

Une révolution par le haut pourrait forcer le changement, une révolution par le bas le garantirait.

— Ce n'est pas l'arrivée à laquelle je m'attendais.

La voix rauque de Yarvick et de son assistant accueillit Gladdring alors que lui et sa charge intoxiquée atteignaient l'entrée des Doigts Agiles. Gladdring ne pensait pas une seconde que Yarvick les avait attendus là. Plus probablement, un guetteur avait repéré leur approche un peu plus tôt, permettant au chef des bandits de préparer un piège.

Si Yarvick avait vu la rencontre de Gladdring avec la Reine Kance et le Chasseur Vis, ce piège serait probablement fatal.

Le skar Tamas ne lui chuchotait aucune panique, alors Gladdring refusa d'en montrer.

— Nous avons tous des nuits qui nous échappent, répondit Gladdring, continuant à soutenir la bandit contre son épaule. Pas de mal fait.

— Non ? demanda Yarvick. Peut-être pas pour vous, mais pour moi, un grand tort. Yarvick s'avança complètement dans les flocons qui tombaient, la neige s'accumulant à mesure que la nuit glissait vers l'aube. Un chapeau gris étroit se déversait sur les mèches emmêlées et graisseuses de Yarvick avant de rejoindre une large cape. Pas de fourrures, seulement d'innombrables poches, d'où Yarvick tira une petite lame. Pas plus longue que le doigt de Gladdring. Les Doigts Agiles sont construits, aussi étrange que cela puisse paraître, sur la confiance. Un voleur doit savoir qu'il peut compter sur ses partenaires en toutes choses.

Yarvick, de sa main libre, saisit la bandit ivre et la jeta

dans le sable. Elle atterrit avec un grognement, un gémisse-ment, et pas grand-chose d'autre. Bien que la lumière des lanternes et le rose voilé de Sichi n'offrent qu'une vue lugubre, Gladdring remarqua les yeux plissés de Yarvick, son froncement de sourcils net. Le skar Tamas ne percevait pas de tristesse, juste de la déception.

La lame scintilla tandis que Yarvick fixait du regard. Ce qui allait suivre n'était pas difficile à deviner.

— Les erreurs ne sont que cela, Yarvick. Des fautes dont on peut tirer des leçons. Gladdring garda les bras croisés. Pas d'agression.

Un conseil offert, mais c'était à Yarvick d'agir. La mani-pulation était plus forte quand les ficelles étaient invisibles.

— Si c'est votre attitude, la réponse à la question de savoir pourquoi les Najahn sont si pathétiques est mainte-nant claire. Yarvick tourna son regard vers Gladdring, lança la lame et la rattrapa par la pointe. Une erreur, c'est glisser sur une marche mouillée, un crochet qui se brise dans une serrure. À moins que vous ne me disiez que vous l'avez forcée, que vous l'avez maintenue et lui avez versé la boisson dans la bouche, son état est le résultat de ses propres actions.

Que le skar Tamas ait pu pousser la bandit à s'adonner à la boisson, Gladdring le garda pour lui.

— Vous suggérez tout de même la mort, commença Gladdring. Je suis là. Indemne. Elle peut apprendre de cela, et vos Doigts peuvent voir que vous êtes raisonnable.

— C'est ça ta réplique ? Les mauvais choix ne coûtent rien ? cracha Yarvick sur le côté. C'est une bonne chose que tu sois sous mes ordres. Ces îles ne pourraient pas se permettre quelqu'un d'aussi faible.

Il tendit le manche du couteau vers Gladdring.

— Prends-le. Une seule entaille à la gorge devrait

suffire. Avec tout cet alcool, elle ne sentira peut-être même rien. Une mort aussi miséricordieuse qu'il en existe sur ces maudits rochers.

Gladdring laissa le couteau en suspens. Il garda les mains dans ses robes.

— Je ne le ferai pas.

Yarvick laissa la lame suspendue encore un instant, puis la retira. Il la glissa dans son manteau. Le seigneur bandit s'accroupit près de la tête de la voleuse ivre, lui tapota une fois la tête, puis glissa ses doigts vers son oreille exposée. Il pinça et tira. Avec un glapissement, les yeux de la bandit s'ouvrirent brusquement.

— Comprends bien ceci, dit Yarvick d'un ton implacablement logique, cet homme t'a épargné la vie, mais pas ta place ici. Tu trouveras un moyen de quitter Noctia aujourd'-hui. D'ici demain, tous les Doigts Agiles sauront qu'ils doivent te planter une lame entre les côtes, mettre du poison dans ta boisson, ou passer un fil autour de ta gorge. Noctia n'est plus ta maison.

On ne pouvait pas pousser les gens au-delà d'une certaine limite, et Gladdring estima qu'il avait atteint le bout de cette route, alors il garda le silence. La bandit sembla suffisamment dessoûler pour saisir quelque chose de la situation, bafouillant des supplications et des excuses. Les mots moururent quand Yarvick tourna son regard vers la grotte, agitant la main d'un seul geste croisé. Deux ombres se matérialisèrent, se dirigèrent vers la voleuse sanglotante et la soulevèrent. Le trio se dirigea vers les escaliers, où Gladdring ne doutait pas qu'elle serait aban-donnée sans rien d'autre que les vêtements sur son dos et une vie désespérée devant elle.

— Tu penses que c'est mieux ? demanda Yarvick après que le groupe eut disparu, un moment passé autrement dans le silence du fracas des vagues. L'exil ? Elle devra être pire, faire pire pour survivre maintenant. Le couteau aurait été une fin plus clémente.

Yarvick examina Gladdring.

— Tu sembles assez éveillé. Tu veux m'accompagner, pantin ? Il y a quelque chose que tu devrais voir.

— Qu'y a-t-il à voir à cette heure-ci ?

Yarvick ne répondit pas. Il marcha, et Gladdring accepta la montée silencieuse des escaliers. À mi-chemin, les deux ombres, leurs visages enveloppés dans des écharpes emmêlées, les croisèrent en redescendant. De la voleuse ivre, il n'y avait aucun signe. Lorsqu'ils atteignirent le niveau de la rue, Yarvick continua vers l'est, le long du quartier sud de la Cité Annulaire. Des maisons modestes s'échelonnaient sur les terrasses ici, certaines revendiquant de petites terres agricoles en plus de leurs pentes abruptes et de leurs gouttières captant la pluie.

Gladdring s'attendait à des rues désertes, mais plus de gens hantaient les avenues glacées. Ils marchaient seuls ou par paires, peu de mots et encore moins de trébuchements parmi eux. Pas des ivrognes ou des fêtards, donc, mais des gens se déplaçant avec détermination. Yarvick ne leur prêta aucune attention, et Gladdring suivit son exemple. Ils prirent les bifurcations de gauche quand les routes se séparaient, toujours en montant.

Leur destination émergea de la neige épaisse et tombante. Construite à flanc de falaise comme une tour najahne, le large bâtiment avait un aspect fonctionnel, peu d'attention accordée à l'élégance ou à l'impression. Il s'étendait, engloutissant la fin de la route et s'étirant au-delà, des supports en pierre et des murs de soutènement servant à maintenir ses plusieurs étages et tout leur poids en place.

Aucune enseigne ne déclarait son nom, sa raison d'être.

— Ne dis rien, nota Yarvick, évitant l'entrée principale, une large porte en bois barricadée, pour une plus petite offre à l'extrémité du bâtiment.

Gladdring resta silencieux, bien que, lorsqu'ils entrèrent, il eut envie de vomir.

Une petite pièce, encombrée de bureaux eux-mêmes encombrés d'épais volumes de papier, perdait tout charme douillet avec l'odeur monstrueuse qui imprégnait l'air. Yarvick ne réagit pas, traversant directement la pièce sans attirer l'attention du seul homme qui gravait des chiffres sur un livre de papier jauni. Maigre, fumant une pipe, le teint de l'homme le désignait comme l'ennemi de la lumière du jour. Gladdring avait connu plus d'un de ces hommes de la nuit, et tous avaient leurs raisons d'éviter le soleil.

Celles de celui-ci étaient faciles à saisir, aussi faciles que l'odeur.

À travers la pièce, Yarvick conduisit Gladdring vers un promontoire, une lèvre s'étendant depuis leur sortie et au-dessus, sur des pierres plates et rugueuses, vers la grande entrée. De larges escaliers descendaient des deux côtés, menant vers une fosse immense. Là, Gladdring vit la source de l'odeur, du tourment dans son ventre.

Hachant, découpant, écorchant et dépouillant se trouvaient des centaines, peut-être des milliers de personnes. Ils étaient assis, debout et se déplaçaient entre d'énormes tables de pierre. Des corps occupaient ces dalles, mais pas des corps humains. D'étranges bêtes, avec des écailles, des plumes, des tentacules et des parties que Gladdring ne pouvait nommer. Tous morts, bien que pas sur le point d'être enterrés ou brûlés. Au lieu de cela, à mesure que les pièces étaient nettoyées, d'autres travailleurs vêtus de tabliers sales apportaient des seaux noirs, y poussant la viande à l'intérieur. D'autres poussaient des chariots en bois, pelletant les viscères et partant avec elles loin hors de la vue de Gladdring. Ces mêmes chariots, parfois plusieurs attachés ensemble en une ligne, réapparaissaient minutes plus tard avec un nouveau corps prêt à être découpé.

— Voilà comment ta ville se nourrit, dit Yarvick.

— Quoi ? Je sais d'où vient notre nourriture, je sais ce que nous échangeons...

— Ta nourriture. Tes luxes najahns.

Yarvick plissa le visage, comme s'il avait mordu dans un citron.

— Noctia est une île dévastée, Gladdring. Il n'y a pas assez de poisson et de récoltes pour nourrir la plupart de ses habitants. Alors nous utilisons ce que nous pouvons, ce que les autres îles abandonnent à bas prix.

— Notre peuple mange des démons ?

— Ceux que nous pouvons cuisiner.

Un léger sourire trouva les lèvres pâles de Yarvick.

— Nous les testons tous d'abord sur les petits criminels que vos Najahns n'attrapent pas. Une punition appropriée, ne penses-tu pas, de risquer la maladie, la mort, pour empêcher tant de gens de mourir de faim ?

Une fois de plus, Gladdring ravala les restes de l'ale, menaçant de se libérer.

— Pourquoi m'as-tu amené ici, Yarvick ?

— Pour que tu comprennes, Gladdring. La guerre de Fassle pour éliminer les démons affamera sa propre cité. Des milliers et des milliers périront.

Yarvick s'interrompit alors que quelqu'un jurait en bas, un acide ou autre substance jaillissant pour recouvrir un bras maintenant ruiné.

— Pourtant, ces déchets ne peuvent pas rester. La

guerre aveugle de Fassle, ces terribles fosses, les îles doivent être refaites. Quand nous détruirons les Najahns, Gladdring, nous utiliserons les skars pour arrêter tout ça. Pour apporter une nouvelle idylle.

— Avec toi à sa tête.

— Oui.

Yarvick termina son discours là, mais Gladdring l'entendit continuer alors qu'il regardait les pauvres travailleurs en dessous. Des vies appelant au changement, en ayant besoin.

Ils l'obtiendraient, et bientôt. Tout comme Yarvick.

29
ENTRE NEIGE ET SOLEIL

Leurs rires s'envolaient dans la nuit, se mêlant aux racines noueuses, aux lumières roses de Sichi et au fracas des roues de la charrette cahotant sur le dur chemin de terre. Quatre personnes en quête pour sauver leur foyer et qui gagnaient, bon sang, qui gagnaient malgré tous les obstacles dressés sur leur route. Eujo les énuméra un par un, invoquant l'avalanche de la Faille Dorée, ses gardes de la reine traîtres et les démons omniprésents dans l'air pour que Wax et Torny les dénoncent à leur tour. Bliss, les mains crispées sur les rênes guidant les poneys confus et épuisés, ajouta son propre sourire féroce.

— Et nous sommes toujours là ! conclut Eujo. Prends ça, Noctia ! Prenez ça, démons !

En face d'elle, niché dans leurs besaces, le visage éclairé par la lune et l'éclat chaleureux de l'alcool, Wax fit écho à sa vantardise avant de lancer un cri typique de Vis.

Aucune poursuite ne résonnait derrière eux, aucun danger ne se profilait devant. Pour l'instant, pour ce moment, ils pouvaient savourer leur succès.

Mais les moments passent, et celui-ci ne fit pas exception, s'achevant alors que les racines s'éclaircissaient, cédant la place à une plaine saupoudrée de neige. Des collines, s'élevant abruptement sans ondulations amicales, déformaient la route devant eux, suggérant une ligne sinueuse à travers un pays vierge. Au loin, vers un horizon sans ligne droite, une douce lueur jaune suggérait une ville à portée de main.

Pourtant, Bliss fit sortir la charrette du chemin, laissant les poneys en sueur, dont chaque souffle envoyait de la vapeur dans l'air, se reposer. L'arrêt tira Eujo de sa somnolence, un état dont elle ne se souvenait pas être tombée mais qui lui avait clairement procuré suffisamment de sommeil maladroit pour restaurer sa vigueur et rendre son dos douloureux. Wax ronflait encore.

— Réveillée ? demanda Torny, sa tête apparaissant au-dessus du lit de la charrette. Bien, parce qu'on va marcher le reste du chemin.

— Marcher ? dit Eujo, les mots rauques la poussant à se jeter sur sa gourde.

Portée à sa taille, la chaleur corporelle suffisant à empêcher le contenu de geler, l'eau faillit néanmoins engourdir la gorge de la Reine lorsqu'elle but. Torny expliqua que les Animas enverraient sûrement des poursuivants à la recherche d'une charrette comme la leur. Les poneys ne voyageraient pas beaucoup plus loin cette nuit de toute façon, mieux valait les envoyer faire un détour pour égarer les poursuivants aussi longtemps que possible.

— Ceux qui nous poursuivent ne vont pas simplement se diriger vers la ville la plus proche ? dit Eujo, se dégageant néanmoins de la charrette. Bliss frappa son frère à l'épaule, le réveillant en sursaut avec un juron. Si ça leur tient tant à cœur, ils nous trouveront.

— C'est pour ça qu'on marche. Toute poursuite rapide

nous devancera jusqu'à cette ville, ne nous y trouvera pas, et ensuite nous serons tranquilles.

Le sac ne semblait pas si lourd quand Eujo le hissa sur ses épaules, un rappel qu'ils manquaient de provisions et d'équipement pour tout voyage terrestre. Ce ne serait pas comme la randonnée sur Whent. Ils se retrouveraient gelés, affamés, ou les deux. Eujo le rappela à Torny, juste à temps pour voir Bliss donner une bonne claque sur la croupe des poneys, la charrette vide disparaissant avec eux dans l'obscurité.

— On prendra le risque, dit Torny, bien qu'elle n'ait pas l'air ravie. Je préfère avoir un peu faim, frissonner un peu plus, plutôt que de me retrouver sur cette scène avec un collier autour du cou.

Un argument convaincant, en effet. Eujo, cependant, ne fit aucune vantardise lorsque le groupe fit ses premiers pas vers l'ouest, les herbes gelées craquant sous leurs pieds.

Le fait que leur itinéraire terrestre laisserait une piste claire n'échappa à aucun d'entre eux, une réalité que Torny aborda en leur faisant rebrousser chemin vers le nord dans la lumière précédant l'aube. Les vestiges de la forêt de racines gardaient le sol suffisamment propre pour dissimuler, selon la bandit, une bande d'acteurs de Tamas qui ne seraient pas capables de la suivre.

— Tu n'es pas un peu méprisante ? demanda Eujo, marchant avec la bandit en tête du quatuor. Torny avait sorti ses dagues, les utilisant pour trancher les épines vicieuses, une entreprise dangereuse dans l'obscurité : ils avaient tous déjà récolté quelques égratignures. Tamas n'est pas une île remplie d'imbéciles.

— Je n'ai pas dit ça, mais si je les ai bien cernés, Daklin et ces idiots ne sont pas très doués pour la survie en milieu sauvage.

— Et toi, tu l'es, bandit de la ville ?

— Depuis cette quête, tu peux me croire. Elle agita une dague en direction d'Eujo. J'ai traversé quatre îles maintenant avec Wax et Bliss, plus que la plupart ne le font en une vie. La nature est mon terrain de jeu, Eujo.

À peine avait-elle fini ces mots que Torny, le regard plus concentré sur sa dague, se heurta de plein fouet à une racine inclinée.

Eujo rit. — Je vois ça.

L'aube les trouva de retour parmi les collines, les yeux lourds de Torny et Bliss, tandis que Wax et Eujo accueillaient la lumière du jour avec des regards plus vifs. La randonnée en manteau épais gardait le groupe au chaud, alors les premiers rayons frappèrent non pas par leur chaleur mais par leur splendeur, éclaboussant un pays arc-en-ciel scintillant. Eujo se protégea les yeux, Wax poussa un sifflement ravi. Des étincelles jaillissaient dans toutes les directions, grimpant et retombant alors que les collines, chacune un défi à gravir, se révélaient être d'exquises toiles illuminées par le soleil. Les créatures natives de Tamas émergèrent aussi, les cieux clairs se remplissant de faucons chasseurs tandis que des créatures curieuses sortaient de sous les racines pour chercher fortune dans la prairie gelée.

Et le claquement des roues de carrosse se faisait porter par le vent.

— Vous pouvez marcher toute la journée ? demanda Eujo à Torny et Bliss lorsqu'ils s'accroupirent de l'autre côté d'une colline, le monticule bloquant la vue depuis le chemin et révélant, loin à l'Ouest, une autre forêt de racines qui s'élevait. Ou aurez-vous besoin de vous reposer ?

— Ce dont j'ai besoin et ce qu'on va faire sont deux choses différentes, à mon avis, répondit Torny en lançant un regard froncé à Bliss. Elle est dans un pire état que moi. J'ai somnolé, elle a dû conduire.

Bliss les entendit, ou sentit le regard de Torny, et leur adressa un faible sourire. « Ça va. »

— Elle ment, dit Torny à Eujo en baissant la voix. Là où on va, dans cette ville, on ne restera pas cachées longtemps. Si on peut dormir quelques heures ici, je dis qu'on le fasse. L'herbe est assez confortable une fois qu'on l'a aplatie.

Eujo reprit la demande de Torny, la proposa à Wax et Bliss, et la Gardienne de Vis avait les yeux fermés, allongée sur son sac en quelques minutes, au diable le soleil. Torny la rejoignit, les deux se blottissant dans un lit improvisé fait d'équipement empilé.

— Je prends le premier tour de garde, dit Wax en mordant dans une carotte givrée qui restait de Harrow's Edge. Dormez si vous voulez.

— Je n'en ai pas envie, en fait. Eujo laissa sa main glisser vers son bracelet, les skars murmurants. Je pense que je vais jeter un coup d'œil aux alentours, voir si cette ville est notre seule option.

Le sommet de la colline offrait une vue plus grandiose que d'en bas, bien qu'Eujo fermât presque les yeux pour atténuer l'éblouissement. Elle vit une beauté scintillante, sentit le vent froid se glisser sous ses manteaux, et regarda Tamas jouer sa matinée. Juste regarder. Repousser les skars et leurs murmures, le destin et ses exigences pour s'imprégner de l'instant présent, du maintenant, de la paix.

Pas de démons, pas de couteaux, pas de traîtres, pas de bourreaux.

Si Eujo y arrivait, collectait le skar de Tamas, puis celui de Noctia — que Wax insiste pour aller à Kance était un problème qu'ils aborderaient plus tard — serait-ce comme ça ? Pas aussi beau, coincée au milieu du cratère de la Blessure, mais avec des gardes, tous ses besoins satisfaits selon les caprices d'Eujo. Aucune responsabilité sauf s'asseoir là et dépérir.

C'est-à-dire, si les Najahn la laisseraient même faire.

Cette pensée frappa une note différente. Elle et Wax n'avaient pas beaucoup parlé de la déclaration du Cercle, une supposition tacite que les Najahn permettraient simplement à un Renouveau achevé de prendre le trône mettant fin à cette conversation avant qu'elle ne puisse vraiment commencer. Et pourtant, le feraient-ils ? Même si Eujo collectait tous les autres skars et se présentait à la Cité Ceinte, les Najahn lui prendraient-ils simplement les pierres ?

Si oui, que se passerait-il alors ?

Eujo, épargnant ses yeux, regarda de nouveau en bas de la colline, vers les trois formes allongées contre son argent. Wax fit un signe, un arc paresseux. Entre eux, ils avaient neuf skars. Neuf petites pierres avec le pouvoir d'un dieu instillé en elles. Ils pouvaient déplacer des montagnes, brûler des villes entières, ou faire mousser une inondation à partir de la rivière la plus calme. Les Najahn voulaient utiliser ces pouvoirs directement contre les démons. Une idée qui pourrait fonctionner, mais... Eujo étouffa un reniflement. Les îles ne se rendraient pas si complètement aux Najahn.

Les skars, utilisés pour autre chose que l'Égide, déchireraient les îles.

Alors quoi, donc ?

Ses amis n'offraient pas de réponses. Ni les faucons dans le ciel ni la neige à ses pieds. Peut-être, cependant, que la solution résidait dans ce qu'elle ne pouvait pas faire, plutôt que dans ce qu'Eujo pouvait faire. Retourner à Kance signifierait la mort ou l'exil. Wax semblait prêt à retourner à

Vis, et avec Torny et Bliss se rapprochant chaque jour, la bandit, après avoir remboursé sa dette envers le roi des voleurs de Noctia, suivrait probablement la fille de Vis jusqu'à l'île jungle.

Eujo pourrait-elle y aller aussi ? Abandonner les diamants du ciel, les montagnes, son foyer pour un nouveau ?

Peut-être.

— Tu as trouvé quelque chose là-haut ? demanda Wax quand Eujo revint à leur camp de fortune.

— Des réponses, d'une certaine manière, et plus de questions.

— Comme ce que mangent les animaux par ici ? Wax hocha la tête vers la petite vallée entre les collines où un lapin détalait, ses grandes oreilles et sa fourrure blanche le camouflant bien dans la neige. Il n'arrête pas de creuser ici et là, mais je ne sais pas pourquoi.

Eujo rit doucement, une fois, et secoua la tête. — Wax, j'aimerais pouvoir être aussi imperturbable que toi sur la façon dont les choses se passent.

Un petit sourire, — Eujo, je ne viens pas de grand-chose, je n'avais pas prévu la grandeur, alors je vais trouver le bonheur que je peux jusqu'à ce que je rentre chez moi ou que je finisse mort.

Eujo tressaillit, — Mort ? C'est...

Wax haussa les épaules, le sourire s'effaçant. — Réaliste. Mon ami est mort après qu'on ait trouvé un seul skar. On a vu tellement d'autres personnes mourir aussi. Maintenant, on est chassés par des assassins de Kance et les soldats les plus forts des îles ? Eujo, si on ne finit pas embrochés, pendus, ou mangés par un démon affamé, ce sera un miracle de Vis.

— Pourtant, tu te demandes encore ce que mange ce lapin ?

— C'est beaucoup plus agréable que les autres choses auxquelles je pourrais penser.

— Je suppose. Eujo fixa la créature poilue alors qu'elle projetait encore de la neige. Je parie que ce sont les racines.

— Quoi ?

— Le lapin. Il essaie d'atteindre les racines.

— Oh.

Eujo sentit la main gantée de Wax se poser sur son épaule, serrer.

— Ne t'inquiète pas, reine du ciel. Notre quête est peut-être dangereuse, nos chances de succès minces, mais je ne laisserai pas passer un seul jour sans te faire rire.

Ce qu'il fit, à l'instant même, et malgré toutes les inquiétudes qui erraient dans le monde d'Eujo, elle les laissa s'envoler.

Juste pour un moment.

30
DANGERS AU DÎNER

Deshiva tira Annalyse en arrière, l'éloignant du bord du pétale. Le Grand Sana s'étalait, magnifique dans ses tons violets et blancs, mais Annalyse se retrouvait sans cesse à chanceler au bord d'une longue et mortelle chute.

— Encore, Whent ? demanda Deshiva. Combien de fois vais-je devoir te sauver la vie ?

— Je ne comprends pas, dit Annalyse en secouant la tête comme un rat qui s'ébroue. C'est comme si j'étais attirée par le bord, même si...

— C'est un mal courant chez ceux qui ne sont pas habitués aux hauteurs. Tu as été trop protégée, et pas aux bons endroits. Quelques jours à te balancer dans la canopée te guériront.

Deshiva tapota l'épaule d'Annalyse avant de se retourner vers l'opération qui se déroulait au centre du Sana. Annalyse arracha son regard à la vue vertigineuse et surprit Deshiva en train de chuchoter à l'oreille d'un autre chasseur tout en faisant un signe de tête dans sa direction.

Elle déléguait ses responsabilités. Annalyse sentit le rouge lui monter aux joues et réprima cette réaction.

Elle ne pouvait rien faire contre ces pulsions, alors pourquoi en être gênée ?

Les chasseurs Najahn et Vis fouillaient le pistil du Grand Sana, retirant un à un les skars Vis et les jetant dans des sacoches. Les Vis semblaient surpris à chaque nouvelle pierre extraite, marmonnant à propos de la mort d'un nouveau mensonge, un mensonge auquel Annalyse elle-même avait cru jusqu'à ce que Gladdring lui montre les réserves accumulées dans la Cité Annulaire.

Pendant si longtemps, on avait fait croire aux îles que les skars repoussaient au rythme des Renouvellements, et seulement en quantité suffisante pour assurer le prochain Aegis. Pendant si longtemps, ce mensonge avait été accepté sans questions, permettant aux Najahn d'exploiter les fragments des dieux sans éveiller le moindre soupçon.

Tant de confiance mal placée.

Maintenant, ces pierres allaient être envoyées en bas, intégrées dans des armures, tissées dans des brassards, ou placées dans des colliers. Les Vis et les Najahn qui avaient trahi — Veritrus avait envoyé ceux qui refusaient dans un rapide voyage vers le nord, où Kitaye les renverrait chez eux par la mer — entendraient les murmures Vis et verraient leurs blessures guérir plus vite que jamais. Une force capable de continuer à se battre bien après que leurs ennemis aient succombé aux maladies, aux entailles, aux infections.

À en croire Deshiva et Veritrus, cette force ne quitterait jamais Vis. Elle ne servirait qu'à défendre la jungle.

Annalyse avait déjà entendu de telles nobles déclarations et avait vu ce qui se passait lorsque ceux qui les faisaient étaient menacés.

Cette fois, elle resterait en dehors de tout ça. Le voyage au sommet du Grand Sana était un cadeau d'adieu, une chance de voir la plus belle vue de Vis avant qu'Annalyse ne puisse retourner à ses sacoches, ses recherches et sa retraite dans la cabane de Svarde sur la côte ouest. Au moins, le voyage en valait la peine, le Grand Sana étant un écosystème fascinant de bas en haut.

Ces papillons étincelants et ces chenilles frétillantes à eux seuls confirmaient qu'Annalyse avait fait le bon choix, même si, une fois de plus, la scientifique se retrouvait à s'approcher dangereusement du bord.

Avec un peu d'attention et quelques pas bien placés, Annalyse se remit près du centre. La vue était tout aussi magnifique d'ici, et elle pouvait ignorer la cueillette autour d'elle et ses implications, si elle essayait.

Le retour amena Annalyse à un festin attendu avec des invités inattendus. Veritrus avait préparé un beau festin d'hiver, fourni avec les fruits luxuriants de Vis, du poisson et les légumes sauvés des réserves du avant-poste incendié. Les ossatures brûlées du réfectoire se dressaient autour d'eux, des toitures de fortune et des réparations initiales déjà en cours. Les tables étaient assemblées en une longue ligne, suffisante pour accueillir une vingtaine de personnes, y compris Annalyse, Deshiva et divers chasseurs et Najahn triés sur le volet.

Les nouveaux venus se joignaient à eux, ceux qui étaient arrivés en courant rapidement de l'Est, de Mottilan.

Korrus revendiquait le leadership sur l'entourage d'une demi-douzaine de personnes, un homme massif à l'air dur, une frustration familière émanant de ses poings souvent serrés et de ses yeux plissés. Annalyse avait ressenti et eu le même air après de nombreuses expériences ratées, mais pour Korrus, ce regard sombre semblait être son mode par défaut. Néanmoins, l'homme avait négocié les places de son peuple à la table avec une promesse de paix, comme Deshiva le murmura à Annalyse.

La bière coulait à flots, les premières bouchées s'avéraient aussi délicieuses qu'elles en avaient l'air, et Annalyse laissa le vin de pêche apaiser sa journée.

Du moins jusqu'à ce que Korrus commence à parler.

Veritrus n'était pas un imbécile, et il s'était positionné avec Deshiva, Korrus et Annalyse à une extrémité de la table. Gladdring aurait approuvé de garder les acteurs principaux proches les uns des autres, mieux à même de garder les discussions sensibles secrètes, bien qu'Annalyse se surprit, alors que Korrus lançait sa première salve, à envier les joyeux buveurs à l'autre bout de la table. Là-bas, la conversation semblait centrée sur des chasses divertissantes et sur la précision qu'on pouvait atteindre avec un arc après avoir bu plusieurs bouteilles du meilleur vin de fruits de Kitaye.

— Mottilan mérite sa part, commença Korrus. Nous sommes la ville la plus proche.

— Et la plus petite, dit Deshiva. La chasseuse enfournait des bouchées de poisson avec ses doigts tout en parlant, semblant les avaler entières entre les mots. Vous êtes les bienvenus, comme tous les Vis, à partager ce qui est à nous. Équitablement.

— Égalité ? Depuis quand Kitaye parle-t-elle d'égalité ? Korrus se pencha en avant, les coudes sur la table. — À chaque Renouveau, vous prenez le manteau et n'en partagez rien avec nous. Quand Najahn ou Kance planifient le commerce, vos tentatives de prendre tous les navires sont impitoyables.

— Une compétition amicale, rien de plus.

Veritrus, comme Annalyse, gardait son attention sur la nourriture. Certains combats étaient préférables à éviter.

— Votre compétition amicale coûte à Mottilan son commerce, nous coûte une chance d'avoir une vie meilleure. Kitaye ne partage jamais ses butins avec nous. Et maintenant vous cherchez à revendiquer l'égalité alors que Mottilan est clairement le meilleur choix.

— Le meilleur choix ? demanda Deshiva, tranchant les mots. — Le meilleur choix pour quoi, Korrus ?

L'homme ouvrit grand les bras, manquant de renverser le vin d'Annalyse.

— Tout ceci. L'avant-poste. Les skars. Nous devrions contrôler le Grand Sana. Il fixa son regard sur Deshiva. — Bien sûr, nous donnerions sa part à Kitaye.

Cette fois, Deshiva se pencha en avant, mais posa ses paumes à plat sur la table. — Je ne négocierai pas cela ici. Pas maintenant. Nos anciens devraient être ceux qui décident. Pas nous.

— Cela prendra du temps, du temps que nous n'avons pas, à moins que vous ne pensiez que Noctia restera les bras croisés et nous laissera décider par nous-mêmes. Korrus pointa Deshiva du doigt. — De plus, je vois ce qui se passe ici. Vos chasseurs font déjà leurs lits, construisant de nouvelles maisons dans les arbres à la périphérie. Le temps signifie le contrôle de Kitaye.

— Le temps ne signifie que cela, du temps.

— Très bien. Alors prenez votre temps ailleurs. Korrus jeta un coup d'œil à Veritrus. — Votre Najahn Tenet, Gladdring, a promis à Mottilan un plus grand rôle à jouer sur cette île. Il est temps que vous teniez ce serment.

Veritrus leva les yeux de son poisson, découpé pour être mangé en coups lents et mesurés avec des ustensiles en métal, contrairement à Korrus et Deshiva. — Gladdring ? Un traître. Sa parole ne vaut plus rien maintenant.

Korrus se rassit, le regard dans le vide. Un nouveau plan se formait.

— Un traître comme vous ? dit l'homme.

— Je ne suis ni mort, ni impuissant, répondit Veritrus. — Gladdring a été pendu à Noctia il y a quelques jours. Cela dit, votre querelle est avec Deshiva, pas avec moi.

— Alors vous ne prendrez pas parti ?

Veritrus secoua la tête, et Annalyse faillit s'étouffer quand Korrus se tourna vers elle.

— Et vous, scientifique de Noctia ?

— Moi quoi ? Annalyse regarda Deshiva, un regard rapidement détourné quand Korrus frappa la table de sa main gauche. Les conversations baissèrent, les yeux se tournèrent, Annalyse essaya de trouver une logique et échoua. — Je ne-

— Si, vous le faites. Vous tous. Je ne suis pas un homme méfiant-

Deshiva toussa. Korrus rougit, mais continua sur sa lancée.

— Comme je le disais, vous avez tous vos propres agendas, tout comme moi, et le mien est de voir Mottilan respectée. Alors je vous le demande, scientifique, ne vous souciez-vous pas de qui contrôle le Grand Sana ? Resterez-vous en dehors de cette lutte ?

À cela, au moins, Annalyse pouvait répondre.

— Je veux juste qu'on me laisse tranquille.

— Voilà. Korrus hocha la tête, leva la même main qui avait frappé la table et la posa, lourde, sur l'épaule d'Annalyse. — Ce n'était pas si difficile ? Maintenant vous, Deshiva. Soyez honnête. Si j'envoie mon messager et que

j'appelle mes chasseurs de Mottilan juste au bout de la route, renoncerez-vous à cet endroit ?

— Les conquérants ne sont pas les bienvenus sur Vis, dit Deshiva, ses mains disparaissant sous la table. — Le pouvoir ici est partagé.

— Mais pas avec Mottilan. Korrus saisit un filet de poisson de la taille d'une paume sur l'assiette en bois, le fourra dans sa bouche en se levant. — Vous avez fait votre choix, Kitaye. Vous en subirez les conséquences sous peu.

L'homme leva un seul doigt et tous les chasseurs de Mottilan assis à la table bondirent de leurs chaises, suivant Korrus hors de la porte et dans la nuit. Deshiva ne perdit pas de temps, bondissant après eux, sifflant des ordres, et en quelques secondes, la fête de l'avant-poste se brisa en de nouveaux sons, le fracas, le bang et les chants de guerre.

Veritrus, tout au long de l'échange, continua de manger son poisson et ne sembla pas le moins du monde perturbé. Annalyse, maintenant la seule autre personne encore assise à la table, vida son vin. Sans dire un mot, Veritrus tendit la main, souleva l'outre de vin et remplit la coupe vide.

— Que vient-il de se passer ? dit Annalyse après avoir fini celle-là aussi.

— La raison pour laquelle les Najahn ont tenu ces avant-postes si longtemps, dit Veritrus, jetant un regard affligé à son assiette maintenant vide, c'est parce que nous maintenions la paix. La liberté n'est pas chose facile.

— Qu'allez-vous faire ?

— Dire à mes soldats de rester en dehors de ça. Je vous recommande de faire de même.

Annalyse acquiesça. Elle évalua l'assiette vide devant elle. La nourriture posait une question différente. Si elle prenait ses sacoches ce soir et partait, elle devrait se débrouiller seule. Apprendre à pêcher, à poser des pièges et à récolter des fruits sur une île inconnue. Un dilemme qu'elle avait ignoré lors de son premier voyage, qu'elle était sur le point d'ignorer ici.

Étonnant comme le fait de s'engager sur sa voie rendait facile de manquer les dangers.

— À moins que Korrus n'ait un millier de chasseurs, dit Annalyse, il ne pourra jamais vaincre les skars. Il sera massacré.

— Ou il fera exactement ce qu'il a l'intention de faire, répondit Veritrus. — Ne sous-estimez pas la ténacité de Mottilan. Le plus faible sait ce qu'il faut pour gagner.

Annalyse regarda Veritrus se servir plus de vin. Si calme, si imperturbable. Pourquoi ?

Qu'aurait supposé Gladdring ?

— Vous les manipulez tous les deux. Annalyse parla d'un ton neutre, certaine. — Vous voulez qu'ils se battent.

Veritrus arrêta sa gorgée avant que la coupe n'atteigne ses lèvres. Ses yeux sombres brillèrent. Annalyse prit soudain conscience, à cet instant, à quel point le réfectoire était devenu vide. La guerre semblait requérir l'attention de tous, sauf la leur.

— L'assassin avait raison. Vous êtes un problème. Veritrus posa la coupe, recula sa chaise et se leva. — Je pense que vous et moi devrions faire une longue promenade, Annalyse, et parler de ce que ce conflit signifie pour Noctia, pour les Najahn, et pour vous.

31
UNE ARMURE DIGNE DES DÉMONS

Désastre s'avéra être un excellent remède contre la gueule de bois. Malgré les nombreuses bières de la veille, peut-être aidée par les Vis skars, Ami se réveilla rapidement, roulant hors de la paillasse qui lui servait de lit au premier coup de cor. Elle remplaça sa chemise en lambeaux — Ami devrait vraiment demander de nouveaux vêtements aux marchands de Jochi — par des cuirs de combat, des bottes usées et une solide épée à deux mains que Jochi lui avait offerte la veille au soir.

Une récompense et des remerciements, selon le seigneur de guerre, pour avoir épargné à ses troupes une succession interminable de batailles contre les démons de feu. Un aveu étrange venant de Jochi — un seigneur de guerre — et de la fascination des Whent pour les combats de gladiateurs, mais c'était ainsi. Peut-être qu'être si loin de leur vie normale avait poussé les Whent à reconsidérer leurs opinions.

Quelle qu'en soit la raison, Ami glissa l'épée dans le fourreau sur son dos et jeta un regard silencieux à la paillasse vide à côté. La paille avait déjà été enlevée, réutilisée ailleurs. Sawi était donc partie. La petite Vis qui avait bravé le voyage avec Ami avait tenu parole et disparu.

Elle était peut-être déjà morte.

Ami sourit. Peu probable. La Gardienne avait enseigné bien plus que quelques rudiments à Sawi pendant leurs jours dans la tour de Gladdring et dans les Profondeurs Obscures. La Vis avait les compétences pour rentrer chez elle. Quant à savoir si elle aurait la chance nécessaire, c'était une question à laquelle Ami ne pouvait répondre.

La raison du coup de cor, en revanche, devint claire une fois qu'Ami quitta Dreamhold, rejoignant les soldats curieux et contraints, ainsi que les cadavres dirigés par Svarde, qui se dirigeaient vers l'avant : pas d'attaque contre les soldats Whent, pas encore, ni contre la ville. Mais des démons en nombre, surgissant du bassin de la chambre et assaillant les marcheurs de feu.

Le nom de Sawi lui resta en tête, incitant Ami à demander à un soldat qui passait dans l'autre sens, son tour de garde nocturne terminé, comment il se sentait. La réponse bourrue fut que Jochi avait jugé les démons brûlants dignes d'avoir leur propre nom, maintenant qu'ils avaient plus à offrir que de l'hostilité.

Le seigneur de guerre Whent attendait près des barricades du tunnel, entouré de ses gardes du corps stoïques et supportant rapport sur rapport des éclaireurs qui se précipitaient sur le champ de bataille et en revenaient. Ami entendit le dernier, une description effrénée d'énormes insectes aquatiques s'élevant du bassin et se jetant sur les marcheurs de feu. Les deux camps semblaient subir de lourdes pertes, les corps s'empilant sur les pentes de pierre grise.

Jochi, entendant cela, donna de nouveaux ordres aux troupes rassemblées, vivantes ou non, qui s'équipaient autour de lui. Les barricades derrière, scellant l'entrée du tunnel, restaient fermées à l'exception de la petite porte utilisée par les éclaireurs qui allaient et venaient. D'après ce qu'Ami pouvait voir, aucun secours Whent ne se préparait à charger.

Et c'était un sacré gâchis.

— Qu'est-ce que vous faites ? dit Ami en guise de salut, se frayant un chemin devant un homme plus âgé qui enfilait des protège-bottes en métal.

— Je laisse nos ennemis s'occuper les uns des autres, dit Jochi, levant une main pour empêcher ses gardes du corps imposants de faire un geste. Devant lui se trouvait une simple table, diverses pierres colorées semblant représenter la disposition du champ de bataille. Tout chef sait qu'il faut rester à l'écart quand deux problèmes s'affrontent.

— Sauf que nous venons de nous faire des amis avec l'un de ces problèmes.

— Vraiment ? Jochi tapota une pierre rougeâtre. D'après ce que je comprends, nous avons à peine établi un dialogue. Ils pourraient changer d'avis à tout moment. Si les marcheurs de feu survivent, ils seront affaiblis. Plus susceptibles de céder à nos exigences.

Ami se retint, laissant l'indignation s'éteindre comme Catya le lui avait enseigné il y a si longtemps. Une leçon dont elle se souvenait quand ça l'arrangeait, mais qui empêcha Ami de jurer à voix haute. Jochi avait raison, mais il ne voyait pas l'ensemble du tableau.

— Et si les marcheurs de feu perdent ? demanda Ami. Que se passera-t-il si le rempart dont nous disposons actuellement se transforme à nouveau en une horde infinie de démons imprévisibles ?

— Oui, j'y ai réfléchi. Nous attendrons le bon moment, Ami, puis nous interviendrons. Quelques carreaux d'arbalète, selon mes éclaireurs, suffiront à assurer la survie des marcheurs de feu. Ensuite, nous aurons leur loyauté, leur...

— Ils ne sont pas stupides, Jochi. Ils sauront que nous voyons ce qui se passe, que nous pourrions agir, maintenant, et que nous ne le faisons pas. Ami se pencha et poussa plusieurs pierres grises près de la rouge. Il est plus que temps.

Jochi lança à Ami le regard méfiant qu'elle méritait. — Attention, Gardienne. Vous n'êtes pas le commandant ici. Il détourna les yeux vers les soldats qui se rassemblaient. Mais je vais vous accorder ce que vous voulez. Prenez ceux qui sont prêts, allez à l'entrée du tunnel et aidez-les. Ses yeux croisèrent à nouveau ceux d'Ami, sans aucune trace de la jovialité habituelle de Jochi. Si vous faites tuer ne serait-ce qu'un seul de mes hommes en aidant ces monstres, Ami, je ne vous laisserai plus jamais approcher d'un commandement.

Le plateau dominait le désastre. Ami et la vingtaine de soldats et éclaireurs Whent qui l'accompagnaient — Svarde étant occupé ailleurs, Ami laissa les cadavres lanceurs de pierres derrière — s'aventurèrent au-delà de l'ouverture du tunnel sur le promontoire sans rencontrer de résistance. Aucun marcheur de feu ne montait la garde, car la bataille avait englouti leur campement.

Ces grandes constructions avaient leurs buses et leurs balistes pointées vers l'immense bassin, déversant des torrents et des carreaux de fer sombre dans un flux constant. De la fumée s'élevait lorsque la lave frappait l'eau, les volutes grises transformant le plafond de la grotte en nuages d'orage. Montant et descendant dans le miasme bouillonnant se trouvaient les apparents ennemis des marcheurs de feu, des créatures sauvages de la taille d'un demi-bœuf, composées d'ailes, de pattes et de bouches aspirantes et miroitantes.

— À terre, commandant ! cria un éclaireur derrière Ami, et elle plongea, l'une des créatures effectuant un long vol plané dans leur direction.

Ami gardait un œil sur la créature, observant son corps entier se convulser tandis qu'elle volait, se contractant derrière le museau avant d'exploser en une douche de bile. L'éclaboussure frappa les pierres à l'avant du plateau, éclaboussant et grésillant autour de tout ce qu'elle touchait.

De l'acide, donc.

La créature planante stabilisa son approche alors qu'Ami se levait, saisissant une pierre, mais avant que la Gardienne ne puisse faire un lancer mal avisé, une douzaine d'arbalètes cliquetèrent derrière elle. Les carreaux frappèrent le démon comme des piqûres d'abeille, ondulant, déchirant partout où ils touchaient, comme des ondulations à travers une vague qui s'écrase. Le monstre spirala, ces ondulations se propageant, et lorsqu'il heurta les rochers, le démon tout entier éclata comme une mauvaise bulle, éparpillant ses quelques morceaux réels sur la pente.

— Laid et horrible, marmonna Ami, reprenant son approche vers le bord du plateau.

En bas, les marcheurs de feu semblaient désemparés. Les insectes aquatiques rebondissaient vers et depuis la piscine, aspirant plus d'eau à chaque voyage et l'utilisant pour éteindre les monstres brûlants dans des douches fatales. Les marcheurs de feu essayaient d'utiliser leurs constructions comme abri, se cachant derrière les plus grandes structures jusqu'à ce que l'acide fasse fondre le métal en scories. Un coup de fléau chanceux, un jet de feu bien synchronisé marquaient des points, mais l'issue de la bataille était évidente.

— Choisissez vos cibles, visez et tirez à volonté, dit Ami aux Whents, et elle apprécia la discipline de Jochi lorsque les mangeurs de roche firent exactement ce qu'elle demandait.

Les carreaux d'arbalète remplirent le ciel de la chambre, la plupart manquant les rapides insectes aquatiques, mais suffisamment les touchant pour perturber les démons liquides dans leurs vols rapides. Les marcheurs de feu profitèrent de chaque faux pas avec une pierre lancée, un énorme carreau de baliste, pour abattre l'essaim d'insectes aquatiques. Ami se résigna à jouer le rôle de général de terrain, dirigeant les tirs de ses soldats.

Une nouvelle expérience pour quelqu'un plus habituée à se salir les mains, mais pas une mauvaise. Catya devait ressentir une satisfaction similaire chaque fois qu'Ami et Svarde abattaient un démon, résolvaient une énigme sous sa direction.

Lorsque le dernier insecte s'écrasa parmi les marcheurs de feu, sa mort aqueuse brisant les taches de cendre blanche sur les démons brûlants à proximité, Ami adressa des félicitations bien méritées aux archers Whent.

Puis elle renvoya la force à Jochi, à l'exception d'un seul coureur, qui attendait près du bord du tunnel.

Un pari, et un qui paya lorsqu'un marcheur de feu s'approcha, un différent de celui d'avant. Ami ne pouvait rien distinguer de ce qui se trouvait sous le corps enveloppé de flammes, mais la tête d'obsidienne avait des crêtes uniques, et ces étincelles scintillantes semblaient un peu plus vives avec celui-ci.

Plus brillantes aussi, alors que le marcheur de feu nimbait Ami de bleus, d'argents et de bruns. La Gardienne fit un pas en arrière, respirant un peu d'air sans se brûler les poumons. Un autre rappel que Jochi, avec toutes ses inquiétudes sur la façon dont ces choses flamboyantes s'intégreraient dans les îles, n'avait pas tort.

Pourtant, quatre mains se joignirent, un fléau tomba dans la poussière, et un rassemblement d'étincelles se combinant en un seul éclat doré étaient des gestes qu'Ami comprenait, auxquels elle répondit par une inclinaison de la tête, un mot de remerciement et une lente retraite.

— Ils nous sont redevables maintenant, dit Jochi, Svarde les rejoignant, près de la barricade après qu'Ami ait fait son rapport. — Beau travail, Ami. Pour la première fois dans l'histoire des îles, vous avez mis des démons en dette envers nous.

— Une dette ? demanda Ami, consciente que leur trio se tenait au milieu de regards observateurs et d'oreilles attentives alors que sa force Whent se débarrassait de ses armes et de son armure. — Et comment pensez-vous qu'ils nous rembourseront ?

— En n'attaquant pas, pour commencer, dit Jochi, un sourire grimpant sur ses joues. — Et en portant ceci.

Le seigneur de guerre leva une seule main. Plusieurs soldats s'écartèrent, soit en reculant soit en se faisant bousculer, tandis qu'au moins dix ingénieurs entraient avec un chariot chargé. Plusieurs masses noires gisaient au centre, chacune aussi grande qu'Ami ou plus. Elles puaient la cendre et la suie, ne reflétaient rien, et ressemblaient à Ami à quelque chose de mort qui aurait été rôti et mis à sécher.

L'un des ingénieurs, une femme trapue avec plus de muscles qu'Ami n'en avait jamais gagnés visibles à travers ses gilets tachetés d'outils, s'avança, les salua tous d'un crachat solide sur le côté.

— Les amortisseurs, prêts comme demandé, dit l'ingénieur, coupant les mots à la manière des Whent plus ruraux. — Ils ont bien tenu dans les forges les plus chaudes qu'on a ici en bas. Si ces fichus démons sont plus chauds que ça, alors j'dirais qu'il faut les renvoyer parce que les îles, c'est pas un endroit pour eux.

— Des amortisseurs, répéta Jochi, puis hocha la tête. — Bon travail, et juste à temps.

— Comme toujours, répondit l'ingénieur, ne laissant ni sourire ni froncement de sourcils toucher son visage impassible. — Ils sont pas légers non plus, comprenez, alors faites pas les idiots en essayant d'en porter un vous-mêmes. Les marcheurs de feu ont l'air assez grands pour supporter le poids, cependant.

— C'est quoi, alors ? demanda Svarde, s'appuyant sur cette grande lame comme si c'était une sorte de canne.

Il fallait bien qu'un homme à la hache maltraite une épée.

Au second hochement de tête de Jochi, l'ingénieur répondit : — Des bloqueurs de chaleur. Le marcheur de feu glisse ses bras dans les trous, le porte comme un gilet. Ça bloquera le pire de la chaleur pour pas vous roussir. Elle regarda Jochi. — Le matériau pour faire ça n'est pas bon marché ni facile à trouver, alors allez pas les perdre.

— Vous en avez avec des manches ? demanda Ami.

L'ingénieur cracha à nouveau. — Si vous voulez des manches, vous prouvez que ça marche. On va pas gaspiller plus de temps et de cuir tant qu'on sait pas si ça vaut le coup.

— Eh bien, dit Jochi, je pense que s'il y a quelqu'un ici qui peut convaincre nos amis enflammés d'en essayer un, c'est vous, Ami.

La Gardienne croisa les bras, songea à imiter les façons de cracher de l'ingénieur, mais secoua plutôt la tête. — Pour quoi faire ? Nous n'avons pas besoin-

— Debout, Ami, interrompit Svarde. — Il est temps

qu'on montre aux îles ce qui se passe vraiment ici en bas. Arrêter le Renouveau. Obtenir le soutien des Najahn.

— Et vous voulez que je fasse ça ? Ami rit. — Une traîtresse ?

Maintenant, c'était au tour de Jochi de rire. — Non, Ami. Vous amenez un ou deux marcheurs de feu de notre côté, et même Noctia pourrait changer d'avis.

32
BAGARRE SUR LES QUAIS

Fassle n'aurait pas pu choisir une plus belle journée pour déclencher une guerre. Le chef Najahn, capitaine du Cercle et parfait imbécile, se tenait au sommet de l'estrade improvisée construite pendant la nuit sur le quai, faisant signe à plusieurs galions Whent empruntés et remplis de soldats Najahn en armure. Sur la plupart de ces uniformes, insérées au cours des semaines entre l'éviction de Gladdring et sa présence actuelle en tant qu'observateur encapuchonné parmi la foule matinale assistant au départ, se trouvaient des cicatrices Vis. Pillées au fil des années, stockées, et maintenant utilisées contre leur île d'origine.

À côté du chef du Cercle se tenait une femme à l'air déterminé, parée de médailles Najahn. Le Renouveau de Noctia, revenue de Whent, où elle se trouvait lorsque la déclaration de Fassle mettant fin à toute cette mascarade avait été prononcée. Elle avait néanmoins été acclamée en héroïne, ayant survécu aux démons, aux bandits et aux mers dangereuses lors de son périple autour de toutes les îles sauf deux. Ses efforts étaient visibles autour de son cou, les bijoux classiques reposant sur sa cuirasse et bien en vue.

Plus un Renouveau, mais une générale, une chef pour les Najahn. À en juger par son sourire sévère, elle n'était pas déçue de ce changement de fortune. Après tout, qui le serait ? Un changement de destin, passant de pourrir sur un trône de pierre à diriger la force la plus puissante des îles ?

Du moins, tant que Fassle détenait encore le pouvoir.

Gladdring aurait voulu tirer une certaine fierté de voir le plan qu'il avait élaboré se mettre en mouvement : c'était son idée d'amener Annalyse, de finalement mettre les cicatrices à l'épreuve après tant de temps à gaspiller leur pouvoir par peur, confusion, routine. Il aurait voulu rejoindre Fassle sur cette estrade et saluer, confiant qu'ils orientaient les îles vers un avenir meilleur.

Mais se tenir sur cette estrade aurait signifié mourir.

Yarvick s'en assurerait.

L'ancien Tenet, sa cicatrice Tamas le harcelant d'intuitions venant de la foule autour de lui, n'essaya pas de repérer les insurgés du seigneur bandit. Fassle n'avait pas fait du départ un secret, donnant suffisamment de préavis pour que Yarvick puisse placer ses assassins. Gladdring, lui aussi, avait son rôle à jouer : monter sur scène après la chute de Fassle, se proclamer nouveau chef Najahn et envoyer les troupes en route. La guerre contre Vis ne serait pas arrêtée ici, ne devrait pas être arrêtée, car si Gladdring, Yarvick et Fassle étaient d'accord sur quelque chose, c'était sur la nécessité des cicatrices en tant que question militaire.

La question n'était pas de savoir si les Najahn devaient gouverner les îles, mais qui devait gouverner les Najahn.

Alors que Fassle entamait sa conclusion, Gladdring se fraya un chemin à travers la foule. La rue en bord de mer, bordée de quais et d'une clôture de corde empêchant la foule bourdonnante de se noyer rapidement, avait de la neige entassée sur ses côtés. Les vendeurs de café et de nourriture acceptaient des échanges de toutes sortes, des bijoux mis en gage aux vêtements faits maison, en passant par des bons pour des faveurs futures. Ces odeurs, chaudes et épicées, rivalisaient avec celles du poisson frais glacé et de la puanteur des marins. Une énergie nerveuse pulsait, que Gladdring n'avait pas besoin de son Tamas pour percevoir.

C'était avant leur époque à tous, la dernière fois que les Najahn étaient partis en guerre. À l'époque, c'était contre Kance, soumettant l'île même dont la Reine se tenait maintenant derrière Fassle. Son visage restait impassible sous son manteau bleu argenté, bien plus grand que celui qu'elle portait à son arrivée, comme gonflé de l'intérieur. Près d'elle se tenait le chasseur Vis, Quik, jouant son rôle d'escorte et de muscle. La Reine de Kance avait bien sûr ses propres gardes. Tous portaient des manteaux volumineux, comme si toute la cohorte prévoyait de voyager dans la toundra la plus froide de Whent pendant une semaine.

Gladdring frissonna. Cela, au moins, n'arriverait pas.

Fassle leva le poing vers le ciel bleu, ensoleillé et froid. Alors que ses paroles touchaient à leur fin, souhaitant bonne chance et la force même de Noctia à ses troupes, l'air autour de sa main scintilla avant qu'une flamme bleu-blanc ne jaillisse vers le haut, s'épanouissant en une boule brûlante puis s'évanouissant.

Une cicatrice. Fassle avait une cicatrice Foti et savait l'utiliser.

Ce n'était pas—

Les carreaux volèrent. De petits dards noirs jaillirent des auberges voisines, des entrepôts, et probablement de la rue. Au moins trois, peut-être plus, perforèrent la cape de

Fassle. L'homme, son bras pas encore baissé, tressaillit lorsqu'ils le frappèrent, recula d'un pas. La foule réagit à l'attaque, les cris commencèrent. Les soldats Najahn qui n'étaient pas sur les navires, ceux qui larguaient déjà les amarres et se dirigeaient vers le sud, dégainèrent leurs armes ou hésitèrent, confus. Les deux Adeptes, debout dans leurs robes glorieuses derrière l'estrade de Fassle, disparurent derrière l'étreinte de leurs propres gardes.

Si les pots-de-vin de Yarvick fonctionnaient, ces mêmes gardes seraient en train de trancher la gorge des Adeptes en quelques secondes.

La propre protection de Fassle envahit la scène, quatre Najahn en armure avec leurs voulges inutiles tournoyant dans l'air à la recherche de quelqu'un à poignarder. Ils se formèrent autour de Fassle, un cinquième laissant tomber ses armes pour se pencher et ramasser le corps.

Gladdring s'approcha, plus facilement maintenant que la foule s'écoulait. Trop de gens et trop peu de sorties pour une fuite rapide, cependant. Une fois que Fassle aurait quitté la scène, Gladdring aurait encore un public, aurait encore...

Les robes noires et violettes s'agitèrent. Fassle repoussa le garde qui l'aidait et se releva en chancelant, un regard furieux et défiant sur le visage. Les trous déchirés par les carreaux tirés ne faisaient que rendre Fassle plus fort, ne faisaient qu'élargir le sourire de Gladdring.

Yarvick devrait s'engager maintenant, et Gladdring avait son ouverture.

D'autres clics. D'autres carreaux fusèrent, cette fois rebondissant sur les gardes en armure entourant Fassle. L'un d'eux fut touché dans l'étroite bande entre le casque et la cuirasse, s'effondrant. Un autre atteignit à nouveau Fassle, se logeant dans l'épaule de l'homme, mais Fassle l'arracha et le jeta de côté. Il hurla un ordre, et enfin les soldats au milieu de la foule trouvèrent leurs directives, courant vers les bâtiments où se cachaient les assassins de Yarvick.

Et dégageant le chemin pour Gladdring.

L'ancien Tenet s'éloigna de l'estrade. Toute chance de supplanter Fassle sur-le-champ était terminée. Même si Yarvick avait plus de morts à donner, la foule serait trop clairsemée pour tout renversement victorieux. À la place, un autre plan se mit en branle, un plan que Gladdring rattrapa derrière l'estrade de Fassle, le long de la rue côtière se dirigeant vers le nord.

— Ça s'est mal passé, siffla la Reine Kance lorsque Glad-dring la rejoignit, ainsi que plusieurs Gardes de la Reine Kance et Quik. Je croyais que Yarvick était censé être doué pour ça.

— Il l'est, répondit Gladdring, laissant Quik et un Garde de la Reine, scintillant dans leur extravagante armure argentée, prendre la tête. Le chasseur de Vis parlait rapide-ment à l'homme, expliquant sans doute l'itinéraire. Quant à savoir s'il est assez bon pour détruire Fassle, nous verrons, mais nous ne pouvons compter sur aucun des deux.

—Je compte sur vous, ce qui ne me plaît guère.

— Je ne vous ai jamais demandé d'aimer ça, seulement d'y croire.

Autour d'eux, les spectateurs réagissaient différem-ment. Certains trouvaient des perchoirs pour observer le départ des navires et les attaques continues contre Fassle. De nouveaux sons retentissaient, le cliquetis des métaux se mêlant aux ordres criés, la voix de Fassle haranguant ses potentiels assassins. D'autres se précipitaient à travers des portes verrouillées ou non, les fracassant pour disparaître dans l'ombre et attendre que le chaos passe. Quelqu'un réclama de l'ale et une lame, sans ordre particulier.

Le groupe de Gladdring se tourna vers l'intérieur et vers le haut, gravissant les marches alors que les sons de cor lançaient leurs premiers appels à travers la ville. Une alarme entendue plus souvent ces derniers temps, chaque fois qu'un démon faisait une incursion, mais toujours un son saisissant. Des gardes Najahn passèrent, affluant des casernes, certains ajustant leurs armes et armures à la hâte. L'un d'eux glissa, tomba sur les marches pavées près d'eux. Un Garde de la Reine s'arrêta pour l'aider à se relever, mais la Reine lui ordonna d'avancer.

Les quelques jours passés dans les tavernes de Noctia, à retourner les loyautés et à glaner des informations, défi-lèrent dans l'esprit de Gladdring tandis qu'il se hâtait. Leur plan entier reposait sur un seul fait, et si Fassle décidait de le changer, si ce fait s'avérait faux, alors...

Alors Gladdring devrait espérer que Yarvick réussisse, et qu'il voie toujours une place pour lui. Une éventualité à considérer quand, si, ce moment sombre arrivait.

Les portes du quartier Najahn arrivèrent plus vite que Gladdring ne s'y attendait, bien que la sueur coulant sous son lourd manteau et sa capuche suggérât qu'il avait mérité ce passage. Plus de gardes que d'habitude se tenaient dehors, voulges tirées, et deux arbalétriers se dressaient avec leurs carreaux prêts sur les créneaux de la porte. D'autres soldats en noir et violet continuaient de se préci-piter dehors.

Des regards durs les accueillirent, des regards durs détournés par l'exigence glaciale de la Reine Kance que Najahn garde ses invités royaux en sécurité. Aucun second regard ne leur fut accordé, aucune inspection. Quik, le chasseur vêtu de robes Najahn, se présenta comme leur escorte, affirmant qu'ils se dirigeaient vers des quartiers protégés.

Le chaos s'avéra un allié précieux, car le commandant de la porte ne se demanda pas pourquoi la Reine, faisant partie de l'entourage de célébration de Fassle, revenait seule. Au lieu de cela, ils furent pressés de passer, on leur dit de chercher un abri.

Ils le feraient, et le firent, mais pas là où un soldat Najahn s'y attendrait.

La tour familière de Gladdring semblait la même que lorsqu'il la dirigeait. Fassle avait peut-être déjà nommé un autre Précepte du Commerce, mais le nouveau maître n'avait pas encore laissé sa marque. Les mêmes bannières symboliques, une pour chaque île, pendaient à l'extérieur de la porte, maintenant sans aucun garde en faction. Une autre pensée confirmée : avec le Cercle sous attaque, qui se souciait d'une tour remplie d'érudits et d'accords commerciaux ?

Quik et le commandant des Gardes de la Reine forcèrent la porte, une tâche rendue facile lorsque des érudits paniqués l'ouvrirent brusquement au premier coup. Le chasseur de Vis bouscula la paire en robe, leur disant de retourner dans leurs chambres, de ne pas ouvrir leurs propres portes jusqu'à ce que les cors de Najahn disent le contraire. Le couloir menant à l'escalier central était vide et propice à la course.

La Reine fit un signe de tête à Gladdring, qu'il ne lui rendit pas. Pas question de parier sur le succès avant qu'il ne soit garanti, avant que ce qu'ils cherchaient ne soit là.

Deux niveaux plus bas et un obstacle. Trois gardes, armés et en armure, se tenaient devant une porte que Gladdring ne connaissait que trop bien. Ils regardèrent l'entourage, confus, jusqu'à ce que Gladdring lui-même s'avance et rejette sa capuche. De sa main, Gladdring repoussa Quik d'un pas. Il connaissait ces gardes, leur présence ici était une surprise, et une surprise suspecte.

— Traître, dit celui du centre, leur chef. Vous êtes censé être mort.

— Mais je ne le suis pas. Gladdring fit un signe de tête derrière lui aux Gardes de la Reine qui attendaient, tous la main sur leurs rapières. Par chance pour vous, une occasion de racheter vos âmes est arrivée. Rachetez votre trahison et laissez-nous passer.

Le garde rit.

— Trahison ? Racheter ? Nous servons le Cercle, nous l'avons toujours...

— Je sers les îles, annonça Gladdring. Je sers les gens qui vivent ici. Vos familles, vos amis, vos fils et vos filles. Les caprices insensés de Fassle les feront tuer. Je veillerai à ce qu'ils soient sauvés. Vous le savez.

— Vraiment ?

Les voulges n'étaient pas très utiles dans les confins étroits d'une tour, alors ces trois-là portaient des lames Foti, leurs métaux bleuâtres miroitant tandis que le chef, et ses deux amis, les dégainaient. Le chef pointa sa lame vers Gladdring, et le skar Tamas poussa un cri d'avertissement.

Il n'y aurait pas de négociation.

Le chasseur de Vis comprit la réalité tout aussi vite, sortant ses mains maintenant gantées de sous sa robe. Poussant Gladdring sur le côté avec son épaule, le chasseur balafra la lame du garde en chef, la frappant au sol d'un premier coup, plaçant les pointes griffues sur le cou du garde au second. Deux Gardes de la Reine s'avancèrent aux côtés de Quik, leurs rapières faisant face aux lames ennemies pointe contre pointe.

— Vos vies, alors, dit Gladdring, coupant court avant

que Quik ne puisse proférer quelque absurdité Vis inutile. Si les îles elles-mêmes ne comptent pour rien, peut-être que votre propre survie compte.

La mortalité, comme toujours, brisa les vieux moules. Le garde en chef cracha un juron, laissa ses mains devenir inertes. Les deux autres suivirent, laissèrent tomber leurs lames. La Reine Kance dit alors quelque chose qui ressemblait à du charabia, mais les deux Gardes de la Reine s'élancèrent, assénèrent des coups à la tempe avec leurs épées, et firent tomber les deux Najahn au sol. Le chef protesta pendant une courte seconde avant que la même chose ne lui arrive, laissant trois corps immobiles sur la pierre.

— Nous perdons du temps, dit la Reine. Allez-y.

À travers le couloir, passé une autre porte, et descendant un autre escalier en spirale vers le moment de vérité, l'espoir que Fassle n'ait pas encore trouvé un moyen de mobiliser ses nouvelles armes. Un espoir réalisé dans les piles qui attendaient. Plus de skars que Gladdring n'avait jamais réussi à collecter reposaient dans les vieux coffres d'Annalyse. Les informateurs de Yarvick, les insinuations des tavernes venant de Najahn malléables avaient prouvé leur exactitude : Fassle avait revendiqué les anciens terrains d'essai de skars pour lui-même, pour de nouvelles initiatives pas encore prêtes.

De nombreux skars Najahn avaient été déplacés ici, peu déployés. Gladdring pouvait bien comprendre pourquoi : une pierre Vis, avec sa guérison innée, était simple à insérer dans le bracelet, l'épée ou l'armure d'un soldat. Un skar Foti ou Kance, capable d'égaliser la force du soldat lui-même en cas de mauvaise utilisation, exigeait de l'entraînement. Plus de recherche. Plus de temps que Fassle n'en avait eu depuis que sa purge avait chassé les seuls experts à l'emploi de Najahn.

Et maintenant, les propres erreurs de Fassle seraient le salut de Gladdring.

— Rassemblez-les, autant que nous pouvons en stocker. Vite, ordonna Gladdring, se dirigeant lui-même vers la collection Tamas. Ses mains plongèrent sous ses lourds manteaux, commençant à bourrer les pierres dans ses poches. Ces moments achètent notre avenir.

La Garde Royale, et la Reine elle-même, sortirent des sacoches de sous leurs énormes manteaux, balayant les skars d'un geste après l'autre pour les mettre dans les sacs. Un pouvoir inouï était contenu dans chacune de ces pierres, et ici, des dizaines et des dizaines leur appartenaient.

— Il est temps, dit le Vis, debout près des escaliers descendant plus bas. Allons-y.

Gladdring jeta un dernier regard circulaire tandis que la Garde Royale fermait leurs sacoches et commençait la retraite avec leur Reine à la suite. La plupart des skars avaient disparu, le laboratoire mis sens dessus dessous dans la précipitation. Quels miracles auraient-ils pu découvrir ici, si Fassle avait été plus intelligent, ou trop stupide pour s'en apercevoir ?

Le regret, cependant, n'avait guère de prise sur Gladdring. Il s'évanouit, en fait, lorsque ses pieds touchèrent le sable gelé et que ses yeux, se tournant vers l'étroite grotte marine et son petit ponton, aperçurent le clipper de Kance attendant à quai.

Au-dessus, les cors de Najahn retentirent à nouveau. La bataille faisait encore rage.

33
NOUVELLE VILLE, VIEUX ENNEMIS

Eujo embrassa ces collines givrées pendant deux jours. La faune les tentait, Wax et Bliss retrouvant leurs vieux réflexes de chasseurs. Ils marchèrent d'abord vers l'ouest, trouvant plus de racines noueuses au pied des collines et, avec elles, des possibilités. Utilisant les couteaux de Torny, Bliss et Wax taillèrent des fléchettes et les tubes creux pour les lancer. Pendant que la bandit et la Reine maintenaient le feu allumé, le couple Vis traquait les soirées et les petits matins, épinglant les rongeurs qui déta-laient et les oiseaux volant trop près. Ils apprirent à Torny et Eujo à creuser dans les herbes gelées pour découvrir des racines plus épaisses propres à être bouillies, des terriers où des noix enfouies offraient des collations.

Le dépeçage vint ensuite, un travail nocturne pour retirer les fourrures des corps et les suspendre aux sacoches empilées pour les faire sécher. Quand Torny fit remarquer que les peaux étaient trop petites pour être portées, Wax souligna qu'elles étaient assez grandes pour des mitaines, des chapeaux et des bottes.

— À moins que tu penses qu'on recevra la charité quand on arrivera en ville, il nous faudra quelque chose à échanger, dit Wax, glissant le poignard de la bandit sous un manteau gris clair dont l'ancien propriétaire était embroché au-dessus des flammes crépitantes. À moins que je me trompe, sans la protection du Renouveau, nous ne sommes que des voyageurs comme les autres.

— Il a raison, ajouta Eujo, bien qu'elle gardât les yeux détournés de cette besogne macabre.

Ce n'était pas que découper la viande et la fourrure la mettait mal à l'aise — Eujo avait vu suffisamment d'humains subir des fins horribles pour être immunisée contre cette affliction — mais la nuit de Tamas était par ailleurs trop belle pour la gâcher en regardant du sang et des viscères. Ils avaient été bénis par une période de ciel clair, des nuits étoilées et des vents doux. Alors qu'ils se dirigeaient vers le sud, bien qu'Eujo ne puisse imaginer qu'ils aient parcouru une si grande distance, les choses semblaient aussi se réchauffer.

Certes, les petits animaux et les légumes épars ne suffisaient pas à remplir son estomac, mais la famine n'était pas imminente et la mort violente semblait lointaine. Difficile d'être trop déçue.

— D'accord, mais où allons-nous ? demanda Torny. Dormir sur un sol gelé, c'est génial, mais j'aimerais un lit. De la paille. Une chope de quelque chose d'autre que de la neige fondue. Elle leva une racine noueuse et bouillie en fronçant les sourcils. Je prendrais même une carotte plutôt que ça.

— Il y aura d'autres villes, avec moins de risques d'être poursuivis, dit Eujo. Chaque jour que nous passons loin des routes principales, les chances d'être attrapés diminuent.

— C'est toi qui le dis. S'ils nous veulent, je parie qu'ils nous trouveront.

— Pas encore, marmonna Wax entre deux coups de couteau.

— Tu ne t'es jamais demandé s'il y avait une raison ? Torny fit un geste avec la racine vers le nord, d'où ils venaient. Ce n'est pas facile de cacher ses traces dans la neige. On aurait déjà été rattrapés. Je pense qu'ils ont abandonné, qu'ils sont retournés à leur spectacle.

— Tu paries gros là-dessus, dit Eujo.

— Ouais, ma propre santé mentale. Parce que si je dois passer encore quelques jours à regarder ce Vis découper de la viande, je vais péter un câble.

La Reine Kance chercha Bliss du regard, mais la chasseuse était partie faire exactement ça. Bliss pouvait généralement calmer Torny de ses diatribes caustiques, avec des gestes rapides pour dire quelque chose de drôle ou suggérer une promenade. Comme une jeune enfant, Torny se laissait distraire, abandonnait sa croisade et partait se promener avec Bliss, des jurons murmurés suivant leurs pas.

— Alors faisons un compromis, suggéra Wax. Je suis d'accord avec toi, Torny. Je n'aime pas le froid, la viande ici est faisandée, et il n'y a pas de fruits dans les arbres. J'échangerais mille pots de neige fondue contre une seule bière.

— Enfin, quelqu'un qui parle avec bon sens.

Wax prit la patte du lapin mort, l'orienta vers le sud et la secoua. Eujo plissa le nez, Torny se contenta de rire.

— La prochaine ville n'est pas trop loin par là. Je parie qu'on pourrait y arriver demain si vous êtes prêts à marcher.

— Prêts ? railla Torny. J'y courrais tout de suite si ça ne signifiait pas vous condamner tous à mourir ici.

— C'est toi qui nous maintiens en vie ? demanda Eujo. Toi ?

— Bien sûr. Ce sont mes couteaux que vous utilisez pour nettoyer toutes ces prises. Sans eux, vous seriez la nourriture de ces bestioles.

Wax leva les yeux de sa sale besogne, — Les lapins ne mangent pas de viande.

— Les lapins de Tamas, si. Je les ai vus dévorer un bœuf entier. Ils l'ont submergé, disparu en quelques secondes. Torny secoua la neige de ses gants en parlant. Des terreurs partout ici, tenues à distance par votre serviteur.

Eujo soupira. Ce ne serait peut-être pas une mauvaise idée d'aller quelque part au chaud, avec d'autres personnes à qui parler.

Une mauvaise idée. La ville était une sacrée mauvaise idée.

Certes, ça avait bien commencé, quand le quatuor dépenaillé était arrivé à la taverne dans un endroit à peu près de la taille de l'avant-poste de Najahn sur Whent. Le soleil glissait vers l'horizon après une dure journée, une tempête semblait enfin se préparer, soulevant de la neige avec elle, et l'idée d'une cheminée était suffisamment attirante pour qu'Eujo, Wax, Bliss et Torny fassent bonne route à travers les collines. Ils avaient même dépassé une charrette qui avançait lentement en provenance des montagnes de l'est, sur l'une des nombreuses routes menant au village.

Les huttes de style Tamas abondaient, des bâtiments en forme de champignon avec des cheminées centrées et des toits de chaume. Des murs de boue et de pierre. Peu de drapeaux, moins d'agitation que l'Animas et son ambiance de carnaval. Torny dit quelque chose à propos de rencontrer le vrai Tamas et Eujo ne pouvait pas être en désaccord, pouvant presque trouver un terrain d'entente avec les gens qui vaquaient à leurs tâches quotidiennes d'une manière qu'elle n'avait pas connue depuis si, si longtemps.

Mais la taverne, ça avait été l'erreur, bien qu'Eujo ne fût pas sûre de comment ils auraient pu l'éviter. Marquant à la fois l'auberge et le point d'eau de la ville, la taverne se dressait sur une place tranquille, un vaste rez-de-chaussée dont le toit montait et descendait comme toutes ces collines qu'ils avaient parcourues. De la fumée et l'odeur de viande rôtie et épicée venaient accueillir leurs sacoches couvertes de fourrure alors que le quatuor s'approchait, alors qu'ils entraient en trombe dans l'endroit et posaient leur premier regard sur la société civilisée depuis plusieurs jours.

Ce regard en disait long à Eujo. Il lui fournissait tout ce qu'elle avait besoin de savoir, de voir, et qui la poussait à fuir.

Livier, l'assassin de la Kance, membre des Vientas et homme loyal à la mauvaise Reine, leva sa chope lorsqu'ils franchirent la porte. Deux autres, marquant le même trio qui avait tenté de rosser Wax et Eujo lors d'un brunch il y a bien trop longtemps sur Noctia, étaient assis avec lui, arborant des sourires étincelants. Bliss et Torny, qui avaient échappé à ce petit-déjeuner sanglant, ne remarquèrent rien et continuèrent d'avancer jusqu'à ce que Wax agrippe sa sœur.

— Qu'est-ce qui se passe ? demanda Torny alors que Wax et Eujo se tenaient sur le pas de la porte.

Quelqu'un cria de fermer la solide barrière pour empêcher le froid d'entrer, et Eujo fit un rapide calcul : la journée touchait à sa fin, ils avaient longtemps marché avec des jambes fatiguées et à moitié affamées. Leurs manteaux et leurs sacoches étaient lourds de fourrures et d'os à troquer.

Même avec les skars Vis qui murmuraient leur disponibilité, il n'y aurait aucun moyen d'échapper à des tueurs reposés.

Pas moyen de s'enfuir à travers un pays enneigé en laissant des traces aussi faciles à suivre que de les parcourir.

—J'en ai fini, Wax, dit Eujo, retrouvant une contenance familière dans ces mots. Traçant une route et la suivant. Prends une chambre. Reste, repose-toi. Ils ne s'intéresseront pas à toi.

Livier et les deux autres se levèrent à présent. Ils se dirigeaient vers eux.

—Je peux laisser le skar Foti agir, marmonna Wax alors que Bliss et Torny saisissaient l'ambiance et voyaient le trio approcher. Des mains se posèrent sur les armes. Les brûler eux et tout cet endroit jusqu'aux fondations.

Le reste de l'auberge n'avait pas encore remarqué à quel point le désastre était proche.

— Ils te tueront probablement en premier, ou les suivants le feront, dit Eujo en bousculant Wax pour se planter devant les tueurs qui approchaient. Les Vientas ne s'arrêtent pas parce que l'un d'eux tombe. Ils nous poursuivront jusqu'à la fin.

— Eujo..., commença Wax, avec cette intonation qu'Eujo avait entendue tant de fois de la part de ses compagnons voleurs, des Gardes de la Reine, de l'autre Reine Kance. Sur le point de lui dire ce qui était juste, ce qu'elle devait faire, comment elle devait se comporter. Je ne suis pas...

— C'est vrai, tu ne l'es pas, dit Eujo, lançant un regard glacial aussi efficace que n'importe lequel à ses amis. Partez. Ce n'est pas votre combat.

—En tant que ta Gardienne, dit Torny, je pense que si.

—Tu n'es pas ma Gardienne, il n'y a pas de Renouveau.

Avant que Torny ne puisse inventer une autre excuse, et

la loyauté de la bandit aurait été touchante si elle n'avait pas été si stupide, Livier et ses acolytes arrivèrent. Ils s'arrêtèrent devant Eujo, l'air en bonne santé — à l'exception d'une marque sur la main de Livier où la fourchette de Wax avait fait justice — et prêts à délivrer le verdict de leur Reine. Des robes propres, des yeux clairs, et la voix posée de Livier lorsqu'il parla.

— Ravi de vous revoir, ma Reine, après notre malheureuse rencontre sur Noctia, commença Livier, offrant à Eujo la plus légère des révérences. Le regard du tueur se porta au-delà d'elle vers Wax, le sourire de l'homme tressaillant. Et le Renouveau Vis, toujours en vie. Comme vous devez tous avoir de la chance pour être arrivés si loin.

— Pas de la chance, dit Torny, se glissant à côté d'Eujo. De la compétence. Beaucoup de compétence. Le genre que vous ne voudriez pas tester.

— Oh, croyez-moi, tester vos compétences n'est pas la raison de notre présence. Livier recula, fit un geste vers leur ancienne table, assez grande pour accueillir deux ou trois personnes de plus. Je vous en prie, nous avons de la place, et la bière est plutôt bonne.

Pendant un bref et terrifiant moment, Eujo eut envie de céder à la suggestion de Wax. Ses propres skars, aussi, étaient prêts, les murmures captant son malaise. Libérer les pierres, retourner dans la neige en courant, tenter leur chance dans la prochaine ville. Espérer, alors, que la nouvelle de leur destruction ne se soit pas répandue. Ils seraient alors en fuite, recherchés et sans aucune protection du Renouveau.

Juste des vilains ordinaires avec un pouvoir extraordinaire.

Livier ne pouvait pas lui faire ça.

— Mes amis sont fatigués, dit Eujo, tendant sa main

droite pour appuyer sur le manteau de Torny, empêchant la bandit de faire quelque chose de stupide. Mais je vais me joindre à vous. Ça a été une longue marche.

— Je n'en doute pas, répondit Livier. Nous avons été si déçus d'arriver à l'Animas pour apprendre que vous aviez pris la fuite.

— Le trac, dit Eujo, suivant le trio des Vientas vers leur table. Wax, Bliss et Torny avaient dû saisir son intention, car ils ne suivirent pas, se dirigeant plutôt vers le bar et l'aubergiste. Jouer sur scène est différent que de s'asseoir sur un trône.

— J'imagine que ni l'un ni l'autre n'est votre activité préférée. Livier tira la chaise pour Eujo, la laissant s'asseoir. De la bière ? Le ragoût est tout à fait délectable aussi. Nos cuisines pourraient apprendre une chose ou deux de cette île.

Eujo acquiesça aux deux — s'ils allaient la tuer, autant profiter d'un repas d'abord. Livier dépêcha l'un de ses compagnons pour satisfaire la commande. Il tourna le même sourire placide qu'il avait arboré tout ce temps vers Eujo.

— J'admets qu'il a été difficile de vous trouver, dit Livier, se lançant dans un lent récit des voyages du trio des Vientas à travers Whent, jusqu'à Tamas, et cette petite ville. Il le raconta lentement, se donnant le temps de boire sa propre bière et permettant à la nourriture et la boisson promises d'être servies. Nous avons repéré vos traces sur la route au sud des racines et vous avons suivis pendant une journée. Après cela, un coup d'œil à la carte de Tamas nous a montré que vos options étaient limitées, alors pourquoi souffrir au milieu des étendues sauvages et froides quand des auberges confortables comme celle-ci abondent ?

— Parce qu'on ne sait jamais sur qui on peut tomber.

Un petit rire. Un rire qu'Eujo détestait.

— Mais vous êtes tombée sur nous, et c'est une bonne chose, dit Livier, son sourire s'effaçant. Parce que le monde a changé, ma Reine, et j'ai bien peur qu'il vous ait laissée derrière.

34
LES DÉSIRS DE LA MORT

Veritrus se leva, les mains à plat sur la table, avec une grâce déterminée. Un homme d'action résolue, et Annalyse pensait savoir quelle serait cette action. Elle l'imita donc, à une exception près : elle saisit le couteau rudimentaire — l'avant-poste Najahn manquait du luxe de Noctia — et le brandit vers le commandant Najahn.

Ce n'était guère intimidant, et le léger haussement de sourcil de Veritrus le lui fit comprendre.

— Allons, Annalyse. Ce n'est pas nécessaire d'en venir aux mains. Vous n'avez même pas besoin de mourir. Un sourire chaleureux. Pas ici, en tout cas. Fassle, j'en suis sûr, préférerait vous voir ligotée et présentée devant lui.

— Vous savez vraiment comment proposer un marché.

Veritrus contourna la table pour s'approcher d'elle. Annalyse se glissa derrière sa chaise. Le bâtiment simple qui abritait leur dîner restait vide, les autres convives s'étant dispersés pour assister ou participer à ce qui semblait être un conflit certain entre Mottilan et Kitaye. Les Najahn, pensait Annalyse, ne prendraient pas parti. Ils verraient qui l'emporterait, s'ils valaient la peine d'être craints. En attendant, ils profiteraient du chaos et s'assureraient les skars.

— Un meilleur marché que celui que vous auriez reçu des mains de l'assassin, poursuivit Veritrus. L'homme portait des robes Najahn, et non l'armure noire. Il n'avait ni voulge, ni chakram. Peut-être un couteau quelque part dans ces plis, mais Annalyse ne l'avait pas encore repéré. La Troisième Main vous aurait empoisonnée, et si cela n'avait pas fonctionné, vous aurait tranché la gorge nettement. Fassle pourrait vous offrir une chance.

— J'ai déjà été une esclave au travail pour votre Cité des Anneaux. Plus jamais.

Annalyse le pensait vraiment, et pas seulement pour Noctia. Deshiva exigeait aussi l'obéissance sous la menace d'une lance, et même l'université de Whent la poussait en avant avec de vagues menaces sinistres d'interférence extérieure si Annalyse ne pouvait pas avancer assez vite. Toujours la pression, toujours des exigences, toujours accompagnées de danger.

Peut-être était-il temps qu'elle essaie quelque chose de différent.

Veritrus hésita, sa main droite effleurant le bord de la table. — Je pensais que Deshiva vous avait forcée à utiliser les skars pour brûler notre portail. Me suis-je trompé ?

— Elle n'est pas si différente de vous.

— Non, je suppose que non, sauf sur un point crucial. Elle essaie de faire ce qu'elle pense être le mieux pour sa ville, son île. Moi, j'essaie de les sauver toutes.

Annalyse recula d'un pas. Elle estima qu'il lui restait encore dix ou quinze pas en arrière pour atteindre la sortie. Dehors, des cris s'élevaient, un mélange de questions et d'alarmes suffisamment atténuées par la distance et la concentration sur le chef Najahn pour en brouiller les détails.

— Gladdring ne cessait de dire la même chose, mais Fassle l'a tué quand même, dit Annalyse. Les nobles objectifs ne valent rien.

— Pas sans les moyens de réussir. Veritrus inclina la tête vers l'extérieur. Deshiva et ces imbéciles de Mottilan n'iront nulle part. Déjà, une force de Noctia se dirige vers Vis. Ils écraseront ces chasseurs, et avec les skars entre nos mains, aucun démon ne...

— Parfait. Gardez vos rêves et laissez-moi en dehors de tout ça.

Veritrus ouvrit la bouche pour une réplique menaçante et insipide, et Annalyse laissa le skar Foti parler à sa place. La ruée déchirante de la pierre de feu traversa le couteau de table, se libérant en une rose épanouie. L'air claqua, la lumière crépita, et Annalyse sentit la chaleur à travers ses propres paupières clignantes. Veritrus jura, trébucha en arrière et se prit les pieds dans une chaise.

Annalyse saisit l'occasion.

Un simple pivot la fit sortir en courant de la salle à manger de fortune, auberge, ou quel que soit le but du bâtiment, pour se retrouver dans une nuit écarlate. Sans le tampon, le bruit frénétique des combats dominait. Chasseurs et Najahn se mêlaient dans une mêlée, et Annalyse aurait perdu la tête à cause d'une lance égarée si elle n'avait pas glissé sur l'herbe imbibée de sang. L'arme s'enfonça dans le bois derrière elle, vibrant tandis qu'Annalyse rampait, ignorant la chaleur humide sur ses mains. Le propriétaire du sang gisait à sa gauche, les yeux vitreux et immobile.

Autour d'elle, un avant-poste en cours de réparation sommaire était à nouveau détruit. Le feu n'y jouait pas un rôle aussi important que les coups sauvages contre les murs légers : un hangar de fortune devant elle s'effondra lorsqu'un Najahn balança sa voulge loin de sa cible, un chasseur dansant qui se rapprocha, trébucha et s'occupa de son assaillant avec un couteau bien placé.

Sichi illuminait tout cela, renforcée par des torches, leurs lueurs joyeuses en dure opposition avec l'escarmouche.

Pourtant, l'évasion n'était pas difficile à trouver. La jungle attendait, sombre et invitante près de l'horizon. Annalyse commença à se diriger dans cette direction avant qu'une pensée ne la pousse sur le côté, s'accroupissant derrière des décombres empilés destinés, peut-être, à une future reconstruction.

Selon son décompte, et les murmures dans sa tête, Annalyse avait un skar de chaque île, sauf Kance, inséré dans le collier à son cou. Aucun de ces skars ne la nourrirait. Rana pourrait peut-être conjurer de l'eau avec un certain effort, mais Annalyse n'avait rien pour la stocker. Ses chaussures étaient en lambeaux, endommagées par le feu et les combats. Ses tissages de Vis n'étaient guère en meilleur état.

Une fuite dans la jungle maintenant garantissait la famine, la déshydratation, et probablement la mort par un prédateur qu'elle ne connaissait ni ne comprenait.

La panique menaçait.

La logique, comme toujours, se révéla être son rempart.

Annalyse avait voulu atteindre la cabane isolée de Svarde et disparaître. Une vision idyllique en décalage avec sa réalité, son expérience. Veritrus suggérait que Kitaye allait être envahie, ainsi que Vis dans son ensemble. Ce qui signifiait quitter l'île, ce qui signifiait aller dans un endroit plus hospitalier pour quelqu'un comme elle, qui pourrait la protéger, valoriser ce qu'elle offrait.

Whent serait idéal, mais faute de moyen d'aller vers le nord, la meilleure option suivante se trouvait à l'Est.

Tandis qu'Annalyse se recroquevillait en boule, les cris des blessés surpassant maintenant les appels au défi dans l'air, la géographie dansait dans l'obscurité rougeoyante. Ce qu'elle savait de Mottilan et de la façon d'y parvenir résidait dans la conversation du dîner qui venait de tourner au vinaigre : un col, des montagnes et une côte. Vers l'est.

Des ordres, nets, clairs et parsemés de jurons, tranchaient le chaos général autour d'elle. Veritrus donnait des instructions à quelques Najahns obéissants. Trouver la scientifique, laisser les chasseurs de Vis s'entre-tuer. Assez simple, bien que tout le monde semblait identique dans ces ombres. Ce qui...

Elle se pencha, juste de la largeur d'une tête, hors des sacoches empilées. À sa droite, l'avant-poste descendait vers la jungle, les décombres calcinés de cette bataille ou de la précédente s'élevant ici et là comme de frêles jouets. À sa gauche, à l'est, la pente continuait à monter, la jungle dense se resserrant autour du chemin menant au Grand Sana. Un voyage sans retour et un piège, là-bas.

Le sud ? Le sud signifierait plus de jungle, puis, si Annalyse se souvenait bien de ses cartes, l'océan. Pas une option.

Défiler les plans potentiels maintenait les combats, l'horreur, le sang tachant ses mains, ses genoux et ses robes à distance. Si elle pouvait rester dans sa tête, laisser les skars murmurer pendant que les stratégies se déroulaient, la panique, elle aussi, resterait éloignée.

Le nord, alors. Annalyse se replia dans les sacoches alors que l'armure Najahn, cliquetis et claquements de métal contre métal, trahissait son approche. Le soldat, voulge et yeux aux aguets, rôdait près d'elle, devant elle même, mais pas une fois le regard de l'ombre ne la trouva. Trop préoccupé par quelque combat fracassant à l'ouest. Bâton contre lance ou lame.

Le soldat s'arrêta. À moins d'un pas d'Annalyse. Se tourna pour observer, la voulge posée en travers de ses mains, les genoux légèrement fléchis. Prêt à courir, à charger, selon que le soldat était un lâche ou non.

Le skar Foti murmura une solution. Rôtir le Najahn dans son armure comme un dîner dans un four de pierre Noctia. Annalyse repoussa cette pensée. Elle essaya de retenir son souffle, de se recroqueviller. Ses mains pressaient le cuir usé, ses chaussures glissèrent sur l'herbe sous elle, et dérapèrent. Le fichu sang fit sortir sa jambe gauche, faisant atterrir Annalyse sur les fesses. Une sacoche bascula, tombant avec un bruit mou sur le sol.

Mou, mais pas silencieux.

Le Najahn pivota, déjà en train de darder sa voulge, et un nouveau murmure surgit. Un skar différent, le plus silencieux prenant le contrôle avec une pointe courbée plongeant vers son visage.

Annalyse ne lutta pas, ne s'arrêta pas alors qu'un froid avide la traversait et se croisait en lignes invisibles et trop réelles d'Annalyse au Najahn. L'embrochage de l'homme s'arrêta, trembla, et un visage caché sous un casque ne tressaillit qu'une fois. La voulge tomba en premier. Le Najahn suivit, pas à genoux, pas dans un effondrement, mais dans un émiettement, un néant, juste un tas de métal.

Elle se serait évanouie sur-le-champ, la satisfaction du murmure volant le souffle d'Annalyse, sa force, ses muscles et ses os exigeant tous ensemble le repos. La seule chose qui la maintenait éveillée, la forçant à s'accroupir, était le choc confus de ce qui venait de se passer, et sa cause probable.

Une question à étudier plus tard. Annalyse s'éloigna en titubant des sacoches, du tas qui avait été une personne vivante et respirante quelques instants auparavant, et découvrit que le carnage continuait sans son intervention. La portée du combat se réduisait à mesure que les conflits périphériques se résolvaient et convergeaient vers l'intérieur, bien qu'Annalyse vît l'armure Najahn briller aux limites. Un filet attendant de piéger les Vis qui en sortiraient vivants.

Deshiva serait quelque part là-dedans, si elle n'était pas déjà morte.

Une certaine teinte de loyauté menaça, qu'Annalyse déjoua par une course trébuchante et furtive vers l'Est, contournant le réfectoire. Pas de batailles ici, et malgré les ordres de Veritrus, les Najahns semblaient plus préoccupés par les querelles des chasseurs. Une question de chance, et une qu'Annalyse ne voulait pas, ne pouvait pas gaspiller.

Elle se baissa pour éviter les torches, resta près du sol, et fila d'un hangar à une tente à un entrepôt. Aucune alarme ne retentit, et Annalyse aurait pu réussir sans une réalité terrible : ses trébuchements devenaient plus fréquents, ses yeux mi-clos, et ses bras gémissaient chaque fois qu'Annalyse leur demandait de la soutenir contre une autre poutre en bois.

— Que m'avez-vous pris ? marmonna Annalyse, sa voix à peine un murmure.

Le skar répondit. Ils le faisaient toujours.

Mais la scientifique ne comprenait pas. Elle pouvait, cependant, ramper. À travers l'herbe, et les fougères, et sous les arbres de la jungle. Assez loin pour que, lorsque les bruits de combat s'estompèrent, quand ses pieds ne bougèrent plus, elle crut qu'elle pourrait rester cachée.

De certains chasseurs, du moins.

35
VOIR LE FEU

Ami tirait seule le chariot, les roues bien faites de Whent crissant sur la pierre sans interruption. Trois tuniques ignifuges — Jochi avait promis de trouver un meilleur nom pour cet équipement — reposaient les unes sur les autres dans l'espace simple. Aussi lourdes qu'une cuirasse en fer, Ami aurait été ensevelie en essayant de les porter à travers le tunnel, mais le chariot accomplissait sa tâche avec suffisamment d'aisance. Heureusement d'ailleurs, car cette fois-ci, Ami était seule.

Et avoir une main libre pour atteindre la lame à sa taille lui apportait du réconfort, bien que les marcheurs de feu qui l'attendaient à la sortie du tunnel ne trouveraient probablement pas l'épée effrayante.

Une diplomate. Ami ne repensait pas souvent à son enfance, mais les circonstances, leur contraste total avec sa jeunesse faite de coups de tête, de morsures et de luttes, lui arrachèrent un léger rire. Un rire qui fit bouger le masque d'or contre sa peau cicatrisée. Elle n'avait pas non plus eu ça enfant.

Le temps et la violence avaient tendance à changer les choses.

Svarde et Jochi observeraient l'échange depuis le recoin de gauche, une encoche qu'Ami ne pouvait même pas voir alors qu'elle tirait le chariot hors du tunnel et dans la vaste chambre. Comme toujours, les marcheurs de feu poursuivaient leur progression constante vers la colonisation, réparant les dégâts du dernier assaut des démons tout en renforçant les habitations le long des pentes grises et caillouteuses. Les maisons semblaient aussi mal faites que des huttes humaines improvisées, roche et sable fondus ensemble en formes de coupes inclinées, le sommet grand ouvert. Une bizarrerie jusqu'à ce qu'Ami se souvienne qui les utilisait, et ce qui pourrait arriver si toute cette chaleur restait comprimée dans un petit espace.

Un marcheur de feu pouvait-il brûler ? S'immoler ?

Les théories pouvaient attendre. Devant elle se tenait quelqu'un de plus immédiat, silencieux et imposant. Sa peau ondulant en silencieux flots oranges et bleus, le marcheur de feu avec qui Ami avait parlé — si on pouvait appeler ça comme ça — auparavant remontait la pente. Assez grand pour que son crâne d'obsidienne, une forme triangulaire aux bords qui semblaient uniques à chaque marcheur de feu, et le seul moyen pour Ami de distinguer les démons les uns des autres, s'élève au-dessus de l'extrémité saillante du plateau. Des étincelles tremblaient le long du noir, dansant selon des motifs qu'Ami ne pouvait déchiffrer.

Au lieu de cela, elle s'écarta et pointa le large chariot.

— C'est pour vous, dit Ami. Je ne sais pas si vous pouvez me comprendre, mais ça, ça retiendra votre feu. Pour que vous ne nous brûliez pas.

Le marcheur de feu fit jaillir des particules en retour, dorées et bleu glacé. Quoi que cela puisse signifier.

— Vous le portez. Ami persista. Comme ceci.

Elle se pencha sur le chariot, en sortit la première tunique. Elle la souleva seulement pour que le bas traîne sur la roche, le haut pressé contre sa tête. Maladroit et laid, et absolument pas la façon dont ce truc était censé être porté. Ami passa sa tête dans l'aisselle de la tunique pour voir la réaction du marcheur de feu : une seule particule dorée silencieuse, aucun de ces quatre bras ne bougeant.

La sueur perla, pour une fois non causée par la chaleur du démon. Ami envisagea de passer un bras dans l'une des fentes de la tunique, mais l'idée, l'air idiot qu'elle aurait en essayant ça, la fit y renoncer. Ami, à la place, jeta le vête-ment sur le plateau devant elle.

— Mettez-le. Ami pointa du doigt.

Le marcheur de feu la fixa du regard.

— Bon sang, ce n'est pas si difficile. Ami hocha la tête vers la tunique, mima le geste de la ramasser avec ses bras et de la faire passer par-dessus sa tête. Vous voyez ?

Si le marcheur de feu voyait, il ne le dit pas. Au lieu de cela, la particule unique grésilla, se fendit en deux, une lueur plus rouge montant vers le sommet du crâne tandis qu'un blanc silencieux descendait vers le bas. Le marcheur de feu se tourna sur le côté, mettant ses bras gauches vers Ami tandis que sa paire droite faisait signe vers le bassin.

— Je ne sais pas ce que vous essayez de me dire, dit Ami, pour seulement voir ses mots répondus par les compa-gnons du marcheur de feu.

Le groupe brûlant, les jeunes jouant, les vieux travaillant, d'autres en conversation pétillante d'étincelles, s'arrêta et se décala sur le côté. Ils s'écartèrent tous, laissant un chemin marqué par la roche fondue et les braises fumantes menant directement au bord de l'eau. Alors que la séparation s'achevait, les marcheurs de feu se tournant comme un seul homme telle une garde cérémonielle, pour observer leur nouvelle rangée, le démon en tête d'Ami s'élança d'un pas lent le long de l'allée.

Qu'elle doive le suivre était à la fois évident et insensé.

Ami jugea la tunique, sa mission ratée gisant dans la poussière. Elle pouvait crier, essayer de faire se retourner le marcheur de feu et, à nouveau, tenter quelque danse pour persuader le monstre d'enfiler le vêtement confectionné. Ou bien...

Les bottes de Whent qu'elle portait allaient avec ses vêtements épais, façonnés par ces mêmes ingénieurs pour garder sa peau aussi résistante à la chaleur que possible. Une idée qui tenait plus la promesse dans une forge que de trébucher le long d'une pente rocheuse, car le poids faisait chanceler Ami d'un appui à l'autre, lui donnant l'impression d'avoir trop bu de vin de Whent. Qu'elle s'y soit effectivement adonnée la veille n'était pas important : les cicatrices de Vis s'assuraient qu'aucune gueule de bois ne la tourmentait.

Néanmoins, sa démarche titubante ne provoqua aucune réaction des rangs de marcheurs de feu qui observaient. Leurs constructions se tenaient derrière eux, toutes les buses, maintenant, pointées vers l'eau plutôt que vers le tunnel. Soit ils avaient confiance que les amis d'Ami n'attaqueraient plus, soit la menace des nouveaux démons était simplement trop grande.

Ce que cela disait des armes de Jochi, des cadres de morts-vivants de Svarde et de leurs capacités, eh bien, Ami ne tenait pas à spéculer. Les îles perdaient lentement la lutte contre les démons. La raison même pour laquelle elle se retrouvait au bord de l'eau était de mettre fin à la guerre avant qu'elle ne consume tout.

Son guide, son homologue, se tenait bien à l'écart d'Ami, et pas tout à fait aussi près du bord de l'eau. La raison n'était pas difficile à comprendre : l'eau et le feu avaient tendance à ne pas faire bon ménage. Le marcheur de feu ne restait cependant pas immobile. Au lieu de cela, il s'accroupit, ces quatre bras s'enroulant autour de lui-même comme dans une sorte d'étreinte. Les flammes sur sa peau se rassemblèrent en une seule flamme de bougie, s'élevant, pour seulement être étouffées lorsque plusieurs autres marcheurs de feu brisèrent leur ligne pour placer une coque de fer noir enroulée autour de lui. Une plaque passa sur le dessus du marcheur de feu, tandis que quatre autres arrivaient en glissant pièce par pièce, s'emboîtant les unes contre les autres avec des clics profonds et lourds. Au fur et à mesure qu'ils plaçaient chaque section, les marcheurs de feu passaient leurs mains le long des jointures, le métal devenant chaud et fusionnant.

Ces créatures étaient des forges mobiles.

En trop peu de temps, le marcheur de feu d'Ami disparut à l'intérieur de la boule de métal. Avec un dernier sifflement le long de la dernière pièce frontale, les marcheurs de feu qui avaient piégé leur ami s'écartèrent et, ensemble, donnèrent une poussée à la boule. Sans préambule, sans cérémonie, sans cri, le grand orbe roula dans l'eau et disparut.

— Quoi ? demanda Ami, se tournant vers les marcheurs de feu qui observaient. Qu'est-ce que c'était ?

Les démons semblèrent comprendre, levant presque à l'unisson leurs bras pour pointer les eaux sombres.

Une autre baignade dans tout ça ? Après que la première s'était si bien passée ?

Ami commença à secouer la tête, puis rit à la place. Pourquoi pas ? Elle avait déjà dépassé les objectifs de la mission — faire porter aux marcheurs de feu les vêtements spéciaux — et repousser les limites l'avait menée jusque-là.

Une autre réalité la frappa alors qu'elle se retournait vers les profondeurs. Sa tenue, lourde et ignifuge, noierait simplement la Gardienne si elle s'y aventurait. Pourtant, si elle s'en débarrassait pour ne garder que le tissu léger en dessous, toute rencontre rapprochée avec un marcheur de feu serait...

Les skars. Les skars de Vis la maintiendraient en vie, et elle avait laissé la beauté derrière elle depuis longtemps. Quelques brûlures de plus pour comprendre ce que ces démons voulaient semblaient valoir le sacrifice. Svarde s'était condamné à une non-mort avec cette lame toujours à ses côtés. Ami pouvait risquer un peu plus.

Pour Catya, pour Foti, pour elle-même.

Les eaux fraîches ne coupèrent pas le souffle d'Ami cette fois. Leur sensation soyeuse murmurait des choses inconnues, mortes et en décomposition au fond de la chambre, des fluides mystérieux se mêlant à la mer de la caverne après avoir fui des créatures qui n'étaient pas de ce monde. Dégoûtant pour certains, ignoré par Ami, qui se concentrait plutôt sur la boule de métal.

Contre le froid sombre de l'eau, la boule luisait d'un gris doux. Des bulles s'élevaient autour d'elle, la piscine réagissant à la chaleur qu'Ami ressentait maintenant en nageant. La boule tournait, bougeait, et Ami ne comprit pas tout à fait comment jusqu'à ce qu'elle remarque de petites buses parsemant la forme. De l'eau bouillante jaillissait de ces buses pour être aussitôt coupée, un nouveau jet apparaissant ailleurs pour propulser la boule sous la mer vers son but : le tourbillon rouge-orange.

Ami nageait à la surface, reprenant son souffle tout en observant la progression de l'orbe vers ce tourbillon. Ils passèrent à côté d'un maelström émeraude, puis d'une tempête argentée glacée, que le marcheur de feu évita tous deux avec des jets de vapeur.

Un contrôle si précis, se déplaçant sous l'eau... ce que les Rana ne donneraient pas pour quelque chose comme ça.

Si Ami n'avait pas fait son propre voyage dans le tourbillon bleu plus tôt, elle aurait peut-être été surprise lorsque la boule disparut parmi les particules rouges. Disparue sans bruit, sans bulles. Au lieu de cela, Ami avala autant d'air que ses poumons pouvaient en contenir et plongea. Des coups de pied, des brassées, amenèrent la Gardienne plus près, jusqu'à ce que ces lumières cramoisies dansent autour de sa tête et de son corps. Elles ne produisaient aucune sensation, pourtant elles évitaient son toucher, même lorsqu'Ami s'approcha du centre sans forme.

Jusqu'à ce que, comme en sortant d'un bain, Ami ne soit plus dans la piscine. Jusqu'à ce que l'air, sulfurique et acide, frappe ses poumons haletants comme une fumée brûlante. Ses yeux passèrent de l'obscurité trouble à des rouges et oranges éblouissants, un paysage aride s'étendant devant elle, parsemé de geysers en feu. Des nuages, balafres de pourpre et de rouge, tapissaient le ciel. De l'obsidienne vitrifiée s'étendait sous ses pieds aussi loin qu'Ami pouvait voir, s'élevant çà et là en pics dentelés, comme des lances jaillissant des profondeurs de la surface. Cela, cependant, n'était que la toile de fond.

Elle se tenait sur une falaise, près de son bord même, le

monde brûlant s'étendant loin d'elle dans toutes les directions sauf derrière elle.

À ses talons attendait la piscine dont Ami avait émergé, et en se retournant, Ami vit une capuche d'obsidienne enveloppant sa petite forme. Les éclats noirs et clairs scintillaient, comme s'ils avaient poussé les uns sur les autres, et bloquaient sa vue derrière. Une cagoule sur tout ce qui émergeait ou entrait dans la piscine. À la droite d'Ami, la boule de fer noir sifflait tandis que les joints soudés se séparaient, la coque s'effondrant pour révéler le marcheur de feu à l'intérieur.

— C'est votre foyer ? dit Ami, toussant alors que l'air griffait sa gorge.

Le marcheur de feu scintilla d'un or dansant en réponse, avant de pointer de ses deux bras gauches derrière Ami, derrière la capuche d'obsidienne. La peur qui aurait pu monter en étant si loin au-delà de tout ce qui était connu était calmée par les murmures familiers de Vis, ces skars guérissant ses poumons choqués, ses pieds nus qui accumulaient des coupures sur les éclats d'obsidienne à chaque pas.

Cette peur revint lorsqu'Ami, marchant à l'opposé du marcheur de feu, se détourna de la falaise et contourna le côté de la coque d'obsidienne, lui donnant une vue de ce qui se trouvait derrière, sous d'autres nuages noircis et des flammes crachantes.

Disposé jusqu'à l'horizon se tenait un essaim mouvant, métal et marcheur de feu se mêlant. Des constructions massives, bien trop grandes pour tenir dans la piscine, avançaient lourdement au loin. Les marcheurs de feu eux-mêmes, chacun une bougie, se fondaient dans leur brillance les uns avec les autres, si bien qu'il semblait à Ami qu'elle regardait une seule flamme pure.

Les milliers, les dizaines de milliers, et toutes leurs terribles créations, gâchaient la beauté singulière et étrange de cette vue.

Il n'y avait pas d'autre option face à une telle force, un tel rassemblement. Ami devait conclure une paix avec ces créatures, ou les îles brûleraient.

36
REJETÉ

Les embruns salés et le vent âpre de l'océan apportaient des baisers que Gladdring endurerait aussi longtemps que possible, tant que la Reine de Kance le mènerait vers la liberté. Ils avaient quitté Noctia depuis un jour maintenant, naviguant en pleine mer avec la Cité aux Anneaux et son île au-delà de l'horizon au Nord. La boucle, comme l'avait déclaré le capitaine du navire, amènerait le vaisseau de la Reine presque jusqu'à Vis avant de virer plus à l'est et au nord pour arriver à Kance par le Sud.

Trop de banquises pour faire autrement, telle était l'excuse.

Le fait que ce retard soit fatal ou non dépendrait de Fassle, de Yarvick, et de la rapidité avec laquelle leur chaos s'apaiserait.

Mais pour le premier jour, du moins, aucun navire violet et noir ne les poursuivait. Pour le premier jour, Gladdring dînait de poissons fraîchement pêchés et de bons fruits de Vis achetés dans les ports de Noctia avant qu'ils ne soient emportés dans le... Gladdring sourit en se tenant à la rambarde, regardant par-dessus les vagues.

La révolution, n'était-ce pas ainsi que Yarvick voulait l'appeler ?

Gladdring espérait que le seigneur bandit réussirait. Yarvick, au moins, pouvait être négocié, serait trop occupé à prendre le contrôle sans les alliances symboliques de Gladdring et son potentiel de figure de proue. Quel gâchis ce serait. Et si Fassle l'emportait, la vengeance de l'ancien Cercle consommerait trop de temps pour attaquer leur navire.

Il atteindrait Kance, et alors — Gladdring se retourna, une manœuvre non négligeable sur le pont roulant du bateau, avec ses lourds manteaux, pour regarder le pont supérieur couvert de marins et par ailleurs désert — Gladdring devrait commencer à construire de nouvelles loyautés. La Reine de Kance ne faisait pas mystère que sa tolérance pour la présence de Gladdring commençait et finissait avec son utilité pour elle, un trait qui s'amenuisait à mesure que leur distance de Noctia augmentait.

Pourtant, la Reine ne connaissait pas les skars comme Gladdring, et cela seul donnerait à l'ancien Tenet une certaine longévité. Une chance, peut-être, de se tailler un espoir pour lui-même.

— Vous passez beaucoup de temps seul ici, dit la voix étouffée de la Reine, protégée par une épaisse écharpe indigo. Elle était apparue, comme souvent, comme par magie. Une porte de pont ouverte avec des escaliers menant vers le bas trahissait cette apparition soudaine, mais Gladdring se surprit néanmoins à froncer les sourcils.

Les surprises étaient pour les imbéciles qui ne faisaient pas assez attention.

— À quoi pensez-vous, Gladdring, pendant que vous

fixez les vagues ? Êtes-vous heureux que nous ayons survécu, pillé les skars des Najahn ?

— Pourquoi ne le serais-je pas ?

— Parce qu'un homme comme vous n'est jamais content là où il se trouve.

— Sages paroles, ma Reine. Gladdring, gardant une main sur la rambarde, fit une courte révérence à la Reine. Comme lui, sa majesté royale portait des manteaux volumineux, bien que les siens arborent une élégance, des fourrures bouffantes et des manches ajustées qui mettaient clairement en évidence son rang par rapport au sien. Un Garde de la Reine, dans son armure semblable à du verre, se tenait derrière elle. J'ai constaté que le contentement précède souvent le désastre d'un jour.

— Alors, où fuyez-vous cette fois-ci ?

— Je navigue vers Kance, j'espère, et vers un répit face à une catastrophe imminente.

— Un répit ? La Reine le rejoignit à la rambarde. Le skar Tamas, inséré dans un bracelet à la mode de Kance autour du poignet de Gladdring, sonda son humeur, déclarant la Reine méfiante, épuisée, et pourtant, curieuse. Nous avons déclenché la plus grande guerre que les îles auront vue depuis des générations, tout cela pendant que les démons font rage. Quel genre de répit est-ce là ?

— Pour un homme sur le point de voir la potence ou l'océan glacé, un bon répit.

La Reine rit, puis se mit à poser des questions plus strictes, commençant ce que Gladdring supposait être un schéma. Petit-déjeuner, café, puis un dialogue sur le pont à propos des skars, de ce que Gladdring et ses associés avaient appris, et de leurs possibilités de terminer rapidement la guerre. Pour le moment, l'objectif de la Reine était la défense de Kance, tenant ses villes et poussant les Najahn à arrêter les combats.

De là, ils pourraient se tourner vers des questions plus mondiales, comme le désir professé de Gladdring de voir les démons anéantis par le pouvoir des skars.

— Vous me l'accorderez ? demanda Gladdring. Une chance de trouver la source des démons et d'utiliser les skars contre eux ?

— Si nous survivons jusque-là.

Gladdring ricana. — Les Najahn, même si Fassle survit, ne nous presseront pas trop. Une fois que nous aurons entraîné vos soldats, ils seront capables de brûler une frégate de loin, de projeter un adversaire au sol, ou... Gladdring trouva une autre voie, s'éloignant de là où il se dirigeait. De changer leurs esprits et de les rallier à votre cause.

— Les Najahn ne sont qu'un ennemi parmi d'autres, Gladdring, dit la Reine. Il y en aura d'autres.

— Aucun aussi puissant.

La Reine ne répondit pas, un silence assez long pour faire douter Gladdring de ses propres paroles. De quel adversaire parlait-elle ? Pourtant, avant qu'il ne puisse demander plus de détails, elle hocha la tête et partit, traversant le pont vers la passerelle surélevée. Une audience avec le capitaine, plus de détails et de plans auxquels Gladdring n'aurait pas accès. La Reine l'écartait, et Gladdring n'avait pas d'autres alliés sur le navire, à part ce chasseur de Vis, bien que Quik se soit tenu à l'écart depuis leur fuite.

Gladdring était seul. Une situation à laquelle il devrait remédier.

La Rose des Vents. Un nom aussi ridicule que n'importe quel autre donné à un navire, mais que Gladdring s'était engagé à prononcer avec la même révérence que tous les autres Kance à bord. Le vaisseau avait un extérieur poli qui laissait place à un patchwork intérieur, avec différents bois, des portes rapiécées et de nouvelles ouvertes au fur et à mesure que le navire se livrait à une résurrection continuelle. À entendre les marins — et Gladdring parlait plus avec eux qu'avec quiconque alors que le deuxième jour du voyage avançait — Kance dépendait suffisamment de la légende du navire pour continuer à le moderniser.

Chaque reine devait laisser sa marque sur *La Rose des Vents*, et celle qui dînait actuellement tôt l'avait fait avec les défenses du navire. Entaillées le long de la rambarde à intervalles de plusieurs pas se trouvaient d'étroits canons à baliste et les cordes tendues pour les tirer. Des grappes de munitions attachées gisaient à côté de chacun, un stock impressionnant, et Gladdring apprit qu'elles avaient été commandées avant le voyage vers Noctia.

Un autre point en faveur de la Reine.

Les interrogatoires aléatoires de Gladdring le menèrent aux cabines avant de *La Rose des Vents*, remplies de cargaisons critiques, et à la paire de Gardes de la Reine se tenant devant la pièce scellée où les skars avaient été entreposés. Étincelants, comme toujours, ils observèrent Gladdring alors qu'il s'approchait, l'homme arborant le sourire le plus amical possible.

— Bon après-midi, commença Gladdring, adressant un signe de tête à chacun d'eux tour à tour. Les deux le fixèrent sans rien offrir.

Typique. Même le skar Tamas ne donnait aucun indice, juste une prudence étouffée.

— Savez-vous ce qu'il y a à l'intérieur ?

Encore une fois, aucune réaction. Gladdring inclina la tête vers la porte. — Puis-je entrer ?

Cela, au moins, mérita une réponse. L'un d'eux mit son bras — Gladdring trouvait difficile de déterminer s'il s'agissait d'un homme ou d'une femme sous leurs heaumes — en travers de la porte tandis que l'autre posa sa main sur la rapière attachée à sa taille.

— Donc vous êtes vivants, dit Gladdring en reculant. Je devais m'assurer que la Reine n'avait pas protégé sa porte avec des statues.

— Que voulez-vous, Najahn ? demanda celui qui avait la main sur le pommeau de son épée.

— Seulement demander si vous savez ce que vous gardez, c'est tout. Pour m'assurer que vous en prenez bien soin.

Les yeux se plissèrent.

— Les skars peuvent être très dangereux, poursuivit Gladdring. Ils détiennent le pouvoir du dieu lui-même. Un faux pas, et tout ce navire pourrait être détruit.

— Alors vous devriez le dire à la Reine.

— Je l'ai fait, elle le sait. En fait, c'est pour cela que je suis ici.

Le skar Tamas le maintint en conversation, une porte entrouverte par la possibilité et forcée le reste du chemin par la langue d'argent de Gladdring. La paire de Gardes de la Reine se détendit tandis que Gladdring décrivait les skars, ce qu'ils pouvaient faire, comment ils pouvaient être maniés. Les notes d'Annalyse, leurs sessions de progression donnèrent à Gladdring les mots à lancer, les appâts à jeter, et au moment où il arriva à la fin, il connaissait leurs noms, leurs tours de garde, et avait obtenu la promesse que ses conseils seraient transmis.

Maintenant, il lui restait une alliance à former, et Gladdring trouva sa cible près de la proue. Quik, avec peu de connaissances en navigation mais autant d'agitation que les marins, avait ses gantelets à portée de main alors qu'il enchaînait un exercice après l'autre. Sauts, flexions, étirements, tout cela semblait être beaucoup de travail, mais Gladdring laissa le chasseur poursuivre son chemin.

Quik avait dû remarquer Gladdring debout là, battu par la brise incessante sous le ciel de platine, mais le Vis prit son temps. Gladdring attendit sans un mot, ne parla que lorsque le chasseur Vis commença à enfiler ses propres manteaux.

— Je ne vous ai pas proprement remercié, dit Gladdring, n'attirant guère plus qu'un œil curieux de Quik. C'était, pour être honnête, un endroit difficile pour tenir une bonne conversation, avec les vagues qui clapotaient, les marins qui s'interpellaient, et les sifflements incessants du vent. Gladdring, cependant, ferait l'effort. — Vos actions là-bas à Noctia nous ont tous sauvé la vie.

— Remerciez-moi en sauvant mon frère.

— À entendre la Reine, c'est déjà en cours. Ce dont vous devriez vous inquiéter, maintenant, c'est de votre propre peau.

Ces puissants sourcils se froncèrent. Le skar Tamas s'exprima. Bien.

— La Reine est comme n'importe quel autre dirigeant, dit Gladdring, hochant la tête au-delà de Quik vers la proue du navire et marchant dans cette direction. Le chasseur le rejoignit, de sorte qu'ils se tenaient dos au pont, facilement visibles pour quiconque regardait dans leur direction. — Elle cherche à préserver son pays, et utilisera n'importe qui pour atteindre ce but. Tout en se débarrassant des mêmes personnes quand leur utilité est terminée.

— D'après ce que je comprends, une guerre arrive à Kance. Le Vis tapota les gantelets, maintenant suspendus à ses cuisses. — Je suis utile dans un combat.

— Mais après ?

Quik rit. — Je vous connais à peine, Gladdring, mais

vous semblez toujours être en train de comploter. Pourquoi tant d'agitation ? Nous avons gagné.

— Nous avons fait un bon coup, mais le jeu continue. Préserver notre place dedans signifie travailler ensemble, Quik.

— Vraiment ? Un autre rire étouffé. — Et maintenant, Gladdring ? Qui suis-je censé éventrer pour vous ? Ou est-ce que la Reine prévoit encore de tuer quelqu'un qui ne le mérite pas ?

— Ne tuez âme qui vive pour moi, Quik. Pas maintenant, et peut-être jamais. Quant à la Reine, ça, je ne peux pas le dire. Gladdring laissa le skar Tamas libre alors qu'il posait une main sur l'épaule de Quik. — Ce que je vous demande, c'est de surveiller mes arrières, et je surveillerai les vôtres. Nous ne sommes pas Kance, nous sommes jetables.

Le skar trouva son équilibre et le regard moqueur de Quik s'estompa pour laisser place à une franche inquiétude. Il ne se dégagea pas de la main de Gladdring, lui rendit son hochement de tête. Quand ils allèrent dîner sur l'invitation de la Reine une heure plus tard, Quik s'assit aux côtés de Gladdring, un changement remarqué par la souveraine.

Et lorsque l'alarme retentit juste après l'aube qu'un navire de Noctia approchait, Quik fut le premier à la cabine de Gladdring, attendant un plan.

37
BAGARRE AU BAR

Pour un coup de poignard dans le dos, celui de Livier fut rapide et presque sans avertissement. Eujo, assise sur la seule chaise libre à leur table, dans la salle d'auberge bourdonnante autour d'elle, tendit la main vers la chope qu'on lui offrait et ressentit une douleur lancinante se répandre dans son ventre. Sa vue se brouilla, toutes ses pensées cohérentes se mélangèrent, et le skar Vis hurla des absurdités dans son esprit. Balbutiant quelque chose d'une bouche sèche, Eujo tomba de sa chaise sur le sol dur.

Planté dans son flanc, comme un sanglant drapeau de victoire, se trouvait un poignard Kance, argenté et scintillant.

Eujo vit ses trois amis, tous debout près de l'imposant bar en bois sombre de l'auberge, crier et jurer à l'unisson. Bliss dégaina l'épaisse branche qu'elle utilisait comme bâton de fortune et chargea, faisant passer l'arme par-dessus son épaule, mais heurtant une lanterne au passage, brisant le verre et répandant de l'huile enflammée sur le sol. De son angle de vue, Eujo trouvait les éclaboussures flamboyantes hypnotisantes, leurs étincelles menaçant de la ramener-

Les skars ne le permettraient pas.

Pas seulement le Vis, mais tous, les pierres Foti, Rana, Whent et Kance fixées autour de son poignet s'emparèrent de l'attention d'Eujo, de son énergie, donnant et prenant ce qu'ils pouvaient dans des tentatives désespérées de faire... quelque chose. Eujo voulait lâcher prise, s'enfoncer dans le voile de mort terne que le poignard, probablement empoisonné, étendait sur elle, mais ses amis affrontaient les assassins. Ils se battaient pour elle.

Laisser les skars se déchaîner pourrait bien tous les tuer, et Wax, Torny et Bliss ne méritaient pas de mourir pour Eujo.

La bandit et son amie Vis, plus qu'une amie, se retrouvèrent à combattre d'abord contre Livier et la femme qui n'avait pas poignardé Eujo. Le bâton de Bliss lui donnait de l'allonge, le premier coup descendant se transformant en une poussée directe vers Livier, qui utilisa sa robe Kance pour dévier, laissant la poussée passer à côté pour se retrouver à portée d'estoc de son épée.

Seulement pour que l'homme soit projeté sur le côté, comme poussé par la main invisible d'un dieu.

Ce qui était, réalisa Eujo, exactement ce qui s'était passé. Les résidus du skar Kance crépitaient dans le bras d'Eujo, ses muscles déjà épuisés et douloureux après une longue journée. Livier allait souffrir aussi, car son vol l'envoya s'écraser sur une autre table, vide à l'exception des chaises, les occupants plus civilisés de l'auberge ayant fui.

Torny dansait avec son adversaire, dagues sorties et étincelantes tandis que leurs bottes martelaient le sol, glissant sur l'huile en flammes. Derrière eux, Wax avait dégainé son épée, mais semblait perdu, ne sachant vers qui se tourner, qui combattre.

L'homme n'était pas un guerrier, à peine un chasseur de Vis. Ce n'était pas sa place.

Eujo essaya de parler, de dire à ses amis de fuir, une tentative interrompue par une nouvelle douleur mordante : le poignard dans son flanc se souleva, retiré par le troisième assassin. Eujo tourna la tête, vit son propre sang goutter du tranchant du couteau, vit les yeux froids derrière celle qui le maniait alors qu'elle l'étudiait, cherchant ces signes que la vie allait bientôt s'éteindre.

Les skars surgirent à nouveau. Whent l'emporta cette fois, exigeant une chance, et Eujo le laissa faire.

Le bois craqua, le sol sous elle, sous la meurtrière d'Eujo, ondulant comme si le terrain était devenu une vague. Des éclats volèrent, l'assassin tomba, et Eujo elle-même glissa au loin, roulant jusqu'à s'arrêter à mi-chemin de l'auberge. À plat dos, le combat bien en vue, Eujo se concentra plutôt sur la ligne rouge-violacée qui suivait son trajet à travers l'auberge.

Trop de sang. Trop pour n'importe quel skar Vis.

Bliss, à droite de la traînée de sang, balança son bâton vers l'assassin qui pressait Torny — le travail au couteau de la pétillante bandit n'était pas à la hauteur des standards des tueurs Kance, et ses bras portaient les marques révéla-trices des égratignures d'une défense désespérée. La racine s'abattit sur l'épaule gauche de l'assassin, envoyant le tueur s'étaler dans l'huile en flammes, qui trouva enfin prise, illu-minant les robes argentées et bleues Kance d'un brasier.

Le troisième assassin ne prêta aucune attention au désastre de son collègue, lançant plutôt le poignard dégainé qu'elle avait retiré d'Eujo. Le couteau, avec la précision implacable acquise par une longue pratique, se planta dans le flanc de Bliss, faisant tourner la Vis dans une demi-accroupissement. Alors que Torny jurait, se précipitant vers le troisième tueur, Bliss lâcha le bâton et retira le couteau, maintenant humide d'un sang nouveau.

Désolée, Bliss. Eujo voulait prononcer ces mots, l'aurait fait, si sa gorge n'avait pas été si sèche. Si son corps n'avait pas été si fatigué.

Pourtant, le skar Vis fonctionnait. Il attaquait ses blessures avec autant d'habileté que les assassins en apportaient contre ses amis. Eujo trouva la respiration suivante plus facile que la précédente, et si la mort était peut-être inévitable, ce n'était pas pour tout de suite, pas maintenant.

Livier devait penser la même chose, car l'homme se releva derrière Bliss, rapière tirée et à la recherche d'un coup fatal. Wax s'élança, le frère venant enfin à l'aide de sa sœur, comme un oiseau plongeant, presque une ombre dans la fumée. L'épée de Wax jaillit, forçant Livier à une parade, le Vis faisant quelque chose d'intelligent en laissant son élan dominer l'agile Kance, poussant Livier contre la même table qu'il avait heurtée il y a un instant.

Attends. La fumée ?

L'huile en flammes avait trouvé plus que la robe de l'assassin. Le noir tourbillonnant s'éleva jusqu'au plafond de l'auberge, redescendant en vagues parmi eux alors que les poutres de bois devenaient le deuxième plat après l'apéritif du sol. Si les assassins ne les tuaient pas tous bientôt, l'auberge elle-même pourrait s'en charger.

Eujo appuya sa main droite au sol, essaya de se lever et se résigna à ramper. Elle progressa dans son propre sang, vers Torny enragée, qui se battait en duel avec l'assassin maniant une rapière et lançant des dagues. Torny avait au moins la bonne idée : elle utilisait ses dagues pour parer les coups de rapière et se rapprocher. La bandit marqua un point alors qu'Eujo effectuait sa deuxième charge, une attaque rapide le long de la jambe de l'assassin, un rouge soudain maculant les robes blanches sales.

Un coup qui lui coûta cher.

L'assassin serra son bras droit tenant la rapière contre sa jambe, piégeant le poignet de Torny et sa dague contre les robes déchirées. De sa main gauche, l'assassin saisit l'autre poignet de Torny, laissé trop proche lors de l'estocade, et le brisa. Un juron hurlé, le bruit d'un couteau tombé, et l'assassin dirigea sa main dans une frappe du bout des doigts vers la gorge de Torny.

Les skars parlèrent à nouveau, et Eujo les laissa faire.

Rana rassembla l'huile brûlante, les quelques gouttes restantes, et les lança sur l'assassin, les minuscules missiles en fusion s'enfonçant dans le visage du tueur, brûlant à travers ses robes et interrompant l'attaque. L'assassin trébucha en arrière, battant des mains contre l'huile, son dos se tournant suffisamment longtemps pour que Torny saisisse l'ouverture, la dague restante de la bandit trouvant enfin sa cible.

— Arrêtez ! cria Livier, sa voix n'étant plus si pointue, si polie, au-dessus du chaos. La folie s'arrête ici, pendant que vos vies vous appartiennent encore.

Eujo suivit les regards, vit Wax, désarmé et saignant, debout avec un petit couteau sur la gorge. Livier, tout aussi ensanglanté, tenait le Vis en otage, sans une once de folie ou de désespoir dans sa posture. Ses deux amis, associés, gisaient morts ou mourants sur le sol de l'auberge — celui qui avait pris feu restait immobile tandis que les flammes se régalaient — mais Livier ne leur accorda pas un seul regard. Au lieu de cela, il fixa Torny, Eujo et Bliss qui titubait.

— Nous partons, maintenant, et vous avez une chance de vivre, poursuivit Livier. Laissez vos armes et partez.

Torny pointa une dague tremblante vers l'homme, le corps de la bandit disparaissant dans la fumée.

— Trop tard pour ça. Je vais te tuer à la place.

— Non, dit Eujo, sa voix faible mais assez forte pour couvrir le crépitement. Il a raison. Courez.

Le skar Kance murmura des possibilités. Eujo écouta.

Une brise se leva, attisant les flammes à de nouvelles hauteurs, mais balayant la fumée par les portes ouvertes de l'auberge, laissées entrouvertes par une fuite frénétique. Torny ne semblait pas émue par l'ordre d'Eujo, mais Bliss, facile à voir dans ses pas hésitants et sanglants, provoqua une réaction plus forte. La bandit courut vers le Vis, attrapa Bliss alors qu'elle tombait, et la tira vers la sortie de l'auberge.

— Désolée Eujo, dit Torny en déplaçant Bliss, Livier et Wax marchant derrière. Ce n'était pas censé se passer comme ça.

Eujo essaya de sourire, échoua. Les premiers progrès du skar Vis contre sa blessure faiblissaient alors qu'Eujo dirigeait sa propre force vers les autres pierres. La douleur se répandit, la brûlure classique d'un poison envoyant des douleurs le long de ses nerfs. La chaleur du feu qui se propageait ajoutait aussi sa propre morsure.

Comme façon de mourir, celle-ci devait être parmi les pires, mais au moins ses amis, au moins...

Livier toussa, le couteau vacillant. Wax enfonça son coude dans le ventre de l'assassin et plongea. Il atterrit aux côtés d'Eujo, glissant une épaule meurtrie sous le bras gauche de la Reine Kance. Avant qu'elle ne puisse demander à Wax pourquoi il faisait quelque chose d'aussi stupide, le Renouveau Vis posa sa main gauche sur le sol de l'auberge, et tout le bâtiment trembla. Le bois craqua et le sol lui-même surgit sous eux, projetant Eujo et Wax vers, puis à travers, la porte d'entrée de l'auberge. Ils heurtèrent Torny et Bliss, dispersant le quatuor sur la rue gelée au-delà.

Eujo s'affala sur le dos, regardant le bûcher de l'auberge s'élever haut dans le ciel sombre et nuageux. Pour le moment, le froid apaisait son corps brûlé et ensanglanté, le skar Vis murmurant son approbation face au changement de décor, à l'éloignement de tant d'éléments mortels. À sa droite, Wax, toussant encore de la fumée, luttait pour se lever. À la gauche d'Eujo, Bliss gisait immobile, avec Torny, jurant, essayant de redresser le Vis.

Et autour d'eux, toute une ville bavardait, appelant à l'eau, se demandant ce qui se passait.

— Pas possible, murmura Wax, s'agenouillant au-dessus d'Eujo. Elle suivit son regard vers la porte de l'auberge, entourée de flammes, et la silhouette qui titubait entre ses poutres. Il ne peut pas.

Livier, ses robes abandonnées et ne portant guère plus qu'une chemise brûlée, trébucha hors de l'auberge, faisant deux grands pas avant de s'effondrer, face contre terre, sur le sol dur.

— Regarde ça, Wax, chuchota Eujo, les habitants de la ville se rassemblant, les premières offres d'aide, de bandages et d'endroits chauds pour se reposer, affluant. Nous avons gagné.

Le visage de Wax maculé de cendres, ses entailles saignantes et ses yeux fatigués semblaient seulement s'interroger sur le coût.

38
QUELLE CHANCE RESTE-T-IL

Le froid humide la réveilla, la façon dont il pressait contre la joue d'Annalyse et laissait une traînée visqueuse à son contact. Les yeux de la scientifique ne virent que de la terre en s'ouvrant, un sol moucheté parsemé de feuilles éparses. Un ver se frayant un chemin dans la terre au petit matin. Pas un chant d'oiseau.

Mais un reniflement. Plus profond, plus fort que celui d'un humain, que celui d'un chien de Whent.

Annalyse tourna la tête vers le bruit. Son corps lui faisait mal, réclamait de l'eau. Son nez, encroûté, bloquait toute odeur. Ses oreilles et ses yeux, cependant, lui dirent ce qu'elle avait besoin de savoir : un chat géant gris-violet à six pattes l'observait. La gueule du chat restait entrouverte, révélant des crocs qui feraient exactement ce qu'ils promettaient à Annalyse si l'occasion se présentait.

Une langue rose pendait. Le chat se pencha plus près.

La terreur prit le dessus, chassant l'emprise du sommeil, et Annalyse se redressa d'un coup sec. Le chat — le hanoko, Annalyse trouva le mot — recula.

Prudent, un trait qui avait peut-être sauvé la vie d'Annalyse elle-même.

Pour l'instant.

Elle n'avait pas d'armes, pas de connaissances sur la façon dont le hanoko se battait, chassait, craignait. Annalyse avait cependant les skars, et elle les sentait se réveiller avec elle. Des murmures, curieux et, dans le cas de Foti, exigeants.

Le hanoko s'approcha à nouveau, levant sa patte avant pour ce qui ressemblait à un coup violent.

— Recule, dit Annalyse d'une voix rauque que le hanoko ignora.

Le chat ne put ignorer aussi facilement le skar de Foti et son feu. Annalyse ne laissa pas le skar s'emballer, réprimant la ruée alors que le skar inondait ses doigts de chaleur, le feu jaillissant de la terre en petits geysers. La chaleur et la lumière donnèrent au hanoko suffisamment de preuves que ce n'était pas un repas qui valait la peine de se battre, et le chat, sifflant, tourna les talons et s'enfuit.

— Je te l'avais dit, marmonna Annalyse, se relevant et époussetant ses vêtements de dîner, eh bien, sales.

Le matin ensoleillé apportait plus de chaleur que la scientifique n'en avait ressenti depuis des semaines, peut-être un signe que l'hiver penchait vers sa fin inévitable et merveilleuse. Les oiseaux silencieux recommencèrent à gazouiller alors que le hanoko fuyait, leurs petites formes filant entre les arbres au-dessus. Ces gazouillis s'ajoutaient aux gargouillements de son propre estomac, une réalité qu'Annalyse ne pouvait ignorer malgré la beauté qui l'entourait.

Les Najahns étaient maintenant confirmés comme ses ennemis, prévoyant soit de la tuer, soit de la renvoyer aux tours de Gladdring — non, Gladdring devait être mort, celles de Fassle alors — pour travailler avec les pierres. Deshiva, une alliée du hasard, était probablement morte aussi étant donné l'attaque de Mottilan, l'embuscade prévue de Veritrus. Si les chasseurs des deux villes avaient été anéantis ou mis en fuite, et si Veritrus avait raison à propos d'une force Najahn se dirigeant par ici, alors Vis n'était plus une île sûre.

Annalyse faillit rire sur place à l'idée de traverser la jungle à pied, en direction de l'ancienne cabane de Svarde. Quelle idée stupide ç'avait été.

Alors où ? Et avec quoi ?

Annalyse avait toujours son collier, les skars à l'intérieur. Rien de plus que ça, désormais. Ses pierres restantes étaient restées à l'avant-poste Najahn, rangées dans une petite boîte fermée à clé près de son lit de camp. Elle avait probablement été forcée maintenant, ce qui signifiait que tout retour serait à la fois suicidaire et inutile.

Ce qui laissait la direction qu'elle avait prise, une marche titubante vers le nord et l'est. Vers la côte, vers Mottilan, et là vers un navire. Un qui ramènerait Annalyse chez elle à Whent ou, si la glace bloquait encore les voies maritimes, à Kance. Là, au moins, il y avait une île qui n'accepterait pas facilement le contrôle Najahn. Annalyse pourrait échanger ses connaissances contre une protection, de la nourriture et de l'eau.

Une direction décidée, la scientifique se mit en route, se frayant un chemin à travers les fougères et contournant les champignons en marchant. Chaque plante offrait un repas potentiel, mais Annalyse n'avait pas assez étudié Vis pour savoir lesquelles étaient sûres et lesquelles la rendraient plus misérable qu'elle ne l'était déjà. Au moins le soleil brillait assez fort pour le suivre, sa place dans le ciel donnant à Annalyse une bonne idée de la direction du nord.

Les longues promenades dans les bois semblaient être les mêmes que les longues promenades dans les montagnes de Whent ou dans les rues de Noctia : une chance de se ressaisir, de se demander ce qu'Annalyse faisait et pourquoi. Son objectif initial — sauver le monde à la demande de Gladdring — était maintenant si lointain qu'il semblait être une illusion. Son laboratoire de Whent, ses inventions, dont certaines auraient utilisé les skars avec beaucoup d'efficacité, semblaient tout aussi impossibles.

La survie, peut-être avec un peu de bière forte en prime, était en tête de liste et repoussait tous les autres rêves.

Cette unique concentration la maintint toute la journée, jusqu'à ce que, en début d'après-midi, elle trébuche à travers un banc de fougères sur un large chemin orienté vers l'est. Assez large pour que des chariots y passent et désert, mais la terre tassée suggérait un passage récent. Une seule chose que cela pouvait être.

Son virage vers l'est et une heure de marche le long de celui-ci apportèrent de nouveaux sons, ceux dont Annalyse se rapprochait. Des gémissements, des pas traînants et des conversations étouffées. La scientifique ralentit alors que le chemin montait davantage, s'enroulant autour de bosquets d'arbres denses dans une montée sinueuse. Pour l'instant, Annalyse pensait qu'elle n'avait pas encore été vue.

Mais son estomac gargouillait toujours, sa gorge brûlait, et le skar de Vis qui maintenait ses blessures mineures à distance chuchotait pour en avoir plus. Ensemble, son énergie faiblissait, ses jambes faisaient des pas lourds. Si Annalyse s'endormait, seule, près du chemin, elle pourrait ne jamais se réveiller.

Mieux valait une chance que pas du tout.

Elle se mit à courir en trébuchant, posant ses chaussures usées l'une devant l'autre, évitant le sol abîmé. Au détour d'un autre virage l'attendait son salut, arrêtant leur propre voyage à l'approche des pas.

Un salut qui était, apparemment, une quinzaine de Vis dans divers états de ruine. Annalyse ralentit son approche en constatant le désastre : trois étaient allongés sur des brancards faits de bambou et de branches tressées, portés par d'autres, tandis que d'autres encore boitaient, leurs blessures saignant à travers des bandages de fortune. Quelques maigres sacoches et outres d'eau réparties dans le groupe donnaient peu d'espoir de se rafraîchir.

C'était une force perdue, les survivants battant en retraite désespérément vers leur foyer.

—Qui es-tu ? cria l'un d'eux, son bras gauche inerte mais par ailleurs en meilleure santé que les autres. Il tira un gourdin en bois dur de sa ceinture et le brandit vers elle. Tu n'as pas l'air d'être une Vis.

—Je n'en suis pas une, répondit Annalyse, pesant rapidement ses options dans sa tête. Prenant une décision. Mais je ne suis pas votre ennemie non plus.

—On dirait que tout le monde est notre ennemi ces jours-ci. L'homme n'abaissa pas son gourdin. Que fais-tu ici, alors ?

—Je fuis le même endroit que vous, je pense. Les Najahn ont aussi essayé de me faire du mal.

Une information calculée, là. Annalyse n'était pas sûre que les Najahn avaient infligé ces blessures, mais le lent hochement de tête de l'homme confirma ses soupçons.

—Pourquoi ? demanda l'homme. Tu n'as pas d'armes, que voudraient-ils...

—Des connaissances. Les Najahn craignent tous ceux qui veulent aider les îles à rester libres.

—Et tu voudrais voyager avec nous, porteuse de

connaissances ? Même après avoir vu que nous sommes pourchassés ?

—Mieux vaut ça que d'être seule.

L'homme jeta un coup d'œil sur le chemin. —Il y a une auberge à moins d'une heure de marche d'ici, bien que nous mettrons au moins trois heures pour y arriver. Tu peux prendre de l'avance. Nous ne t'arrêterons pas.

Le hanoko traversa l'esprit d'Annalyse.

—Je préfère rester avec vous plutôt que d'être seule. Si vous voulez bien de moi.

—Ce sont des lâches, grogna Reth alors qu'ils marchaient, lui et Annalyse fermant la marche du groupe. Les Najahn ont attendu que nous soyons fatigués et ensanglantés, ils ont frappé pendant que nous attachions les prisonniers Kitaye. La plupart d'entre nous sont morts rapidement. Les autres ont fui.

—Ils ne vous ont pas poursuivis ?

La prise de Reth se resserra sur le gourdin, qui n'avait pas encore retrouvé sa place dans la boucle de tissu qui lui servait de fourreau. —Si. Nous étions plus nombreux. Des âmes courageuses qui sont restées en arrière pour nous faire gagner du temps. S'ils ne nous ont pas rattrapés, c'est qu'ils ne le feront jamais.

—Tu penses donc que l'île est perdue.

Reth souffla, désignant d'un signe de tête les blessés devant lui. —Vis est forte, mais nous ne sommes pas une île d'armées. Les Najahn nous mettront sous le joug, et tant qu'il ne sera pas trop serré, nous l'accepterons. Nos mères veulent élever nos fils et nos filles, pas les enterrer.

—Et les démons, au moins, auront de nouveaux ennemis.

Reth ne répondit rien à cela, et Annalyse laissa la

conversation mourir. Sa gorge pouvait de toute façon profiter d'une pause.

Les minutes passèrent, le soleil glissant vers les canopées occidentales. Le vert devint orange et violet. La symphonie de la jungle s'adoucit, et un nouveau son s'éleva pour la remplacer. Un son métallique. Reth jura, émit un sifflement, et le groupe accéléra son allure, les gémissements ne faisant que s'amplifier.

—Nous sommes assez proches maintenant. Avec un effort, dit Reth, nous pouvons y arriver.

Annalyse n'avait pas besoin de demander ce que signifiait ce cliquetis métallique : les Najahn approchaient rapidement. Comment ces soldats pouvaient courir aussi longtemps après une journée de combat, dans une armure aussi lourde, semblait un mystère, mais ils arrivaient.

Et avec leur arrivée, Annalyse vit une opportunité. Une qu'elle accueillit avec l'éclat d'une fataliste.

—Reth, reste près de moi, dit Annalyse en se retournant. Derrière eux, le chemin continuait sur une vingtaine d'enjambées jusqu'au prochain virage. D'après les sons, les Najahn allaient tourner ce virage dans quelques instants. J'aurai besoin que tu me rattrapes quand je tomberai.

—Quand tu tomberas ?

Le chasseur Mottilan n'avait peut-être pas compris, mais il fit ce qu'Annalyse demandait. Pourquoi il faisait confiance à une non-Vis seulement quelques heures après l'avoir rencontrée, Annalyse n'avait pas à se le demander. Le skar Tamas dans son collier avait fait son travail, poussant Reth à chaque mot qu'elle prononçait à se ranger de son côté.

Elle comprenait maintenant pourquoi Gladdring accordait tant d'importance à cette petite topaze.

Tandis que les Mottilan blessés poursuivaient leur lente

fuite, la poursuite Najahn arriva baignée d'ombres violettes. Leurs armures ne brillaient plus, couvertes de poussière et de sang. Annalyse en compta huit, et parmi eux seulement trois chakrams. Les autres portaient des vouges et des lances Vis volées. Aussi disparates qu'ils puissent être, leur intention meurtrière était claire : ils s'approchaient sans un mot, armes dégainées.

—Prêt ? demanda Annalyse.

—Je ne sais pas ce que tu prépares, mais je jure que je suis prêt.

Le skar Whent l'était aussi. Annalyse se pencha, les Najahn n'étant plus qu'à quelques enjambées, les premiers chakrams glissant de leurs dos. Quand ses doigts touchèrent le sol, Annalyse libéra le skar. Comme un orage éclatant dans son cœur, le skar Whent prit la colère, la peur et l'espoir d'Annalyse, et les envoya s'écraser en avant. Le chemin se déforma, des fissures se propageant des doigts d'Annalyse comme des éclairs terrestres. Les Najahn trébuchèrent, tombèrent alors que les fissures atteignaient leurs bottes métalliques. Au contact, comme si les Najahn eux-mêmes agissaient comme catalyseurs, les fissures s'élargirent, projetant des rochers haut dans le ciel et engloutissant les soldats. Des fosses apparurent là où il n'y en avait pas auparavant, et tandis que les soldats y tombaient, jurant, hurlant, appelant à l'aide, la terre se referma sur eux, ensevelissant les Najahn sous des monticules.

Annalyse vit tout cela, n'en dirigea rien, le skar Whent criant dans sa tête une victoire sans mots. Mais elle se tint fermement, gardant sa main en contact avec le chemin jusqu'à ce que le dernier Najahn disparaisse.

Quand la dernière armure violette et noire s'évanouit, Annalyse s'affaissa, mais elle ne toucha jamais la terre brisée.

39
VERS LA MER D'ARGENT

Les dieux n'étaient pas si créatifs que ça.

Ami en arriva à cette conclusion comme Fassle et ses Adeptes pourraient provoquer un Renouveau : par des preuves, rassemblées morceau par morceau. La Gardienne descendit du plateau, flanquée du marcheur de feu qui l'avait amenée ici, et remarqua, au-delà de sa sueur, une terre craquelée similaire aux étendues de lave de Foti. Un ciel brûlé abritant néanmoins de légers nuages. Une brise chaude comme les étés secs qu'Ami avait connus.

L'odeur familière du métal en fusion, mordant son nez tandis que les marcheurs de feu se déplaçaient pour lui laisser de l'espace.

Toutes ces couronnes d'obsidienne étincelaient, semblant flotter parmi les corps brûlants. Les marcheurs de feu ne portaient aucun vêtement ici, s'élevant plutôt comme des formes ardentes. Un coup d'œil en arrière vers le bassin et le portail confirma que d'autres constructions étaient en cours d'assemblage, d'autres s'approchaient. Un passage sûr à travers l'eau attendait au-delà.

— Ça a dû être une sacrée surprise, la première fois, dit

Ami, tandis que la tête noire de son escorte crépitait d'étincelles bleues en réponse.

Quoi que cela signifie.

Pourtant, Ami collectait des réponses autour d'elle à chaque pas. En quittant le plateau, deux pierres sculptées s'élevaient de chaque côté, plus hautes encore que les marcheurs de feu eux-mêmes. Des sigles qu'elle ne connaissait pas couraient autour de l'obsidienne, les bords sculptés lissés, la roche fondant comme si l'artiste signait les mots. Des avertissements pour ceux qui espéraient explorer le portail, ou des souvenirs pour ceux qui avaient déjà essayé ?

La masse des marcheurs de feu se révélait davantage, les créatures n'attendant pas seulement autour du portail mais façonnant une sorte de société. Les jeux qu'Ami avait vus dans la chambre du bassin se jouaient ici aussi : des roches rondes étaient frappées dans des cercles fumants, d'autres lançaient des objets en l'air pour être frappés par des coups de fléau bien synchronisés, et d'autres se tenaient en lignes régulières, leurs couronnes d'obsidienne clignotant les unes vers les autres en rafales répétées.

Ami ralentit à ces vues, la chaleur augmentant à mesure qu'elle s'enfonçait dans la foule. Un spectacle merveilleux au premier abord, un émerveillement au second, qui se transforma maintenant en inquiétude pour elle-même.

— Pourquoi suis-je ici ? demanda Ami au marcheur de feu à ses côtés.

À cet instant, elle décida de lui donner un nom. Étincelle semblait approprié, suffisamment évident.

Ainsi baptisé, Étincelle tendit son bras médian droit vers l'avant, pointant par-dessus la foule vers les formes sombres distinctes qui grondaient à travers la terre. Leurs pas lourds faisaient trembler le sol, une secousse douce qu'Ami n'avait pas remarquée jusqu'à ce qu'elle lie leur mouvement aux vibrations dans ses épaisses bottes.

— Quoi, tu veux que je voie ça ? Ami rit, un rire qui se transforma en toux alors que la chaleur sèche lui prenait la gorge. Ça a l'air un peu loin, Étincelle. Je ne suis pas sûre de pouvoir aller jusque-là et revenir.

Étincelle semblait avoir anticipé la réponse, car son bras s'abaissa et se tourna vers la gauche, vers un endroit libre de marcheurs de feu, mais pas de leurs constructions de métal cendré. Celles-ci contenaient les monstres cracheurs de flammes qu'Ami avait vus de l'autre côté, mais ils étaient minuscules comparés aux autres machines qui reposaient ici. Parmi des cylindres imposants, des boules de fer trapues et des plateformes en forme de traîneau, Étincelle conduisit Ami près de deux choses silencieuses et imposantes qui avaient des lignes bouclées courant le long de ce qui semblait être une bande de couteaux à leur base.

Ami leva les yeux vers celle qui était la plus proche, vers les étranges nodules qui jaillissaient de ses côtés. Des évents perforaient des plaques de métal, plusieurs cylindres s'élançaient vers le ciel. Des pointes saillaient à des angles étranges, comme si le véhicule devait se défendre contre une main géante tentant de l'attraper.

Ce qui, pour autant qu'Ami sache, était peut-être le cas.

Étincelle posa sa main sur un anneau carbonisé à mi-chemin le long de la bête métallique, un contour brûlant traçant ses doigts avant de s'écouler le long de canaux sculptés vers une porte circulaire. Une fois que la chaleur eut complété le cercle, un loquet à l'intérieur s'ouvrit avec un sifflement audible. L'entrée s'ouvrit vers l'intérieur, et Étincelle recula bien en arrière, faisant signe à Ami d'entrer.

L'idée qu'elle était sur le point d'entrer dans un four avec une flamme géante traversa l'esprit d'Ami, et elle fit une prière silencieuse à Foti pour que ces évents maintiennent la Gardienne en vie. Pourtant, faire demi-tour maintenant n'était pas dans sa nature.

On ne pouvait pas venir aussi loin pour avoir peur seulement maintenant. Svarde s'était aventuré profondément dans les Ténèbres du Dessous et n'avait pas fait demi-tour. Ami pouvait le faire.

Pour Catya. Pour les Îles.

Marcher sur du métal produisait des sons peu familiers, que, comme les murmures des skars dans son esprit, Ami ignora en entrant lourdement dans la construction. Une litanie de leviers l'entourait, la forme de la machine se traduisant en un intérieur en forme de boîte basique, sans intérêt sauf pour une chose : les têtes des leviers, toutes, scintillaient de pierres de rubis brut.

Avec des skars de Foti.

La chaleur derrière elle poussa Ami à avancer plus loin dans la construction, Étincelle faisant preuve de gentillesse en attendant qu'Ami se réfugie dans le coin arrière. Des évents l'entouraient, chacun offrant une vue découpée du monde extérieur, des marcheurs de feu se déplaçant à nouveau pour dégager un chemin. L'entrée d'Étincelle fit exactement ce qu'Ami avait craint : l'air passa de chaud à étouffant, à suffocant. Sa vision se brouilla, ses vêtements de Whent ne trouvant nulle part où évacuer la chaleur, et Ami s'effondra à genoux.

Jusqu'à ce que, avec un doux soupir, la chaleur s'évacue. Assez vite pour ressembler à un vent, et si complètement qu'Ami frissonna en refocalisant ses yeux. Étincelle se tenait à l'avant de la construction, les mains sur quatre leviers et commençant à les actionner en tandem. Comment ces leviers-

Les skars.

Les marcheurs de feu utilisaient ces skars pour absorber la chaleur. Ami secoua la tête, maudissant une fois de plus le manque total d'ingéniosité de son pays. Il semblait évident que ces marcheurs de feu étaient bien plus avancés que Les Sept Îles, et ce que cela signifiait pour le pays d'Ami n'était pas bon.

Cela dit, au moins Fassle allait avoir ce qu'il méritait.

Les efforts de Spark mirent la machine en marche. Un grondement, un grincement, puis les deux se répétèrent encore et encore. Ces chenilles en forme de lames trouvèrent leur place dans la pierre, chaque creusement s'enfonçant dans la roche et faisant tourner la machine sur elle-même, avant de la propulser en avant. Un trajet cahoteux et irrégulier au début, puis plus fluide quelques minutes plus tard, une fois que la machine eut trouvé son rythme. Spark continuait d'actionner les leviers, dans une danse rapide de va-et-vient.

Comme le maniement d'une épée lors d'un entraînement, ou la navigation d'un navire.

Au-delà des marcheurs de feu, la vue devint un paysage placide de roches rouges et brunes, poussiéreuses et fissurées. Des éclats d'obsidienne parsemaient le paysage, ainsi que des pierres éparpillées au hasard, comme si quelque chose d'énorme avait jeté des rochers çà et là sans se soucier d'un quelconque motif ou but. Aucune plante n'osait défier la chaleur, aucun ruisseau, d'eau ou d'autre chose, n'offrait une pause dans le décor. Il n'y avait ni canyons ni montagnes, et les quelques collines qui s'élevaient et s'abaissaient ressemblaient plus à des bosses, moins une création naturelle qu'une erreur dans un processus monstrueux.

— Comment pouvez-vous vivre dans un endroit pareil ? demanda Ami.

La plaque d'obsidienne de Spark pivota sur le corps du marcheur de feu, un exploit qu'Ami n'avait jamais vu auparavant, mais qui n'aurait pas dû la surprendre. Les marcheurs de feu ne semblaient pas avoir d'os comme elle, ni de sang. Quelle que soit la force qui les animait, elle n'avait pas besoin de muscles, alors pourquoi ne pas avoir une tête flottant librement ?

Les flashs ne répondirent ni à cette question ni à aucune autre, et une fois la cadence dorée terminée, Spark se retourna vers l'avant et la fente étroite offrant une vue sur leur chemin.

Le temps s'avéra difficile à mesurer. Le ciel ne s'assombrissait jamais vers la nuit ni ne s'éclaircissait vers un jour plus lumineux. Ami elle-même mesurait les heures par les grondements croissants de son estomac et la soif dans sa gorge. Elle n'avait pas prévu un long voyage, rien de plus que le transport des uniformes au camp des marcheurs de feu, et maintenant son confort ne dépendait que d'une chose : les skars de Vis incrustés dans sa visière. Ces pierres magiques divines apaisaient ses démangeaisons, soulageaient ses brûlures et calmaient le désir de manger d'Ami.

Le fait que ces efforts ne permettraient pas à Ami de vivre éternellement était une réalité qu'elle essayait d'ignorer.

Spark, peut-être, réalisa que l'existence d'Ami n'était pas éternelle. Les chenilles en forme de lames passèrent d'un vrombissement constant à des claquements individuels tandis que la machine s'arrêtait, dans un arrêt si doux qu'Ami ne tomba même pas. Elle avait connu des charrettes à Najahn avec de pires conducteurs.

Un point de plus en faveur des marcheurs de feu.

La sortie s'ouvrit sous la main de Spark, et cette fois Ami suivit le marcheur de feu sur une autre plaine poussiéreuse. Elle avait passé le trajet à regarder derrière eux et n'avait vu aucun signe de changement à venir, alors quand Ami imita le regard de Spark au-delà de l'avant de la machine, son sifflement brisa l'air crépitant.

L'interminable étendue de pierre... prenait fin. À pas plus d'une douzaine d'enjambées, la roche disparaissait dans une mer d'argent bouillonnante. Des vagues familières se formaient et s'écrasaient contre la terre, défiant cette familiarité par la façon dont leurs tourbillons miroitants recouvraient tout ce que le liquide touchait. La mer elle-même s'étendait jusqu'à l'horizon, se courbant contre la roche au loin.

Une attaque contre la terre.

— Qu'est-ce que c'est ? dit Ami, s'aventurant au-delà du marcheur de feu vers le bouillonnement.

Spark ne fit aucun geste pour l'arrêter, et Ami s'approcha, trouva une éclaboussure qui fuyait près d'elle et se pencha pour y regarder de plus près. Les globules se séparaient et se reformaient, s'écoulant dans les fissures du sol. À mesure que d'autres vagues frappaient, l'argent s'accumulait, débordant des rochers. Sans jamais s'évaporer, sans jamais s'imprégner dans la surface. Beau et étrange. Ami tendit la main vers l'un d'eux, frémissant près de son pied botté.

La secousse la projeta en arrière, la chaleur soudaine brûlant contre elle. Ami heurta durement le sol, grimaça, et vit Spark s'éloigner à grands pas. Des braises rouges flamboyaient sur l'obsidienne du marcheur de feu, leur signification suffisamment claire.

— Ne pas toucher, compris, dit Ami, se relevant à moitié avant de s'arrêter.

Un nouveau son approchait, un sifflement familier comme celui des autres machines des marcheurs de feu. Ses pieds tremblèrent, le sol vibrant. Ami et Spark suivirent tous deux le son vers la droite, vers l'énorme chose élancée qui marchait le long de la côte. Plusieurs longues jambes, chacune actionnée par un piston, s'abattaient sur la pierre à chaque pas, la tête du piston glissant le long de la jambe métallique pour frapper le sol. À chaque fois, un fort sifflement retentissait et l'argent qui s'accumulait dans les fissures était projeté vers le ciel et la mer, éclaboussant à nouveau la nappe miroitante.

Alors que la machine avançait, soulevant la première jambe à piston, une seconde suivait, frappant le même point et pulvérisant une boue épaisse sur le sol. Ami et Spark attendirent encore plusieurs pas, la machine continuant sa marche le long de la côte, avant de pouvoir voir ce que l'engin avait laissé derrière lui : une boue épaisse, forcée dans les mêmes fissures que l'argent brillant conquérait auparavant.

Cette fois, Spark n'empêcha pas Ami de toucher les résidus qui durcissaient.

Cette fois, Ami n'eut pas besoin de demander ce qui se passait.

Elle avait vu un monde balayé par le vent se désintégrer. Elle avait vu tous les marcheurs de feu attendre près de la piscine, près du portail. Les terres derrière ces portes miroitantes étaient en train de mourir, et même les marcheurs de feu, avec tous leurs miracles, ne pouvaient pas sauver les leurs.

— Mais si vous êtes tous en train de vous effondrer maintenant, alors..., marmonna Ami, se retournant vers Spark, vers la machine, et, au loin, vers le chemin du retour.

Chaque démon allait venir, parce qu'ils n'avaient pas le choix. Nulle part ailleurs où aller.

Les Sept Îles allaient devenir très peuplées.

40
LE CHEVALIER DE NOCTIA

Nul ne rattrapait un navire Kance en fuite.

Cette vérité, aussi immuable que le désir de Gladdring pour quelque chose de sucré avec son café du matin, avait tenu bon pendant toutes ses décennies jusqu'à aujourd'hui. Jusqu'à ce qu'il suive Quik et les curieux soldats, marins et assistants de la Reine sur le pont et voie leur poursuivant fendre les lourdes vagues dans le ciel de l'aube.

Le drapeau pourpre et noir du cutter, avec l'anneau d'or dentelé de Noctia en son centre, captait la lumière matinale. Un phare accusateur.

— À peine la moitié de notre taille, dit Quik alors qu'ils se bousculaient pour trouver leur place contre le bastingage. Nous devons avoir plus de soldats ici.

— Ce qui m'inquiète.

— Le fait que nous ayons plus de soldats vous inquiète ?

Le chasseur parlait d'un ton vif, alerte et curieux. Soit il avait bien dormi la nuit précédente, soit il avait devancé Gladdring pour ce tonique amer dont il avait besoin.

Tant mieux. Le Tenet aurait besoin du Vis aujourd'hui.

— Les Najahn n'attaqueraient pas à moins d'être certains de leur victoire, dit Gladdring. Sinon, ils seraient désespérés, et compter là-dessus serait une tactique de fou.

Quik se pencha davantage par-dessus le bastingage, agrippant le bois et fixant le navire noir qui approchait comme si les réponses pouvaient s'y trouver. Et peut-être le pouvaient-elles, mais pas aux yeux de Gladdring. Le Tenet recula, trébucha lorsqu'une vague fit glisser le pont, et se rattrapa à la porte intérieure. Les lanternes se balançaient dans les couloirs, les ordres se mêlaient à leurs grincements, et Gladdring entendit ce qu'il voulait.

— Où allez-vous ? demanda Quik alors que Gladdring s'éloignait vers l'arrière du navire.

— Vers la seule personne qui compte ici.

L'ordre appelant la Garde de la Reine à l'arrière s'avéra être le bon à suivre, et Gladdring trouva la Reine entourée de ses protecteurs, regardant le cutter Kance qui les rattrapait maintenant. Les balistes et les arbalètes abondaient, un arsenal à distance se préparant pour une première salve. Un aide glissait une armure Kance sculptée sur les épaules de la Reine, attachait des plaques à ses jambes et ses pieds. Aucune protection de ce genre n'attendait Gladdring, pas qu'il l'aurait portée de toute façon.

Tout ce qui était lourd en mer avait tendance à entraîner son porteur par le fond.

Pendant que Quik observait avec une expression oscillant entre confusion et amusement stoïque, Gladdring se fraya un chemin à travers la Garde de la Reine jusqu'à ce qu'il soit à côté de sa cible, un exploit dont il eut la confirmation lorsqu'il remarqua la main droite tremblotante de la Reine donnant un signal de ne-tuez-pas-cet-homme.

— Je viens offrir conseil, commença Gladdring, les yeux

fixés sur le navire Najahn, essayant d'évaluer la distance par l'eau qui jaillissait de sa proue.

— Alors offrez-le.

Toujours aussi froide. Au moins, la Reine était constante.

— Ils pensent qu'ils vont gagner, dit Gladdring. Ceci-

— Je sais. La question est comment, Gladdring. Pourraient-ils vraiment entasser autant de soldats dans ce minuscule navire pour nous prendre ?

— Peu probable. Moins de deux escouades pourraient y tenir avec un minimum de confort.

Alors que Gladdring parlait, la Reine leva haut sa main gauche. Autour d'eux, les arbalètes se levèrent. Les balistes s'installèrent sur le bastingage arrière, les soldats visant leurs cibles.

— Alors qu'est-ce que Fassle envoie après moi ?

— Aucun navire Najahn ne pourrait rattraper *La Rose des Vents*, pas avec notre avance, dit Gladdring, démêlant la vérité alors que le Tamas skar découvrait que le comportement glacial de la Reine n'était qu'en surface. La femme partageait la propre peur de Gladdring. Ils-

Un sifflement du côté gauche de la Reine et la souveraine baissa sa main. Un geste dur, engageant une guerre peut-être inévitable mais pas tout à fait réelle jusqu'à ce moment. Gladdring sentit ses mots mourir alors que des carreaux petits et grands filaient dans le vent frais. Les projectiles étaient trop petits pour couler le navire Najahn, mais massacreraient quiconque se trouvait sur ses ponts, dirigeant son gouvernail, manœuvrant ses voiles.

Ou ils l'auraient fait, si les sombres dards n'avaient pas dévié, plongeant droit dans les vagues tumultueuses. Jusqu'au dernier, les projectiles s'écartèrent de leur trajectoire. Des hoquets, des jurons et des cliquetis de manivelles suivirent.

— Il semble que nous aurions dû prendre tous les skars, Gladdring, dit la Reine.

— Et Noctia a trouvé quelqu'un, ou quelques-uns, qui savent les utiliser, répondit le Tenet. Je pense qu'il est temps d'utiliser les nôtres.

— Qui les manierait ? Vous ?

Avant que Gladdring ne puisse suggérer que, oui, il prendrait cet honneur sur lui, la Reine affina son regard. Il suivit son regard, remarquant que la proue Najahn n'était plus vide. Une seule silhouette s'y tenait, vêtue de pourpre et de noir, ses cheveux blond argenté flottant comme l'embrun derrière elle.

— Bien sûr, dit la Reine. Gladdring, les skars aspirent votre volonté, n'est-ce pas ?

— Pour les tâches les plus lourdes.

— Visez la dame ! Envoyez tous les tirs sur elle, et ne cessez pas tant qu'elle n'est pas à terre !

Une autre salve partit, les tirs moins dispersés mais pas plus efficaces. Les carreaux s'approchèrent de la femme avant de dévier, quelques-uns se logeant dans la coque épaisse du cutter avec des chocs assez forts pour confirmer la rapidité avec laquelle le navire Najahn réduisait la distance.

— Combien de salves, Gladdring, avant qu'elle ne tombe ? demanda la Reine.

— Difficile à dire, mais nous savons maintenant comment ils nous rattrapent. S'ils utilisent son skar Kance pour accélérer leur voyage et dévier vos tirs, elle ne doit plus avoir beaucoup de forces.

— Cela vaut-il la peine de risquer mon navire et mes soldats ?

Gladdring fronça les sourcils. — Ma Reine, vous les avez déjà risqués. Les Najahn prendront leurs skars, et le reste d'entre nous sera laissé pour mourir dans ces eaux.

Une nouvelle salve, plus de carreaux, et le même résultat, à une exception près : la femme s'affaissa, ses mains s'agrippant à la proue du navire najahn. Son attitude abattue et son expression déterminée donnèrent à Gladdring l'indice dont il avait besoin pour l'identifier : la Noctia Renewal. Écartée de sa mission par la déclaration de Fassle, mais toujours tenue en haute estime. Gladdring essaya de se rappeler combien d'îles elle avait conquises avant d'être rappelée, combien de skars elle pouvait avoir.

— Qui est derrière elle ? demanda la Reine, après avoir ordonné de préparer les lames et de se tenir prêt à l'abordage.

— Un prisonnier, marmonna Gladdring, reconnaissant la tenue familière qu'il avait portée il n'y a pas si longtemps.

Derrière l'homme émacié se tenait un autre soldat najahn, poussant le prisonnier vers la proue de leur navire avec l'extrémité d'une vouge. Alors qu'ils s'approchaient, avec le feu de Kance désormais à volonté et les carreaux continuant de manquer leur cible, la Noctia Renewal tendit sa main gauche en arrière. Elle semblait vouloir atteindre le prisonnier.

Bientôt, elle n'atteignit que de la poussière. Gladdring resta bouche bée en voyant l'homme, sa tenue, se dissiper comme un brouillard matinal. Pas de chute soudaine, pas d'effondrement difficile, juste un regard écarquillé et une bouche ouverte avant que le prisonnier ne cesse d'exister. Derrière l'homme disparu, le garde najahn rangea sa vouge, se retourna et descendit dans la relative sécurité du pont inférieur.

La Renewal, la Renewal se tenait à nouveau droite, le visage coloré d'une vive rougeur.

— Qu'est-ce que c'était ? demanda la Reine. Gladdring, qu'a-t-elle...

— Je ne sais pas, mais je suggère que nous partions. Gladdring commença à reculer, se glissant derrière un garde de la Reine. Ma Reine, je vous en prie !

— Et pour aller où, Gladdring ? Un des bateaux de pêche ? La Reine se retourna, le fusillant du regard tandis que Gladdring reculait à travers les rangs, ressemblant en tous points à la fière dirigeante qu'elle était censée être.

Jusqu'à ce que les flammes effacent le monde.

Gladdring reprit conscience lorsque son bras heurta la lame d'un homme mort, la rapière libérée de son fourreau et brisée, la pointe cassée traçant une nouvelle ligne rouge près du coude du Tenet. La coupure ne s'était produite que parce que Gladdring bougeait, son corps glissant sur le bois humide.

Non, pas glissant.

— Ça aiderait si tu bougeais, dit Quik, le chasseur grognant alors qu'il tirait Gladdring plus loin le long du navire en train de couler.

Si Gladdring entendait la voix de Quik malgré les cris, les ordres, les premiers bruits d'acier contre acier, c'était parce que le chasseur se baissait en le tirant. La raison en sifflait au-dessus de leurs têtes, le feu najahn rendant la station debout synonyme de mort certaine. Gladdring essaya de remuer ses doigts, ses orteils, constata que tous ses membres étaient là et offrit un rapide remerciement à Noctia de ne pas avoir encore rejoint son royaume.

Le Tenet n'avait pas besoin de demander à Quik ce qui s'était passé, pourquoi il avait survécu. La poupe brisée du navire de Kance, en grande partie en feu, offrait toutes les réponses. Des corps gisaient éparpillés, quelques rares marins essayant de tirer les blessés tandis que les soldats de Kance luttaient pour affronter les Najahns qui escaladaient les cordes lancées sur les quelques extrémités pas trop brûlées pour tenir les grappins. Les semeurs de mort vêtus de noir grimpaient avec des tirs d'arbalète dans leur dos, des vouges prêtes à transpercer à l'avant, une combinaison mortelle qui faisait trop de victimes alors que Gladdring et Quik poursuivaient leur retraite.

— Tu as fui juste à temps, dit Quik alors qu'ils laissaient le pont arrière derrière eux. Le chasseur se déplaça plus loin que Gladdring, se tint debout en se pressant contre les cabines montantes et la structure du pont supérieur. Les gardes devant toi ont pris l'explosion. Il ne restait que des cendres.

De la chance, ou avait-il soupçonné ce qui allait arriver ?

Gladdring chassa la question, rejoignit Quik debout. Des douleurs se manifestèrent çà et là, son corps réalisant que Gladdring n'était pas tout à fait mort, mais pourrait aller beaucoup mieux s'il soignait quelques nouvelles brûlures, cette coupure et plus que quelques échardes.

— La Najahn utilise ses skars contre nous, dit Gladdring, cherchant la Reine parmi les décombres sans en voir aucun signe.

— J'avais compris cette partie tout seul, répliqua Quik. Tu penses qu'on devrait en prendre nous aussi ?

Le skar de Tamas dans les robes de Gladdring — un soulagement de constater que la pierre était toujours là — confirma que la question de Quik venait de la confiance, pas de la peur. Le chasseur pensait qu'il y avait encore un combat à mener ici. Une victoire à remporter.

— On prend ce qu'on peut, et on court.

Gladdring poussa le Vis en avant. Ils passèrent devant

des Kance paniqués et enragés qui se dirigeaient dans l'autre sens. Ils trébuchèrent, glissèrent alors que le navire endommagé luttait contre les vagues. Au-dessus d'eux, les voiles autrefois puissantes brûlaient comme la plus grande chandelle du monde, la toile enflammée tombant autour du duo. Pas une âme ne remit en question leur chemin, ne leur jeta un regard ou ne leur lança un défi.

— Leur reine est morte ou disparue, dit Quik lorsqu'ils atteignirent la salle des skars et la trouvèrent sans garde. Que reste-t-il d'autre que la vengeance ?

— Ne parle pas comme un sage funeste, rétorqua Gladdring, essayant la poignée de la porte et la trouvant verrouillée. Ils laissent l'émotion leur faire perdre la guerre avant même qu'elle ne commence. Il recula, fit un geste vers la porte. Enfonce-la, s'il te plaît.

— Tu penses que je ne suis que des muscles ?

— Je pense que si on s'attend à ce que je l'ouvre, on sera tous les deux bien morts.

Quik souffla, mais fit ce que Gladdring demandait, jetant son épaule contre la porte une fois. Le bois plia, mais tint bon. Un deuxième coup la fissura, et un troisième, cette fois-ci délivré avec les gantelets, laissa un désordre fracassé s'accrochant à des gonds déformés. Quik grimaça, favorisant son épaule de charge.

— Prends quelques skars de Vis et tu iras bien, dit Gladdring en passant à travers.

Les sacoches, chacune avec son butin séparé, étaient dans des caisses scellées au milieu de la pièce. Quik n'eut pas besoin qu'on le lui ordonne une seconde fois, travaillant plutôt avec ses gantelets pour les ouvrir chacune. Le bois qui se fendait ajoutait ses sons aux gémissements croissants et aux cris qui s'atténuaient, aux cris de bataille. Une bataille se terminait et une autre, le combat du navire contre la mer, prenait son plein essor.

— Prends ces quatre-là. Je m'occupe de celles-ci. Gladdring dirigea Quik vers les sacoches contenant Foti, Rana, Whent et Vis. Le Tenet prendrait Kance, Noctia et Tamas. Ensuite, on espère que la Reine ne mentait pas à propos de ces canots de sauvetage.

Gladdring souleva la première sacoche, les skars de Noctia à l'intérieur n'étant pas un fardeau léger, mais un que le désespoir lui permettrait de porter. La deuxième nécessita un accroupissement et un grognement, mais avant que Gladdring ne soulève la troisième, le juron de Quik attira son attention.

La jeune femme qui avait forcé une guerre se tenait dans la porte brisée, l'air intacte et loin d'être fatiguée, malgré tous les efforts des Kance.

— Tant de gens ont essayé de te tuer, Gladdring, dit la femme, sa voix venimeuse. Maintenant c'est mon tour.

41
LA FIN DE L'ENTRACTE

Au troisième jour, il y avait eu cinq tentatives et zéro meurtre. Livier, malgré ses blessures, avait été impliqué dans chacune d'entre elles, ce qui expliquait pourquoi il était maintenant allongé sur le frêle matelas de paille, les mains et les pieds liés. Eujo était assise de l'autre côté de la pièce de rechange, plutôt un placard selon les normes royales de Kance, et savourait le regard noir de l'homme.

— Si tu n'étais pas un tel monstre, peut-être que je te laisserais essayer le skar, dit Eujo alors que Livier reprenait ses esprits en fin d'après-midi. On ne peut pas nier leur efficacité.

— Tu serais déjà morte s'ils ne marchaient pas.

La voix de l'homme ressemblait au sifflement d'un serpent mourant, apaisé une minute plus tard lorsqu'il se pencha pour laper de l'eau de neige fondue dans une assiette blafarde. Comme un chien, bien que Livier méritât pire. Torny était d'accord avec Eujo sur ce point, mais Wax insistait sur le fait que Livier pourrait avoir une certaine utilité.

Eujo parierait plutôt sur la réticence de Wax à ajouter un autre corps à sa liste.

Néanmoins, c'était un grand jour, un moment important, car Eujo elle-même était suffisamment rétablie — grâce à ces skars et à des changements de pansements plus judicieux, de la nourriture et de l'eau — pour interroger l'assassin. Et Livier lui-même semblait prêt à le supporter.

— Comme j'ai de la chance, dit Eujo, commençant à se lever de la chaise branlante dans son coin, mais se rasseyant immédiatement face à une protestation douloureuse, son corps n'étant pas tout à fait prêt pour une démarche intimidante. Pour l'instant, je vais devoir te faire confiance pour me dire la vérité. Pas de ces entortillements de langue de Kance, pas de mots tordus, ou je laisserai Torny revenir ici pour t'éventrer.

— Torny, c'est la gamine avec le poignard ?

— Celui qu'elle aimerait tant te planter dans l'estomac, oui.

— Je l'aime bien.

Le sourire de Livier avait un air maladif. Eujo ne s'en formalisa pas. L'homme n'avait aucun pouvoir ici, à moins qu'elle ne lui en cède.

— À quel point elle t'apprécie dépendra de ce que tu me diras maintenant, dit Eujo.

— Laisse-moi deviner, tu veux tout savoir ?

— Pour commencer.

Livier s'allongea sur le matelas, les yeux errant vers le plafond en bois, des planches qui auraient bien besoin d'un rafraîchissement. Toute la maison répondait aux normes minimales de survie dans une ville reculée de Tamas, un refuge acheté et payé avec de l'argent sale, par les rapières, les couteaux et les outils de Livier et des assassins morts.

Les armes avaient offert à Eujo, Wax et aux autres un abri et de la nourriture pour une semaine. À la fin de ce délai… eh bien, Eujo prévoyait de partir à la recherche du skar de Tamas, et Livier serait probablement brûlé sur un autre bûcher.

L'assassin, cependant, semblait penser qu'il avait une échappatoire. La confession commença par un bref hochement de tête dans le vide, puis les mots coulèrent, ralentissant ici et là pour permettre à Eujo de poser une question, de lancer une pique ou simplement de soupirer.

Parce que toute cette foutue histoire était tellement stupide.

La Reine, l'ancienne Reine, voulait les skars pour renforcer Kance face à ce qui, elle en était sûre, serait une guerre imminente entre les îles. Whent et Rana avaient intensifié leurs combats, et les Najahn devenaient plus agressifs dans leurs revendications territoriales. Bien que la Reine soupçonnât que ces pierres avaient quelque chose de plus — les Najahn semblaient certainement très possessifs à leur égard — les skars étaient davantage un outil de négociation.

— Elle pensait que Fassle laisserait Kance tranquille si elle avait plus de skars à échanger, dit Livier.

— J'en avais quatre, Livier. Quatre skars quand mes propres gardes se sont retournés contre moi. Combien de temps cela était-il censé acheter ?

— Un bonus opportun, rien de plus. Ta vie était le véritable prix, et le contrôle total de l'île.

— Jusqu'à ce qu'ils choisissent une autre Reine.

Livier secoua la tête, la paille bruissant sous ses cheveux effilochés et brûlés. — Kance ne le ferait pas pendant un Renouveau. La Reine le repousserait, s'assurant d'avoir le plein contrôle aussi longtemps que nécessaire. Te mettre hors-jeu lui donnerait le pouvoir absolu.

— Elle ne me l'a même jamais demandé. Peut-être que j'aurais aimé son plan ?

— La coopération n'a jamais été son style, Eujo. Elle ne partagera pas avec toi, ni avec personne, à moins d'y être forcée.

Livier ne savait rien de plus sur les plans de la Reine, sauf que la capture d'Eujo était devenue une priorité plus élevée après que les Najahn aient mis fin au Renouveau. Le dernier message qui avait trouvé Livier, attendant lorsqu'ils avaient atterri sur Tamas, suggérait que les skars étaient encore plus précieux qu'on ne le soupçonnait, et qu'Eujo ne pouvait pas être autorisée à tomber entre les mains des Najahn.

— Comme si j'allais les laisser me prendre, marmonna Eujo.

— Un risque que la Reine ne peut pas accepter, c'est pourquoi je suis ici, et pourquoi d'autres viendront après ma disparition. Que tu l'acceptes ou non, Eujo, ta vie est perdue.

— Je ne l'accepte pas, et quiconque te suivra finira exactement de la même manière.

— Tu es défiant maintenant, mais au fil des heures, des jours, peut-être des semaines, chaque minute passée à te demander si ce sera ta dernière ? Livier émit un rire pathétique et sifflant. Beaucoup craquent pour moins que ça. Toi aussi.

Wax noya son soupir dans la bière. Lui, Torny et Eujo étaient assis autour de l'unique table au centre de la maison trapue, un espace combinant cuisine, salon et salle à manger, parsemé de meubles en bois rabougris. Les murs, cependant, étaient du pur style Tamas, avec des peintures teintes courant sur les planches de bois de cerisier. Les encres ne s'arrêtaient pas, passant simplement de l'une à l'autre dans un étourdissant tableau représentant des danses printanières, des ciels nocturnes, des vagues déferlantes et des animaux solitaires dans des champs enneigés. Si tout le reste dans cet endroit semblait bon marché ou à peine tenir debout, ces murs étaient magnifiques.

— Donc, on n'en a pas fini avec ça, dit Torny, ses mots se mêlant au crépitement du feu dans la cheminée de pierre derrière eux. J'imagine qu'on va devoir quitter ce paradis, garder une longueur d'avance sur leurs pisteurs ?

Le paradis avait deux chambres à coucher en mezzanine, accessibles par une échelle et légèrement plus confortables que la paillasse de Livier. Bliss, à peine debout elle-même, restait maintenant avec l'assassin, dans le cadre d'une rotation jour et nuit qui épuisait le quatuor, mais sans autre solution évidente. Laisser Livier seul signifiait accepter une lame sur la gorge ou pire.

— Il n'y a pas moyen de garder une longueur d'avance, répondit Eujo. Comme Livier l'a fait, ils nous rattraperont bientôt. Ils savent ce que nous voulons, où nous allons, et nous ne pouvons pas changer de chemin.

— Vraiment ? demanda Wax. On pourrait abandonner le skar de Tamas. Retourner directement à Noctia, puis faire un détour. Les dérouter.

— On se fera juste attraper par quelqu'un d'autre. Mieux vaut jouer franc jeu. Au moins si on obtient le skar de Tamas, Noctia m'en donnera sept.

— Et qui se soucie de Wax, n'est-ce pas ? dit Torny. Tu en as quelques-uns. C'est suffisant pour... c'était quoi déjà qu'on essayait de faire ? Détruire tous les démons, sauver les îles, donner à tout le monde toute la nourriture et l'amour dont ils auront besoin pour toujours ?

— La bandite a tout compris, rit Wax. Simple, non ?

— Alors-

Wax coupa Torny d'un geste de la chope, son rire s'éteignant pour laisser place à quelque chose de plus sérieux. — Ça sonne comme une blague, Torny, mais j'ai promis à Pan que j'essaierais pour le Renouveau. Si ça m'a été enlevé, alors je vais faire quelque chose qui le rendrait fier. Qui rendrait son sacrifice utile.

— Je ne suis pas sûre que tenter l'impossible soit la meilleure façon d'honorer la mémoire d'un homme.

— Je vais quand même essayer.

Eujo tendit la main et la posa sur le bras de Wax. — Pas tout seul, en tout cas.

— Une reine Kance et un chasseur Vis. Torny siffla. À peu près le meilleur duo que ces îles aient jamais vu. Ces démons feraient mieux de rentrer chez eux en tremblant.

— Ils le feront, bien assez tôt, dit Wax, une fois qu'on aura décidé où aller ensuite.

La Reine Kance lança un regard à Torny, que la bandite comprit suffisamment bien pour annoncer qu'elle devait aller vérifier comment allait Bliss. — En tant que ta Gardienne, je déclare par la présente que je me fiche de ce que vous décidez, tant que vous me payez correctement avant que tout ça ne se termine.

Eujo rit doucement tandis que Torny, remplissant sa chope, partait d'un pas lourd vers le placard. Wax soupira seulement — le Vis soupirait beaucoup ces derniers temps — et fixa le feu. — Ce n'est pas impossible, tu le sais, n'est-ce pas ?

— Je ne peux pas le croire. Je vais le faire. Tout comme Svarde, j'ai une dette envers des gens.

— Moi aussi. Toute une île de gens.

— La même île qui a essayé de te tuer ? Qui essaie toujours de te tuer ?

— Ils n'ont pas encore réussi. Eujo sentit un contact, vit Wax bouger son bras pour que sa main repose sur la sienne. Je n'ai pas l'intention de les laisser faire non plus.

— Alors on continue demain ?

Ils étaient suffisamment remis pour voyager, et ils avaient déjà discuté de l'obtention de provisions, d'un moyen de transport ou d'une charrette et d'un poney pour le voyage : Wax et Eujo abandonneraient leurs épées, leurs vêtements plus raffinés de Kance et de Whent pour des versions plus fines et moins chères. Ce n'était pas un échange qu'Eujo attendait avec impatience, mais les skars de Tamas étaient encore à plusieurs jours au sud, un voyage qu'ils ne pouvaient pas faire à pied. Pas sans inviter davantage de poursuites hostiles.

— Je suis prête, dit Eujo, son regard s'attardant sur leurs mains jointes.

Devait-elle dire quelque chose ? Quoi, alors ? Les mots semblaient tout aussi susceptibles de briser ce moment fragile que n'importe quoi d'autre, alors elle garda le silence, observa le feu pendant que Wax finissait sa bière. Il mit la cruche de côté, la regarda, le sourire penaud que Wax portait si bien trouvant son visage. Cette expression arrogante, si pleine de lui-même, si confiante, si... confuse ?

Les yeux de Wax dérivèrent avec son expression par-dessus l'épaule d'Eujo, vers la fenêtre de devant de la petite maison, sa vitre embuée, et la porte à côté. Une porte qui trembla sous un coup violent, qui s'ouvrit sous un coup de pied encore plus violent un instant plus tard.

— Quelle sécurité, dit Wax, se levant, cherchant son épée du regard. Eujo l'imita, bien que sa rapière fût appuyée contre le mur près de la porte, près de leurs manteaux.

Aucune aide pour faire face à l'homme qui se tenait là, souriant comme un diable hautain, tandis que le vent froid de la nuit s'engouffrait autour de lui.

— Quel tour, annonça Daklin, plusieurs autres visages encapuchonnés se cachant derrière lui. Au début, je pensais que nos Renouveaux préférés s'étaient enfuis, mais ensuite nous avons trouvé quelques âmes manquantes. Il entra, se frotta les mains comme s'il s'apprêtait à manger un morceau savoureux. Le skar de Tamas exige un spectacle, et vous allez en donner un pour nous.

— Peu probable, dit Wax, trouvant sa lame et la levant. Nous ne sommes pas vos jouets.

— Non, non vous ne l'êtes pas. Daklin claqua des doigts. Ces ombres qui se cachaient entrèrent dans la pièce, des costumes extravagants dépassant de sous leurs capes et manteaux. Eujo aurait ri si Daklin ne s'était pas renfrogné. Vous êtes des voleurs. Des criminels. Si vous étiez sur Whent, nous vous jetterions dans les Fosses. Puisque vous êtes sur Tamas, vous allez monter sur scène. Vous jouerez votre scène, ou vous mourrez ici et maintenant.

— Qu'est-ce que ça peut vous faire ? demanda Eujo, se tenant aux côtés de Wax, comptant les pas jusqu'à sa lame et la jugeant trop éloignée. Nous sommes deux-

— La pièce, le théâtre, est sacré. Vous voulez notre skar, vous respectez nos rites. Maintenant, posez cette épée. Le sourire furieux de Daklin revint. Elle ne correspond pas à votre personnage, et vous avez des répétitions à faire.

42
EFFACÉ

Le temps passe vite quand on se bat pour sa vie.

Le stress constant absorbait les minutes et les heures en un flux qu'Annalyse ignorait. Le jour et la nuit n'étaient qu'un bruit de fond. Le café et un sommeil épuisé se relayaient de manière inégale tandis que la scientifique, d'abord portée, puis marchant d'un pas décidé, arrivait à Mottilan et s'emparait de la cité accrochée à la falaise.

Annalyse ne l'avait pas fait consciemment, mais lorsque les chasseurs l'amenèrent dans le vaste bâtiment circulaire juste à côté du port vide de Mottilan, la confusion parmi les anciens, les autres chasseurs et même les quelques insectes qui bourdonnaient autour était si évidente que rester en retrait aurait, une fois de plus, mis Annalyse entre les mains de personnes qui en savaient moins qu'elle.

— Il faut vous préparer à la guerre, déclara d'abord Annalyse, d'une voix forte et claire qui couvrit le brouhaha de la foule en train de se disputer.

Son auditoire comprenait des pêcheurs, des tisserandes, des chasseurs ayant dépassé leur apogée, et des marins qui pensaient passer l'hiver comme ils le faisaient souvent : en se saoulant jusqu'au printemps. Seul Reth, assumant son nouveau rôle de chasseur en chef de Mottilan suite aux meurtres des Najahn, accepta le verdict de la bonne manière : en claquant un couteau Najahn sur une table de pierre centrale et en déclarant que c'étaient les nouveaux ennemis de la ville.

— Mais comment ? demanda l'un des anciens, qui semblait si frêle et usé que tout conflit armé devait lui paraître impossible.

Annalyse connaissait ce sentiment, elle l'avait partagé très récemment.

— Avec ce que nous savons, et ce que je peux vous enseigner, répondit Annalyse.

— Et qui êtes-vous ?

Annalyse ne sourit pas, ne fit pas un signe de tête entendu comme l'aurait fait Gladdring. Ce n'était pas un jeu de confiance. Les faits l'emporteraient, et elle donna des faits.

— Votre dernière chance.

Mottilan aurait jeté Annalyse à la mer à ces mots si Reth ne l'avait pas soutenue, expliquant comment Annalyse avait détruit l'escouade Najahn. Cela valut à Annalyse un soutien tiède suffisant pour lui confier la direction d'un nouveau conseil de guerre, avec elle et Reth à la barre. Annalyse ne perdit pas de temps, demandant et recevant des détails sur les terres entourant la ville, les ressources en biens et en personnes, et les talents.

D'anciennes leçons — Whent était une île en guerre, entre ses seigneurs de guerre querelleurs et ses conflits constants avec Rana — sur la façon de contrer les raids et de lancer les siens se libérèrent tandis qu'Annalyse assimilait les détails et planifiait les prochaines étapes. Des fruits secs devinrent des jetons marquant les positions possibles des Najahn, les points de repère, et...

— Des démons ? demanda Annalyse lorsque Reth désigna plusieurs écorces de melon.

— Exactement, répondit Reth. Nous n'avons pas les effectifs pour tous les affronter, et certains ne bougent pas. Les pires, peut-être que le hanoko, ou une maladie les tuera pour nous.

— Mais Deshiva...

Reth cracha sur le côté, un geste imité par les autres personnes dans la pièce.

— Kitaye est plus grande, s'ils veulent gaspiller des vies à pourchasser chaque créature sur l'île, ils peuvent le faire. Ce n'est pas notre façon de faire.

Cette attitude méprisante résumait l'approche de Mottilan : plus petite, plus astucieuse, et toujours avec l'idée d'être intelligente plutôt que forte. Annalyse, avec Reth lui donnant de gentilles poussées si nécessaire, s'adapta assez rapidement.

Premièrement, rassembler des informations. Les chasseurs les plus rapides de Mottilan s'élancèrent hors de la ville, à la recherche des mouvements des Najahn tout en confirmant l'existence de sentiers cachés à travers les montagnes séparant Mottilan de la Grande Sana. Les pêcheurs reçurent l'ordre de rester vigilants en mer et de revenir en toute hâte si quelque chose de violet et noir apparaissait à l'horizon.

Deuxièmement, fortifier. Tous ces marins endormis chassèrent leur gueule de bois avec la lance de Reth dans le dos, leurs journées désormais remplies à déplacer des pierres, creuser des fosses à pieux et construire des plate-formes d'embuscade parmi les arbres sur la route principale menant à la ville. Les maisons les plus élégantes sur la falaise devinrent des forts, approvisionnés en vivres, fléchettes, flèches et lances. Toute invasion terrestre serait une descente sanglante, toute attaque maritime se trouverait bombardée de rochers et de poix enflammée depuis le haut point de la falaise au-dessus.

Et troisièmement ?

Des alliés.

— Quand un nouveau seigneur de guerre arrive, dit Annalyse lors d'un autre des cercles constants autour de la table de pierre, la première chose qu'il fait est de changer les esprits. Faire en sorte que tous les couteaux pointés dans son dos soient remis dans leurs fourreaux. Quand est-ce que les Najahn ont eu à faire ça pour la dernière fois ?

Des regards vides l'accueillirent.

— Exactement. Ils ne savent pas comment changer les esprits ou gagner les cœurs. Même si Kitaye tombe, les gens qui y vivent ne travailleront pas pour Fassle. Ils nous donneront des informations ou, avec notre aide, perturberont tout ce que les Najahn essaieront de faire. Annalyse tapota alors la partie nord-est de la carte grossière recouvrant la roche grise rugueuse. Quand j'ai quitté Noctia, Whent et Kance étaient les deux seules autres îles qui se souciaient de leur indépendance. Whent est trop loin, surtout avec la glace qui bloque les voies, mais Kance pourrait être une amie.

— Une amie pour quoi ? demanda un chasseur.

— De la nourriture, des armes, tout ce contre quoi nous pouvons échanger. Vous n'obtiendrez plus rien de Noctia, alors il faudra tout remplacer avec ce que Kance peut fournir. Ou s'en passer.

— Ça, dit Reth, c'est quelque chose que nous comprenons.

Une fois de plus, Annalyse courait avec les chasseurs de

Vis à travers une nuit nuageuse, sous non pas tant des feuilles de jungle que de la roche montagneuse. Des tissages plus épais que ceux que Deshiva lui avait donnés gardaient Annalyse au chaud, tandis que des bottes de Mottilan, des pierres tranchantes plantées dans leurs semelles, s'enfonçaient à chaque pas pour l'empêcher de glisser. Elle se baissait sous les branches, suivait Reth alors qu'il sautait par-dessus des crevasses formées par des rivières de neige fondante.

L'hiver était encore là, mais sur Vis, son emprise pouvait être inconstante.

Reth s'arrêta au sommet d'une corniche tranchante le long de la face ouest de la colline, une trouée dans les arbres trop nette pour être naturelle. La forêt s'étendait en contrebas, cédant bientôt la place à l'élévation grise de la Grande Sana. Derrière, s'étalaient des scintillements orange et jaunes. L'avant-poste Najahn.

— Tu vois ça ? dit Reth, montrant du doigt des torches grouillantes qui se dirigeaient vers le nord. C'est notre œuvre, juste là.

Pendant un instant, Annalyse se demanda si Reth avait envoyé les quelques combattants de Mottilan dans un assaut insensé contre le cœur de Najahn. Puis elle entendit le rugissement, fort et étrange, un gargouillement terrible. Affreux à distance, et sans doute pire de près, là où ces soldats de Najahn feraient face à quelque chose dépassant leurs pires cauchemars.

— C'est le signal, dit Reth, fixant du regard non pas les autres chasseurs autour d'eux, mais Annalyse seule. Tu es sûre de vouloir venir ?

— C'était mon idée, répondit Annalyse, sacrément fière de garder une voix stable. Si quelque chose se passe mal, les skars sont notre meilleure chance.

Reth se contenta d'acquiescer. Ils avaient eu cette dispute les jours précédents, pendant que le va-et-vient avec les Najahn se déroulait. Les violet et noir s'occupaient davantage de Kitaye, des murmures remontant à travers les réunions dans la jungle que la plus grande ville avait été assiégée, envahie par le Nord et le Sud. Les distractions signifiaient des ouvertures, que Mottilan devait maximiser.

Et cela signifiait les skars.

Ils coururent à nouveau, Reth choisissant le chemin vers le bas et autour de la base du Grand Sana. Quatre gardes Najahn se tenaient autour de l'entrée, vouge prêtes. Une cible dangereuse et pas la leur, pas ce soir. Au lieu de cela, Reth les garda furtifs à travers les fougères et les arbres vers le Sud, contournant la base du poste avancé Najahn. En chemin, les autres chasseurs planifiaient des itinéraires de fuite, vers la côte sud où un bateau de pêcheur les attendrait.

Des plans dans les plans. Gladdring serait fier.

Ils atteignirent le bord sud du poste avancé à l'approche de l'aube, après une course trop longue, ces rugissements hideux continuant, bien que devenant plus lointains, plus désespérés. Plutôt que de plonger directement dans le chaos Najahn, Reth les retint. Des noix et des fruits passèrent des sacoches aux bouches, des grains de café parmi eux. De petites bouchées amères délivrant des secousses, chassant l'épuisement.

Cachant, sous la précipitation, la vague de nausée alors qu'Annalyse regardait à nouveau cet horrible avant-poste. Retournant sur le site de sa presque mort, ou pire.

Pour extirper le traumatisme, l'affronter, le détruire.

Ami avait dit cela plus d'une fois sur Noctia, souvent en agitant une lame ou trois chopes plus tard. Que la

Gardienne n'ait pas suivi son propre conseil était évident. Peut-être l'avait-elle fait maintenant, si Ami vivait encore.

Annalyse espérait que oui, espérait que la combattante aux cheveux de feu continuait à terrasser des démons où qu'elle soit.

Ç'aurait été bien d'avoir Ami ici, maintenant, alors que Reth donnait le signal et que leur groupe quittait sa couverture. Ils restèrent bas, se dirigeant vers le premier bâtiment, une étable basse. Autrefois maison du bétail, maintenant une prison de fortune, ou du moins le suggéraient les éclaireurs de Mottilan. Un seul soldat Najahn se tenait près de l'entrée, sa tête casquée oscillant de haut en bas alors qu'il essayait d'échapper à l'emprise du sommeil.

Reth mit fin aux soucis du garde avec une fléchette, soufflée quand la tête de l'homme plongea et perçant sa gorge. Le garde se tortilla, essaya de parler, et tomba. Un désastre bruyant évité par les mains mêmes de Reth, rattrapant la chute du garde et la redirigeant vers la gauche, où deux autres chasseurs complétèrent la descente.

L'herbe ferait un bon lit pour l'homme, douce et refroidie par le baiser latent du gel.

Annalyse resta pressée contre le mur extérieur de l'étable. Jusqu'ici, mieux que prévu. Le combat avec Kitaye, l'attaque du démon, avait attiré tant de soldats que le poste avancé était presque désert. Ce que cela signifiait pour leur objectif, Annalyse ne voulait pas spéculer.

Elle n'avait pas, cependant, à spéculer sur la lumière, et comment leur couverture se dissipait à chaque seconde. Ce qui avait été des ombres sombres contenait maintenant des gris, et la couleur s'infiltrait ici et là. Reth le remarqua aussi, tout comme les autres chasseurs, leurs regards se tournant vers la lisière de la jungle et le refuge.

Mais cela sacrifierait la distraction du démon, avertirait les Najahn de leur présence.

— Non, chuchota Annalyse, rejoignant les chasseurs, le Najahn effondré à leurs pieds. L'armure bougea. Elle sourit. Whent pourvoirait. Reth, j'ai une idée.

Les autres chasseurs disparurent alors que les premiers rayons perçaient les nuages disparaissant, le garde Najahn, dormant profondément sans son armure, porté entre eux. Les mains jointes derrière elle, Annalyse marchait devant Reth, caché derrière une armure mal ajustée, mais passable. Ils n'auraient pas besoin d'aller loin, n'auraient pas besoin de faire plus que trouver les prisonniers, et larguer Annalyse parmi eux.

Puis, quand la nuit reviendrait, elle pourrait se libérer elle-même.

Au coin, à travers une porte lâche — ni barrée, ni verrouillée, sécurité laxiste pour les Najahn — Annalyse entra dans le long bâtiment étroit. Des poutres et des lattes divisaient l'étable, et Annalyse écouta, alors qu'elle marchait sur la vieille paille et la terre, les premières questions, les appels à la nourriture, à l'eau, à l'aide qui peuplaient chaque prison. Aucun ne vint.

— Où sont-ils ? chuchota Reth dans son dos. Les gardes ? Les prisonniers ? N'importe qui ?

— Peut-être que nos éclaireurs se sont trompés.

Une réponse espérée écartée alors qu'ils approchaient de la première rangée de cellules. Annalyse sentit son souffle se bloquer, son cœur tonner avec les murmures des skars dans son esprit. Les prisonniers de Kitaye et Mottilan étaient là, oui, et ils vivaient, oui. Ils fixaient, assis, Annalyse et Reth, leurs bouches silencieuses, leurs yeux vides. Dans cette cellule, dans la suivante et la suivante.

— Qu'est-ce que c'est ?

Reth dépassa Annalyse vers une paire. Il tendit la main, donna une légère gifle à un chasseur, pâle et nu sauf pour un drap. L'homme vacilla, mais ne réagit pas autrement. Il essaya à nouveau, avec le même résultat, et jura. Annalyse continua, trouva ce qu'elle voulait, ce qu'elle craignait, dans le dernier box. Deshiva, meurtrie mais vivante.

Mais Deshiva était assise comme les autres, le feu éteint. Silencieuse, vide, attendant. Derrière elle, Reth, entre les jurons, avertit que le jour avançait, une inquiétude appuyée par des appels pour le petit-déjeuner, le café et la rotation des équipes. Ils seraient découverts bientôt, et il n'y aurait pas de fuite d'ici, pas d'évasion massive.

— Partons, dit Annalyse. Nous ne pouvons pas les aider.

— Il n'y a plus moyen de nous cacher maintenant, Whent.

— Alors nous courons, Reth. Nous courons jusqu'à ce que nous ne puissions plus courir.

43
LA LONGUE ASCENSION

Après avoir été cuite dans ce qui ressemblait à une forge pendant bien trop longtemps, Ami émergea, ruisselante, du bassin de la chambre pour retourner dans le monde qu'elle connaissait. Les marcheurs de feu ornant les pentes grises l'observaient avec leurs couronnes d'obsidienne scintillantes, mais aucun ne fit un geste pour entraver sa marche trempée sur la pente, passant devant les vestes en tas qu'elle avait été chargée de livrer, et descendant le tunnel vers Jochi, Svarde et les autres âmes souffrant encore dans une bienheureuse ignorance.

— Ils vont tous s'effondrer ? demanda Jochi après qu'Ami eut changé ses vêtements trempés et carbonisés pour des nouveaux. Ils se tenaient tous dans l'endroit préféré de Svarde, la cathédrale de pierre, et le Roi Mort lui-même se dressait à proximité, gardien passif de leur discussion.

Ami se surprit à regarder le géant immobile, installé dans son épaisse armure, pendant que Maena, Svarde et Jochi échangeaient leurs opinions sur l'histoire d'Ami. Le

Roi Mort était ici depuis des siècles, mais n'offrait aucun éclairage sur les paroles d'Ami ? Était-il vraiment resté coincé avec ses corps ressuscités sans jamais essayer de comprendre ce qui le condamnait à cet endroit ? Ce qui poussait les démons à s'envoler ?

Ou peut-être l'avait-il fait, et supposait qu'aucune île ne se lèverait pour aider les démons de toute façon, encore moins pour accepter ces réfugiés monstrueux et dépenaillés sur leurs maigres terres.

— C'est ça le problème, n'est-ce pas ? demanda Ami lors d'une accalmie, alors que la conversation tournait autour des moyens de contenir tous les démons dans les grottes des Ténèbres d'en Bas. On ne peut pas les retenir ici. C'est impossible.

— On n'a pas encore essayé, répliqua Jochi. Le seigneur de guerre se passait maintenant de ses gardes du corps, bien que la lourde hache à sa ceinture suggérât qu'il n'était pas sans défense. Pourtant, sans ses protecteurs sycophantes, Jochi ressemblait moins à un tyran menaçant et plus à un ours trop rembourré. Mes ingénieurs peuvent faire s'effondrer les bons tunnels, garder ces monstres à tourner en rond jusqu'à ce qu'on décide dans quel trou on veut les mettre.

— Et si on ne les mettait pas dans un trou ? demanda Maena. Si on les envoyait à la surface ?

— De la folie, marmonna Svarde.

— Tu n'as jamais été en cage. Tu ne sais pas ce que ça signifie d'essayer d'en sortir.

Svarde agita sa lame géante et dentelée. — Toutes les cages n'ont pas de barreaux, Rana.

— Tu veux sortir de la tienne ? Lâche prise, c'est tout, Svarde.

— D'accord, dit Jochi en tapotant l'air de ses mains, comme pour éteindre un feu invisible. Calmons-nous.

Ami renifla. — Jochi, tu devrais savoir maintenant que les insultes et les menaces sont juste notre façon de parler.

— La Gardienne a raison, dit Maena en croisant les bras et s'illuminant d'un sourire meurtrier. Il n'y a aucun plaisir à simplement bavarder, Jochi.

— Il y a du plaisir à trouver des réponses pour que je puisse retourner à ma bière, dit Jochi. D'après les mots d'Ami, on n'a de toute façon pas beaucoup de temps avant que tous les démons capables de bouger ne sortent en rampant de ces portes. Nos amis marcheurs de feu pourraient en écraser un bon nombre, mais d'autres vont s'échapper par les tunnels éloignés.

— Et on ne veut pas que les marcheurs de feu meurent, ajouta Ami.

— En effet, ce qui me ramène aux tunnels. On scelle quelques voies, on garde les démons à tourner en rond jusqu'à ce qu'on trouve quelque chose de mieux.

Maena leva les yeux. — J'ai déjà quelque chose de mieux : les amener à la surface.

— Noctia n'a pas la place pour les démons de sept mondes, dit Svarde. Aucune île ne l'a.

— Ils ne passeront pas tous. Jochi sortit une pipe de son manteau géant et la mit dans sa bouche. Peut-être qu'il y en aura assez peu pour qu'on puisse les caser sur quelques îles sans que personne ne s'en aperçoive.

Ami se laissa aller en arrière tandis que le débat se poursuivait, les solutions et les problèmes s'entrechoquant comme des soldats dans un triste jeu d'épées. Le voyage de la journée faisait de cette conversation une bonne occasion de rappeler à Ami qu'elle était épuisée, les cicatrices de Vis avides du renouveau du sommeil. Peut-être pourrait-elle s'éclipser, trouver une paillasse quelque part, et le temps qu'elle ait chassé quelques rêves, ces trois-là auraient une solution.

Kivi, ses ronflements de caillou roulant grondant dans le coin, avait la bonne idée.

— J'irai, annonça Svarde, ramenant Ami à l'échange. Je monterai là-haut et dirai à Noctia et au Najahn de se tenir prêts. De faire descendre Catya de ce trône. Svarde hocha la tête vers Ami. Et tu viens avec moi.

Merde.

Ils se tenaient au fond de la frappe d'un dieu. Du moins, ce qu'il en restait. Le Roi Mort avait construit la cathédrale près du point le plus bas de la Blessure, juste là où le poignard de Vis avait trouvé le cœur de Noctia. Des tunnels reliaient la blessure ici et là en haut, permettant à plus d'un démon de trouver cette voie rapide vers la surface, et une fin encore plus rapide à leur arrivée. Maintenant, Ami et Svarde s'apprêtaient à emprunter la même route, une escalade rapide pour éviter une longue marche jusqu'à Whent et un voyage glacial de retour à Noctia.

Que leur destination soit la Cité des Anneaux restait un choix douteux pour l'ancienne Gardienne, mais qu'était supposée faire Ami ? Dire non ? Se déclarer lâche devant Svarde, Jochi et Maena ?

Hors de question.

Le plan, tel que Svarde le décrivait, était assez simple : gravir la Blessure, faire en sorte que Catya annule toute attaque du Najahn, puis utiliser leur célébrité à lui et Ami pour convaincre Fassle et son Cercle d'adhérer. Arrêter toutes les futures attaques de démons devrait être une offre tentante pour Fassle, et avec le soutien du Najahn, ils pourraient trouver un moyen de répartir les démons capables de fonctionner entre les îles correspondantes.

Jochi, Maena et les marcheurs de feu s'occuperaient des monstres trop violents pour mériter d'être sauvés.

— Et quand Fassle décidera de me faire exécuter quand même ? demanda Ami.

— J'aimerais bien le voir essayer, répondit Svarde, la grande épée attachée à son dos, la poignée liée et touchant le cou gris de l'homme. Un contact, apparemment, pouvait venir de n'importe quoi, pas seulement de ses mains. Chaque soldat qu'il enverra contre nous se battra de notre côté après une coupure ou deux. L'homme n'aura pas le choix.

— Parce que les meilleurs marchés sont toujours conclus sous la contrainte.

Svarde rit et étudia le mur de roche devant lui. Le Roi Mort et quelques ingénieurs Whent avaient empilé suffisamment de pierres et dressé une échelle pour les amener au sommet de la cathédrale, là où commençait véritablement la Blessure. Une pierre lisse et pâle les attendait, intacte depuis tant d'années. Cependant, pas très loin au-dessus, l'ascension immaculée serait interrompue par des griffes de démons, des carreaux d'arbalète manqués et, si l'on en croyait le Roi Mort, les encoches mêmes que lui et Demion avaient taillées lors de leur première descente.

L'ascension serait longue, chaque endroit sans bonne prise devant être creusé au burin. Ami portait des sacoches remplies de champignons, de pain et d'eau. Svarde en portait aussi, bien que l'homme ne mangeait plus. Il disait que l'ale ne l'affectait pas non plus, qu'elle s'accumulait simplement et s'écoulait par ses coupures qui ne guérissaient jamais.

Ami ne le dit pas à voix haute, mais la mort vivante de Svarde lui semblait pire que la mort tout court.

— Fassle n'a pas le choix de toute façon, dit Svarde en

atteignant et testant le premier burin. Que va-t-il faire quand les démons envahiront la surface, nos os entre leurs dents ? Noctia n'a pas assez de vouges pour sauver les îles.

— S'il nous croit.

L'homme de Foti fit le premier bond, s'élançant de la plateforme de pierre vers le mur le plus bas de la Blessure. Au-dessus de lui, s'efforçant d'accélérer la taille des prises, Kivi s'était accrochée. Elle renifla, crachant de la vapeur à la droite de Svarde pour lui montrer la prochaine étape.

— Ami, dit Svarde en évaluant la distance tandis qu'Ami faisait de même pour l'endroit où Svarde était maintenant suspendu. Si tu continues à être aussi aigrie, je vais te remplacer par Maena.

— Elle est folle.

— Ce n'est pas sa faute, mais elle est quand même plus amusante que toi.

— Je parie que Catya ne serait pas d'accord.

Svarde se hissa jusqu'à la prise suivante, dégageant la voie pour le saut d'Ami. Elle plia les jambes, évalua le balancement du poids de la sacoche et s'élança. Ses mains, gantées du tissu agrippant des éclaireurs Whent, attrapèrent la pierre. Ami se hissa, calant ses pieds dans la première niche. Les skars Vis murmurèrent, s'occupant des muscles bien avant qu'ils ne soient endoloris.

— Elle le serait, dit Svarde, et Ami leva les yeux pour le voir déjà plusieurs prises plus haut. Elle me traiterait de grognon et dirait que tu es la personne la plus amusante qu'elle ait jamais rencontrée. Le Foti sourit à Ami. Mais on sait tous les deux qui elle choisirait dans une bagarre !

Oh, c'était une provocation en bonne et due forme.

Les jours et les nuits s'écoulèrent pendant l'ascension de la Blessure. Ami se reposait sur de plus grandes corniches, Svarde se plaçant au bord pour l'empêcher de rouler. Kivi somnolait avec ses griffes déployées, solidement accrochée aux murs même dans son sommeil. Ils mangeaient, buvaient et partageaient des souvenirs bons et mauvais, un voyage à la fois rappel de la meilleure période de la vie d'Ami et un rappel cruel de l'éloignement de cette époque.

Le fait que Svarde ne dormait jamais, ne semblait jamais fatigué, avait échappé à Ami en bas. Il s'asseyait là, silencieux, sur les rebords rocheux et ne faisait pas un bruit pendant des heures, la mousse luisante bleue et violette étant leur seule lumière.

— Comment supportes-tu ça ? demanda Ami la deuxième nuit, recroquevillée dans une étroite alcôve. Le Roi Mort estimait à quatre jours l'ascension directe, s'ils maintenaient un rythme soutenu. Les skars d'Ami et l'énergie inépuisable de Svarde signifiaient qu'ils sentaient déjà l'air plus frais de la surface. Comment peux-tu rester assis là pendant des heures en silence ?

— Pas très différent de ma cabane, répondit Svarde. Personne à qui parler là-bas non plus, pendant la majeure partie de ces dix années.

— Comment as-tu géré ça alors ?

— Je vis dans le passé. J'essaie de penser aux façons dont j'aurais pu faire les choses différemment.

— Pendant dix ans, tu as fait ça ?

— Certaines nuits, je me soûlais aussi.

Ce fut au tour d'Ami de rire.

— Tu sais, j'ai fait la même chose.

— Je sais que tu l'as fait. Tu as commencé sur Vis, avant qu'on ne prenne le bateau pour Noctia. C'est en partie pour ça que je suis parti. Je ne voulais pas te regarder te noyer non plus.

— Merci.

— Je sais, je suis un connard. Je n'ai jamais prétendu le contraire.

— Un connard stupide, en plus.

— Mais devine quoi, Ami ? Ce connard stupide va sauver le monde. Deux fois.

— Oh non, Svarde. Je m'attribue le mérite de celle-ci. Tu n'es que le Gardien.

— Encore ?

— Toujours.

Juste après midi le quatrième jour, Kivi renifla pour signaler leur approche imminente. Des conversations et des bruits inhabituels descendaient depuis plusieurs minutes déjà, et Ami se demandait quand les Najahn allaient établir leur premier contact. La raison pour laquelle ils ne l'avaient pas fait, pourquoi ils ne le firent pas jusqu'à ce que Svarde se hisse par-dessus le bord de la Blessure avec une déclaration audacieuse que le Gardien de Catya était de retour, n'était pas du tout ce à quoi Ami s'attendait.

Et Jochi, tout en bas de la Blessure, entendit probablement le juron qui s'échappa des lèvres d'Ami.

44
À FLOT

Pendant la majeure partie de l'histoire de l'île, un homme pris sans arme par ceux qui voulaient sa mort finissait généralement assassiné. En cet instant, avec le Renouveau de Noctia proférant des menaces et deux Najahn armés de voulges derrière elle, Gladdring défiait ces sombres probabilités.

Sa chance résidait dans un sac posé à sa gauche, où la main de Gladdring plongea au moment même où le Renouveau prononçait son verdict glacial. Les pierres noires à l'intérieur, comme tous les skars, commencèrent leur barrage indéchiffrable tandis que Gladdring les ramassait. Il ignora le torrent — comme si Gladdring était tombé au milieu d'une foule bavarde — et tendit son poing vers le Renouveau et ses gardes.

— Approchez, et vous risquez nos vies à tous, dit Gladdring.

Le Renouveau porta une main à son cou, vers son collier.

— Ne me menacez pas avec ce que vous ne pouvez pas contrôler. Lâchez les pierres.

— Sinon quoi ? Vous allez me tuer ? Gladdring recula d'un pas. Chaque enjambée lui donnait une fraction de seconde supplémentaire pour agir si le Renouveau ou ses gardes chargeaient. Vous n'avez aucun moyen de pression, Renouveau. Vous l'avez perdu dès vos premiers mots.

À la droite de Gladdring, de l'autre côté de la pièce, Quik les observait tous les deux. Le chasseur de Vis se tenait devant deux sacoches, les mains cachées derrière son dos. Il y avait donc une chance que l'homme ait un piège à tendre. C'était aussi la confirmation que, comme tant de Vis, il avait été ignoré.

Le navire Kance, cependant, ne laisserait pas son combat être oublié. Le vaisseau continuait de gémir, les craquements et les claquements n'étant plus ceux des lames de métal, mais des planches qui se fendaient, l'eau se précipitant et rencontrant peu de résistance. L'assaut du Renouveau avait dû faire plus que simplement endommager la poupe.

— Il coule, dit le Renouveau alors que le pont tremblait sous leurs pieds. Le temps est écoulé, Gladdring. Utilisez ces skars, ou...

Elle s'interrompit, se jetant en avant. La main qui était près de son collier descendit d'un coup pour dégainer le long couteau à sa ceinture. Gladdring tressaillit, mais il avait encore le temps, encore le temps de nourrir les skars de Noctia.

Nourrir ?

L'ancien Tenet ne se figea pas tout à fait. Il s'effondra, son corps devenant flasque tandis que les opales dans sa main le ravageaient de leurs exigences. Leurs désirs, leurs besoins ne se présentaient pas sous forme de mots mais de sensations, une faim brute et grinçante voulant s'en prendre à tous ceux présents dans la pièce, aux deux gardes au-delà, à quiconque encore en vie sur le navire.

Et à lui-même.

Et Gladdring ne voulait pas, ne pouvait pas permettre cela, même alors que le couteau du Renouveau plongeait vers sa gorge. Du moins, c'est ce qui aurait dû se passer, jusqu'à ce que le Renouveau soit projeté sur le côté, renversant la sacoche de Noctia et s'écrasant contre le mur à la gauche de Gladdring. Les gardes Najahn à l'extérieur sursautèrent face à ce changement, pour se retrouver soudain éjectés, culbutant alors que leurs planches se soulevaient, les propulsant le long du pont supérieur incliné. Leurs lourds éclaboussements se joignirent au chaos continu, un autre repas pour les poissons qui se régalaient bien aujourd'hui.

— Levez-vous, dit Quik, se précipitant aux côtés de Gladdring. Le chasseur laissa plusieurs skars de Whent dans son sillage, les pierres scintillant contre le bois. Nous partons avant que le navire ne se disloque.

— Les skars, murmura Gladdring, prenant la main de Quik avec sa droite libre, se penchant vers la sacoche de Noctia et y laissant retomber les opales. Leurs pulsions affamées disparurent dans leur chute, Gladdring accueillant le retour du contrôle de son propre corps comme on se remet d'un excès d'alcool. Nous ne pouvons pas les laisser.

— Au diable les skars, Gladdring, nous allons mourir si nous restons !

— C'est notre seule chance, Quik, dit Gladdring, attachant la sacoche de Noctia et la passant par-dessus son épaule. Quand les Najahn viendront pour Kance, nous perdrons sans leur pouvoir.

Il ne mentionna pas que les soldats de Kance pourraient

tout aussi bien tuer Gladdring et Quik de toute façon, si le duo n'avait pas les pierres pour les convaincre du contraire. C'était un problème pour un autre jour, un autre moment.

Quik sembla comprendre l'objectif obstiné de Gladdring et, se stabilisant à chaque pas alors que le navire continuait de s'effondrer, le Vis se précipita vers ses sacoches, ramassant les skars de Whent au passage.

Le Renouveau de Noctia gémit, allongé sur le sol. Les yeux fermés et souffrant. Gladdring l'observa tout en attachant la sacoche de Tamas, la joignant à ses consœurs opalines. Il ne restait plus que les pierres de Kance, et ensuite... la laisser mourir ?

Le navire Kance tenta de répondre à cette question pour lui. Alors que Gladdring atteignait la dernière sacoche, Quik annonçant qu'il avait terminé — le chasseur pouvait se déplacer rapidement quand il le voulait — le vaisseau émit un horrible craquement. La pièce bascula, le couloir devant la porte s'effondrant. Gladdring tomba, s'emparant de la sacoche de Kance tandis que l'embrasure de la porte vacillante révélait un ciel gris matinal, clair et lumineux, directement au-dessus.

Pas une vue souhaitée quand on est à l'intérieur de la cabine d'un navire.

— Trop tard, grogna Quik alors que Gladdring se relevait. Le Renouveau de Noctia gisait recroquevillé, silencieux maintenant, dans le coin de la pièce. Vous nous avez tués tous les deux, Tenet.

— Pas encore. Tournez-vous.

Quik jura, fit ce que Gladdring demandait, permettant au Tenet d'examiner les quatre sacoches que Quik tenait, deux sur chaque épaule. La main de Gladdring plongea dans l'un des sacs, saisit deux pierres et les sortit.

Contrairement aux skars de Noctia, les pierres de Rana

étaient plus curieuses que meurtrières, bien que leur excitation s'accrût considérablement lorsque l'eau de mer s'infiltra à travers les planches aux pieds de Gladdring.

— Attrapez le Renouveau, dit Gladdring, dirigeant les pierres là où il voulait qu'elles aillent.

Quik passa devant Gladdring alors que l'eau de mer se retirait, semblant disparaître. Gladdring s'agenouilla sur le mur, la petite pièce maintenant une prison retournée sur le côté. Les skars de Rana écoutèrent, cherchèrent et trouvèrent ce dont il avait besoin.

— Je la tiens, dit Quik, et le regard de Gladdring confirma que le chasseur avait la Renouveau coincée sous un bras, stable sur le même mur devenu plancher que Gladdring. Maintenant, on peut tous se noyer ensemble.

— Pas tout à fait.

Les skars Rana répondirent à la question de Gladdring par une poussée, propulsant la pièce vers le haut et l'avant. Les nuages et le ciel disparurent tandis que ce qui visait autrefois le haut retomba à plat contre la mer. Gladdring heurta durement le sol sur son épaule gauche. Quik, avec une dextérité à faire pâlir Gladdring de jalousie, suivit la transition en gardant son équilibre et en traînant la Noctia Renouveau avec lui.

Le redressement forcé eut ses conséquences : les clous maintenant les murs de la pièce cédèrent, les planches se brisant. Les murs s'affaissèrent, le toit, de nouveau au-dessus de leurs têtes, gémit.

Et Gladdring réalisa qu'il avait saisi les mauvais skars. Malgré leur frisson aquatique, les pierres Rana ne pouvaient pas les sauver d'être écrasés. Il se dirigea vers Quik, appelant le chasseur à attraper un skar Kance dans les sacoches de Gladdring.

La Renouveau répondit à sa demande à la place, ses

yeux s'ouvrant doucement. Tenue contre le flanc de Quik, Noctia Renouveau eut la chance de regarder vers le haut au moment où elle reprit conscience, la meilleure chance d'avoir un skar Kance dans son collier, et la chance suprême d'être trop confuse pour résister aux exigences du skar.

Alors que les murs craquaient, le toit ne descendit pas. Au lieu de cela, comme Gladdring pelant une orange, le bois au-dessus se détacha, basculant sur le côté et tombant, la mer lavant leur radeau de fortune.

Gladdring se mit à rire au milieu des décombres, des vagues, des corps flottants. Ils étaient vivants, ils avaient survécu, tout cela grâce à ces fichues pierres. Les skars qui avaient été si longtemps ignorés, relégués à l'Égide maudite.

— Qu'est-ce qui te fait rire ? lança Quik, laissant tomber la Renouveau au centre du radeau. On est toujours condamnés, Gladdring.

L'évaluation du chasseur n'était pas loin de la vérité : le navire Kance avait presque disparu, son existence uniquement marquée par les quelques bagages chanceux, tonneaux et corps qui avaient réussi à rester à flot parmi les vagues. Quelques personnes se débattaient, mais même alors que Gladdring observait leurs tentatives frénétiques, les vêtements mouillés, les armures ou les prédateurs marins agités les entraînaient dans les profondeurs. Najahn et Kance tous deux consumés sans distinction.

— Mon navire, murmura la Noctia Renouveau depuis le centre du radeau, où Gladdring et Quik la rejoignirent. Il flotte encore.

Elle n'avait pas tort. Le cotre Noctia dérivait parmi les vagues, une cible lointaine pour tout radeau normal soumis au lourd battement de la mer. Mais l'épave de Gladdring n'était guère un radeau normal. Les skars Rana jouaient dans son esprit, siphonnant l'énergie de Gladdring pour maintenir leurs planches mutilées au-dessus de la mer. Tant que Gladdring pourrait rester éveillé, rester en vie, leur petit bout ne coulerait pas.

Ce qui leur donnait une chance.

— Quik, donne-m'en plus, dit Gladdring.

— Plus de quoi ?

Malgré ses paroles, Quik semblait comprendre ce que Gladdring voulait. S'équilibrant sur le bois, Quik glissa à nouveau son dos vers Gladdring, qui ramassa plusieurs autres skars Rana.

— Que faites-vous ? demanda la Noctia Renouveau, si affaiblie qu'elle restait simplement allongée au milieu du radeau.

Sans ses soldats, sans sa bravoure imprégnée de skars, la Renouveau ressemblait à tant d'autres personnes malchanceuses et impuissantes. Gladdring ressentit presque de la sympathie pour la jeune femme. Presque.

Après tout, elle était la raison pour laquelle ils se trouvaient dans cette situation.

Avec les skars Rana supplémentaires rejoignant leurs frères et sœurs, Gladdring leur donna une direction, un ordre silencieux d'amener le radeau jusqu'au cotre Najahn. Il haleta alors que les skars prenaient leurs ordres, poussant le radeau le long des vagues, d'abord lentement, puis plus vite que n'importe quelle voile ne pourrait le faire. Le bois battu écartait les débris alors qu'il filait, perdant davantage de lui-même à chaque impact.

— Tu pourrais essayer de diriger, fit remarquer Quik.

— Pas sûr de savoir comment, répondit Gladdring, sa voix suffisamment tendue pour attirer un regard froncé du chasseur. Ne t'inquiète pas, je ne mourrai pas avant qu'on atteigne le navire.

Une mauvaise blague, et une qui ne fit qu'approfondir l'inquiétude de Quik. La Noctia Renouveau, au moins, semblait avoir succombé à sa précédente raclée, disparaissant à nouveau dans l'inconscience.

La meilleure façon, peut-être, de se noyer, si ce destin l'attendait encore.

— Arrête ! cria Quik après que plusieurs minutes supplémentaires se furent écoulées, le cotre Najahn et ses ponts vides se rapprochant. C'est la Reine !

Quik pointa vers la gauche, vers un amas de débris carbonisés pas si différent du fouillis sur lequel Gladdring flottait maintenant. Les planches brûlées portaient plusieurs corps, aucun ne bougeant, mais les robes scintillantes de la Reine Kance se démarquaient, même si leurs plumes avaient fondu ensemble et que leur tissu n'était plus bleu mais d'un noir cendré.

Un choix se présenta, et Gladdring le fit.

— Tu ne tournes pas ? demanda Quik alors que leur radeau continuait vers le cotre.

— Je choisis notre survie, dit Gladdring. Soit elle est morte, ce qui signifie qu'on risquerait nos vies pour rien sauver, soit elle est à peine en vie, et on perd notre contrôle.

— Notre contrôle ? Le regard de Quik mélangeait si bien le choc et la colère que Gladdring se demanda si la place de l'homme n'était pas, vraiment, sur une scène de Tamas. Tu parles de contrôle maintenant ?

— Je parle de bon sens, Quik ! Une fois qu'elle avait les skars, elle ne se souciait plus de toi et moi. On était du fourrage, jetables. Rassembler autant de vigueur avec les skars Rana qui le vidaient rendait la vision de Gladdring floue, mais il maintint son regard droit vers le chasseur. On serait jetés de côté à la première occasion, tout comme ton amie, l'autre reine.

Quik tressaillit. Un rappel de quelque chose que l'homme aurait pu choisir d'oublier mis en lumière crue. Le chasseur secoua la tête, cracha un juron, mais ne dit rien d'autre alors que le radeau continuait. Il lutterait avec son âme maintenant, et ce combat pourrait continuer éternellement.

Ou Quik ferait comme Gladdring l'avait fait, et choisirait la survie avant tout.

45
SCÈNES EN MOUVEMENT

Daklin dirigeait, dictait et les poussait en avant. Eujo et les autres, encore en lente convalescence de leurs blessures reçues lors de la bataille à l'auberge, n'avaient guère d'autre choix que d'obéir à l'acteur fou. L'homme avait des gardes loyaux : des bouffons ricanants arrachés aux Animas, à qui on avait mis une épée, une hache ou un fouet entre les mains, et chargés de surveiller l'équipe, crachant d'horribles menaces rimées si Eujo et Wax s'écartaient de la scène assignée.

Les répétitions n'avaient pas lieu sur une scène, mais sur un chariot roulant. Un gros chariot destiné aux bottes de foin ou autres récoltes volumineuses, tiré par un attelage de quatre poneys, et décoré d'une seule table et d'une chaise comme accessoires. Deux chariots plus petits transportaient les provisions, leurs propres poneys menant le convoi vers la prochaine ville dans une ligne vers l'ouest. Chaque soir, ils s'arrêtaient dans un nouveau gîte, chaque soir Eujo, Wax, Bliss et Torny s'effondraient dans une chambre gardée pour ne se réveiller que pour recommencer.

Livier, comme le méritait l'assassin, restait enchaîné.

Daklin ne se souciait du tueur de Kance que pour ordonner son déplacement inerte du chariot au placard exigu lorsqu'ils s'arrêtaient. Que Livier reçoive de l'eau, de la nourriture, tout ce qui était nécessaire à sa survie, fut d'abord une curiosité pour Eujo, qu'elle oublia rapidement alors que la mémorisation des répliques et le fait de tenir ses marques en vinrent à dominer ses jours et ses nuits.

De retour aux Animas, les répétitions avaient été tout aussi épuisantes, mais Eujo avait nourri le rêve d'une évasion pour garder la tête hors de l'eau. Maintenant, avec des coupures, des brûlures et un hématome qui s'étendait sur son côté là où la dague avait frappé, les douleurs négociaient avec l'épuisement pour le droit de gâcher sa prochaine scène. Wax, qui était sorti de la bagarre à l'auberge avec le moins de cicatrices, se pavanait sur le chariot en débitant la réplique suivante de leur farce insipide, tandis qu'Eujo ratait son signal, bafouillait ses mots ou répétait ce qu'elle avait déjà dit.

Daklin exigeait une nouvelle prise, puis une autre, jusqu'à ce que l'homme sombre dans une fureur silencieuse et bouillonnante pour le reste de la journée.

Au cinquième lever de soleil, Eujo se hissa sur la scène roulante avec guère plus qu'une morne acceptation. Le café se mêlait au pain et au bouillon — la ville de la nuit précédente avait été bondée, n'offrant que des écuries de fortune et de la paille sale pour dormir — pour lui donner précisément zéro énergie. Les skars n'aidaient pas, les murmures du Vis étant omniprésents tandis que les pierres puisaient dans sa force pour guérir ses blessures.

— Daklin dit que c'est le dernier jour, annonça Wax en sautant à côté d'elle, puis en tendant la main à Eujo pour l'aider à monter complètement. À l'avant du chariot, le conducteur fit claquer les rênes et les poneys se mirent en route. — Juste un de plus, Eujo.

— Jusqu'à ce que ça compte vraiment.

Daklin essayait aussi de motiver ses acteurs par des menaces, dont une régnait en maître parmi les paroles éparses et insensibles : une dernière représentation dans la capitale de Tamas, Videgaud, un nom que Daklin prononçait avec une intonation différente chaque fois qu'il le disait. Quand Wax lui avait demandé pourquoi, Daklin avait répondu que comme son île changeait chaque jour qui passait, la saveur de son nom devait aussi changer.

Cette absurdité mise à part, Daklin insistait sur le fait que le duo — Torny et Bliss, en tant que Gardiens, n'avaient pas le plaisir de jouer leurs scènes devant un public — devrait donner sa plus grandiose performance à Videgaud.

— Réussissez bien, répétait souvent Daklin, et vos rêves deviendront réalité. Échouez, et vous n'oublierez jamais votre échec.

Ce que cela signifiait, Daklin refusait de le révéler, bien qu'il ne semblât pas heureux à cette idée, vu à quel point il poussait ses acteurs. Eujo supposait que leur performance pourrait peser sur la propre réputation de Daklin, ce qui lui donnait presque envie de saborder la scène. Ça servirait bien le tyran.

— Allez, Eujo, dit Wax, le chariot faisant son exode alors que la ville s'éveillait. Un jour de plus pour bien faire.

Elle cligna des yeux. Prit une respiration glacée. La neige scintillait dans les plaines et les bosquets autour d'eux, Tamas passant d'une nature sauvage couverte de racines à d'agréables terres agricoles. Des poteaux marquaient les champs de houblon printaniers, annonciateurs des bières tant aimées de Tamas.

Eujo en aurait bien voulu davantage, mais Daklin avait retenu l'alcool.

— Pour les célébrations, avait dit Daklin, et vous n'en avez mérité aucune.

Torny et Bliss étaient assis à l'arrière avec Livier dans l'un des chariots qui suivaient, retenus non par des chaînes mais par une menace silencieuse. Le feu du bandit s'était éteint avec l'arrivée de Daklin, Bliss étant toujours en convalescence, et les deux égalaient souvent Wax et Eujo dans leurs humeurs moroses.

— Prête ? dit Wax, se positionnant sur le côté de la table. Eujo s'appuya contre le mur gauche du chariot, se frottant le front. Si on fait un tour avant que Daklin ne revienne ici, peut-être qu'il ne nous poussera pas si fort.

— Je le croirai quand je le verrai.

Mais quand Wax donna le signal, Eujo dit sa réplique.

Videgaud apparut comme un défilé pour les sens. D'abord une tache à l'horizon devant eux, annoncée par davantage de routes et de trafic de chariots. Des voyageurs à pied, aussi, suggéraient la possibilité de voyages sans avoir besoin de chariots. Des étals apparurent, fermiers et marchands tentant de troquer des marchandises moins chères et de moindre qualité contre de meilleures affaires sans les foules de la ville. Leurs appels interrompaient Eujo et Wax alors qu'ils continuaient leurs répétitions — Daklin ne leur avait pas fait crédit pour leur démarrage précoce — et Eujo exigea une pause, une fin.

Daklin, qui se tenait à la tête du chariot, les surveillant depuis le siège du conducteur comme un seigneur prétentieux, ricana.

— Autant que n'importe quels acteurs que j'aie jamais connus, vous avez tous les deux besoin de temps et d'épreuves, dit Daklin. Il y a un moment pour mettre de côté les lectures et accepter ce qui vient, mais ce n'est pas maintenant, pas avec votre voyage en jeu.

— Alors mon voyage va devoir prendre le risque, répliqua Eujo, remarquant que Wax jetait des regards entre eux deux. Que le Vis se soit lancé là-dedans avec tant de vigueur avait été impressionnant, maintenant c'était juste agaçant. J'en ai fini, Daklin. Fini avec ces répliques, avec ce chariot.

Elle s'attendait à une autre réplique cinglante. Au lieu de cela, Daklin sauta à l'arrière du chariot avec eux, marcha d'un pas lourd vers Eujo sans perdre une seule fois l'équilibre sur les planches tremblantes, et mit sa main sous son menton. Eujo réprima une envie folle de le mordre.

— Peut-être que je me trompe, dit Daklin, un aveu qu'Eujo n'avait jamais entendu de la bouche de cet homme auparavant. Nous sommes si près du but, un peu de repos et de récupération pourrait vous faire du bien. Pour certains, être amené au bord de la mort fait ressortir le meilleur. Pour quelqu'un comme vous, si choyée, peut-être que quelques coussins, une coupe de vin et une sieste seraient plus appropriés.

— Choyée ? grogna Eujo, reconsidérant son choix de ne pas mordre, mais Daklin recula, la repoussant tout du long.

— La vérité n'a pas besoin de voile. Vous êtes une reine, et vous exigez le confort d'une reine. Alors prenez-le. Profitez d'une dernière journée dans la plus grande ville des îles.

— Seulement si vous vous taisez.

Daklin, au moins, fit exactement cela. Il retourna du côté du conducteur et laissa les deux Renouvellements saluer Videgaud à leur manière.

L'architecture à travers les îles, d'après l'expérience d'Eujo, tendait à être dictée par la nécessité. À Whent, avec sa toundra dévastée, la pierre épaisse et les toits lourds signifiaient chaleur et répit. Les maisons dans les arbres de Vis offraient un abri contre les prédateurs rôdeurs. Foti et Rana correspondaient aux caractéristiques de leurs îles, tout comme Kance. Mais Tamas ?

Tamas cédait à ses désirs.

Videgaud poursuivait son arrivée, se déroulant comme un tapis merveilleux devant eux. Comme les Animas, les bâtiments jaillissaient du sol dans des formes oniriques. Bois, pierre, boue et choses plus étranges encore s'élevaient dans toutes les directions. Des ponts, certains en corde et d'autres non, reliaient les bâtiments entre eux. Des fenêtres s'adaptaient aux côtés courbes, captant la lumière le long de bords dorés et projetant des arcs-en-ciel réfléchis tout autour. Des drapeaux, certains portant des sigles qu'Eujo reconnaissait — compagnies de théâtre, guildes marchandes et ainsi de suite — se mêlaient à des tissus de coton unis ou à motifs claquant dans le vent. La musique se heurtait aux conversations bouillonnantes, des instruments aléatoires et leurs joueurs dépareillés s'entrechoquant alors que le convoi de Daklin avançait tranquillement dans la ville.

Eujo s'attendait à un poste de garde, peut-être à un supérieur rigide collectant une taxe sur tout voyageur entrant, mais Videgaud n'avait ni mur, ni aucune sorte d'ordre. Tamas, apparemment, fonctionnait librement et dans une frénésie.

Même au cœur de l'hiver, le commerce bourdonnait, des accords conclus éclatant alors que les poneys guidaient la charrette à travers une foule grandissante. Eujo entendit Daklin négocier un prix pour le fumier que ses créatures laissaient derrière elles, un engrais ramassé par des gamins armés de pelles et de seaux. Plus attrayants étaient les fruits, les viandes et les poissons arrachés aux bateaux du sud et livrés aux restaurants et aux épiciers.

— Du fruit étoilé de Kance, dit Eujo alors qu'elle et Wax étaient assis sur le côté de la charrette, les jambes se balançant librement. Leurs tenues épaisses et chaudes rendaient les mouvements maladroits, mais tant qu'ils ne répétaient pas ces répliques, Eujo ne se plaindrait pas. Cela fait si longtemps.

Récolté dans des grappes collantes haut dans les montagnes hérissées de Kance, le fruit étoilé ressemblait beaucoup à son homonyme : tacheté de bleu et de blanc, avec un zeste rafraîchissant l'haleine à chaque bouchée. Le fait qu'ils soient ici et pas encore pourris signifiait que les marchands avaient dû les déplacer rapidement. Quelque chose dans le fait de quitter ces hautes falaises faisait que ces délices se ratatinaient et brunissaient en seulement quelques jours.

Wax bougea sans prévenir, se poussant du côté de la charrette vers la rue pavée. Alors qu'Eujo appelait son nom, le Vis se précipita vers l'étal vendant des fruits, arracha un fruit étoilé de son panier et le lança vers Eujo. Elle l'attrapa par réflexe, saisissant le second quand Wax l'envoya à son tour. Le vendeur de fruits commença à demander un paiement, qui fut effectué quand Daklin, après avoir arrêté le convoi, tendit l'épée même de Wax.

— Tous les Renouvellements sont-ils aussi problématiques ? dit Daklin, en mettant plusieurs autres fruits étoilés dans une sacoche pour équilibrer l'échange. Ou est-ce juste les Vis ?

— Définitivement juste moi, répondit Wax, sans se soucier de jeter un second regard à sa lame mise en gage. Il sauta de nouveau aux côtés d'Eujo, tendit une main. On partage ?

La Reine s'exécuta, laissa tomber le second fruit dans la paume de Wax. — Merci, Wax. Le fruit tendre était parfait dans sa paume, comme mille précieux souvenirs. Elle sourit, porta ses doigts à l'une des pointes du fruit. Maintenant, laisse-moi te montrer comment manger ça.

— Tu ne mords pas simplement dedans ?

— Pas si tu essaies d'être convenable.

— C'est moi, toujours convenable.

Eujo rit. — Souviens-toi, Wax, tu es en présence d'une Reine.

Wax renifla, bien que toute réplique mourût lorsque le convoi tourna à un coin et mit le centre de Videgaud en vue. Là, comme une bulle en fusion s'élevant de la terre, se trouvait la Grande Scène de Tamas. Plutôt que de s'émerveiller des dessins peints sur ses murs arqués, Eujo se retrouva à repasser ses répliques dans son esprit.

Le spectacle approchait et, à en croire Daklin, le prix de l'échec était quelque chose de pire que la mort.

46
CHAÎNES ARDENTES

Reth n'avait fait que deux enjambées hors de l'écurie lorsqu'un chakram le frappa à l'épaule cuirassée, projetant le chasseur au sol. Hors de sa vue. Annalyse se tenait au centre de l'écurie, réfléchissant à ce qui allait suivre, son esprit et son corps fascinés par les formes immobiles et agenouillées tout autour d'elle. Ces visages si placides, ces yeux si perdus, et pourtant toujours vivants.

Son attention changea rapidement quand le chakram frappa, le bruit métallique la ramenant brutalement à la course, à la fuite, et à son impossibilité. Dans l'embrasure de la porte de l'écurie se tenait une silhouette familière flanquée de deux autres portant la même armure noir et violet que Veritrus. Il tenait une vouge d'une main, la lance courbe reflétant la lumière du jour en un éclat aveuglant. Contrairement à ses deux gardes, il ne portait pas de chakram.

Était-ce lui qui avait frappé Reth ?

Était-ce important ?

— Quelques jours plus tard que prévu, mais vous voilà

quand même, dit Veritrus, restant dans l'encadrement de la porte.

Il savait aussi bien qu'elle qu'il n'y avait qu'une seule issue.

— L'avez-vous tué ? demanda Annalyse, car que pouvait-elle dire d'autre ?

Lui demander à propos des prisonniers apathiques ? Lui demander à propos de la trahison des Najahn ? Lui demander ce que tous ses tueurs en noir et violet allaient faire aux habitants de Vis ?

Non. Reth d'abord. Le seul allié qui lui restait, d'abord.

— S'il n'a pas de chance, répondit Veritrus, balayant la question avec une indifférence désinvolte. Je ne suis plus le lanceur de chakram que j'étais, et il semblait porter une de nos armures. Une vilaine contusion, peut-être une mauvaise coupure. Veritrus sourit, mince et assuré. Peut-être que je lui prêterai un skar de Vis.

— Vous ne voulez pas qu'il meure ?

— Regardez autour de vous, Annalyse. J'aurais pensé qu'une scientifique serait plus observatrice. Ces gens vous semblent-ils morts ?

Annalyse déglutit. Secoua la tête. Laissa sa main remonter le long de son tissage jusqu'au collier. Non pas qu'elle ait besoin de toucher les skars pour entendre leurs murmures, pour puiser dans leurs pouvoirs divins, mais quelque chose dans le fait de tenir le fer noir, ces pierres chaudes...

— Noctia et les Najahn ne sont pas pour les tueries aveugles. Il vaut bien mieux utiliser les ressources que les perdre. Veritrus fit un pas dans l'écurie. Voyez-vous, chacun de vos amis ici est un membre précieux de notre avant-poste. Nous apprenons encore, mais bientôt je m'attends à ce qu'ils trouvent l'épanouissement en s'occupant de nos champs, en nettoyant nos assiettes et en réparant la palissade que vous avez si grossièrement détruite.

— Comment ?

— Ah, voilà ! Vous y êtes. Vous posez les bonnes questions. Veritrus plongea la main dans une petite bourse à sa taille, en retira quelque chose qu'Annalyse ne pouvait voir mais dont elle pouvait facilement deviner la nature. Ces skars sont vraiment merveilleux, n'est-ce pas ?

— Lequel, Veritrus ?

— Et si je vous montrais ?

Avant qu'Annalyse ne puisse protester, le chef de Noctia poussa sa main fermée vers elle. Comme un coup de poing lancé, mais à plusieurs longueurs de bras de distance. Même ainsi, Annalyse chancela. Non pas sous l'effet d'une force physique, mais d'une attaque brutale contre son esprit, comme un mal de tête lancinant tentant de forcer le passage. Sa vision se brouilla, ses oreilles bourdonnèrent, et Annalyse tomba à genoux, prise de nausées.

Veritrus s'approcha.

— Si vous pensez que c'est pénible, vous auriez dû être là le premier jour, dit Veritrus. Nous en avons perdu plus d'un. Uniquement les blessés, vous savez. Ceux qui n'avaient plus guère d'utilité. Leurs esprits étaient trop ravagés pour être conservés. Veritrus s'agenouilla devant Annalyse, la tête penchée, l'examinant de près. Ils ont simplement craqué. Tragique. Mais le lot suivant s'est mieux comporté. Ils n'ont fait que convulser jusqu'à ce que leurs os se brisent. C'est mieux que rien. Au troisième, nous avons pu les garder en vie.

Les skars hurlaient dans son esprit, Vis et Tamas plus fort que les autres, tandis que tous les autres brassaient leurs émotions curieuses. Comme si Annalyse avait trop bu dans une salle bondée aux cent conversations. Pourtant, cette paire la plus bruyante semblait être un rempart contre les vagues envahissantes, déviant chaque attaque en un frisson aigu dans ses jambes, ses bras, ses yeux.

— Certains ont tenu plus longtemps que les autres. Il a fallu plusieurs séances. Veritrus tendit la main et donna une légère poussée à l'épaule d'Annalyse. La scientifique tomba en arrière sur la terre. Nous avons dû les enchaîner, quand il ne leur restait plus que la rage. Jusqu'à la séance suivante, où nous pouvions les calmer complètement et les laisser comme nous le voulions. Comme nous vous voulons.

Le coup l'avait fait. Le choc contre le sol avait enfoncé les dents d'Annalyse dans sa langue. Une douleur crue, physique, qui servit à émousser les vagues mentales lacérantes. Elle devait agir, devait arrêter ça, devait tout arrêter.

Maintenant. Tout de suite.

Le skar de Foti, sa pierre fidèle, répondit à l'appel désespéré d'Annalyse. La chaleur jaillit du collier, se propageant partout sauf sur son propre corps. Veritrus trébucha en arrière, se protégeant les yeux, tournant son armure pour bloquer les rayons. La paille séchée n'avait pas une telle défense. Le skar de Foti hurla un triomphe muet tandis que l'écurie s'embrasait, au-dessus et autour d'Annalyse en un instant.

Alors que ces flammes explosaient, l'assaut mental disparut. Veritrus s'enfuit avec rien de plus qu'un juron, des braises et les premières cendres tombant autour d'Annalyse alors qu'elle essayait de reprendre son souffle, de se mettre en mouvement. Son corps répondit lentement au défi, comme s'il sortait d'un profond sommeil.

Ses yeux suivirent les flammes voraces qui couraient le long des poutres du toit, qui bondissaient d'un tas de paille à l'autre. Son nez la brûla à la première bouffée de fumée chaude.

Ses oreilles entendirent les cris commencer.

Brut, paniquée et confuse. Annalyse se leva d'un bond, suivit le son jusqu'au box à sa droite, où un couple de chasseurs était acculé contre le mur de l'écurie, le feu se propageant rapidement en trouvant de la paille en abondance à dévorer.

Ce qui pouvait être créé pouvait être retourné.

Annalyse appela de nouveau ses skars et trouva Whent qui l'attendait. Comme une bête folle creusant le sol, la terre surgit à travers la paille enflammée, enterrant les flammes dans un soudain bouillonnement de terre. Les chasseurs, épargnés, la regardèrent avec une confusion sauvage.

— Courez, dit Annalyse, entendant plus de cris exigeant plus d'action, hurlant plus de conséquences.

L'écurie brûlait. Aucun jet de terre ne sauverait le toit englouti, ne garderait la scientifique et les captifs en vie. Annalyse avait besoin de quelque chose de plus grand. Plus large. Désespéré.

Elle avait besoin de Kance.

La pierre de vent répondit à l'appel d'Annalyse avec un délice râpeux. Annalyse poussa sa demande, tendant les bras et priant pour que la pierre de vent fasse ce qui devait être fait. La pierre commença, l'air à l'intérieur de l'écurie se mit à tourbillonner, pressant le feu contre le bois, faisant craquer les murs.

Et avec sa force, Kance exigea un secours.

Annalyse s'effondra au sol sans s'en rendre compte, ses jambes soudainement aussi légères que l'air lui-même. Ses bras tombèrent sur les côtés, les muscles trop épuisés pour les maintenir levés. Même la langue d'Annalyse, en sang, restait immobile dans sa bouche, ses yeux se fermaient, et le plus petit souffle, rempli de fumée, était un labeur.

L'écurie trembla. Le vent hurla. Mais les murs ne s'effondrèrent pas, et le feu commença à riposter, commença à prendre l'air pour lui-même.

— À mon tour, dit une voix familière, dure, et la main de Deshiva saisit le collier d'Annalyse, l'arrachant du cou de la scientifique.

Les murmures disparurent, un vide singulier qu'Annalyse n'avait pas ressenti depuis... des semaines ? Elle leva les yeux vers la chasseuse Vis, vêtue de guère plus que des haillons carbonisés, avec plus de colère qu'Annalyse n'en avait jamais vu sur les traits sales de Deshiva. La chasseuse tenait le collier alors que le bois enflammé tombait autour d'elles, le vent mourant, leur mort approchant.

Jusqu'à ce que ce ne soit plus le cas. Jusqu'à ce que les flammes arrêtent leur progression et reculent, jusqu'à ce qu'Annalyse roule sur le sol sous l'effet d'une puissance au-delà de la sienne, jusqu'à ce que l'écurie elle-même, ou ce qu'il en restait, se fende comme un rocher de Whent lancé d'une haute falaise et se disperse dans toutes les directions.

Au milieu de la paille, des éclats brûlants, des captifs volants et se débattant, Annalyse vit Deshiva continuer à se tenir là, au centre du désastre, maîtrisant son point focal et dirigeant sa force. L'explosion créée par Kance avait dû tellement drainer Deshiva, aurait dû la faire tomber tout comme Annalyse, mais la chasseuse Kitaye ne vacillait pas, ne pliait pas.

Comment ?

Des cliquetis et des appels annulèrent cette question tout comme ils en avaient annulé tant d'autres. Annalyse releva son visage de la terre et vit Veritrus debout avec ses gardes du corps. L'un d'eux tenait Reth blessé et courbé, une épée Najahn près de sa gorge. Dans l'herbe autour, des chasseurs nus ou presque se relevaient, secouant la tête et crachant des jurons et des questions en parts égales.

Ils trouvèrent leurs réponses dans l'appel de Deshiva. Un cri guttural, comme celui qu'Annalyse avait entendu à Kitaye, sauf que celui-ci portait un grondement sauvage au début et à la fin, le hurlement d'un hanoko avant qu'il ne bondisse sur une proie malchanceuse.

Aussi vidés de leurs âmes, de ce qui faisait d'eux des humains, le hurlement de Deshiva parlait à quelque chose de plus profond. Quelque chose que Veritrus avait, apparemment, échoué à purifier.

Les Najahn, plus de soldats arrivant à l'explosion de l'écurie, étaient entre dix et vingt. La plupart de l'avant-poste était encore parti, éloigné par le démon de diversion. Ceux qui restaient se retrouvèrent en infériorité numérique deux contre un, se retrouvèrent mieux équipés, mais pas aussi motivés, pas aussi brutaux.

Annalyse s'assit, regarda, une fascination engourdie la maintenant immobile alors que les chasseurs de Deshiva, alignés dans ce moment viscéral avec leurs homologues Mottilan, se jetaient sur les Najahn. Ces derniers, en violet et noir, gardèrent leur sang-froid pendant un moment, deux, jusqu'à ce que des ongles trouvent des gorges à déchirer et que des planches enflammées ne percent les interstices de leur armure. Corps, sang et nouveaux cris illuminèrent un matin en ruine.

Le carnage se termina rapidement. Veritrus, sa bourse perdue, son casque arraché, et la moitié de son visage avec, fut traîné jusqu'à Deshiva. Annalyse, si elle avait eu l'énergie de parler à ce moment-là, aurait peut-être protesté pour la vie de l'homme, pour les connaissances dans son esprit. Deshiva, avec la vouge même du Najahn, mit fin à cette possibilité.

La mort du chef provoqua un éveil différent, comme si les Vis réalisaient qu'ils n'étaient pas seulement des fantômes vengeurs mais toujours vivants, libérés de leurs prisons mentales. Deshiva émit un sifflement différent, et les Mottilan qui ne comprenaient pas eurent leurs instructions clarifiées par les compagnons de Reth, revenant de la jungle du sud avec une évasion prête.

— Lève-toi, dit Deshiva, sa forme couverte de viscères agrippant l'épaule d'Annalyse et la tirant pour la mettre debout.

— Comment peux-tu bouger, après ça ? dit Annalyse, ses propres genoux faibles. Les chasseurs autour d'elles titubaient, certains portant des blessés, d'autres des armes volées. L'herbe continuait de brûler. Les skars...

— J'ai du mal à marcher, marmonna Deshiva, et Annalyse réalisa que le bras de la chasseuse sur ses épaules était plus pour Deshiva que pour elle-même. Mais ensemble, nous pouvons courir.

47
VILLE SANS VIE

De tous les habitants des îles, peu suscitaient plus de nausée colérique que Fassle et Yarvick. Le fait qu'ils se tenaient à côté de la personne qui inspirait exactement l'opposé et bien plus encore poussa Ami à chercher une lame qui n'était pas là. Ni Flamebreak, son épée bâtarde depuis longtemps perdue, ni l'arme forgée par Whent ne l'avaient accompagnée en haut de la Blessure. Tout cela faisait partie de la quête de paix de Jochi et Svarde, pour présenter un front conçu pour la diplomatie plutôt que pour la mort.

Ami aurait choisi la seconde option sans hésiter. À la place, elle se contenta d'une malédiction et d'un crachat dans les profondeurs de la Blessure. Avec un peu de chance, les éclaboussures atterriraient sur la tête affreuse de Jochi pour lui avoir fait voir ça.

— Ami, dit Svarde. Rappelle-toi pourquoi nous sommes ici.

Elle n'eut pas à faire beaucoup d'efforts pour s'en souvenir. Sous le toit de toile autour de la Blessure, au pied du trône de l'Égide, se tenaient les armes et leurs porteurs qui pouvaient ramener les marcheurs de feu chez eux. Pas seulement les démons brûlants, mais aussi les autres inconnus derrière ces portes tourbillonnantes. Fassle, dans ses robes ornées de pourpre et d'or de Noctia, et Yarvick, en noir soyeux et argent, avec un large chapeau ombrageant le visage blanc fantomatique de l'homme, couronnaient l'entourage. L'improbable duo prit place de chaque côté d'une Catya trop frêle, chacun accueillant le grossier salut d'Ami avec de minces froncements de sourcils.

— Une idéaliste et un traître, dit Fassle. Je vois que l'exil n'a pas amélioré votre comportement. Si seulement vous étiez morte à la place de Masayo.

— Si elle avait vécu, je ne serais peut-être pas ici, ajouta Yarvick, puis il retira son chapeau d'un geste rapide pour s'incliner. Donc je vous remercie, Ami, d'avoir tué ma plus persistante ennemie.

— Je vous en prie.

Yarvick se contenta de rire, un caquètement venteux. Au moins, cela fit paraître Fassle encore plus agacé, quelque chose qui égayerait toujours l'humeur aigrie d'Ami.

— Vous n'êtes pas morte, dit Fassle, fronçant les sourcils vers Ami, grâce à votre compagnon Gardien. Il leva les yeux vers Svarde. Votre réapparition est, franchement, inattendue. La dernière fois que j'ai vu votre désagréable visage, vous proclamiez une quête insensée et vous êtes parti d'ici pour un voyage qui semblait devoir se terminer par votre mort. Pourtant, vous voici, l'air mal en point. Expliquez-vous.

— Vous ne nous donnez pas d'ordres, dit Ami en croisant les bras tandis que Svarde soupirait.

Le son la fit tressaillir, quelque chose contre lequel elle aurait lutté et continué dans une salve d'insultes bien méritées si Catya n'avait pas fait écho au soupir avec le sien.

Venant de l'Égide, pas un an de plus qu'Ami mais paraissant plus de deux fois l'âge de la Gardienne, cette résignation sifflante bloqua le feu d'Ami dans sa gorge.

Se souvenir pourquoi elle était ici. Se souvenir de ce que cela pourrait signifier pour Catya.

— Nous venons en égaux, finit par dire Ami. Pas pour nous battre, mais pour, d'une manière ou d'une autre, demander une faveur. En tant qu'amis.

Fassle et Yarvick se regardèrent, ajoutant plus de questions sur leur relation. Que le seigneur bandit et le chef du Cercle ne soient pas amis avait été aussi constant que les saisons de Noctia. Les Doigts Agiles volaient les poches petites et grandes, restant toujours juste en deçà de provoquer une action dévastatrice des Najahn, mais tous les voleurs qui trébuchaient dans leurs sales besognes trouvaient rapidement la potence.

Pourtant, les voilà, apparemment alliés.

— Une faveur..., médita Yarvick, puis il jeta un regard autour de la Blessure, vers les gardes en poste et leurs oreilles à l'écoute, leurs lèvres prêtes à murmurer. Si vous n'amenez pas une armée avec vous, alors je suggère que nous poursuivions cette discussion dans un endroit privé. Les guerres peuvent commencer avec des rumeurs, et des vies peuvent se terminer avec un mot de travers.

Malgré qu'Ami les ait qualifiés d'égaux, elle et Svarde savaient que leurs vies sur Noctia ne continuaient que grâce à la permission de Yarvick et Fassle. Bien que le barbare Foti, avec son épée immortelle, puisse survivre à un assaut d'arbalète, au tranchant d'un chakram, Ami ne le pourrait pas. Et elle soupçonnait que la vie sans fin de Svarde pourrait être mise à rude épreuve si, disons, la hache d'un bourreau séparait la tête du cou.

Alors ils suivirent Yarvick et Fassle en remontant de la

Blessure, grimpant au-delà des fleurs de lelune couvertes de neige jusqu'à un tunnel familier. Sur l'ordre de Fassle, les gardes qui les suivaient se postèrent aux ouvertures, laissant le quatuor suffisamment éloigné pour assurer la difficulté d'écouter aux portes, mais assez proche pour que tout cri surpris apporte une mort certaine.

Malgré tout, Ami s'interrogeait sur cette confiance. Svarde refusa d'abandonner son épée, n'expliquant rien, et les deux seigneurs l'acceptèrent. Pas d'argument, juste un accord tacite.

Pourquoi ?

— Nous vous accordons ce moment parce que les îles se sont effondrées, dit Fassle. Parce que les *Najahn* ont failli s'effondrer.

Personne ne manqua le regard noir que Fassle lança à Yarvick, et surtout pas le seigneur bandit.

— C'est une période de crise, dit Yarvick, sautant dans la brèche. Le secret des skars a été révélé, et leur pouvoir cause le chaos à travers les îles. Nos soldats sont...

— Excusez-moi, dit Ami. Nos ? Comme dans, vous et Fassle ? Ensemble ?

— Noctia est unie, dit Fassle, bien que son ton bas suggère que cette unité s'est faite sous une certaine contrainte. Rana, Whent, Foti et Tamas sont derrière nous aussi, bien que leurs loyautés ne soient pas aussi concrètes que nous le souhaiterions. Vis et Kance, cependant, ont rejeté nos conseils pour une guerre ouverte. Entre ces désastres et la menace continue des démons, nous sommes pressés de faire ce qui doit être fait.

— Ce qui est ?

— Rassemblez tous les skars, répondit Yarvick. Les pierres divines sont la clé, comme vous devez le savoir maintenant. Leur pouvoir nous donne une chance d'éradiquer les démons pour toujours. Cependant, entre de mauvaises mains, elles pourraient aussi causer notre destruction totale.

Le seigneur bandit semblait lutter contre son propre accent, sa propre façon de parler à chaque phrase formelle. Une maladresse que Yarvick ne remarquait pas. Après tout, pourquoi le devrait-il ? Le seigneur bandit défiait d'innombrables ordres d'arrestation et d'exécution en se tenant ici. Que restait-il, quand on avait vaincu la mort ?

— Vous espérez que nous puissions vous aider, dit Svarde. Vous nous avez laissés monter parce que vous pensez que nous nous battrons pour vous ?

— Combattre, inspirer, ou apporter une aide inatten-due, dit Yarvick. Il n'y a pas grand mal à apprendre pour-quoi vous êtes ici. Si cela ne nous convient pas, nous vous trancherons la gorge et jetterons vos corps dans la Blessure.

Aucun doute dans ces mots. La certitude de Yarvick piégea la réponse d'Ami avant même qu'elle ne commence.

— Une aide inattendue, murmura Svarde. C'est une façon de voir les choses.

Le barbare révéla alors tout, détaillant les portails tour-billonnants dans la piscine en contrebas, le Roi Mort, la bande colonisatrice de Jochi, et, enfin, les marcheurs de feu. Il présenta le besoin d'un foyer pour les démons brûlants comme une nécessité, pas une question ou une demande.

— Ils le prendront, si nous ne le leur donnons pas, conclut Svarde. Ils brûleront nos villes et laisseront toutes les îles en ruines.

Fassle ricana : — Les skars les terrasser aient. J'ai vu...

— Combien d'entre vous savent les utiliser ? demanda Ami. Les skars ? Quatre ? Cinq ? Une douzaine ? Les marcheurs de feu vous ruineront. Elle trouva et déploya un rictus. Ils ne seront pas seuls non plus. Jochi sera à leurs côtés. Tout comme nous.

— Contre vos foyers ?

— Contre vous. Ami les pointa du doigt tour à tour. Foti et les autres îles ne se soucient peut-être pas de vous combattre maintenant, mais elles seront heureuses de vous abandonner quand les marcheurs de feu réduiront Noctia en cendres.

— Des menaces, alors ? demanda Fassle. Vous êtes venus jusqu'ici pour nous déclarer la guerre ?

— Soutenez les marcheurs de feu, et tous les autres démons qui veulent plus que du sang, dit Svarde, se déplaçant suffisamment vers la droite pour imposer sa carrure entre Ami et l'autre paire. Prouvez que vous voulez la paix pour les îles, Fassle. Faites cela, et peut-être que nous laisserons votre tête sur vos épaules.

Fassle, le visage rouge, semblait prêt à s'emporter, mais Yarvick coupa l'homme.

— Ces démons se battront-ils avec nous ? demanda Yarvick. S'ils nous aident à éliminer ces résistants sur Kance, sur Vis, alors ils peuvent avoir ces îles pour eux-mêmes. Sauf les skars, bien sûr. Un foyer contre quelques pierres ?

Le *Croc du Rat* n'avait pas beaucoup changé, bien que les compagnons de boisson d'Ami ce soir-là comptent parmi les plus étranges. Elle était la seule avec de la bière devant elle. Svarde, à sa gauche, fixait la chope avec un tel désespoir qu'elle lui offrit à boire, mais Svarde déclina à nouveau.

— Ça n'a aucun goût, dit Svarde. Ne le gaspille pas pour moi.

— Les souvenirs ne valent pas la réalité, n'est-ce pas ? dit la troisième personne à table, d'une voix si basse qu'elle échappait à la conversation du *Croc du Rat* uniquement à cause de l'heure et de la saison. Un port glacé rendait la taverne portuaire morne. Mais parfois, c'est tout ce qu'il nous reste.

Catya, vêtue d'épaisses robes najahnes, était assise sur une chaise à haut dossier. Le *Croc du Rat* n'en avait pas beaucoup, mais Svarde en avait assuré une pour l'Égide. Les tabourets sur lesquels Ami et lui étaient assis étaient trop instables, trop enclins à tomber, un risque qu'Ami aurait qualifié de ridicule il n'y a pas si longtemps, mais maintenant...

Elle était là. L'Égide était là. Loin de son trône, loin de la Blessure, et sans le collier de skar. Mieux encore, Catya n'aurait plus jamais à le remettre. La première disposition frappée et convenue avec Fassle et Yarvick, persuadés par les marcheurs de feu et les propres forces de Jochi patrouillant dans les grottes en contrebas.

Svarde aurait dû avoir l'air plus heureux, considérant qu'il avait atteint son objectif. Plus aucune âme ne se flétrirait au-dessus de cette horrible entaille. Que Catya reste fanée, anormalement vieillie, n'était pas sa faute. Qu'elle ait une chance de vivre une année de plus, ou dix, l'était.

Néanmoins, chaque fois qu'Ami laissait ses yeux se poser sur Catya plus d'une seconde, elle se retrouvait à tendre la main vers la bière, faisant signe pour une autre tournée.

— Alors voilà ce que je dis, annonça Ami dans le silence imbibé autour de la table. Revivons-en quelques-uns ce soir, au moins jusqu'à ce que je ne puisse plus tenir sur ce tabouret. Ami tapota les skars de Vis incrustés dans sa plaque faciale. Il en faut beaucoup plus avec ces petits gars de mon côté.

Catya gloussa. Sa propre tasse, chaude, contenant probablement du thé pas du tout frais, se leva pour cogner contre celle d'Ami, et Svarde se lança dans la première de nombreuses aventures, la vie semblant revenir peu à peu à mesure qu'il parlait.

Pourtant, Ami ne ressentait qu'un léger bourdonnement au moment où Catya s'affaissa, presque endormie contre la table. Svarde rattrapa l'Égide d'un bras tendre, et ensemble ils quittèrent la taverne, grimpèrent jusqu'au quartier de Noctia. Après avoir déposé Catya dans le lit qui lui était assigné — Fassle pensait être malin en rendant à Ami et Svarde leurs anciennes chambres — le couple de Gardiens s'installa dehors dans les rues parmi la fine neige restante.

— Nous accueillons ces marcheurs de feu avec une guerre, tu sais ? dit Ami, s'adossant à la tour de pierre.

— Si ce que tu m'as dit est vrai, ils mènent une bataille perdue d'avance depuis longtemps. Svarde sortit une pipe, une bourse moisie de tabac nauséabond de Kance.

— Où as-tu eu ça ?

— Je l'ai laissé ici après ma dernière visite, dit Svarde, secouant la substance dans la pipe, utilisant une petite pierre à briquet pour l'allumer. Maena ne m'a pas laissé beaucoup de temps pour faire mes bagages.

— Les grandes aventures le font rarement.

— Je pense qu'on en a fini avec ça.

Ami ricana : — Qu'est-ce qui te fait penser ça ?

— Écraser deux îles avec une horde de marcheurs de feu ne me semble pas grandiose, Ami. Elles plieront en quelques semaines ou brûleront en quelques mois. Puis ce sera fini.

Svarde tira sur la pipe une fois, deux fois. Soupira et la jeta au loin.

48
RÉPARER UN DÉFAUT

Il ne faut jamais sous-estimer la valeur d'un otage. Gladdring et Quik ne pouvaient pas diriger leur radeau de fortune avec beaucoup de précision, mais le cotre vint à eux dès que le chasseur Vis souleva le Renouveau épuisé et inconscient à la vue de tous.

Trempés d'embruns, Gladdring et Quik grimpèrent à l'échelle descendue du navire, le Vis portant le Renouveau avec lui. Ils découvrirent un pont simple aménagé à la manière de Najahn : cordages rangés, équipement d'urgence et râteliers à chakrams près des cabines arrière. Un escalier ouvert vers le pont inférieur menait aux hamacs et aux cellules pour l'équipage et leurs prisonniers. Quelques marins accueillirent leur arrivée avec des regards suspicieux et des questions inquiètes.

Ces questions, sur le fait de savoir si le capitaine du cotre avait été vu vivant, si d'autres soldats allaient revenir, et ce qu'il y avait, au juste, dans tous ces sacs sur le radeau, en dirent suffisamment à Gladdring : c'était un équipage hétéroclite rassemblé à la hâte pour une poursuite rapide, manquant désormais de leadership et de tout ce qui en découlait.

— Le Renouveau d'abord, dit Gladdring, repoussant leurs questions et ordonnant à Quik de porter la femme dans l'ancienne cabine du capitaine. Quik, veille à ce qu'elle soit installée. Ne fais confiance à personne d'autre pour s'en approcher.

Le chasseur lança à Gladdring le regard perplexe que cette remarque méritait, mais Gladdring ne s'expliqua pas davantage, se contentant de hocher la tête vers la destination ordonnée à Quik. Il comprendrait éventuellement. Ou pas. Peu importait.

— Nous continuons, dit ensuite Gladdring au second, une femme au teint basané dont l'apparence trapue et tatouée contrastait avec la préférence de Najahn pour le marquage au fer propre. Kance est proche maintenant.

— Excusez-moi à ce sujet, monsieur, répondit le second, son accent épais suggérant une origine Rana ou Foti, mais qui êtes-vous et de quel droit donnez-vous des ordres sur notre navire ?

Des murmures d'approbation laissaient entendre que les quatre ou cinq autres membres d'équipage debout à proximité, tandis que le cotre tanguait au milieu des vagues, partageaient cet avis, mais les esprits étaient malléables. Gladdring plongea les mains dans ses robes mouillées, sentant non pas un mais plusieurs skars de topaze qui l'attendaient. Ce qui avec l'un équivalait à une suggestion pourrait devenir une force avec quelque chose de plus.

Il était temps de mettre cette théorie à l'épreuve.

— Je suis celui qui sait le mieux ce qui se passe réellement, annonça Gladdring. La Reine de Kance m'a retenu en otage, m'a emmené contre ma volonté pour livrer les skars

Noctia à Kance pour ses propres fins. Votre Renouveau m'a sauvé et a beaucoup souffert en le faisant. Quand je dis que nous naviguons vers Kance, je dis que nous devons délivrer l'édit du Cercle : la Reine est morte, et Kance doit rejeter sa folle défiance pour se joindre au pourpre et au noir dans la destruction des démons.

Tandis qu'il parlait, les skars Tamas transformaient ses paroles en émotion pure, un épais miasme invisible enrobant les marins de soumission. Les pierres écrasaient les pensées interrogatives de la même manière qu'une histoire captivante dissipait les rêveries, ou que le désir l'emportait sur la rationalité. Les marins avaient peut-être commencé par considérer Gladdring comme suspect, voire ennemi. Ils finirent par acquiescer à chacun de ses mots tandis que Gladdring leur assignait leurs nouvelles tâches, recueillait des informations sur leurs provisions, les prisonniers en bas, et apprenait quelle avait été leur mission.

— Arrêter la Reine et obtenir les skars, dit le second, son accent épais s'estompant tandis que les pierres Tamas portaient des coups mortels à l'émotion, au langage biaisé. Nous devons aider le Renouveau dans tout ce qu'elle demande.

Ah oui, le Renouveau. Gladdring congédia l'équipage pour qu'il accomplisse ses tâches, pour remettre le cotre sur le cap actuel vers l'île du vent. Quelques appels vinrent de la mer, d'autres survivants du naufrage demandant de l'aide, mais l'équipage de Najahn n'y prêta aucune attention. Les désespérés pouvaient être, comme le suggérait Gladdring, des ennemis. Des menaces mortelles. Les cris de plus en plus paniqués accompagnèrent Gladdring jusqu'à la cabine du Renouveau, l'ancienne résidence du capitaine du navire s'élevant sur le pont.

De chaque côté de la cabine, des échelles menaient à la barre. Du bois noir bordé de touches pourpres et dorées effaçait toute trace de brun naturel sur le navire, absorbant la lumière du soleil et irradiant sa chaleur. Une touche horrible en été, faisant fondre toute glace hivernale. Les voiles se déployaient au-dessus, captant le vent du jour et faisant bondir le cotre en avant, le clapotis régulier de l'océan apportant du réconfort. Il y a trop d'années, Gladdring lui-même s'était tenu au sommet de l'un d'eux, mesurant les étoiles et la mer pour le pourpre et le noir.

Un souvenir pour une autre fois.

Ils étaient en route, et Gladdring, une fois de plus, dominait les autres.

Entrer dans la cabine faillit faire tomber l'ancien Tenet. Alors que Gladdring fermait la porte étroite derrière lui, le prix payé pour ces skars Tamas se fit sentir. Sa tête lui faisait mal, ses genoux faillirent céder, et Gladdring dut se stabiliser contre le mur de la cabine.

— Tout va bien ? demanda Quik, le chasseur se levant du lit du Renouveau.

Un coup d'œil confirma que le Vis avait joué au bon docteur, retirant l'armure trempée et enveloppant le Renouveau frissonnant et toujours inconscient dans des couvertures. Quik lui-même avait jeté sa propre tenue ruinée et, lorsque le chasseur confirma que Gladdring n'était pas sur le point de s'effondrer, il reprit l'enfilage d'un pantalon de rechange et d'une chemise laissée par le capitaine présumé décédé.

— Préserver nos vies a nécessité un effort, plus que je ne le voulais, dit Gladdring. Mais l'équipage est nôtre maintenant, du moins pour le moment. Nous naviguons vers Kance.

— C'est ce que tu as suggéré sur le radeau. Qu'y a-t-il là-bas ?

— Une île à prendre, Quik.

Le chasseur fronça les sourcils.

— Nous ne sommes pas leur reine. Je suis un Vis, Gladdring. Au mieux, ils nous jetteront sur un autre navire pour rentrer chez nous.

— Non, parce que nous avons des nouvelles, et une offre, dit Gladdring, se fiant enfin à lui-même pour s'éloigner du mur.

La cabine du capitaine contenait l'assortiment habituel d'un chef de mer najahn : un lit contre le mur du fond, un bureau jonché de cartes, et plusieurs coffres remplis de vêtements et d'équipement pour troquer si le capitaine en avait besoin. Gladdring se dirigea vers ce bureau, s'assit sur la chaise et se frotta le front. Quik finit de s'habiller et attendit.

Le Vis ferait un bon serviteur. Malléable et loyal.

— Kance est en guerre, dit Gladdring, même s'ils ne le savent peut-être pas encore. Nous avons sur ce navire les armes les plus puissantes que les îles aient jamais vues. Des armes qu'ils ne sauront pas utiliser même s'ils arrachent les pierres de nos mains mortes. Avec cette seule offre, nous aurons protection et alliés.

— Jusqu'à ce qu'ils décident que nous ne sommes plus importants. Tout comme la Reine.

— C'est nous qui déciderons, Quik. Gladdring libéra ses mains et posa les skars de Tamas sur le bureau. Ces skars peuvent broyer leurs esprits, faire de n'importe qui notre allié, au moins pour un temps. Assez longtemps pour apprendre qui d'autre doit être éliminé.

Quik secoua la tête.

— Encore des meurtres, alors. Pour quoi, Gladdring ? Tu m'as dit à Noctia que nos actions sauveraient les îles. Tout ce que nous avons fait, c'est déclencher une guerre.

— La première étape, et je l'admets, ce n'est pas aussi propre que je l'aurais souhaité, mais je te demande de me faire confiance, Quik. Ensemble, nous pouvons mener cela à bien. Infliger aux Najahns une défaite comme ils n'en ont jamais vue et regarder le pouvoir de Fassle s'effondrer. Ensuite, nous offrirons le salut, un front uni contre les démons et la fin de la division, du chaos.

— Avec toi au sommet.

— Avec nous, Quik. Ensemble, nous pouvons mener des armées, nous pouvons sauver ton frère et mettre fin à toute souffrance sur le trône de la Blessure.

— Tu parles gros, Gladdring. J'aimerais juste pouvoir te faire confiance.

— Où serais-tu sans moi ? Assis dans une école à écouter une leçon d'histoire najahn ? Les yeux de Gladdring brillèrent. Ou peut-être serais-tu sur un navire comme celui-ci, en route pour Vis pour réprimer ton propre peuple. C'est ce que tu veux ?

Quik se contenta de le fixer d'un air sombre.

— Avec moi, poursuivit Gladdring, car il ne pouvait jamais laisser une ouverture inexploitée, tu auras ton mot à dire. Tu tireras les leviers, tu mèneras les hommes et les femmes de ces îles contre la menace sans fin et tu la vaincras. Ce n'est pas une malédiction, Quik, c'est un honneur.

Comme Quik continuait de le fixer en silence, Gladdring lui fit signe vers la porte. Mieux valait donner une direction à l'homme avant que Quik ne trouve une voie plus dangereuse. — Tu peux vérifier l'équipage ? Je crains de ne pas pouvoir quitter cette cabine avant un moment. Peu importe ce que tu penses de moi, aucun de nos objectifs ne sera atteint si nous nous noyons dans les profondeurs par leur faute.

Quik se leva et se dirigea vers la porte, fusillant Gladdring du regard tout du long.

— Nous n'en avons pas fini avec cette conversation, Gladdring. Je ne suis pas ton animal de compagnie. Mon frère reste ce qui compte. Je veux qu'il soit en sécurité, que les skars aillent au diable.

— C'est Fassle qui veut sa mort, pas moi.

Quik renifla, mais ouvrit la porte et disparut sur le pont. Dès que le loquet se referma, Gladdring se leva et trébucha jusqu'au chevet de la Renewal. Elle était allongée là, respirant toujours, les yeux fermés. Elle avait déjà utilisé tant de skars que Gladdring pensait qu'elle dormirait encore des heures si on la laissait tranquille.

Ses yeux se posèrent sur le collier toujours autour de son cou, en fer noir et portant les sept skars. Lequel avait donné à la Renewal toute cette énergie supplémentaire, avait aspiré la vie des prisonniers sacrifiés ?

La réponse n'était pas difficile à deviner. Gladdring avait senti la faim vorace du skar de Noctia. Il tendit la main, souleva la tête de la Renewal et ses cheveux salés et filasses d'une main. Il détacha le collier et le retira. Trop petit pour le cou de Gladdring, il le déplaça dans sa main gauche jusqu'à ce que sa paume repose sur la chaleur du skar de Noctia.

La pierre bouillonna, curieuse et affamée.

Les skars de Tamas pouvaient changer les esprits pour un temps, pouvaient pousser les désirs dans la direction que Gladdring voulait. Les gens, cependant, se corrigeraient, reviendraient à ce qu'ils savaient être vrai. L'équipage najahn serait traité une fois qu'ils auraient guidé le cotre jusqu'au port. La Renewal ?

Le skar de Noctia lut les intentions de Gladdring, bondit pour répondre à sa demande.

Yarvick avait qualifié Gladdring de faible. Trop faible.

Plus maintenant.

49
DERNIÈRES RÉPLIQUES

Daklin leur fit faire le tour du propriétaire comme un guide touristique lorsque le quatuor quitta la charrette - Livier, de nouveau enchaînée aux côtés d'une charrette plus petite, attendait avec un garde. Des rues boueuses entouraient le dôme orange lave, de larges avenues libérées des stands harcelants mais pas des foules errantes. Des acteurs se tenaient immortalisés sous forme de statues de pierre sombre, des blocs gravés de leurs grandes pièces, bien qu'Eujo ne reconnût aucun nom, aucun visage. Des auvents ondulants et prismatiques s'étendaient depuis la Grande Scène : le théâtre lui-même semblait ouvert de tous côtés, comme si les foules venant assister à une représentation allaient déferler.

Eujo n'écoutait pas les explications de Daklin, se demandant si de telles ruées se produiraient. Au lieu de cela, elle répétait encore et encore ses répliques, calquant ses pas sur ceux de Wax alors qu'ils entraient dans la structure, échangeant les pavés humides contre des sols en marbre poli. D'où venait ce marbre - Foti, Whent ? - Eujo l'ignorait, mais la dépense à elle seule soulignait, une fois de plus, l'importance que Tamas accordait à leur divertissement.

Si le sol offrait un endroit solide où poser le pied, les murs fournissaient de grands espaces où regarder. La plupart contenaient des peintures, certaines plaquées directement sur la pierre beige tandis que d'autres étaient accrochées sur toile. Toutes dépeignaient des scènes fantastiques, avec des scènes présentes sous l'action.

— Vous pourriez être immortalisée ici aussi, dit Daklin, brisant la concentration d'Eujo en ralentissant, parlant juste à côté d'elle. En tant que Renewal, une bonne performance serait un exploit légendaire. Ça vaut la peine d'y aspirer.

— Nous sommes ici pour arrêter les démons, pas pour gagner votre concours de théâtre.

— Ce n'est pas un concours, c'est un mode de vie.

Si Eujo avait offensé Daklin avec sa réplique, l'homme n'en montra rien, continuant plutôt son circuit. Pour chaque deux portails extérieurs, chacun une arche accompagnée d'épaisses doubles portes, un autre entonnoir plus profond à l'intérieur attendait. Entre les deux s'étendaient des espaces pour déposer de lourds manteaux ou commander les célèbres bières de Tamas. Pour le moment, peu de gens se pressaient à l'intérieur du théâtre, et ceux qui le faisaient accueillaient le groupe avec des regards confus.

Confus jusqu'à ce que Daklin identifie la raison de leur présence ici. Cela attirait inévitablement des souhaits de bonne chance pour Wax et Eujo.

— C'est plutôt sympa, murmura Wax alors qu'ils approchaient du but de Daklin : les coulisses. Tout le monde ne veut pas qu'on échoue.

— Je ne pense pas que qui que ce soit le veuille. C'est plutôt le fait que nous devions faire ça tout court.

— Chaque skar a une tâche, non ? Au moins, on ne combat pas un démon ou on n'essaie pas d'échapper à une avalanche.

— Je préférerais ça.

Wax pencha la tête, plissa un œil. — Ne me mens pas, Reine. Je suis doué pour repérer un menteur, et je sais que tu as hâte d'y être.

— Qu'est-ce qui te fait penser ça ?

Wax fit la moue, lança un clin d'œil, et rit quand Eujo recula.

— D'accord, dit Eujo, secouant la tête en souriant. Calme-toi. Concentre-toi sur les répliques, les pas. Pas sur le fait que tu embrasses une Reine.

— Assez facile. Je t'ai déjà embrassée quelques fois.

Un autre clin d'œil. Eujo tenta un coup de poing joueur dans le ventre de Wax, mais le Vis recula en dansant, riant.

— On dirait que nos acteurs sont de bonne humeur, annonça Daklin, tournant Bliss et Torny vers leur paire de Renewal. Ils avaient atteint une porte plus épaisse, ornée de lettres orange dorées indiquant que ce qui se trouvait au-delà était réservé aux acteurs et au personnel de scène. Je suis content. Malgré ce que vous pourriez penser, je ne vous ai pas tous traînés jusqu'ici pour assister à un échec. J'espère que vous nous rendrez fiers. L'Animas, malgré votre évasion, a été votre premier professeur, et nos efforts sont exposés aujourd'hui.

— Encore une fois, nous ne faisons pas ça pour vous, dit Eujo alors que Torny, tournée dos à Daklin, levait les yeux au ciel. On se fiche de votre Animas.

Daklin se contenta de sourire plus largement, ouvrant brusquement la porte sur des couloirs plus sombres au-delà. — Bien. Aujourd'hui, ne vous souciez que de votre scène, et de vos esprits.

— Vos esprits ? demanda Torny alors qu'ils s'asseyaient dans des fauteuils confortables, grignotant un déjeuner tardif qui les attendait au centre de la loge festonnée. Qu'est-ce que ça veut même dire ? Se soucier de mon esprit ?

'Tu es une bandit,' signa Bliss. 'Tu as déjà perdu le tien. Ces deux-là, par contre...'

— Je suppose que je vais devoir voler le tien alors.

Bliss sourit. Elle serait probablement d'accord avec ça, vu ce que les deux étaient devenues. Eujo observa l'interaction tout en s'attaquant à son propre repas. Du poisson frais et des carottes cuites. Plusieurs huîtres chacun aussi, cueillies dans la mer ce matin-là et préparées avec les piments glacés de Tamas. Des bouchées salées parfaites quand on les faisait passer avec de la bière maltée.

De toutes les personnes, c'était Daklin qui avait recommandé la boisson et était revenu avec des pichets pour tout le monde. Calmant pour les nerfs, apaisant pour la scène, avait dit l'homme, et bien que jouer une pièce entière en état d'ébriété n'était pas conseillé, faire une scène avec le public un peu flou pourrait être utile pour les interprètes novices. Après avoir déposé les boissons, l'homme était parti, disant qu'il reviendrait dans une heure.

Toute idée d'évasion disparut lorsque Torny, curieuse, essaya la porte et trouva un garde à l'extérieur. L'homme, armé d'une massue en fer rayé, demanda ce que voulait la bandit, et quand elle répondit la liberté, il rit et repoussa la porte.

Ils se retrouvèrent donc, tous les quatre, au milieu de portants à costumes et de murs décorés d'anciens prospectus comme ceux qui avaient annoncé le tour original d'Eujo et Wax à l'Animas. Une musique brumeuse flottait de quelque part, un musicien s'exerçant. Un seul miroir, aussi, était accroché à une extrémité.

— Tu veux qu'on répète encore nos répliques ? demanda Wax, ayant dévoré son repas plus vite que quiconque.

Eujo secoua la tête, avala sa bouchée. — Je les connais aussi bien que je le peux, Wax. Je vote pour qu'on trouve des costumes ridicules et qu'on raconte des histoires.

'Des histoires ?' signa Bliss.

— Des souvenirs, peut-être. Quelque chose pour m'évader d'ici. Nous avons traversé un tas d'îles, affronté toutes sortes de choses horribles, et peut-être même vu un bandit tomber amoureux.

Eujo sourit à Torny, qui rougit et fixa sa bière.

— Quoi qu'il arrive sur cette scène, que Wax et moi y arrivions ou non, ce sera parce que nous avons fait tout ça ensemble. Alors c'est ce que je veux. Vos meilleurs, vos pires, vos plus drôles souvenirs. Si je monte sur cette scène, je veux le faire en sachant exactement pour qui je joue.

— Eh bien, Eujo, dit Wax, je ne m'attendais pas à ce que tu sois si émouvante, mais je vais te dire : tu veux remonter le temps ? Mon vote va pour ces quelques feux dans le marais de Rana. Avec Quik. À plaisanter, à se chamailler, à l'aventure.

— Avec nos chaussures trempées ? se moqua Torny. Donnez-moi ces chaudes nuits à Harrow's Edge n'importe quand.

Tandis que Bliss se joignait à la conversation, signant son amour pour les lumières de la ville de Noctia, Eujo sirotait sa bière, retenant un sourire. Elle ne s'attendait pas à trouver ses trois meilleurs amis pendant les épreuves du

Renouveau, mais maintenant qu'elle les avait, la Reine Kance ne pouvait imaginer être ailleurs.

Eujo pouvait, cependant, imaginer être n'importe où ailleurs que sur la Grande Scène. Elle se tenait debout, vêtue d'une tunique marron flottante, un chapeau à pompons lui comprimant les oreilles. Elle attendait en coulisse côté jardin, se cachant derrière un rideau pendant que Daklin présentait la scène à ce qui semblait être un mur sombre. Les lanternes suspendues concentraient leur lumière chaude sur la scène, rendant inutile toute vue au-delà de ce monde de bois. À sa droite, un décor destiné à l'événement principal de la soirée montrait des arbres effilés et des feuilles qui tombaient, en contradiction avec la scène d'amourette estivale qu'elle et Wax allaient jouer.

Jouer. Vivre. Embrasser.

Eujo répétait ce mantra silencieux tandis que son cœur battait la chamade, Daklin arrivant à sa conclusion. Wax se tenait de l'autre côté, habillé de fins vêtements blancs tout aussi ridicules. Il lui fit un signe de tête, un sourire confiant. Celui-là croyait toujours en ses amis, même s'il ne croyait pas assez en lui-même.

Daklin s'inclina profondément, reculant ce faisant, avant de se tourner vers Eujo et de passer devant elle. Il posa une main, très légère, sur son épaule.

— Comme respirer, chuchota Daklin. Sois toi-même.

Au-delà, une trompette entama une mélodie joyeuse — probablement le même musicien qui avait accompagné leurs souvenirs dans la loge avec un jeu hasardeux — et Wax s'avança sur scène, les bras grands ouverts et le sourire large face au public, délivrant les répliques qui plantaient le décor. À la fin de celles-ci, Eujo ferait son entrée, révélant sa surprise de le trouver ici, si loin de sa famille surprotectrice.

Et à la fin ?

Non. Pas encore. La prochaine réplique, et seulement celle-là.

Wax termina, soupirant devant l'apparente beauté de cette journée d'été. Torny, cachée quelque part dans ce public invisible, siffla. Bliss, peut-être, applaudit.

Eujo fit son entrée.

50
LA GUERRE À VENIR

La petite embarcation s'avéra suffisamment grande pour accueillir les quelques fuyards de l'avant-poste Najahn. Tous les prisonniers au cerveau lavé n'avaient pas survécu à l'incendie de l'écurie, et certains de ceux qui y étaient parvenus s'étaient effondrés quelques pas plus loin, les tortures de Veritrus s'étant révélées trop dures à supporter. Deshiva prit la décision de les abandonner, pour transporter Reth et quelques autres dont les blessures leur permettaient de tituber en s'appuyant sur des épaules.

Attendre plus longtemps, construire des brancards ou soigner ce qui affligeait ces esprits embrouillés aurait coûté au groupe tout ce qu'ils avaient gagné. Malgré tout, Annalyse, vacillant elle-même au bord de l'épuisement, était soulagée de laisser Deshiva prendre la décision.

La marche pénible vers le sud échangea l'herbe cultivée contre des fougères de la jungle et des lianes agrippantes, une randonnée de plusieurs heures qui se poursuivit jusqu'au crépuscule, jusqu'à ce qu'un camp de fortune soit dressé sur la plage sud de Vis. La chaloupe les trouva quand les feux s'allumèrent, apportant nourriture, bandages et espoir. Annalyse s'effondra sur le sable et dormit jusqu'à ce que Deshiva la réveille brusquement, le soleil du matin étant déjà haut dans le ciel.

Si les Najahn voulaient riposter, pour rattraper leurs fugitifs, ils avaient manqué leur chance.

— Comme une fièvre, dit Deshiva, plus tard, alors qu'elle parlait avec Annalyse en mer. Une fièvre soudaine. J'étais rebelle, en colère, tout ça, et puis c'était comme si plus rien n'avait d'importance. Je n'avais plus de besoins, de désirs, de préoccupations pour moi-même ou pour ce qui m'entourait.

— Donc tu t'en souviens ?

Elles étaient assises sur le pont supérieur, appuyées contre le bastingage tribord, regardant l'océan miroitant à perte de vue. Les marins mottilans s'affairaient autour d'elles, maintenant le navire en mouvement au milieu des vagues.

— Bien sûr. Je n'étais pas morte. Je n'étais pas inconsciente. Je voyais tout, j'entendais tout, je m'en *fichais* simplement. Le skar que Veritrus a utilisé... sais-tu lequel c'était ?

— Tamas, si je devais deviner. Les autres sont plus brutaux dans leurs actions.

— Celui de Tamas, alors. Il a anéanti qui j'étais.

— Il l'a plutôt caché, je dirais.

Deshiva fronça les sourcils.

— Parce que je suis revenue ?

— Le feu a dû te secouer. Comme pour la plupart des autres. Il a arraché le voile que le skar avait mis sur tes yeux.

— Alors merci de m'avoir presque tuée.

— Ce n'était pas prévu.

Deshiva eut un petit rire. Pas un son joyeux.

— J'en suis consciente. Aucun esprit militaire n'aurait fait ce que tu as fait.

— Ce n'était pas entièrement mon idée, protesta Annalyse. Les anciens de Mottilan, et...

— Comme je l'ai dit, aucun esprit militaire n'aurait approuvé ton plan.

Annalyse laissa mourir l'argument dans un soupir. Deshiva était de retour.

Mottilan continuait sa transformation, troquant un village de pêcheurs submergé de doléances contre une chance désespérée de survie. Malgré l'hiver qui maintenait encore la fraîcheur et les mers agitées, des structures pour de nouveaux bateaux s'étendaient sur la plage. Des arbalètes et des carreaux, des lances et des lames de pierre étaient fraîchement emballés en rangées ou suspendus à des râteliers sur la plage. Les maisons sur les falaises avaient terminé leur conversion, des pieux plantés sur la route principale, des plateformes de tir nichées dans les cimes des arbres. Des paniers et des tonneaux remplis de poisson salé et de fruits séchés trouvaient leur place dans des caches le long de la côte, réserves d'urgence en cas d'assaut implacable.

Car c'était ce qui, selon les chasseurs se faufilant depuis Kitaye, qui se faisaient appeler Lira, allait arriver. Malgré la perturbation à l'avant-poste Najahn, les pourpre et noir continuaient de s'imposer. Kitaye restait sous occupation martiale, avec davantage de forces du Nord débarquant chaque jour. À mesure que les mers commenceraient à dégeler, encore plus, avec des mercenaires de Rana et Foti parmi eux, arriveraient. Les Najahn balayeraient le sud à travers Vis, fortifieraient le Grand Sana, et diraient à Mottilan de se soumettre.

— Ce que nous ne ferons pas, dit Deshiva, bien

remise — on pouvait remercier le skar de Vis d'Annalyse pour cela — et dirigeant le sinistre conseil de guerre de Mottilan. Ils étaient assis autour de la même table de pierre, sous le même toit de chaume, et s'enfonçaient dans des détails qu'Annalyse ne se souciait plus d'écouter. Nous avons des émissaires partis pour Kance. Ils seront nos meilleurs alliés dans ce combat.

— Nos seuls alliés, marmonna un ancien.

— Jusqu'à ce que nous retournions les autres îles contre les Najahn, dit Deshiva. Quand l'hiver s'atténuera, nous enverrons des demandes d'aide, nous décrirons ce que les Najahn font. Foti, Rana et Whent pourraient changer d'avis.

— Pour nous ? Que leur importent les Vis ?

Deshiva recommença et Annalyse recula, se glissant dehors dans le soleil de l'après-midi. Ils allaient continuer pendant des heures, alternant entre des querelles directes et des détails militaires minutieux. Annalyse n'avait pas passé beaucoup de temps autour des seigneurs de guerre de Whent et de leurs conférences de conquête, mais cela semblait être beaucoup de palabres, en attendant que quelque chose d'horrible se produise.

Bien plus intéressant, bien plus ce qu'elle préférait, attendait Annalyse près du port. Deux chasseurs mottilans se tenaient prêts, lances pointées vers le ciel, devant la porte. L'un d'eux l'ouvrit même à son approche, donnant à Annalyse un accès facile aux maigres réserves de skar à l'intérieur. Des matériaux, allant des tissages aux cuirs en passant par les armures et les armes que Mottilan pouvait épargner, s'entassaient dans la pièce. Des idées et des options, comme si Annalyse pouvait utiliser les dix skars qu'ils avaient encore — y compris celui de Tamas pris sur le cadavre de Veritrus — pour égaliser les chances.

Et peut-être qu'elle le pouvait. Ces petites pierres

pouvaient faire des choses incroyables entre les bonnes mains, et un coup porté au bon moment, à l'instant propice, pouvait renverser une bataille, changer une guerre. La scientifique aligna les pierres, les comptant, écoutant leurs murmures s'éveiller dans son esprit au moindre contact. Laquelle serait la clé ?

Ses yeux se posèrent sur l'unique skar Noctia, sa beauté opaline absorbant la lumière du feu de l'unique lanterne-globe de la cabine.

La porte s'ouvrit brusquement. Annalyse saisit le skar noir et se retourna vivement, les nerfs à vif, un désir ardent exigeant d'être libéré.

Il fut : lâché, pour rebondir sur le sol de pierre.

Devant Annalyse se tenait quelqu'un qui aurait dû être mort et qui, dans une certaine mesure, en avait l'air. Sawi ne portait pas ses robes Najahn, ni son tissu Vis, mais se tenait là, le visage impassible, vêtue de fourrures et de cuirs Whent abîmés. Sa tenue portait des égratignures, tout comme Sawi elle-même, et la lame Whent à son côté portait les traces d'un sang versé depuis longtemps.

Néanmoins, elle était là. Vivante.

L'étreinte fut serrée, forte et longue. Avant ce moment, Annalyse n'aurait pas dit qu'elles étaient proches, elle les aurait qualifiées de partenaires, tout au plus. Mais la guerre, la mort et le désespoir renforcent les liens fragiles.

— Comment ? demanda Annalyse, à travers des larmes de joie. Comment es-tu ici ?

Sawi, souriant à travers ses propres larmes, recula d'un pas.

— C'est une longue histoire, et j'ai parcouru un long chemin à travers des grottes très sombres pour arriver ici. Il y a une bonne auberge à proximité, avec de la bière et un feu chaleureux. Tu veux te joindre à moi et à mes amis ?

— Amis ?

Sawi s'écarta, faisant un signe de tête vers un groupe de Whent qui se tenait dehors, paraissant tout autant avoir lutté contre la nature sauvage pendant des jours.

— Une invasion se prépare, Annalyse, dit Sawi. Et si nous ne sommes pas prêts, il ne restera rien.

51
PLUS JAMAIS TRAÎTRE

Ami congédia les assistants et se permit de se contempler dans le miroir pour la première fois depuis qu'elle avait disparu de Noctia, marquée comme traître. À la lumière chaude des lanternes, la cotte de mailles pourpre et noire se fondait avec son masque doré et ses cheveux rouges, ne se révélant que çà et là où les anneaux en dessous laissaient apparaître des espaces à resserrer. Le poids de l'armure à lui seul faisait presque flancher les genoux d'Ami, un rappel que la vie à grappiller de la nourriture dans les Ténèbres du Dessous n'avait guère amélioré sa santé. Pourtant, avec l'épée bâtarde à sa hanche, cette pression lui semblait familière, comme ce qu'elle portait lorsque la quête de Catya les menait au combat, lorsqu'Ami devait se montrer cérémonieuse pour son Égide.

Le masque, cependant, captivait son attention. Impossible d'ignorer l'éclat, les deux skars Vis incrustés près de sa joue gauche. Lisses, irritants, omniprésents. Avant sa fuite dans les grottes, Ami l'enlevait la nuit. Après, le retirer était devenu trop risqué, les blessures constantes nécessitant la présence des skars. Elle avait appris à repousser cette sensation.

Du moins jusqu'à ce que quelqu'un pose des yeux écarquillés dessus.

— Quelques ajustements, et ce sera prêt demain matin, dit l'assistant d'un forgeron, l'un des préposés, brisant ses secondes de silence. Si vous voulez bien rester immobile...

Ami ne dit rien, et cela servit de signal aux autres, dont les mains surgirent de tous côtés pour défaire les attaches, prendre d'autres notes et marques pour resserrer, desserrer, ajuster afin de faire de la Gardienne une machine à tuer aussi protégée que possible. Que cette armure de métal la ferait fondre au combat contre les marcheurs de feu resta tu : Ami mènerait les démons brûlants à distance.

Ses vrais ennemis seraient ses semblables humains, et contre les rapières de Kance, la plaque de Noctia la rendrait quasi invincible. L'ensemble l'attendrait à son arrivée à Kance, l'assaut maritime des Najahns visant à prendre la plage près des grottes connues pour mener aux Ténèbres du Dessous. Jochi aurait ses éclaireurs pour baliser les routes, les gardant libres de tout démon rampant.

Yarvick avait demandé ce qu'ils feraient si les marcheurs de feu ne pouvaient pas passer par les étroits tunnels. À cette question, Ami avait ri.

Les marcheurs de feu s'étaient frayé un chemin hors d'un monde mourant. Un simple rocher ne les arrêterait pas.

Catya était assise sur son balcon, bravant le froid avec un épais manteau et du thé chaud. Ami la rejoignit, portant deux assiettes. L'une, garnie de pain, d'œufs et de fruits Vis pillés, et l'autre avec un simple fromage de chèvre Whent étalé sur deux fines gaufrettes. Ami posa la seconde devant Catya et prit place sur une chaise en bois dur.

— Svarde me dit que vous partez tous les deux aujourd'hui, dit Catya tandis qu'Ami se frottait le front. Juste après votre arrivée.

Les skars Vis élimineraient la gueule de bois, mais cela prendrait du temps.

— Il y a des gens qui ont besoin de moi, marmonna Ami, piochant dans son petit-déjeuner entre les mots. Enfin, pas des gens exactement, mais tu vois ce que je veux dire.

— C'est ce que je me suis dit toutes ces années. Les gens ont besoin de moi. Maintenant, je n'en suis plus sûre.

— Qu'est-ce que ça veut dire ? Tu étais l'Égide. Tu as maintenu ces îles en sécurité.

— Contre les mêmes démons que tu essaies de sauver maintenant, si j'ai bien compris.

Ami se lança dans une défense bien rodée, le même argument qu'elle et Svarde avaient présenté au Cercle, avec la bénédiction de Fassle, deux jours plus tôt. Si de nombreux démons étaient des monstres sauvages, certains semblaient être intelligents, valant la peine d'être aidés et même sauvés. Il n'y avait pas de blâme à distribuer ici : sans incursions profondes dans les Ténèbres du Dessous, personne n'aurait pu savoir que le filet de l'Égide était si dangereux pour des créatures par ailleurs dans le besoin.

— Tu dis qu'il y a un portail là-bas, un pour chacun des dieux, dit Catya. En dessous d'eux, les érudits et les marchands criaient les nouvelles du matin, leurs offres, ou des rappels de cours à suivre. Et que tu penses qu'ils s'effondrent. Pourquoi maintenant, après si longtemps ?

Le liquide argenté léchant le monde des marcheurs de feu lui revint trop facilement à l'esprit.

— Parce qu'il faut du temps pour que quelque chose d'aussi énorme meure, répondit Ami.

— Alors j'ai la poisse. Dix ans de plus et je n'aurais pas eu à souffrir comme ça.

— Tu nous as offert dix ans de paix. Ce n'est pas rien.

Catya laissa échapper un petit rire avant de retomber dans son regard lointain vers l'horizon. — Penses-tu qu'il y a des démons comme ces marcheurs de feu derrière toutes ces portes ?

— Tu veux dire des intelligents ?

— Je veux dire ceux qui méritent d'être protégés.

— Je n'en ai pas encore vu, dit Ami, le contenu de son assiette s'épuisant et laissant son estomac encore gargouillant. Les chefs najahns étaient toujours avares avec leurs portions. Et je ne vais pas aller les chercher non plus. Trop dangereux.

— Ne devrions-nous pas le faire, pourtant ? demanda Catya. Si ces portes sont vraiment aussi petites que tu le suggères, alors il semble que ce soit le hasard qui détermine quel démon pourrait survivre.

— Catya, si tu essaies de me convaincre d'aller dans chacun de ces trucs pour chercher un monstre qui comprenne que je ne vais pas le tuer, ou qu'il ne devrait pas me tuer, tu es...

— Sais-tu comment j'ai fabriqué le filet ?

— Quoi ?

— Avec les sept skars, dit Catya. L'ancien Égide me l'a enseigné. Il a dit que celui d'avant le lui avait appris, remontant jusqu'à Demion.

— D'accord ?

— Je dis que ces pierres peuvent faire des choses incroyables, mais je n'ai pas eu l'occasion de voir ce qu'elles pouvaient faire d'autre en travaillant ensemble. Dès la première heure, j'ai créé le filet, et pendant dix ans, je n'ai rien fait d'autre que de le maintenir. Catya jeta un regard ridé et flétri à Ami. — Si tu réunis ces sept pierres...

— J'ai vu ce que les skars peuvent faire, Catya. Si tu fais quelque chose de mal avec autant, si tu te plantes, on ne parle pas simplement de mettre le feu à une maison ou de renverser une chaise. Tu pourrais déchirer ces îles. Ami tapota sa plaque faciale, les deux skars de Vis jumeaux. — Ces deux-là me suffisent. Si ces démons veulent de l'aide, ils doivent le mériter.

Svarde refusa son propre ensemble d'armure, préférant garder ses cuirs de Foti.

— À quoi bon être immortel si je dois porter ces trucs encombrants ? dit Svarde alors qu'Ami avait déjà emballé sa propre armure, prête pour une descente en rappel. — Je vais bouger vite, tuer des choses. Et rire quand ils me poignarderont en retour.

Le manieur de lames attendait Ami à la Blessure le lendemain matin, plusieurs jours après leur arrivée à Noctia. Le court voyage avait vu son programme accéléré par nécessité, la résistance à Kance et à Vis poussant Fassle et Yarvick à agir rapidement. Ils avaient approuvé l'entrée des marcheurs de feu dans les îles, déclaré une victoire comme condition à un foyer permanent, et transmis la responsabilité des deux à Ami et Svarde.

Les deux Gardiens ne retourneraient pas seuls au camp de Jochi. Divers érudits, gardes et diplomates de Noctia se préparaient autour de la Blessure. Des ingénieurs aussi grouillaient autour de la brèche, tirés d'autres projets civils pour construire, aussi vite que possible, un ascenseur dans l'immense puits. Des poulies, des cordes et des lattes de bois prêtes à servir de plateformes s'entassaient autour de l'entrée.

Celles-ci seraient pour les suiveurs, les Najahn. Ami,

Svarde et Kivi retourneraient de la même manière qu'ils étaient montés : avec des prises et du cran.

— Le but n'est pas de tous les tuer, Svarde, dit Ami en s'étirant, laissant les skars de Vis assassiner sa potentielle gueule de bois. Ç'avait été une autre longue nuit dans une taverne, avec Svarde qui regardait, envieux, du début à la fin. — Si on les effraie suffisamment, ils abandonneront.

— Et quoi, Ami ? Ils décideront de donner leur île aux marcheurs de feu ?

— Alors tu préférerais tous les massacrer ?

— Kance a toujours été prétentieuse, ayant besoin d'une bonne correction. Svarde sourit. — Pourquoi crois-tu que je suis allé à Vis ? Ces amoureux de la jungle ne m'ont jamais embêté du tout.

— Où penses-tu que nous irons ensuite ?

Svarde choisit de ne pas répondre à cette question avec ses yeux, se tournant plutôt vers la Blessure, les premières cordes attendant leur descente.

— Ils auront perdu d'ici là, concéda Svarde. — Vis n'a jamais combattu quoi que ce soit d'organisé.

— Ils sont plus têtus que tu ne le penses.

Svarde hocha la tête, — Mais pas aussi têtus que toi.

Ami était sur le point de répondre par l'affirmative, mais le visage de Sawi passa fugitivement derrière ses yeux. Elle serait rentrée chez elle maintenant, si les éclaireurs de Jochi avaient bien calculé leurs itinéraires. Que choisirait la cueilleuse ? Prendrait-elle une lance contre les Najahn ?

Que ferait Ami si Foti était envahie par une autre île ?

— Peut-être aurons-nous de la chance, comme tu dis, répondit finalement Ami.

Cependant, aucun des deux ne parla pendant long-temps alors qu'ils commençaient leur descente, suivant les grognements de Kivi, et écoutant les messages ou paquets occasionnels enveloppés qui tombaient derrière eux, pour rebondir et atterrir dans les mains de Jochi. Les réponses reviendraient par la furet de Svarde, qui pouvait parcourir toute la distance en moins d'une journée lorsqu'elle n'était pas entravée par ses homologues humains paresseux.

Une guerre pour sauver des démons, pour écraser la résistance, commençait, et Ami serait au cœur de celle-ci.

Derrière elle, dépérissant dans son lit, se trouvait Catya. Libérée, enfin, de son tourment, et toujours seule.

52
LE POUVOIR ENFIN

Le devoir offrait une ample distraction, et Gladdring maintenait Quik occupé. Le chasseur de Vis accepta le skar de Kance qu'on lui offrait, l'ordre d'envoyer plus de vent dans les voiles du cotre, comme un conseil avisé, et bientôt le chasseur passa son temps près du second, faisant filer le navire Najahn vers Kance en moins d'une journée.

Gladdring engagea quelques marins déformés par le Tamas pour jeter le corps de la Renewal par-dessus bord, écartant toute question sur sa mort comme une conséquence tragique de l'utilisation excessive des skars. Gladdring lui-même fournissait la preuve du danger, car s'appuyer sur les pierres de Tamas le maintenait assis dans une chaise de pont, les maux de tête martelant et les yeux mi-clos.

Pourtant, ils vivaient. Le cotre naviguait.

L'équipage, cependant, grognait chaque fois que Gladdring relâchait son influence de skar, comme s'il sortait d'une sieste collective. Quik lançait un regard d'avertissement à Gladdring quand un marin ou le second demandait ce que voulait Noctia, pourquoi ils écoutaient un Vis et un traître. Gladdring s'avançait alors, rassemblait une histoire alambiquée sur leurs provisions en baisse, sur une mission secrète que lui avait murmurée la Renewal avant de succomber, ou tout ce qu'il pouvait inventer sur le moment.

Jamais la vue d'une île n'avait apporté autant de soulagement.

Kance faisait une première impression saisissante, des pics gris s'élevant à l'horizon avec l'aube. Des mouettes grouillaient, suivies par de plus grands Daibens, ou faucons du ciel, comme les appelait Kance. Ces rapaces ressemblaient à des erreurs en vol, les apparentes lacunes dans leurs ailes étant en réalité des plumes filamenteuses qui brillaient lors d'une plongée, aveuglant le pauvre poisson ou rongeur jusqu'à son dernier souffle entre des serres meurtrières. Les bateaux de pêche de Kance fournissaient une nourriture facile, leurs voiles envoyant les dards filer sur les vagues tandis que leurs filets fins trouvaient repas sur repas, les Daibens frappant tout poisson qui se débattait. Au-dessus, des planeurs s'ajoutaient à l'encombrement aérien, filant à travers de longues graines arachnéennes rejetées par des plantes nichées haut dans ces pics. Attraper une graine au bon moment, Gladdring le savait, permettait de gratter les fibres protectrices et de les transformer en la dentelle scintillante tissée dans tant de vêtements et de voiles de Kance.

Les étincelles, le blanc vibrant, la douceur sculptée par le vent.

Gladdring laissa son regard descendre, au-delà de la proue du navire vers les quais qui approchaient. La marine de Kance, toujours impressionnante car restant souvent près de chez elle, remarqua les couleurs de Gladdring, et deux clippers se précipitèrent pour les intercepter.

— Ils pourraient tirer à vue, dit le second. Je ne pense pas que nous ayons grand-chose pour les persuader de ne pas le faire.

— Non, répondit Gladdring, posant une main apaisante près du poste de barre, comme si sa paume pouvait calmer l'anxiété de tout le navire d'un seul toucher. Quel fou penserait qu'une invasion commence avec un seul petit navire ? Ils demanderont pourquoi nous sommes là, puis nous escorteront à l'intérieur.

— Pourquoi sommes-nous ici, Gladdring ?

— Pour apporter des nouvelles de désastre, et de salut.

Les quais de Kance hurlaient. Des voiles semblables à du verre brisé encerclaient chaque jetée, prenant le vent tourbillonnant et le renvoyant à des angles parfaits pour empêcher le trafic maritime de chavirer et les gens d'être projetés dans la mer. Des drapeaux proclamant telle ou telle compagnie marchande claquaient, et Gladdring vit ses robes prendre vie, le tirant vers le côté tribord du navire, comme si sa propre garde-robe avait décidé que l'homme méritait de pourrir sous les vagues. Pourtant, Gladdring garda son attention, maintint son froncement de sourcils sérieux alors qu'il débarquait pour rencontrer les soldats de Kance qui attendaient.

Un clipper de Kance avait filé devant le cotre, se précipitant pour partager les désirs du docker imminent, et les Kance étaient prêts. Armés et étincelants, ne semblant pas le moins du monde gênés par les rafales incessantes, au moins quinze soldats et leur personnel de soutien se tenaient prêts à accueillir le navire Najahn.

— Ils ont assassiné votre Reine, furent les premiers mots de Gladdring, Quik sur ses talons, tandis que les marins Najahn amarraient leur navire. Nous étions avec elle à la fin. Ils ont utilisé des skars volés, les mêmes que vous trouverez à l'intérieur de ce navire, pour la tuer ainsi que tous ceux qui l'accompagnaient.

Le soldat qui entendait les accusations, un homme de faible stature qui semblait englouti par son armure, mais qui néanmoins tenait Gladdring dans un regard implacable, ne montra aucune expression à ces mots. S'il avait été laissé à ses propres impressions, Gladdring aurait été perdu.

Le skar de Tamas lui disait autre chose, révélait une rage bouillonnante et une alarme qui couvaient sous l'étroit visage de l'homme.

— L'histoire complète, commença Gladdring, grimaçant alors que ses propres cheveux lui fouettaient les yeux dans une soudaine rafale, n'est pas à raconter ici. Vous trouverez toutes les preuves à bord. Des prisonniers pour alimenter leur plan engendré par les dieux, des marins tous trop disposés à craquer sous l'interrogatoire, et des sacs de skars, apportés pour dévaster d'abord la Reine, puis votre île.

— Mais pas vous, répondit le soldat. Ni celui-ci ? Ce... l'homme plissa les yeux vers Quik, apercevant de l'encre qui dépassait du col de sa robe. Vis ?

Quik, pour sa part, jouait le garde du corps silencieux avec une perfection merveilleuse. Gladdring devait admirer le chasseur : malgré toutes ses protestations bourrues, l'homme savait comment mettre l'objectif avant ses sentiments personnels. Un trait rare.

— Nous serions nous-mêmes prisonniers, sans la chance et le désespoir, répondit Gladdring. La Reine n'est pas partie sans bruit, mais a détruit leur capitaine et leurs soldats. Nous les avons persuadés de venir ici, que leurs vies seraient épargnées.

— Si ce que vous dites est vrai, leurs vies sont plus que perdues.

— Comme il se doit, acquiesça Gladdring. Mais mon ami, le temps presse. Où est la seconde reine de Kance ? La guerre arrive sur votre île, et bien que nous apportions des armes, votre peuple aura besoin d'un chef pour les commander, et de nos connaissances pour les manier. Vous devez envoyer des éclaireurs et la trouver, immédiatement.

À cette demande, enfin, Gladdring vit un sourcil tressaillir, le regard du soldat se perdre au-delà du cotre vers des lieux inconnus. L'avenir, le passé, et mille inquiétudes entre les deux. Lorsque l'homme se ressaisit, il fit un geste de la main vers sa gauche, le long du quai.

— Suivez-moi, dit-il, et tandis que Gladdring, avec Quik à ses côtés, emboîtait le pas, les soldats de Kance restants montèrent sur le cotre.

Les îles devaient être sauvées, et Gladdring, maintenant, avait enfin le véritable pouvoir de le faire. De tels développements avaient le don de captiver l'attention de Gladdring, si bien qu'il n'entendit pas, ne vit pas l'ordre donné, et le vent hurlant s'assura qu'il n'entende pas les cris.

53
LE RETOURNEMENT DE L'ASSASSIN

Les répliques coulaient avec aisance, le badinage naturel sur une scène si brillamment éclairée que tout le reste s'effaçait. Il n'y avait plus qu'elle et Wax, dans leurs faux habits élégants, dansant autour d'une romance dangereuse. Certes, Eujo avait peut-être manqué une cadence ici et là en se concentrant sur ses pas, et oui, elle avait oublié une dernière réplique à propos d'un parent qui serait si fâché de les voir ensemble, mais quelle importance ?

La scène continuait sur sa lancée, et en quelques minutes, Eujo et Wax se retrouvèrent au centre de la scène. Le point culminant, une inévitabilité longtemps repoussée et niée, qu'ils avaient répété maintes et maintes fois — Eujo ne rougissait même plus — mais à cet instant précis, avec seulement leurs voix résonnant dans l'immense théâtre, le temps sembla ralentir. Wax laissa échapper sa dernière réplique, estompant les syllabes alors qu'il plongeait son regard dans les yeux d'Eujo, ses bras trouvant le dos de celle-ci, l'attirant tout près.

Un bandit ne connaît pas d'autre amour que le prochain

butin, le prochain repas. Les romances volées par les enfants dans leurs heures tranquilles n'avaient jamais été les siennes, utilisées à la place pour apprendre une nouvelle astuce ou duper une nouvelle cible. Le temps perdu à jamais quand Eujo s'était lancée dans la mauvaise — la bonne — course et avait filé à travers les jardins flottants avec trop de vitesse. Elle s'était gagné une nouvelle vie, et avait renoncé à la chance de connaître des choses comme celle-ci, un baiser comme celui-ci.

Wax recula, la relâcha, la scène exigeant une soudaine récrimination, qu'Eujo bégaya. Les répliques se brisèrent. Les mots disparurent pendant trois longues secondes tandis qu'elle observait Wax, son éternel sourire narquois se transformant en inquiétude. D'où venait-il, ce Vis Rene-wal, pour menacer sa vie d'une manière si différente de ses gardes traîtres, des chutes mortelles qu'un faux pas pouvait provoquer dans les îles célestes ?

Cela aurait dû être plus facile.

— Trop intense ? dit Wax, improvisant, ce qui eut pour effet de ramener brusquement Eujo au présent, à ses pieds nus sur les planches, aux lanternes brillantes, au...

— Jamais assez, murmura Eujo, se rappelant sa réplique, pourtant impossible de continuer. C'était une erreur.

— Le penses-tu vraiment ?

— Peu importe ce que je pense, c'est ce que notre monde permettra qui compte.

Elle se retourna, Wax prononçant son nom, déclarant un amour fou, une tromperie qui leur donnerait la vie qu'ils désiraient. Dans la pièce, cette ruse échouerait. Mais en dehors ? Sans les chaînes du Renewal ?

Eujo exécuta ses pas d'un rythme mesuré, quittant la scène tout en quittant mentalement le théâtre. Un retour à

Kance, une déclaration que la Reine avait trouvé un consort. Wax bondirait avec elle parmi les falaises, planerait avec elle sur les deltaplanes, contemplerait les aubes et les crépuscules chatoyants aux plus hauts sommets à ses côtés. Il n'y aurait pas d'Aegis, seulement un voyage, lumineux et magnifique ensemble. Pourquoi, Torny et Bliss pourraient obtenir des rôles au palais, le bandit dirigeant la sécurité d'Eujo, et —

Des applaudissements. Le rideau passant à la gauche d'Eujo pour fermer la scène et le public au-delà.

Eujo se retourna, vit Wax venir vers elle, sans le sourire qu'elle avait espéré voir sur son visage.

— Que s'est-il passé ? demanda Wax, rejoignant Eujo, mais sans la toucher, n'offrant rien de plus que de l'inquiétude.

Une voleuse sait ce que c'est que d'être trahie, sait comment dresser des murs pour se protéger.

— Que veux-tu dire ? répondit Eujo, croisant les bras.

— Les répliques ? Ta sortie ? Tu n'as jamais regardé en arrière ?

— Quelle importance ? On s'en est bien sortis. Qu'est-ce qu'ils pouvaient attendre ?

Avant qu'elle ne puisse davantage rembarrer Wax, les rideaux s'ouvrirent à nouveau. Cette fois, cependant, les projecteurs avaient été éteints. Les seules lumières restantes encerclaient le sol de la scène, créant moins un brillant point focal qu'un doux anneau. Derrière eux, un technicien bloquait la sortie vers la loge. La femme, portant la tunique et le pantalon propres du théâtre, fit signe au couple Renewal de revenir au centre de la scène. Wax, toujours renfrogné, ouvrit la marche. Eujo marcha aussi, rejouant la scène, minimisant les ratés un à un.

Tamas skar ou pas, on ne pouvait pas transformer une

personne ordinaire en acteur. Eujo adressa ce défi à l'obscurité, les ombres révélant davantage à mesure que ses yeux s'adaptaient.

Et ce défi se brisa.

Des sièges hauts entouraient la scène, cinq rangées plus loin et un autre trio sur un balcon supérieur. Les sièges eux-mêmes ressemblaient à des trônes avec leurs larges dossiers et leurs accoudoirs spacieux. Du velours rouge et violet coussiné courait le long de leurs planches, bien plus luxueux que tout théâtre qu'Eujo avait jamais vu auparavant. Certes, l'Animas était éclipsé par le confort ici, bien que ces mêmes commodités limitassent toute foule.

Cela dit, ceux rassemblés pour regarder le couple Renewal semblaient suffisamment nombreux. Ils avaient abandonné leurs sièges, obstruant les allées et l'espace entre la scène et la première rangée. Tous portaient de profondes robes cramoisies, tous portaient un masque facial doré, un masque couvrant leur front jusqu'au menton, avec des trous sombres pour les yeux et la bouche. Les masques arboraient aussi différentes expressions, des sourires aux froncements de sourcils, des airs ébahis aux rictus fous. Assez perturbant, mais ce qui fit sursauter Wax et Eujo vers la gauche venait de la lutte de ce côté.

Torny, Bliss, tous deux aux prises avec plusieurs Tamas masqués chacun. Les deux se débattaient, mais des bras puissants retenaient les leurs, tandis que d'autres repoussaient les Gardiens dans leurs sièges et couvraient leurs bouches.

— La représentation n'est pas terminée, annonça une voix tonitruante derrière l'un des masques, que Eujo ne reconnut pas, bien que la diction claire laissât deviner une carrière théâtrale. Il reste le final, le jugement. Restez à vos places, s'il vous plaît, et aucun mal ne sera fait à vos amis.

— Wax, dit Eujo alors que le Vis semblait sur le point de s'élancer à la poursuite de sa sœur, fais ce qu'il dit. Nous n'avons pas d'armes, et chaque Renouveau doit passer par là, tu te souviens ? Ils ne vont pas nous tuer.

— Les autres skars auraient pu, rétorqua Wax, les poings serrés le long du corps. Chaque île veut tuer ses héros.

— Nous ne souhaitons tuer aucun de vous deux, répondit la voix, et Eujo en localisa la source au centre de la scène, juste devant, au-delà des lanternes. Un masque droit, sans expression réelle. En fait, nous souhaitons vous féliciter.

Tandis qu'il parlait, les silhouettes masquées et en robe montèrent les petits escaliers sur les côtés de la scène, leurs pas si fluides qu'elles semblaient flotter en encerclant Wax et Eujo.

— À toi, Vis, reprit la voix profonde, nous offrons un laissez-passer et l'un des skars précieux de notre île. Tu as mis du cœur dans ta représentation, tu as atteint tes marques, tu as dit tes répliques avec émotion. Pour cela, tu as gagné notre respect et notre souhait de réussite, Renouveau ou non.

L'une des silhouettes en robe près de Wax sortit une tablette d'or, identique à celles qu'Eujo et Torny avaient volées, et la tendit à Wax, qui la tint comme si le laissez-passer était une étrange créature.

— Tu vois ? chuchota Eujo. Rien de mal.

— Malheureusement, tonna la voix, couvrant la réponse de Wax, on ne peut pas en dire autant de ta parte-naire. Des erreurs ont été commises, dues moins à la complexité de la scène qu'à un manque de préparation, un manque de fierté, un manque de concentration. Nous te refusons, Renouveau, un laissez-passer et un skar. À la place, pour te rappeler ton manque d'engagement, tu porteras tes erreurs aussi longtemps que tu vivras.

Les robes cramoisies ondulèrent, des mains gantées de noir sortant des aiguilles dorées de la longueur d'un doigt. Les pointes captaient la lumière des lanternes, scintillant comme des étoiles tandis qu'elles s'avançaient vers Eujo.

— Quoi ? dit Eujo, se retournant, cherchant son bracelet avec les skars, pour découvrir qu'il avait disparu. Ils avaient retiré les objets — le collier de Wax, son bracelet — pour la scène, et les deux attendaient dans un coffre-fort dans la loge. Je ne—

Une première main libre, dans un silence total, agrippa le bras d'Eujo. La Reine le retira brusquement, donna un coup de pied dans les tibias de la silhouette en robe, et fit tomber l'homme ou la femme en position accroupie. Une autre main saisit son poignet gauche, et, jurant, Eujo s'apprêta à la repousser quand Wax le fit pour elle, le Vis arrachant la main et repoussant l'agresseur. Eujo en profita, suivant le trébuchement pour attaquer la même personne en robe, saisissant la main tenant l'aiguille et arrachant l'outil. La petite égratignure qu'elle gagna dans le processus en valait la peine, car elle brandit l'aiguille comme une épée, la pointant vers la foule hésitante qui les entourait.

C'étaient tous des acteurs, n'est-ce pas ? Pas des combattants ? Quel courage pouvaient-ils avoir ?

— Arrêtez, reprit la voix tonitruante, plus tout à fait aussi calme qu'avant. Vous voulez le skar, vous en payez le prix. Vous honorez nos traditions, ou vous apprenez de votre manque de respect. Ce n'est pas un choix. Attaquez encore, et nous vous prendrons vos Gardiens.

Que cette dernière menace semblât improvisée était évident, et Eujo sauta sur l'occasion, reculant à côté de Wax.

— Vous n'avez pas l'air du genre meurtrier, rétorqua Eujo. Et si on appelait ça match nul ? Je promets de réfléchir à ma mauvaise performance, et vous nous laissez tous partir librement, en gardant vos yeux dans la foulée.

— Oh, dit la voix, amusée. Nous ne les tuerons pas. Tamas a d'autres usages pour ses prisonniers. Tant de costumes à tisser, tant de bière à brasser. Leurs vies appartiendront à l'île, certes, mais ils les vivront quand même.

— Et moi qui pensais que Tamas allait être la plus facile, marmonna Wax.

— Aucune d'entre elles n'est facile, répliqua Eujo, puis, élevant la voix, s'adressa aux robes. Gardez vos maudites mains loin de moi et de mes Gardiens.

Défiant ses paroles, les robes se précipitèrent en avant. Wax jura, Eujo pointa l'aiguille vers un masque approchant et frappa, mais la plaque faciale inclinée dévia le coup. Des bras saisirent les épaules d'Eujo, ses poignets, ses chevilles, son cou. Une main se plaqua sur sa bouche. Elle essaya de donner des coups de pied tandis que ses manches et ses jambes de pantalon étaient remontées, son corps pressé contre les planches de la scène. Ces plaques faciales dorées se penchèrent, les aiguilles descendant pour faire les premières marques.

Elle voulait crier, mais le cri qui résonna dans le théâtre ne venait pas d'Eujo.

— Laissez-la, lança Livier, la diction formelle de l'homme soulignée par une certitude mortelle, ou je vous démembrerai tous, membre par membre.

L'assaut hésita, bien que les prises maintinssent toujours Eujo au sol.

— Des nouvelles arrivent de Kance, poursuivit Livier, sa voix se rapprochant indiquant clairement la marche de l'assassin dans l'allée centrale du théâtre. L'île céleste a perdu l'une de ses reines. Celle qui reste est devant vous, et tout mal qui lui sera fait entraînera notre vengeance.

Cette fois, les mains la relâchèrent. Elles reculèrent et s'éloignèrent, se dégageant sur le côté de la scène. Eujo s'assit, vit l'assassin de Kance hagard s'avancer en boitant près de la scène, Daklin à ses côtés, le soutenant dans un silence sinistre. Livier mit un genou à terre, inclina la tête vers Eujo.

— Kance est vôtre seule, ma Reine, et la guerre est à ses portes.

Les Sept Îles sont en guerre.

Wax et Eujo, poursuivis par des assassins et des soldats, se dirigent vers l'île-tour de Kance pour se préparer à l'invasion. Ils s'attendent à un déluge de métal et de magie, mais la vérité est bien, bien pire. Sous terre, une armée que les îles n'ont jamais vue marche vers Kance, leur propre survie étant en jeu. Gagner, et les démons pourront se sauver de leur foyer qui s'effondre.

Ils ne peuvent pas, ne vont pas, perdre.

Continuez la série Les Sept Îles avec *La Guerre des Vents*:

CONCLUSION

Il existe cette idée que l'écriture est un acte solitaire, mais rien ne pourrait être plus éloigné de la vérité. Chaque écrivain dépend de ses amis, de sa famille et, bien sûr, des lecteurs pour continuer à tisser ses histoires.

Plus particulièrement, je tiens à remercier ma femme, Nicole, dont l'amour et les encouragements inépuisables illuminent chaque journée. Mes frères, Jonathan, Justin et Matthew, ainsi que mes parents, Bob et Mary, qui m'aident à garder le sourire.

Et, bien évidemment, vous tous, lecteurs, qui rendez cette vie possible.

Merci.

À PROPOS DE L'AUTEUR

A.R. Knight écrit de la science-fiction et de la fantasy dans le grand froid du Wisconsin. Accompagné de ses deux chats, il aime se plonger dans des aventures qui mettent autant l'accent sur le méchant que sur le héros.

Après avoir obtenu un diplôme en journalisme et parcouru le pays pour installer des logiciels de santé, A.R. Knight a pensé qu'il serait bon de revenir à ce qu'il aimait. Il dispose maintenant d'un petit bureau et de matinées précoces pour donner vie aux histoires qui naissent dans son imagination.

Quand il n'écrit pas, A.R. Knight a tendance à voyager partout où il le peut, que ce soit sur des îles au large de l'Équateur, dans la forêt tropicale, en snowboard dans les Montagnes Rocheuses, ou en sirotant du scotch à Édimbourg. C'est l'avantage de la vie d'écrivain, on peut l'emmener partout.

Pour le contacter ou voir ce qu'il fait, visitez www.blackkeybooks.com

Pour Holly et Ryan